INÉS DA MINHA ALMA

Da autora:

Afrodite: contos, receitas e outros afrodisíacos
O amante japonês
Amor
O caderno de Maya
Cartas a Paula
A casa dos espíritos
Contos de Eva Luna
De amor e de sombra
Eva Luna
Filha da fortuna
A ilha sob o mar
Inés da minha alma
O jogo de Ripper
Longa pétala de mar
Meu país inventado
Muito além do inverno
Mulheres de minha alma
Paula
O plano infinito
Retrato em sépia
A soma dos dias
Zorro
Violeta
O vento sabe meu nome

As Aventuras da Águia e do Jaguar

A Cidade das Feras
O Reino do Dragão de Ouro
A Floresta dos Pigmeus

ISABEL ALLENDE

INÉS DA MINHA ALMA

Tradução de
Ernani Ssó

13ª edição

Rio de Janeiro | 2024

CIP-BRASIL. CATALOGAÇÃO NA PUBLICAÇÃO
SINDICATO NACIONAL DOS EDITORES DE LIVROS, RJ

A428i   Allende, Isabel, 1942-
        Inés da minha alma / Isabel Allende ; tradução Ernani Ssó. - 13ª ed. - Rio de Janeiro : Bertrand Brasil, 2024.

        Tradução de: Ines del alma mia
        ISBN 978-65-5838-331-4

        1. Romance chileno. I. Ssó, Ernani. II. Título.

24-91725
CDD: 868.99333
CDU: 83-31(83)

Meri Gleice Rodrigues de Souza - Bibliotecária - CRB-7/6439

Copyright © Isabel Allende, 2006

Texto revisado segundo o Acordo Ortográfico da Língua Portuguesa de 1990.

Todos os direitos reservados.
Não é permitida a reprodução total ou parcial desta obra, por quaisquer meios, sem a prévia autorização por escrito da Editora.

Direitos exclusivos de publicação em língua
 portuguesa somente para o Brasil adquiridos pela:
EDITORA BERTRAND BRASIL LTDA.
Rua Argentina, 171 — 3º andar — São Cristóvão
20921-380 — Rio de Janeiro — RJ
Tel.: (21) 2585-2000,
que se reserva a propriedade literária desta tradução.

Seja um leitor preferencial Record.
Cadastre-se no site www.record.com.br e receba informações sobre nossos lançamentos e nossas promoções.

Atendimento e venda direta ao leitor:
sac@record.com.br

EDITORA AFILIADA

ADVERTÊNCIA NECESSÁRIA

Inés Suárez (1507-1580), espanhola, nascida em Plasencia, viajou para o Novo Mundo em 1537 e participou da conquista do Chile e da fundação da cidade de Santiago. Teve grande influência política e poder econômico. As façanhas de Inés Suárez, mencionadas pelos cronistas de sua época, foram quase esquecidas pelos historiadores durante mais de quatrocentos anos. Nestas páginas narro os fatos tal como foram documentados. Limitei-me a alinhavá-los com um exercício mínimo de imaginação.

Esta é uma obra de intuição, mas qualquer semelhança com fatos e personagens da conquista do Chile não é casual. Também tomei a liberdade de modernizar o espanhol do século XVI para evitar o pânico entre meus possíveis leitores.

I. A.

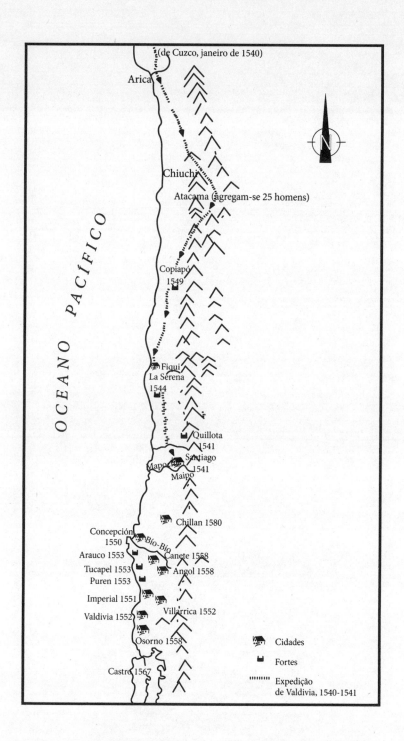

Crônica de dona Inés Suárez, entregue à igreja dos dominicanos, para sua conservação e proteção, por sua filha, dona Isabel de Quiroga, no mês de dezembro do ano de 1580 de Nosso Senhor, Santiago da Nova Extremadura, Reino do Chile.

CAPÍTULO UM

EUROPA, 1500-1537

Sou Inés Suárez, moradora da leal cidade de Santiago da Nova Extremadura, no Reino do Chile, no ano de 1580 de Nosso Senhor. Não tenho certeza da data exata de meu nascimento, mas, segundo minha mãe, nasci depois da miséria e da tremenda pestilência que assolou a Espanha quando morreu Felipe, o Belo. Não acho que a morte do rei provocasse a Peste, como as pessoas diziam ao ver passar o cortejo fúnebre, que deixou flutuando no ar, durante dias, um cheiro de amêndoas amargas, mas nunca se sabe. A rainha Juana, ainda jovem e bonita, percorreu Castilha durante mais de dois anos levando de um lado para outro o ataúde, que abria de vez em quando para beijar os lábios de seu marido, com a esperança de que ressuscitasse. Apesar dos unguentos do embalsamador, o Belo fedia. Quando eu vim ao mundo, a infeliz rainha, fora do seu juízo normal, já estava confinada no palácio de Tordesilhas com o cadáver de seu consorte; isso significa que tenho pelo menos setenta invernos entre o peito e as costas e que vou morrer antes do Natal. Poderia dizer que uma cigana, às margens do rio Jerte, adivinhou a data de minha morte, mas seria uma dessas falsidades que costumam se plasmar nos livros e que por estar impressas parecem certas. A cigana apenas previu que eu teria uma vida longa, o que sempre dizem por uma moeda. É meu coração aturdido que me anuncia a proximidade do fim. Sempre soube que morreria idosa, em paz e na minha cama, como todas as mulheres de minha família; por isso não hesitei em enfrentar muitos perigos, porque ninguém se despacha para o outro mundo antes do momento marcado. "Você está morrendo de velhinha, senhora", me tranquilizava Catalina, em seu afável espanhol do Peru, quando o teimoso galope de cavalos que sentia no peito me atirava ao chão. Esqueci o nome quéchua de Catalina e já é tarde para perguntar a ela — enterrei-a no pátio de minha casa faz muitos anos —, mas tenho toda certeza da precisão e veracidade de suas profecias. Catalina começou a trabalhar para mim na antiga cidade de Cuzco, joia dos incas, na época de Francisco Pizarro, aquele valente bastardo que, segundo dizem as línguas soltas, cuidava de porcos na Espanha e terminou transformado em marquês governador do Peru, agoniado por sua ambição e por múltiplas traições. São assim as ironias deste mundo novo das Índias, onde não mandam as leis da tradição e tudo é revolta: santos e pecadores, brancos, negros, pardos, indígenas, mestiços, nobres e criados. Qualquer um pode estar preso, marcado com um ferro em brasa, e no dia seguinte, num golpe, a fortuna o eleva. Vivi mais de quarenta anos no Novo Mundo e ainda não me acostumei à desordem, embora eu mesma tenha me beneficiado dela; se tivesse ficado em meu povoado natal, hoje seria uma velha pobre e cega de tanto fazer renda à luz de um candeeiro. Lá seria a Inéz, costureira da rua do Acueducto. Aqui sou dona Inés Suárez, senhora muito importante, viúva do excelentíssimo governador dom Rodrigo de Quiroga, conquistadora e fundadora do Reino do Chile.

Tenho pelo menos setenta anos, como disse, e bem vividos, mas minha alma e meu coração, presos ainda aos resquícios da juventude, se perguntam que diabos aconteceu ao corpo. Ao me olhar no espelho de prata, primeiro presente de Rodrigo quando nos casamos, não reconheço essa avó coroada de cabelos brancos que me olha de volta. Quem é essa que zomba da verdadeira Inés? Examino-a de perto com a esperança de encontrar no fundo do espelho a menina com tranças e joelhos sujos que uma vez fui, a jovem que escapava aos pomares para fazer amor às escondidas, a mulher madura e apaixonada que dormia abraçada a Rodrigo de Quiroga. Estão ali, encobertas, tenho certeza, mas não consigo vislumbrá-las. Já não monto minha égua, já não uso cota de malha nem espada, mas não é por falta de ânimo, que isso sempre me sobrou, mas pela traição do corpo. Faltam-me

INÉS DA MINHA ALMA

forças, me doem as articulações, tenho os ossos gelados e a vista apagada. Sem os óculos de escrivão, que encomendei do Peru, não poderia escrever estas páginas. Quis acompanhar Rodrigo — que Deus o tenha em seu santo reino — em sua última batalha contra os mapuches, mas ele não me permitiu. "Está muito velha para isso, Inés", riu. "Tanto quanto você", respondi, embora não fosse certo, porque ele tinha vários anos menos que eu. Achávamos que não voltaríamos a nos ver, mas nos despedimos sem lágrimas, certos de que nos reuniríamos na outra vida. Soube há tempo que Rodrigo tinha os dias contados, apesar de ele ter feito o possível para dissimular. Nunca o ouvi se queixar, aguentava com os dentes apertados, e apenas o suor frio em sua testa delatava a dor. Partiu febril para o sul, macilento, com uma pústula supurando numa perna que todos os meus remédios e orações não conseguiram curar; ia cumprir seu desejo de morrer como soldado na mixórdia do combate, e não estirado como ancião entre os lençóis de seu leito. Eu desejava estar lá para lhe segurar a cabeça no instante final e lhe agradecer o amor que me dedicou durante nossas longas vidas. "Olhe, Inés", me disse, apontando nossos campos, que se estendem até as faldas da cordilheira. "Deus pôs tudo isto e as almas de centenas de indígenas a nosso cuidado. Assim como minha obrigação é combater os selvagens na Araucanía, a sua é proteger a fazenda e nossos empregados."

A verdadeira razão de partir sozinho era que não desejava me dar o triste espetáculo de sua doença, preferia ser lembrado a cavalo, no comando de seus bravos, combatendo na região sagrada ao sul do rio Bío-Bío, onde as ferozes hostes mapuche se prepararam. Estava em seu direito de capitão, por isso aceitei suas ordens como a esposa submissa que nunca fui. Levaram-no para o campo de batalha numa rede, e lá seu genro, Martín Ruiz de Gamboa, o amarrou ao cavalo, como fizeram com o Cid Campeador, para aterrorizar o inimigo apenas com sua presença. Lançou-se à frente de seus homens como um alienado, desafiando o perigo e com meu nome nos lábios, mas não encontrou a morte solicitada. Trouxeram-no de volta para mim, muito doente, num palanquim improvisado; a peçonha do tumor havia invadido seu corpo. Outro homem teria sucumbido muito antes aos estragos da doença e ao cansaço da guerra, mas Rodrigo era forte. "Amei você desde o primeiro momento e amarei por toda a eternidade, Inés", me disse em sua agonia, e acrescentou que desejava ser enterrado sem alarde e que rezassem trinta missas pelo descanso de sua alma. Vi a Morte, um pouco apagada, tal como vejo as letras neste papel, mas inconfundível. Então chamei você, Isabel, para que me ajudasse a vesti-lo, já que Rodrigo era demasiado orgulhoso para mostrar os destroços da doença diante das criadas. Somente a você, sua filha, e a mim, permitiu lhe colocar a armadura completa e suas botas rebitadas; depois o sentamos em sua poltrona favorita, com seu elmo e sua espada sobre os joelhos, para que recebesse os sacramentos da Igreja e partisse com inteira dignidade, tal como havia vivido. A Morte, que não havia se movido de seu lado e aguardava discretamente que terminássemos de prepará-lo, envolveu-o com seus braços maternais e depois me fez um sinal, para que me aproximasse para receber o último alento de meu marido. Inclinei-me sobre ele e o beijei na boca, um beijo de amante. Morreu nesta casa, em meus braços, numa tarde quente de verão.

Não pude cumprir as instruções de Rodrigo de uma despedida sem alarde porque era o homem mais querido e respeitado do Chile. Toda a cidade de Santiago se pôs a chorá-lo, e de outras cidades do reino chegaram incontáveis manifestações de pesar. Anos antes a população havia saído às ruas para festejar com flores e salvas de arcabuz sua nomeação como governador. Nós o sepultamos, com as merecidas honras, na igreja de Nossa Senhora das Mercês, que ele e eu mandamos erigir para glória da Santíssima Virgem, e onde daqui a pouco descansarão também meus ossos. Leguei suficiente dinheiro aos mercedários para que dediquem uma missa semanal durante trezentos anos para o descanso da alma do nobre fidalgo dom Rodrigo de Quiroga, valente soldado da Espanha, adiantado, conquistador e duas vezes governador do Reino do Chile, cavaleiro da Ordem de Santiago, meu marido. Estes meses sem ele foram eternos.

Não devo me antecipar; se narro os fatos de minha vida sem rigor e organização me perderei pelo caminho; uma crônica deve seguir a ordem natural dos acontecimentos, embora a memória seja uma baderna sem lógica. Escrevo de noite, sobre a mesa de trabalho de Rodrigo, agasalhada com sua manta de alpaca. Cuida-me o quarto Baltasar, bisneto do cachorro que veio comigo para o Chile e me acompanhou durante quatorze anos. Esse primeiro Baltasar morreu em 1553, o mesmo ano em que mataram Valdivia, mas me deixou seus descendentes, todos enormes, de patas toscas e pelo duro. Esta casa é fria, apesar das tapeçarias, cortinas e braseiros que os criados mantêm cheios de carvões acesos. Com frequência você se queixa, Isabel, de que aqui não se pode respirar por causa do calor. Vai ver que o frio não está no ar, mas dentro de mim. Posso anotar minhas lembranças e pensamentos com tinta e papel, graças ao clérigo González de Marmolejo, que arrumou tempo, entre seu trabalho de evangelizar selvagens e consolar cristãos, para me ensinar a ler. Então era capelão, mas chegou a ser o primeiro bispo do Chile e também o homem mais rico deste reino, como contarei mais adiante. Morreu sem levar nada para a tumba, mas deixou o rastro de suas boas ações, que lhe valeram o amor das pessoas. No fim, apenas se tem o que se deu, como dizia Rodrigo, o mais generoso dos homens.

Comecemos pelo princípio, por minhas primeiras lembranças. Nasci em Plasencia, no norte de Extremadura, cidade fronteiriça, guerreira e religiosa. A casa de meu avô, onde me criei, ficava a uma pedrada da catedral, chamada A Velha por carinho, já que data apenas do século XIV. Cresci à sombra de sua estranha torre coberta de escamas talhadas. Não voltei a ver a espessa muralha que protege a cidade, a esplanada da praça Mayor, suas ruazinhas sombrias, os palacetes de pedra e as galerias de arcos, tampouco o pequeno solar de meu avô, onde ainda vivem os netos de minha irmã mais velha. Meu avô, marceneiro de profissão, pertencia à confraria da Vera Cruz, honra muito acima de sua condição social. Estabelecida no mais antigo convento da cidade, essa confraria encabeça as procissões na Semana Santa. Meu avô, vestido de hábito roxo, com cíngulo amarelo e luvas brancas, era um dos que levavam a Santa Cruz. Havia manchas de sangue em sua túnica, sangue dos açoites que se aplicavam para compartilhar o sofrimento de Cristo em seu caminho ao Gólgota. Na Semana Santa os postigos das casas eram fechados para expulsar a luz do sol, e as pessoas jejuavam e falavam em sussurros; a vida se reduzia a rezas, suspiros, confissões e sacrifícios. Uma Sexta-feira Santa minha irmã Asunción, que naquele tempo tinha onze anos, amanheceu com os estigmas de Cristo, horríveis chagas abertas nas palmas das mãos, e os olhos em branco virados para o céu. Minha mãe a trouxe de volta ao mundo com duas bofetadas e a curou com aplicações de teias de aranha nas mãos e um regime severo de chás de camomila. Asunción ficou fechada em casa até que as feridas cicatrizassem, e minha mãe nos proibiu de mencionar o assunto porque não queria que passeassem sua filha de igreja em igreja como um fenômeno de feira. Asunción não era a única estigmatizada na região; todo ano na Semana Santa alguma menina padecia de algo similar, levitava, exalava fragrância de rosas ou lhe nasciam asas, e em seguida se transformava em alvo do entusiasmo dos crentes. Que eu lembre, todas acabaram freiras num convento, menos Asunción, que, graças à precaução de minha mãe e ao silêncio da família, se refez do milagre sem consequências, se casou e teve vários filhos, entre eles minha sobrinha Constanza, que aparece mais adiante neste relato.

Lembro as procissões porque numa delas conheci Juan, o homem que haveria de ser meu primeiro marido. Foi em 1526, o ano do casamento de nosso imperador Carlos V com sua bela prima Isabel de Portugal, a quem amaria a vida inteira, e o mesmo ano em que Solimão, o Magnífico, entrou com suas tropas turcas até o centro da Europa, ameaçando a cristandade. Os rumores das crueldades dos muçulmanos aterrorizavam as pessoas e já nos parecia ver essas hordas endemoniadas diante das muralhas de Plasencia. Esse ano o fervor religioso, atiçado pelo medo, chegou à demência. Eu ia na procissão, enjoada por causa do jejum, da fumaça das velas, do cheiro de sangue e incenso, do clamor de rezas e gemidos dos flagelados, andando como que adormecida atrás de minha família. No meio da multidão de encapuzados e penitentes distingui Juan de imediato. Teria sido impossível não vê-lo, era um palmo mais alto que os demais e sua cabeça assomava por cima de todos. Tinha envergadura de guerreiro, o cabelo crespo e escuro, o nariz romano e olhos de gato que devolveram meu olhar com curiosidade. "Quem é esse?", apontei-o para minha mãe, mas como resposta recebi uma cotovelada e a ordem terminante de baixar a vista. Eu não tinha namorado porque meu avô havia decidido que eu ficaria solteira para cuidar dele em

INÉS DA MINHA ALMA

seus últimos anos, em penitência por ter nascido no lugar do neto homem que ele desejava. Carecia de meios para dois dotes e determinou que Asunción teria mais oportunidades que eu de fazer um casamento conveniente, pois possuía essa beleza pálida e opulenta que os homens preferem, e era obediente; em troca, eu era puro osso e músculo e, além disso, teimosa como uma mula. Havia saído à minha mãe e à minha falecida avó, que não eram exemplos de doçura. Diziam então que meus melhores atributos eram os olhos sombrios e a cabeleira de potranca, mas podia-se dizer a mesma coisa de metade das moças da Espanha. Agora, era muito hábil com as mãos; em Plasencia e arredores não havia quem cosesse e bordasse com mais esmero que eu. Com esse ofício contribuí desde os oito anos para o sustento da família e fui economizando para o dote que meu avô não pensava me dar; havia me proposto conseguir um marido, porque preferia o destino de lidar com filhos ao futuro que me esperava com meu avô rabugento. Naquele dia da Semana Santa, longe de obedecer a minha mãe, atirei para trás a mantilha e sorri para o desconhecido. Assim começaram meus amores com Juan, oriundo de Málaga. Meu avô se opôs no começo e a vida em nossa casa se transformou num manicômio; voavam insultos e pratos, a bateção de portas partiu uma parede e se não fosse por minha mãe, que se punha entre nós, meu avô e eu teríamos nos aniquilado. Não lhe dei tréguas, e por fim ele cedeu por cansaço. Não sei o que Juan viu em mim, mas não importa, o fato é que logo que nos conhecemos combinamos que nos casaríamos ao fim de um ano, o tempo necessário para que ele encontrasse trabalho e eu pudesse aumentar meu esquálido dote.

Juan era um desses homens bonitos e alegres a que nenhuma mulher resiste no começo, mas que depois deseja que outra o tivesse levado, porque causam muito sofrimento. Não se dava ao trabalho de ser sedutor, como não se dava a nenhum outro, porque bastava sua presença de rufião fino para excitar as mulheres; desde os quatorze anos, idade em que começou a explorar seus encantos, viveu delas. Rindo, dizia que tinha perdido a conta dos homens a quem as mulheres haviam corneado por sua culpa e as ocasiões em que escapou na hora H de um marido ciumento. "Mas isso acabou agora que estou com você, minha vida", acrescentava para me tranquilizar, enquanto, com o rabo do olho, espiava minha irmã. Sua postura e simpatia também ganhavam o apreço dos homens; era bom bebedor e jogador, e possuía um repertório infinito de histórias atrevidas e planos fantásticos para ganhar dinheiro fácil. Logo compreendi que sua mente estava fixa no horizonte e no amanhã, sempre insatisfeita. Como tantos outros naquela época, se nutria das histórias fabulosas do Novo Mundo, onde os maiores tesouros e honras se achavam ao alcance dos valentes que estavam dispostos a correr riscos. Achava que estava destinado a grandes façanhas, como Cristóvão Colombo, que se jogou ao mar com sua coragem como único capital e topou com a outra metade do mundo, ou Hernán Cortés, que obteve a pérola mais preciosa do Império Espanhol, o México.

— Dizem que tudo já foi descoberto nessas partes do mundo — argumentava eu, na ânsia de dissuadi-lo.

— Como é ignorante, mulher! Falta conquistar muito mais do que já foi conquistado. Do Panamá para o sul é terra virgem e tem mais riquezas que as de Solimão.

Seus planos me horrorizavam porque significavam que teríamos de nos separar. Além disso, tinha ouvido da boca de meu avô, que por sua vez sabia por comentários escutados nas tavernas, que os astecas do México faziam sacrifícios humanos. Formavam filas de uma légua de comprimento, milhares e milhares de infelizes prisioneiros esperavam sua vez para subir pelos degraus dos templos, onde os sacerdotes — espantalhos desgrenhados, cobertos por uma crosta de sangue seco e escorrendo sangue fresco — lhes arrancavam o coração com uma faca de obsidiana. Os corpos rolavam pelos degraus e se amontoavam embaixo; pilhas de carne em decomposição. A cidade se assentava num lago de sangue; as aves de rapina, fartas de carne humana, eram tão pesadas que não podiam voar, e os ratos carnívoros chegavam ao tamanho de cachorros pastores. Nenhum espanhol desconhecia estes fatos, mas isto não amedrontava Juan.

Enquanto eu bordava e cosia desde a madrugada até a meia-noite, poupando para nos casar, os dias de Juan transcorriam em tabernas e praças, seduzindo donzelas e prostitutas sem distinção, entretendo a freguesia e sonhando em embarcar para as Índias, único destino possível para um

INÉS DA MINHA ALMA

homem de sua envergadura, conforme garantia. Às vezes se perdia por semanas, inclusive meses, e regressava sem dar explicações. Aonde ia? Nunca disse. Como falava tanto de atravessar o mar, as pessoas zombavam dele e me chamavam de "namorada das Índias". Suportei sua conduta errática com mais paciência que a recomendável porque tinha o pensamento ofuscado e o corpo em brasas, como me acontece sempre com o amor. Juan me fazia rir, me divertia com canções e versos picarescos, me abrandava com beijos. Bastava ele me tocar para transformar meu choro em suspiros e minha zanga em desejo. Que complacente é o amor, que a tudo perdoa! Não esqueci a primeira vez que fizemos amor, entre os arbustos de um mato. Era verão e a terra palpitava, morna, fértil, com perfume de louro. Saímos de Plasencia separados, para evitar falatórios, e descemos o morro, deixando a cidade amuralhada para trás. Encontramo-nos no rio e corremos de mãos dadas para a vegetação mais espessa, em busca de um lugar longe do caminho. Juan juntou folhas para fazer um ninho, tirou o gibão, para que me sentasse em cima, e depois me ensinou sem pressa alguma as cerimônias do prazer. Havíamos levado azeitonas, pão e uma garrafa de vinho que eu tinha roubado do meu avô e que bebemos em sorvos travessos um da boca do outro. Beijos, vinho, riso, o calor que se desprendia da terra e nós apaixonados. Tirou-me a blusa e a camisa e me lambeu os seios; disse que eram como pêssegos, maduros e doces, embora me parecessem mais ameixas duras. E continuou me explorando com a língua, até que achei que ia morrer de gozo e amor. Lembro que se estendeu de costas sobre as folhas e me fez montá-lo, despida, úmida de suor e desejo, porque quis que eu impusesse o ritmo de nossa dança. Assim, aos poucos e como que brincando, sem susto nem dor, terminei com minha virgindade. Num momento de êxtase, levantei os olhos para a abóbada verde do mato e, mais em cima, para o céu abrasador do verão, e gritei longamente de pura e simples alegria.

Na ausência de Juan a paixão esfriava e a raiva esquentava; eu decidia expulsá-lo de minha vida; mas mal ele reaparecia com uma desculpa esfarrapada e suas sábias mãos de bom amante, eu voltava a me submeter. E assim começava outro ciclo idêntico: sedução, promessas, entrega, a felicidade do amor e o sofrimento de uma nova separação. O primeiro ano se foi sem fixarmos a data para o casamento, o segundo e o terceiro também. Por esse tempo minha reputação andava pelo chão, porque as pessoas comentavam que fazíamos obscenidades atrás das portas. Era verdade, mas ninguém teve prova disso, éramos muito prudentes. A mesma cigana que me anunciou vida longa me vendeu o segredo para não ficar grávida: me introduzir uma esponja empapada em vinagre. Estava inteirada, pelos conselhos de minha irmã Asunción e de minhas amigas, que a melhor forma de dominar um homem era lhe negar favores, mas nem uma santa mártir podia fazer isso com Juan de Málaga. Era eu quem buscava ocasiões de estar a sós com ele para fazer amor em qualquer lugar, não só atrás das portas. Ele tinha a habilidade extraordinária, que nunca encontrei em outro homem, de me fazer feliz em qualquer postura e em poucos minutos. Meu prazer lhe importava mais que o seu. Aprendeu o mapa de meu corpo de memória e me ensinou para que eu gozasse sozinha. "Veja como é bonita, mulher", me repetia. Eu não compartilhava sua lisonjeira opinião, mas estava orgulhosa de provocar desejo no homem mais lindo da Extremadura. Se meu avô soubesse que fazíamos como os coelhos até nos cantos escuros da igreja, teria nos matado; era muito melindroso com sua honra. Essa honra dependia em boa medida da virtude das mulheres de sua família; por isso, quando os primeiros murmúrios das pessoas chegaram a suas orelhas peludas, teve um ataque de ira santa e ameaçou me despachar a pau para o inferno. "Uma mancha na honra só se lava com sangue", disse. Minha mãe se plantou na frente dele, com as mãos na cintura e aquele seu olhar capaz de deter um touro em plena corrida, para fazê-lo ver que de minha parte existia a melhor disposição para o casamento, só faltava convencer Juan. Então meu avô se valeu de seus amigos da confraria da Vera Cruz, homens influentes de Plasencia, para torcer o braço do meu reticente amante, que já se fizera demais de rogado.

Casamos numa luminosa terça-feira de setembro, dia de mercado na praça Mayor, quando o perfume de flores, frutas e verduras frescas impregnava a cidade. Depois da festa, Juan me levou para Málaga, onde nos instalamos num quarto de aluguel, com janelas para a rua, que procurei embelezar com cortinas de bilro e móveis feitos por meu avô em sua marcenaria. Juan assumiu seu papel de marido sem outros bens que sua fantasiosa ambição, mas com entusiasmo de garanhão, apesar de que já nos conhecíamos como um casal antigo. Havia dias em que as horas voavam enquanto fazíamos amor e não conseguíamos nem nos vestir; até comíamos na cama. Apesar dos desaforos da paixão, logo me dei conta de que, do ponto de vista da conveniência, esse casamento era um erro. Juan não me surpreendeu, tinha me mostrado seu caráter nos anos anteriores, mas uma coisa era ver suas falhas a certa distância e outra era conviver com elas. As únicas virtudes de meu marido que posso lembrar eram seu instinto para me dar alegria na cama e seu talhe de toureiro, que não me cansava de admirar.

— Esse homem não serve de grande coisa — me advertiu minha mãe, um dia que foi me visitar.

— Desde que me dê filhos, o resto não me importa.

— E quem vai manter os pequenos? — insistiu ela.

— Eu mesma, para isso tenho linha e agulha — repliquei, desafiante.

Estava acostumada a trabalhar de sol a sol e não faltavam clientes para minhas costuras e bordados. Além disso, preparava pastéis recheados de carne e cebola, assava-os nos fornos públicos do moinho e os vendia ao amanhecer na praça Mayor. De tanto experimentar, descobri a proporção perfeita de gordura e farinha para obter uma massa firme, flexível e fina. Meus pastéis — ou empadas — se tornaram muito populares, e em pouco tempo ganhava mais cozinhando que costurando.

Minha mãe me deu uma estatueta talhada em madeira de Nossa Senhora do Socorro, muito milagrosa, para que abençoasse meu ventre, mas a Virgem certamente tinha outros assuntos mais importantes entre as mãos, porque não deu atenção às minhas súplicas. Fazia uns dois anos que não usava a esponja com vinagre, mas de filho, nada. A paixão que compartilhava com Juan foi se transformando em desgosto para ambas as partes. À medida que eu lhe exigia mais e lhe perdoava menos, foi se afastando. No fim, quase não lhe falava, e ele o fazia apenas aos gritos, mas não se atrevia a me bater, porque na única ocasião em que me levantou o punho lhe dei com uma frigideira de ferro na cabeça, tal como havia feito minha avó com meu avô e depois minha mãe com meu pai. Dizem que por causa desse frigideiraço meu pai se foi de casa; nunca mais o vimos. Pelo menos neste aspecto minha família era diferente: os homens não batiam em suas mulheres, só nos filhos. Ministrei em Juan apenas um piparote de nada, mas o ferro estava quente e lhe deixou uma marca na testa. Para um homem presunçoso como ele, essa insignificante queimadura foi uma tragédia, mas serviu para que me respeitasse. O frigideiraço pôs fim a suas ameaças, mas admito que não contribuiu para melhorar nossa relação; cada vez que Juan apalpava a cicatriz, um brilho criminoso aparecia em suas pupilas. Castigou-me negando-me o prazer que antes me dava com magnanimidade. Minha vida mudou, as semanas e os meses se arrastavam como uma condenação às galés, puro trabalho e mais trabalho, sempre aflita por minha esterilidade e pobreza. Os caprichos e as dívidas de meu marido se transformaram numa carga pesada que eu assumia para evitar a vergonha de enfrentar seus credores. Acabaram nossas noites longas de beijos e as manhãs preguiçosas na cama; nossos abraços rarearam e se tornaram rápidos e brutais, como violações. Suportei-os apenas pela esperança de um filho. Agora, quando posso observar minha vida completa com a serenidade da velhice, compreendo que a verdadeira bênção da Virgem foi me negar a maternidade e assim me permitir cumprir um destino excepcional. Com filhos estaria atada, como as fêmeas sempre estão; com filhos teria sido abandonada por Juan de Málaga, costurando e fazendo empadas; com filhos não teria conquistado este Reino do Chile.

Meu marido continuava vestido como um rufião e gastando como um fidalgo, certo de que eu faria o impossível para pagar suas dívidas. Bebia demais e visitava a rua das prostitutas, onde costumava se perder por vários dias, até que eu pagasse uns criados para que fossem buscá-lo. Eles o traziam coberto de piolhos e cheio de vergonha; eu lhe catava os piolhos e alimentava sua vergonha. Deixei de admirar seu dorso e seu perfil de estátua e comecei a invejar minha irmã Asunción, casada com um homem com aspecto de javali, mas trabalhador e bom pai de seus filhos. Juan se entediava e eu desesperava, por isso não tentei detê-lo quando por fim decidiu partir para as Índias em busca do Eldorado, uma cidade de ouro puro, onde as crianças brincavam com topázios e esmeraldas. Poucas semanas mais tarde partiu sem se despedir, altas horas da noite, com um pacote de roupas e meus últimos trocados, que subtraiu do esconderijo atrás do fogão.

Juan tinha conseguido me contagiar com seus sonhos, apesar de que nunca tive a sorte de ver de perto nenhum aventureiro que voltasse rico das Índias; pelo contrário, voltavam miseráveis, doentes e loucos. Os que faziam fortuna a perdiam, e os donos de imensas fazendas, como se dizia que havia por lá, não podiam levá-las consigo. No entanto, estas e outras razões se desvaneciam diante da pujante atração do Novo Mundo. Por acaso não passavam pelas ruas de Madri carroções cheios de barras do ouro indiano? Eu não acreditava, como Juan, na existência de uma cidade de ouro, de águas encantadas que forneciam a eterna juventude, ou de amazonas que se divertiam com os homens e depois os despediam carregados de joias, mas suspeitava que por lá havia uma coisa ainda mais valiosa: liberdade. Nas Índias cada um era seu próprio amo, não tinha de se curvar diante de ninguém, podia cometer erros e começar de novo, ser outra pessoa, viver outra vida. Lá ninguém carregava a desonra por muito tempo e até o mais humilde podia ascender. "Em cima da minha cabeça, só meu gorro emplumado", dizia Juan. Como podia reprovar a meu marido essa aventura, se eu mesma, se fosse homem, a teria empreendido?

Quando Juan se foi, voltei a Plasencia para viver com a família de minha irmã e minha mãe, porque nesse tempo meu avô tinha falecido. Eu havia me transformado em outra "viúva das Índias", como tantas na Extremadura. De acordo com o costume, devia vestir luto com um espesso véu sobre o rosto, renunciar a vida social e me submeter à vigilância de minha família, meu confessor e autoridades. Oração, trabalho e solidão, isso me apresentava o futuro, nada mais, mas não tenho temperamento de mártir. Se os conquistadores das Índias passavam mal, muito pior passavam suas esposas na Espanha. Arranjei-me para burlar o controle de minha irmã e meu cunhado, que me temiam quase tanto como a minha mãe e, para não me enfrentar, se abstinham de se meter em minha vida privada; bastava a eles que eu não desse escândalo. Segui atendendo meus clientes das costuras, indo vender minhas empadas na praça Mayor, e até me dava ao gosto de frequentar festas populares. Também ia ao hospital ajudar as freiras com os doentes e as vítimas de Peste e faca, porque desde jovem me interessou o ofício de curar; não sabia que mais tarde na vida me seria indispensável, como seria o talento para a cozinha e para encontrar água. Como minha mãe, nasci com o dom de localizar água subterrânea. Com frequência, tocava a ela e a mim acompanhar um lavrador — e às vezes um senhor — ao campo para lhe indicar onde fazer o poço. É fácil, segura-se com suavidade nas mãos uma varinha verde e se caminha lentamente pelo terreno, até que a varinha, ao sentir a presença da água, se inclina. Ali se deve cavar. As pessoas diziam que com esse talento minha mãe e eu podíamos enriquecer, porque um poço na Extremadura é um tesouro, mas nunca cobrávamos nada, porque se se cobra por esse favor, se perde o dom. Um dia esse talento haveria de me servir para salvar um exército.

Durante vários anos recebi muito poucas notícias de meu marido, exceto três breves mensagens provenientes da Venezuela que o padre da igreja me leu e me ajudou a responder. Juan dizia que estava passando muitos trabalhos e perigos, que ali iam parar os homens mais viciosos, que devia andar sempre com as armas prontas, vigiando por cima do ombro, que havia ouro em abundância, embora ele não o tivesse visto, e que regressaria rico para me construir um palácio e me dar vida de duquesa. Entretanto, meus dias transcorriam lentos, tediosos e muito pobres, porque gastava apenas o suficiente para minha subsistência e guardava o resto num buraco no chão. Sem dizer a ninguém, para não alimentar fofocas, me propus seguir Juan em sua aventura, custasse o que custasse, não por amor, que já não o tinha, nem por lealdade, que ele não merecia, mas pelo atrativo de ser livre. Lá, longe dos que me conheciam, poderia me determinar sozinha.

Uma fogueira de impaciência me queimava o corpo. Minhas noites eram um inferno, me virava na cama revivendo os abraços felizes com Juan, na época em que nos desejávamos. Acalorava-me mais ainda em pleno inverno, vivia raivosa comigo e com o mundo por ter nascido mulher e estar condenada à prisão dos costumes. Bebia chás de papoula, como me aconselhavam as freiras do hospital, mas não surtiam efeito em mim. Procurava rezar, como me exigia o padre, mas era incapaz de terminar um

INÉS DA MINHA ALMA

padre-nosso sem me perder em pensamentos perturbados, porque o Diabo, que se mete em tudo, se assanhava comigo. "Você precisa de um homem, Inés. Tudo pode ser feito com discrição...", suspirou minha mãe, sempre prática. Para uma mulher em minha situação era fácil consegui-lo; inclusive meu confessor, um padre fedorento e lascivo, pretendia que pecássemos juntos em seu empoeirado confessionário em troca de indulgências para encurtar minha condenação no purgatório. Nunca concordei; era um velho maldito. Homens, se eu os quisesse, não teriam me faltado; tive-os às vezes, quando o aguilhão do demônio me atormentava demais, mas eram abraços de necessidade, sem futuro. Estava atada ao fantasma de Juan e presa na solidão. Não era realmente viúva, não podia me casar de novo, meu papel era esperar, somente esperar. Não era preferível enfrentar os perigos do mar e de terras bárbaras a envelhecer e morrer sem ter vivido?

Por fim obtive licença real para embarcar para as Índias, depois de pleiteá-la por anos. A Coroa protegia os vínculos matrimoniais e procurava reunir as famílias para povoar o Novo Mundo com lares legítimos e cristãos, mas não se apressava em suas decisões; tudo é muito demorado na Espanha, como bem sabemos. Davam licença apenas a mulheres casadas para se juntar com seus maridos desde que fossem acompanhadas por um familiar ou uma pessoa de respeito. Em meu caso foi Constanza, minha sobrinha de quinze anos, filha de minha irmã Asunción, uma moça tímida, com vocação religiosa, que escolhi por ser a mais saudável da família. O Novo Mundo não é para gente delicada. Não perguntamos a opinião dela, mas, pelo chilique que deu, suponho que a viagem não lhe atraía. Seus pais a entregaram a mim com a promessa, escrita e selada diante de um escrivão, de que assim que tivesse me reunido com meu marido a enviaria de volta para a Espanha e lhe daria um dote para que entrasse para o convento, promessa que não pude cumprir, mas não por falta de honra de minha parte, mas da sua, como se verá mais adiante. Para obter meus papéis, duas testemunhas deveriam dar fé de que eu não era uma das pessoas proibidas, nem moura nem judia, mas cristã-velha. Ameacei o padre com a denúncia de sua concupiscência diante do tribunal eclesiástico e assim lhe arranquei um depoimento escrito sobre minha qualidade moral. Com minhas economias comprei o necessário para a travessia, uma lista demasiado longa para detalhar aqui, embora a lembre toda. Basta dizer que levava alimento para três meses, inclusive uma gaiola com galinhas, além de roupas e utensílios de casa para me estabelecer nas Índias.

Pedro de Valdivia se criou num casarão de pedra em Castuera, solar de fidalgos pobres, mais ou menos a três dias de viagem para o sul de Plasencia. Lamento que não tenhamos nos conhecido em nossa juventude, quando ele era um atraente alferes de passagem por minha cidade, de volta de uma das campanhas militares. Talvez tenhamos andado no mesmo dia pelas ruas tortuosas, ele já um homem feito, com a espada ao cinto e o vistoso uniforme dos cavaleiros do rei, eu ainda uma mocinha de tranças avermelhadas, como tinha naquele tempo, embora depois tenham escurecido. Pode ser que tenhamos nos esbarrado na igreja, sua mão pode ter roçado na minha na pia de água benta e nossos olhares podem ter se cruzado, sem que nos reconhecêssemos. Nem esse forte soldado, curtido pelas lidas do mundo, nem eu, uma menina costureira, podíamos adivinhar aquilo que o destino nos preparava.

Pedro provinha de uma família de militares sem fortuna, mas ilustre, cujas proezas remontavam à luta contra o exército romano, antes de Cristo, continuava por setecentos anos contra os sarracenos e seguia produzindo homens de muita têmpera para as eternas guerras entre monarcas da cristandade. Seus antepassados haviam descido das montanhas para instalar-se na Extremadura. Cresceu ouvindo sua mãe contar as façanhas dos sete irmãos do vale de Ibia, os Valdivia, que travaram uma cruenta batalha com um monstro pavoroso. Conforme a inspirada matrona, não se tratava de um dragão comum — corpo de lagarto, asas de morcego, duas ou três cabeças de serpente —, como o de São Jorge, mas de uma fera dez vezes maior e brutal, antiga de muitos séculos, que encarnava a maldade de todos os inimigos da Espanha, desde os romanos e os árabes até os malvados franceses, que em tempos recentes se atreviam a disputar os direitos de nosso soberano. "Imagina só, filho, a gente falando francês!", intercalava sempre a dona no relato. Um por um caíram os irmãos Valdivia, chamuscados pelas chamas que o monstro cuspia ou destroçados por suas garras de tigre. Quando seis haviam perecido e a batalha estava perdida, o menor dos irmãos, que ainda se mantinha de pé, cortou um grosso galho de árvore, afiou-o em ambas as pontas e o meteu na garganta da fera. O dragão começou a se retorcer de dor e suas tremendas chicotadas com o rabo partiram a terra e levantaram uma poeirada que chegou pelo ar até a África. Então o herói levantou sua espada com as duas mãos e a enterrou no coração dele, libertando assim a Espanha. Desse jovem, valente entre valentes, descendia Pedro em linha direta materna, e como prova bastavam dois troféus: a espada, que permanecia na família, e o escudo de armas, em que duas serpentes mordiam um tronco de árvore num campo de ouro. O lema da família era: "A morte, menos temida, dá mais vida." Com tais antepassados, é natural que Pedro obedecesse ao chamado das armas muito cedo. Sua mãe gastou o que ainda restava de seu dote para municiá-lo para a empresa: cota de malha e armadura completa, armas de cavaleiro, um escudeiro e dois cavalos. A legendária espada dos Valdivia era um ferro oxidado, pesada como uma clava, que só tinha valor decorativo e histórico, de modo que lhe comprou outra do melhor aço de Toledo, flexível e leve. Com ela Pedro haveria de lutar nos exércitos da Espanha sob as bandeiras de Carlos V, haveria de conquistar o reino mais remoto do Novo Mundo, e junto a ela, partida e ensanguentada, morreria.

O jovem Pedro de Valdivia, criado entre livros e sob os cuidados de sua mãe, partiu para a guerra com o entusiasmo de quem só viu a matança dos porcos carneados na praça por um açougueiro, espetáculo brutal que atraía o povoado todo. A inocência lhe durou tão pouco quanto o flamante pendão com o escudo de sua família, que ficou em farrapos na primeira batalha.

Entre os regimentos da Espanha ia outro atrevido fidalgo, Francisco de Aguirre, que se transformou de imediato no melhor amigo de Pedro. Francisco era tão fanfarrão e inquieto como Pedro era sério, embora ambos gozassem da mesma fama de valentes. A família Aguirre era basca de origem, mas assentada em Talavera de la Reina, próxima de Toledo. Desde o começo o jovem deu mostras de uma audácia suicida; procurava o perigo porque se achava protegido pela cruz de ouro de sua mãe que levava no pescoço. Da mesma correntinha pendia um relicário com uma mecha de cabelo castanho, pertencente à bela jovem que amava desde menino com um amor proibido, pois eram primos-irmãos. Francisco havia jurado permanecer solteiro, já que não podia se casar com sua prima, mas isso não o impedia de buscar os favores de quanta fêmea se pusesse ao alcance de seu fogoso temperamento. Alto, bonito, com riso franco e uma sonora voz de tenor, perfeita para animar tavernas e apaixonar mulheres, não havia quem lhe resistisse. Pedro lhe advertia que se cuidasse, porque o mal francês não perdoa nem mouros, nem judeus, nem cristãos, mas ele confiava na cruz de sua mãe, que, se tinha sido proteção infalível na guerra, devia sê-lo também contra as consequências da luxúria. Aguirre, amável e galante em sociedade, se transformava numa fera na batalha, ao contrário de Valdivia, que se mostrava sereno e cavalheiresco mesmo diante dos mais álgidos perigos. Os dois jovens sabiam ler e escrever, haviam estudado e possuíam mais cultura que a maioria dos fidalgos. Pedro havia recebido esmerada educação de um sacerdote, tio de sua mãe, com quem ele conviveu na juventude e de quem se murmurava em voz baixa que era na realidade seu pai, mas ele jamais se atrevera a lhe perguntar. Teria sido um insulto a sua mãe. Além disso, Aguirre e Valdivia tinham em comum que vieram ao mundo em 1500, o mesmo ano do nascimento do sacro imperador Carlos V, monarca da Espanha, Alemanha, Áustria, Flandres, das Índias Ocidentais, de parte da África e mais e mais mundo. Os jovens não eram supersticiosos, mas se vangloriavam de estarem unidos ao rei sob a mesma estrela e, portanto, destinados a semelhantes façanhas militares. Achavam que não havia melhor propósito nesta vida que ser soldado sob tão galhardo chefe; admiravam a estatura de titã do rei, sua coragem indomável, sua habilidade de cavaleiro e espadachim, seu talento de estrategista na guerra e de homem estudioso na paz. Pedro e Francisco agradeciam a sorte de ser católicos, garantia de salvação da alma, e espanhóis, quer dizer, superiores ao resto dos mortais. Eram fidalgos da Espanha, soberana do mundo, extensa e larga, mais poderosa que o antigo Império Romano, assinalada por Deus para descobrir, conquistar, cristianizar, fundar e povoar os mais remotos

INÉS DA MINHA ALMA

cantos da Terra. Tinham vinte anos quando partiram para combater em Flandres e depois nas campanhas da Itália, onde aprenderam que na guerra a crueldade é uma virtude e, como a morte é uma companheira constante, mais vale ter a alma preparada.

Os dois oficiais serviam sob as ordens de um extraordinário soldado, o marquês de Pescara, cuja aparência algo efeminada podia ser enganosa, já que sob a armadura de ouro e os atavios de seda bordados de pérolas com que se apresentava no campo de batalha havia um gênio militar, como demonstrou mil e uma vezes. Em 1524, em meio à guerra entre França e Espanha, que disputavam o controle da Itália, o marquês e dois mil dos melhores soldados espanhóis desapareceram de maneira misteriosa, tragados pela bruma invernal. Correu o boato de que haviam desertado, e circulavam quadrinhas zombeteiras que os acusavam de traidores e covardes, enquanto eles, ocultos num castelo, se preparavam com o maior sigilo. Estavam em novembro e o frio congelava a alma dos desventurados soldados acampados no pátio. Não compreendiam por que os tinham ali, entorpecidos e ansiosos, em vez de levá-los a lutar contra os franceses. O marquês de Pescara não se apressava, esperava o momento adequado com a paciência de um caçador experiente. Por fim, quando já haviam passado várias semanas, deu o sinal a seus oficiais de se prepararem para a ação. Pedro de Valdivia ordenou aos homens de seu batalhão que colocassem as armaduras sobre seus saiotes de lã, tarefa difícil, porque ao tocar o metal gelado os dedos se grudavam nele, e depois lhes entregou lençóis para que se cobrissem. Assim, como espectros brancos, marcharam em total silêncio, tiritando de frio, durante a noite inteira, até que ao amanhecer chegaram às proximidades da fortaleza inimiga. Os vigias nas ameias perceberam certo movimento sobre a neve, mas acharam que se tratava das sombras das árvores movidas pelo vento. Não viram os espanhóis arrastando-se em ondas brancas sobre o solo branco até o último instante, quando estes se lançaram ao ataque e os fulminaram com a surpresa. Essa vitória esmagadora transformou o marquês de Pescara no militar mais célebre de seu tempo.

Um ano mais tarde, Valdivia e Aguirre participaram da batalha de Pavia, a bela cidade de cem torres, onde os franceses também foram derrotados. O rei da França, que se batia desesperadamente, foi feito prisioneiro por um soldado da companhia de Pedro de Valdivia, que o derrubou do cavalo sem saber quem era e esteve a ponto de lhe fatiar o pescoço. A oportuna intervenção de Valdivia o impediu, modificando assim o curso da História. Sobre o campo da luta ficaram mais de dez mil mortos; durante semanas o ar esteve infestado de moscas e a terra de ratos. Dizem que os repolhos e as couves-flores da região ainda costumam trazer lascas de ossos entre as folhas. Valdivia compreendeu que, pela primeira vez, a cavalaria não tinha sido o fator fundamental para o triunfo, mas duas armas novas: os arcabuzes, complicados de carregar, mas de longo alcance, e os canhões de bronze, mais leves e móveis que os de ferro fundido. Outro elemento decisivo foi a participação de milhares de mercenários, suíços e lansquenetes alemães, famosos por sua brutalidade e aos quais Valdivia apreciava, porque para ele a guerra, como tudo o mais, era questão de honra. O combate de Pavia o levou a meditar sobre a importância da estratégia e das armas modernas: não bastava a coragem demente de homens como Francisco de Aguirre, a guerra era uma ciência que requeria estudo e lógica.

Depois da batalha de Pavia, esgotado e coxeando por causa de uma lançada no quadril, que trataram com azeite fervendo, embora a ferida voltasse a abrir ao menor esforço, Pedro de Valdivia regressou para sua casa em Castuera. Estava em idade de se casar, perpetuar seu sobrenome e se encarregar de suas terras, ermas de tanta ausência e descuido, como sua mãe não se cansava de lhe repetir. O ideal era uma moça que trouxesse um dote considerável, já que os empobrecidos Valdivia muito necessitavam. Havia várias candidatas escolhidas pela família e pelo padre, todas de bom nome e fortuna, que ele deveria conhecer enquanto convalescia de sua ferida. Mas os planos não saíram como se esperava. Pedro viu Marina Ortiz de Gaete no único lugar onde podia encontrá-la em público: a saída da missa. Marina tinha treze anos e ainda a vestiam com as crinolinas engomadas da

INÉS DA MINHA ALMA

infância. Ia acompanhada por sua dama de companhia e uma escravizada, segurava um guarda-sol sobre sua cabeça, embora o dia estivesse nublado; jamais um raio de luz direta havia tocado a pele translúcida daquela moça pálida. Tinha o rosto de um anjo, o cabelo louro e luminoso, o andar vacilante, de quem carrega demasiadas anáguas, e tal ar de inocência, que Pedro esqueceu na hora os propósitos de melhorar sua fortuna. Não era homem de cálculos mesquinhos; a beleza e a virtude da jovem o seduziram num instante. Embora ela carecesse de dinheiro e seu dote estivesse muito abaixo de seus méritos, apenas averiguou que não estava prometida a outro e começou a cortejá-la. A família Ortiz de Gaete também desejava para sua filha uma união com benefícios econômicos, mas não pôde recusar um cavalheiro de nome tão ilustre e provado valor como Pedro de Valdivia, e pôs como única condição que o casamento fosse feito depois que a menina completasse quatorze anos. Entretanto, Marina se deixou agradar por seu pretendente com a timidez de um coelho, embora tenha se arranjado para lhe fazer saber que ela também contava os dias para se casar. Pedro estava no apogeu de sua virilidade, era de boa estatura, peito forte, bem-proporcionado, de nobre estampa, nariz proeminente, queixo autoritário e olhos azuis, muito expressivos. Já nesse tempo usava o cabelo para trás, preso num curto rabo-de-cavalo na nuca, as bochechas raspadas, o bigode engomado e a barbinha estreita que o caracterizou toda a vida. Vestia-se com elegância, empregava gestos categóricos, era de fala pausada e impunha respeito, mas também podia ser galante e terno. Marina se perguntava, admirada, por que esse homem de grande orgulho e elegância havia se fixado nela. Casaram-se no ano seguinte, quando a menina começou a menstruar, e se instalaram no modesto solar dos Valdivia.

Marina entrou em sua condição de casada com as melhores intenções, mas era demasiado jovem, e esse marido de temperamento sombrio e estudioso a assustava. Não tinham do que falar. Ela aceitava, aturdida, os livros que ele oferecia, sem se atrever a lhe confessar que mal sabia ler algumas frases elementares e assinar seu nome com traço hesitante. Tinha vivido preservada do contato com o mundo e desejava continuar assim;

os sermões de seu marido sobre política ou geografia aterrorizavam-na. A vida dela eram a oração e o bordado de preciosas casulas de padre. Carecia de experiência para se encarregar da casa, e os criados não obedeciam a suas ordens, dadas com voz infantil, de modo que sua sogra continuou mandando, enquanto ela era tratada como a menina que era. Propôs-se aprender as maçantes tarefas caseiras, assessorada pelas mulheres mais velhas da família, mas não havia a quem perguntar sobre outro aspecto da vida matrimonial, mais importante que tratar da comida e das contas.

Enquanto a relação com Pedro consistiu em visitas vigiadas por uma dama de companhia e cartinhas gentis, Marina foi feliz, mas o entusiasmo se esfumou ao se achar na cama com seu marido. Ignorava completamente o que ia acontecer na primeira noite de casada; ninguém a tinha preparado para a deplorável surpresa que levou. Em sua arca havia várias camisolas de batista, longas até os tornozelos, fechadas no pescoço e nos punhos com faixas de seda, e com uma abertura em forma de cruz na frente. Não lhe ocorreu perguntar para que servia aquela abertura, e ninguém lhe explicou que por ali teria contato com as partes mais íntimas de seu marido. Nunca tinha visto um homem despido e achava que as diferenças entre homens e mulheres eram a barba e o tom de voz. Quando sentiu na escuridão a respiração de Pedro e suas mãos grandes tateando entre as dobras de sua camisola em busca da primorosa abertura bordada, deu nele um empurrão de mula e saiu gritando pelos corredores do casarão de pedra. Apesar de suas boas intenções, Pedro não era um amante cuidadoso, sua experiência se limitava a abraços breves com mulheres de virtude negociável, mas compreendeu que necessitaria de uma grande paciência. Sua esposa ainda era uma menina e seu corpo mal começava a se desenvolver, não convinha forçá-la. Tentou iniciá-la aos poucos, mas logo a inocência de Marina, que tanto o atraiu no começo, se transformou num obstáculo impossível de vencer. As noites eram frustrantes para ele e um tormento para ela, e nenhum dos dois se atrevia a falar no assunto à luz da manhã. Pedro se debruçou em seus estudos e no cuidado de suas terras e lavradores, enquanto queimava energia na prática da esgrima e da equitação. No fundo, estava

INÉS DA MINHA ALMA

se preparando e se despedindo. Quando o chamado da aventura se tornou irresistível, se alistou de novo sob os estandartes de Carlos V, com o sonho secreto de alcançar a glória militar do marquês de Pescara.

Em fevereiro de 1527, as tropas espanholas se achavam, sob as ordens do condestável de Bordón, diante das muralhas de Roma. Os espanhóis, secundados por quinze companhias de ferozes mercenários suíços e alemães, esperavam a oportunidade de entrar na cidade dos Césares e se compensarem de muitos meses sem soldo. Era uma horda de soldados famintos e insubordinados, dispostos a esvaziar os tesouros de Roma e do Vaticano. Mas nem todos eram velhacos e mercenários; entre os regimentos da Espanha ia uma dupla de vigorosos oficiais, Pedro de Valdivia e Francisco de Aguirre, que tinham se encontrado depois de dois anos de separação. Após se abraçarem como irmãos, puseram-se a par das novidades em suas respectivas vidas. Valdivia exibiu um medalhão com o rosto de Marina pintado por um miniaturista português, um judeu convertido que tinha conseguido burlar a Inquisição.

— Não tivemos filhos ainda porque Marina é muito jovem, mas haverá tempo para isso, se Deus quiser — comentou.

— Quer dizer, se não nos matarem antes! — exclamou seu amigo.

Por sua vez, Francisco confessou que continuava em amores platônicos e secretos com sua prima, que havia ameaçado se tornar freira se seu pai insistisse em casá-la com outro. Valdivia opinou que não era uma ideia descabelada, já que para muitas mulheres nobres o convento, onde entravam com seu séquito completo de criadas, seu próprio dinheiro e os luxos a que estavam acostumadas, era preferível a um casamento imposto pela força.

— No caso de minha prima, seria um lamentável desperdício, meu amigo. Uma jovem tão bonita e cheia de saúde, criada para o amor e a maternidade, não deve se amortalhar em vida dentro de um hábito. Mas você tem razão, prefiro vê-la transformada em freira que casada com outro. Não poderia permitir isso, teríamos de nos suicidar juntos — garantiu Francisco, enfático.

ISABEL ALLENDE

— E se a condenarem ao fogo do inferno? Tenho certeza de que sua prima optará pelo convento. E você? Que planos tem para o futuro? — perguntou Valdivia.

— Continuar guerreando, enquanto puder, e visitar minha prima em sua cela de freira amparado pela noite — riu Francisco, tocando a cruz e o relicário no peito.

Roma estava mal defendida pelo papa Clemente VII, homem mais apto para tramas políticas que para estratégias de guerra. Mal as hostes inimigas se aproximaram das pontes da cidade, em meio a uma densa neblina, o Pontífice escapou do Vaticano, por um corredor secreto, para o castelo de Sant'Angelo, eriçado de canhões. Acompanhavam-no três mil pessoas, entre elas o célebre escultor e ourives Benvenuto Cellini, tão conhecido por seu insigne talento de artista, como por seu terrível caráter; o papa delegou a Cellini as decisões militares porque deduziu que se ele mesmo tremia diante do artista não havia razão para que os exércitos do condestável de Bordón não tremessem também.

No primeiro assalto a Roma, o condestável recebeu um tiro fatal de mosquete num olho. Benvenuto Cellini se vangloriaria mais tarde de ter disparado a bala que o matou, embora, na realidade, não tivesse estado nem mesmo perto dele, mas quem teria se atrevido a contradizê-lo? Antes que os capitães conseguissem impor ordem, as tropas, sem controle, se lançaram a ferro e fogo contra a indefesa cidade e a tomaram em questão de horas. Durante os primeiros oito dias foi tão cruel a matança que o sangue corria pelas ruas e coagulava entre as pedras milenares. Mais de quarenta e cinco mil pessoas fugiram, e o resto da aterrorizada população mergulhou no inferno. Os vorazes invasores queimaram igrejas, conventos, hospitais, palácios e casas particulares. Mataram a torto e a direito, inclusive os loucos e doentes do hospício e os animais domésticos; torturaram os homens para obrigá-los a entregar o que podiam ter escondido; violaram quantas mulheres e meninas encontraram; assassinaram desde crianças de peito até os velhos. O saque, como uma interminável orgia, continuou por semanas. Os soldados, bêbados de sangue e álcool, arrastaram pelas ruas as despedaçadas obras de arte e relíquias religiosas, decapitaram por igual estátuas e pessoas, roubaram o que podiam levar e o resto transformavam em pó. Salvaram-se os famosos afrescos da Capela Sistina, porque ali velaram o corpo do condestável de Bordón. No rio Tibre flutuavam milhares de cadáveres e o cheiro de carne decomposta infestava o ar. Cães e corvos devoravam os corpos atirados por toda parte; depois chegaram as fiéis companheiras da guerra, a fome e a Peste, que atacaram igualmente os infelizes romanos e seus algozes.

Durante esses dias aziagos, Pedro de Valdivia percorria Roma com a espada na mão, furioso, procurando inutilmente evitar a pilhagem e a matança e impor um pouco de ordem entre a soldadesca, mas os quinze mil lansquenetes não reconheciam chefe nem lei e estavam dispostos a liquidar quem tentasse detê-los. Tocou a Valdivia se achar por acaso às portas de um convento quando este foi atacado por uma dezena de mercenários alemães. As freiras, sabendo que nenhuma mulher escapava das violações, haviam se reunido no pátio, formando um círculo em torno de uma cruz, no centro da qual estavam as jovens noviças, imóveis, de mãos dadas, com a cabeça baixa e rezando num murmúrio. De longe pareciam pombas. Pediam que o Senhor as livrasse de ser maculadas, que se apiedasse delas enviando-lhes uma morte rápida.

— Para trás! Quem se atrever a cruzar este umbral terá que se ver comigo! — rugiu Pedro de Valdivia, brandindo sua espada na direita e um sabre curto na esquerda.

Vários dos lansquenetes se detiveram surpresos, talvez calculando se valia a pena enfrentar esse imponente e determinado oficial espanhol ou era mais conveniente passar para a casa ao lado, mas outros se lançaram em tropel ao ataque. Valdivia tinha a seu favor que era o único soldado sóbrio e em quatro estocadas certeiras botou fora de combate a outros tantos alemães, mas por aí os outros do grupo haviam se recuperado do desconcerto inicial e também foram para cima dele. Mesmo com a mente nublada pelo álcool, os alemães eram guerreiros tão formidáveis quanto Valdivia e logo o cercaram. Esse talvez houvesse sido o último dia do oficial da Extremadura se por acaso não tivesse aparecido Francisco de Aguirre, que se pôs a seu lado.

— Venham, alemães de merda! — gritava aquele basco tremendo, vermelho de raiva, enorme, brandindo a espada como uma clava.

A balbúrdia atraiu a atenção de outros espanhóis que passavam por ali e viram seus compatriotas em grave perigo. Em menos tempo que levo para contar, armou-se uma batalha campal frente ao edifício. Meia hora depois os assaltantes se retiraram, deixando vários sangrando na rua, e os soldados puderam trancar as portas do convento. A madre superiora pediu às freiras de mais têmpera que recolhessem as que tinham desmaiado e se colocaram às ordens de Francisco de Aguirre, que havia se oferecido para organizar a defesa fortificando os muros.

— Ninguém está seguro em Roma. Por ora os mercenários se retiraram, mas sem dúvida voltarão. É melhor então que as encontrem preparadas — advertiu-lhes Aguirre.

— Vou arrumar uns arcabuzes e Francisco as ensinará a usá-los — decidiu Valdivia, a quem não escapou o brilho picaresco no olhar de seu amigo ao se imaginar sozinho com uma vintena de virgens noviças e um punhado de freiras maduras, mas agradecidas e ainda apetecíveis.

Sessenta dias mais tarde terminou finalmente o horroroso saque de Roma, que pôs fim a uma época — o papado renascentista na Itália — e ficaria na História como uma mancha infame na vida de nosso imperador Carlos V, embora ele se encontrasse muito longe dali.

Sua Santidade o Papa pôde abandonar seu refúgio no castelo de Sant'Angelo, mas foi preso e recebeu o tratamento dos presos comuns, inclusive lhe tiraram o anel pontifício e lhe deram um chute no traseiro que o lançou de bruços no chão, entre as gargalhadas dos soldados.

Benvenuto Cellini podia ser acusado de muitos defeitos, mas não era dos que esquecem de devolver os favores, por isso, quando a madre superiora do convento o visitou para lhe contar como um jovem oficial espanhol havia salvado sua congregação e tinha ficado durante várias semanas no edifício para defendê-las, quis conhecê-lo. Horas depois a freira acompanhou Francisco de Aguirre ao palácio. Cellini o recebeu num dos salões do Vaticano, entre destroços e móveis destripados pelos assaltantes. Os dois homens trocaram amabilidades muito rápidas.

— Diga-me, senhor, o que deseja em paga de sua valente intervenção? — perguntou Cellini na bucha. Não era homem de rodeios.

Vermelho de raiva, Aguirre levou instintivamente a mão à empunhadura da espada.

— Você me insulta! — exclamou.

A madre superiora se colocou entre eles com o peso de sua autoridade e os separou com um gesto de desprezo; não tinha tempo para fanfarronadas. Pertencia à família do *condottiere* genovês Andrea Doria, era uma mulher de fortuna e linhagem, acostumada a mandar.

— Chega! Rogo que desculpe essa ofensa involuntária, dom Francisco de Aguirre. Vivemos maus tempos, correu muito sangue, cometeram-se pecados espantosos, não é estranho que os bons modos fiquem relegados a segundo plano. O senhor Cellini sabe que o senhor não defendeu nosso convento por interesse de uma recompensa, mas por retidão de coração. A última coisa que o senhor Cellini deseja é injuriá-lo. Seria um privilégio para nós que aceitasse uma mostra de apreço e gratidão...

A madre superiora fez um gesto para o escultor para que aguardasse, depois pegou Aguirre por uma manga e o arrastou para o outro extremo do salão. Cellini ouviu-os cochichar por um longo tempo. Quando já acabava sua escassa paciência, os dois voltaram e a madre superiora expôs o pedido do jovem oficial, enquanto este, com os olhos fixos nas pontas de suas botas, suava.

E foi assim que Benvenuto Cellini obteve autorização do papa Clemente VII, antes que este fosse conduzido ao desterro, para que Francisco de Aguirre se casasse com sua prima-irmã. O jovem basco correu alvoroçado para onde estava seu amigo Pedro de Valdivia para lhe contar tudo. Tinha os olhos úmidos e seu vozeirão de gigante tremia, incrédulo diante de semelhante prodígio.

— Não sei se esta é uma boa notícia, Francisco. Você coleciona conquistas como nosso sacro imperador coleciona relógios. Não imagino você transformado em esposo — notou Valdivia.

— Minha prima é a única mulher que amei! As outras são seres sem rosto, só existem por um momento, para satisfazer o apetite que o Diabo botou em mim.

— O Diabo bota na gente muitos apetites, e dos mais variados, mas Deus nos dá clareza moral para controlá-los. Isso nos diferencia dos animais.

— Você foi soldado por muitos anos, Pedro, e ainda acha que nos diferenciamos dos animais... — zombou Aguirre.

— Sem dúvida. O destino do homem é se elevar acima da bestialidade, conduzir sua vida segundo os mais nobres ideais e salvar sua alma.

— Você me assusta, Pedro; fala como um padre. Se não conhecesse sua virilidade como a conheço, pensaria que carece do instinto primordial que anima os machos.

— Não me falta esse instinto, lhe garanto, mas não permito que determine minha conduta.

— Não sou tão nobre como você, mas me redime o amor casto e puro que sinto por minha prima.

— Olhe o problema que surge agora que você vai casar com essa jovem idealizada. Como vai reconciliar esse amor com seus hábitos lascivos? — sorriu Valdivia, malicioso.

— Não haverá problema, Pedro. Descerei minha prima a beijos do altar de santa e a amarei com imensa paixão — replicou Aguirre, morrendo de rir.

— E a fidelidade?

— Minha prima se encarregará de que não falte fidelidade em nosso casamento, mas eu não posso renunciar às mulheres, como não posso renunciar ao vinho, nem à espada.

Francisco de Aguirre viajou depressa para a Espanha para se casar antes que o indeciso pontífice mudasse de opinião. Certamente reconciliou o sentimento platônico por sua prima com sua indomável sensualidade e ela respondeu sem mostras de timidez, porque o ardor destes esposos chegou a ser lendário. Dizem que os vizinhos se juntavam na rua, em frente à casa dos Aguirre, para se deleitar com o espetáculo e fazer apostas sobre o número de assaltos amorosos que haveria naquela noite.

Ao fim de muita guerra, sangue, pólvora e lama, Pedro de Valdivia também voltou à sua terra natal, precedido pela fama de suas campanhas militares, com bem adquirida experiência e uma bolsa de ouro que pensava destinar a pôr em pé seu empobrecido patrimônio. Marina o aguardava transformada em mulher. Atrás haviam ficado seu jeitinho de menina mimada; contava dezessete anos, e sua beleza, etérea e serena, convidava a contemplá-la como a uma obra de arte. Tinha um ar distante de sonâmbula, como se pressentisse que sua vida ia ser uma eterna espera. Na primeira noite que passaram juntos, ambos repetiram, como autômatos, os mesmos gestos e silêncios de antes. Na escuridão do quarto os corpos se uniram sem alegria; ele temia assustá-la e ela temia pecar; ele desejava apaixoná--la e ela desejava que amanhecesse logo. Durante o dia, cada um assumia o papel que tinha fixado, conviviam no mesmo espaço sem se tocar. Marina acolheu seu marido com um carinho ansioso e solícito que, longe de lisonjeá-lo, molestava-o. Não precisava de tantas atenções, mas um pouco de paixão, que não se atrevia a lhe pedir, porque supunha que a paixão não era própria de uma mulher decente e religiosa, como ela. Sentia-se vigiado por Marina, preso nos laços invisíveis de um sentimento a que não sabia corresponder. Desgostava-lhe o olhar suplicante com que ela o seguia pela casa, sua muda tristeza ao se despedir dele, sua expressão de velada censura ao recebê-lo depois de uma breve ausência. Marina lhe parecia intocável, só cabia deleitar-se observando-a a certa distância, enquanto ela bordava, absorta em seus pensamentos e orações, iluminada como uma santa de catedral pela luz dourada da janela. Para Pedro, os encontros atrás das pesadas e poeirentas cortinas do leito conjugal, que havia servido a três gerações dos Valdivia, perderam sua atração, porque ela se negou a substituir a camisola com a abertura em forma de cruz por uma peça menos intimidativa. Pedro lhe sugeriu que se aconselhasse com outras mulheres, mas Marina não podia falar desse assunto com ninguém. Depois de cada abraço, permanecia por horas rezando ajoelhada no chão de pedra desse casarão varrido por correntes de ar, imóvel, humilhada por não ser capaz de satisfazer seu marido. Secretamente, no entanto, se deleitava nesse sofrimento que a distinguia das mulheres comuns e a aproximava da santidade. Pedro havia explicado a ela que não há pecado de lascívia entre esposos, já que o propósito da cópula são os filhos, mas Marina não podia evitar gelar até a medula quando ele a tocava. Não era por nada que seu confessor lhe havia martelado profundamente o temor ao inferno e a vergonha do corpo. Desde que Pedro a conhecia, só tinha visto o rosto, as mãos e às vezes os pés de sua mulher. Estava tentado a lhe arrancar à força o camisolão, mas lhe freava o terror que refletiam as pupilas dela quando ele se aproximava, terror que contrastava com a ternura de seu olhar durante o dia, quando ambos estavam vestidos. Marina não tinha iniciativa no amor, nem em nenhum outro aspecto da vida em comum, tampouco mudava de expressão ou de ânimo, era uma ovelha quieta. Tanta submissão irritava Pedro, embora a considerasse uma característica feminina. Não compreendia seus próprios sentimentos. Ao se casar com ela, quando ainda era uma menina, quis retê-la no estado de inocência e pureza que o seduziu a princípio, mas agora apenas desejava que ela se rebelasse e o desafiasse.

Valdivia tinha chegado ao posto de capitão com grande rapidez devido a sua excepcional coragem e capacidade de comando, mas, apesar de sua brilhante carreira, não estava orgulhoso de seu passado. Depois do saque de Roma, atormentavam-no recorrentes pesadelos em que aparecia uma jovem mãe, abraçada a seus filhos, disposta a saltar de uma ponte num rio de sangue. Conhecia os limites da abjeção humana e o fundo escuro da alma, sabia que os homens expostos à brutalidade da guerra são capazes de cometer ações terríveis, e ele não se sentia diferente dos demais. Confessava-se, claro, e o sacerdote o absolvia sempre com uma penitência mínima, porque as faltas cometidas em nome da Espanha e da Igreja não podiam ser consideradas pecados. Por acaso não obedecia a ordens de seus superiores? Por acaso o inimigo não merecia uma sorte vil? *Ego te absolvo ab omnibus censuris et peccatis, in nomine Patri, et Filii, et Spiritus Sancti, Amen.* Para quem provou a exaltação de matar não há escapatória nem absolvição, pensava Pedro. Tinha tomado gosto pela violência, esse era o vício secreto de todo soldado, de outro modo não seria possível fazer a guerra. A rude camaradagem dos acampamentos, o coro de rugidos viscerais com que os homens se lançavam juntos à batalha e a comum indiferença diante da dor e do medo lhe faziam se sentir vivo. Esse prazer feroz ao trespassar um corpo com a espada, esse satânico poder de cortar a vida de outro homem e esse fascínio diante do sangue derramado eram estímulos muito poderosos. Começa-se matando por dever e acaba-se matando por sanha. Nada podia se comparar a isso. Até nele, que temia a Deus e se julgava capaz de controlar suas paixões, o instinto de matar, uma vez solto, era mais forte que o de viver. Comer, fornicar e matar, a isto se reduzia o homem, segundo seu amigo Francisco de Aguirre. A única salvação para sua alma era evitar a tentação da espada. De joelhos em frente ao altar-mor da catedral, jurou dedicar o resto de sua existência a fazer o bem, servir à Igreja e à Espanha, não cometer excessos e pautar sua vida por severos princípios morais. Várias vezes esteve a ponto de morrer e Deus tinha lhe permitido conservar a vida para expiar suas culpas. Pendurou sua espada toledana junto à antiga espada de seu antepassado e se dispôs a criar juízo.

O capitão se transformou num agradável cidadão preocupado com assuntos comuns, o gado e as colheitas, as secas e as geadas, os casos e as invejas do povoado. Leituras, jogos de cartas, missas e mais missas. Como era estudioso da lei escrita e do direito, as pessoas o consultavam sobre assuntos legais e até as autoridades judiciais se inclinavam frente a seus conselhos. Seu maior prazer eram os livros, em especial crônicas de viagens e os mapas, que estudava em detalhe. Havia aprendido de memória o poema do Cid Campeador, tinha se deleitado com as crônicas fantásticas de Solino e as viagens imaginárias de John Mandeville, mas a leitura que realmente preferia eram as notícias do Novo Mundo publicadas na Espanha. As proezas de Cristóvão Colombo, Fernando de Magalhães, Américo Vespúcio, Hernán Cortés e tantos outros o deixavam em claro pelas noites; com a vista cravada no dossel de sua cama, sonhava acordado com descobrir distantes cantos do planeta, fundar cidades, levar a Cruz a terras bárbaras para a glória de Deus, gravar o próprio nome a ferro e fogo na História. Enquanto isso sua esposa bordava casulas com fios de ouro e rezava um rosário atrás do outro em incansável ladainha. Embora Pedro se aventurasse várias vezes por semana através da humilhante abertura do camisolão de Marina, os filhos tão desejados não chegaram. Assim passaram anos tediosos e lentos, na modorra do ardente verão e no recolhimento do inverno. Dureza extrema, Extremadura.

* * *

ISABEL ALLENDE

Vários anos mais tarde, quando Pedro de Valdivia já tinha se resignado a envelhecer sem glória junto a sua mulher na silenciosa casa de Castuera, chegou de visita um viajante de passagem que trazia uma carta de Francisco de Aguirre. Seu nome era Jerónimo de Alderete e era oriundo de Olmedo. Tinha rosto agradável, uma mata de cabelo encaracolado cor-de-mel, bigode turco com as pontas engomadas para cima e os olhos incandescentes de um sonhador. Valdivia o recebeu com a hospitalidade obrigatória do bom espanhol, oferecendo-lhe sua casa, que carecia de luxo, mas era mais cômoda e segura que as pousadas. Era inverno e Marina tinha mandado acender o fogo na lareira da sala principal, mas as chamas não dissipavam as correntes de ar nem as sombras. Nessa mesma peça espartana, quase desprovida de móveis e adornos, transcorria a vida do casal; ali ele lia e ela se fatigava com a agulha, ali comiam e ali, nos dois genuflexórios frente ao altar encostado na parede, ambos rezavam. Marina serviu aos homens um vinho áspero feito em casa, salsichão, queijo e pão, depois se retirou para seu canto para bordar à luz de um candelabro, enquanto eles falavam.

Jerónimo de Alderete tinha a missão de recrutar homens para levar para as Índias e, para tentá-los, exibia em tavernas e praças um colar de grossas contas de ouro lavrado e unidas com um firme fio de prata. A carta enviada por Francisco de Aguirre a seu amigo Pedro discorria sobre o Novo Mundo. Exultante, Alderete falou a seu anfitrião das fabulosas possibilidades desse continente, que andavam de boca em boca. Disse que já não havia lugar para nobres façanhas na Europa, corrupta, envelhecida, extraviada por conspirações políticas, intrigas cortesãs e pregações de hereges, como os luteranos, que dividiam a cristandade. O futuro estava do outro lado do oceano, garantiu. Havia muito por fazer nas Índias ou América, nome que deu a essas terras um cartógrafo alemão em honra a Américo Vespúcio, um presunçoso navegante florentino que não teve o mérito de descobri-las, como Cristóvão Colombo. Segundo Alderete, deveriam tê-las batizado de Cristóvãs ou Colônicas. Enfim, já estava feito e não era esse o ponto, acrescentou. O que mais se necessitava no Novo Mundo eram fidalgos de coração indômito, com a espada numa mão e a cruz na outra, dispostos a descobrir e conquistar. Era impossível imaginar a vastidão desses luga-

42

res, o verde infinito de suas selvas, a abundância de seus rios cristalinos, a profundidade de seus lagos de águas mansas, a opulência das minas de ouro e prata. Sonhar não tanto com tesouros como com a glória, viver uma vida plena, combater os selvagens, cumprir um destino superior e, com o fervor de Deus, fundar uma dinastia. Isso e muito mais era possível nas novas fronteiras do império, disse, onde havia aves de plumagem de joias e mulheres cor-de-mel, nuas e complacentes. "Perdoe-me, dona Marina, é um modo de falar...", acrescentou. As palavras do idioma castelhano não eram suficientes para descrever a abundância do que se encontrava ali: pérolas como ovos de codorna, ouro caído das árvores e tanta terra e indígenas disponíveis, que qualquer soldado podia se transformar em dono de fazendas do tamanho de uma província espanhola. O mais importante, assegurou, era que numerosos povos aguardavam a palavra do Deus Único e Verdadeiro e as coisas boas da nobre civilização castelhana. Acrescentou que Francisco de Aguirre, o amigo comum, também desejava embarcar, e era tanta sua sede de aventura que estava disposto a deixar sua amada esposa e os cinco filhos que esta lhe tinha dado nesses anos.

— Acha que ainda há oportunidades para homens como nós na Terra Nova? — perguntou Valdivia. — Já se passaram muitos anos desde que Colombo aportou e desde que Cortés invadiu o México...

— E muitos também desde que Fernando de Magalhães iniciou sua viagem ao redor do mundo. Como vê, a Terra está em expansão, as oportunidades são infinitas. Não só o Novo Mundo está aberto à exploração, como também a África, Índias, as ilhas San Lázaro e muito mais — insistiu o jovem Alderete.

Repetiu o que já se comentava em cada canto da Espanha: a conquista do Peru e seu faustuoso tesouro. Uns anos antes, dois soldados desconhecidos, Francisco Pizarro e Diego de Almagro, se associaram na empresa de chegar até o Peru. Desafiando homéricos perigos em terra e mar, realizaram duas viagens: partiram do Panamá em seus navios e avançaram pela despedaçada costa do Pacífico, tateando, sem mapas, rumo ao sul, sempre para o sul. Guiavam-se pelos rumores ouvidos dos indígenas de diversas aldeias sobre um lugar onde os utensílios de cozinha e as ferramentas de

ISABEL ALLENDE

lavrar tinham esmeraldas incrustadas, pelos arroios fluía prata líquida e as folhas das árvores e os besouros eram de ouro vivo. Como não sabiam com precisão aonde iam, tinham de parar e descer em terra para explorar essas regiões, nunca antes pisadas por pé europeu. No caminho morreram muitos espanhóis e outros sobreviveram alimentando-se de cobras e insetos. Na terceira viagem, em que Diego de Almagro não participou porque estava recrutando soldados e pleiteando um financiamento para outro navio, Pizarro e seus homens alcançaram finalmente o território dos incas. Sonâmbulos de cansaço e suor, extraviados de mar e céu, os espanhóis desceram de suas maltratadas embarcações numa terra benigna de vales férteis e majestosas montanhas, muito diferente das selvas envenenadas do norte. Eram sessenta e dois esfarrapados cavaleiros e cento e seis exaustos soldados a pé. Puseram-se a andar com cautela em suas pesadas armaduras, levando uma cruz na frente, os arcabuzes carregados e as espadas desembainhadas. Saíram ao encontro deles pessoas cor-de-madeira, vestidas com finos tecidos coloridos, que falavam uma língua de vogais doces e se mostravam assustadas porque nunca tinham visto nada como esses seres barbudos, metade animal e metade homem. A surpresa deve ter sido similar para ambas as partes, já que os navegantes não esperavam achar uma civilização como aquela. Ficaram perplexos diante das obras de arquitetura e engenharia, dos tecidos e das joias. O inca Atahualpa, soberano daquele império, se encontrava então numas termas de águas curativas, onde acampava com um luxo comparável ao de Solimão, o Magnífico, em companhia de milhares de cortesãos. Até ali chegou um dos capitães de Pizarro para convidá-lo para conferenciar. O Inca o recebeu com seu faustuoso séquito numa tenda branca, rodeada de flores e árvores frutíferas, plantadas em vasos de metais preciosos, e entre piscinas de água quente, onde brincavam centenas de princesas e nuvens de crianças. Estava oculto por uma cortina, porque ninguém podia olhá-lo na cara, mas a curiosidade pôde mais que o protocolo, e Atahualpa fez com que tirassem a cortina para observar de perto o estrangeiro barbudo. O capitão se deparou com um monarca ainda jovem e de feições agradáveis, sentado num trono de ouro maciço, sob um dossel de penas de papagaio. Apesar das

44

estranhas circunstâncias, uma chispa de simpatia mútua surgiu entre o soldado espanhol e o nobre quéchua. Atahualpa ofereceu ao pequeno grupo de visitantes um banquete em vasilhas de ouro e prata com incrustações de ametista e esmeraldas. O capitão transmitiu ao Inca o convite de Pizarro, mas se sentiu angustiado porque sabia que era uma armadilha para fazê-lo prisioneiro, de acordo com a estratégia habitual dos conquistadores nesses casos. Bastaram poucas horas para ele aprender a respeitar esses indígenas; nada tinham de selvagens, pelo contrário, eram mais civilizados que muitos povos da Europa. Comprovou, admirado, que os incas tinham conhecimentos avançados de astronomia e haviam elaborado um calendário solar; além disso, mantinham o censo dos milhões de habitantes de seu extenso império, que controlavam com impecável organização social e militar. No entanto, careciam de escrita, suas armas eram primitivas, não usavam a roda nem tinham animais de carga ou de montar, apenas umas delicadas ovelhas de patas longas e olhos de noiva, as lhamas. Adoravam o Sol, que só exigia sacrifícios humanos em ocasiões trágicas, como uma doença do Inca ou reveses na guerra; então era necessário aplacá-lo com oferendas de virgens e crianças. Enganados por falsas promessas de amizade, o Inca e sua extensa corte chegaram sem armas na cidade de Cajamarca, onde Pizarro havia preparado uma emboscada. O soberano viajava num palanquim de ouro carregado por seus ministros; seguia-lhe seu harém de lindas donzelas. Os espanhóis, depois de matar milhares de cortesãos que tentaram protegê-lo com seus corpos, aprisionaram Atahualpa.

— Não se fala em mais nada, só no tesouro do Peru. A notícia é como febre, contagiou meia Espanha. Diga-me, é verdade o que me conta? — perguntou Valdivia.

— Verdade, embora pareça incrível. Em troca de sua liberdade, o Inca ofereceu a Pizarro o conteúdo em ouro de uma peça de vinte e dois pés de comprimento por dezesseis de largura e nove de altura.

— É uma soma impossível!

— É o resgate mais alto da História. Chegou em forma de joias, estátuas e copos, que foram derretidos para se transformar em barras marcadas com o selo real da Espanha. Não serviu de nada a Atahualpa entregar se-

ISABEL ALLENDE

melhante fortuna, que seus súditos trouxeram dos mais afastados lugares do império como formigas diligentes; Pizarro, depois de tê-lo prisioneiro durante nove meses, condenou-o a ser queimado vivo. Na última hora substituiu a sentença por uma morte mais branda, o garrote vil, em troca de que o Inca concordasse em ser batizado — explicou Alderete. Acrescentou que Pizarro pensava ter boas razões para fazer isso, já que supostamente o prisioneiro havia instigado uma sublevação de sua cela. Segundo diziam os espiões, havia duzentos mil quéchuas provenientes de Quito e trinta mil caribes, que comiam carne humana, prontos para marchar contra os conquistadores em Cajamarca, mas a morte do Inca obrigou-os a desistir. Mais tarde se soube que aquele exército não existia.

— De qualquer forma, é difícil explicar como um punhado de espanhóis pôde derrotar a refinada civilização que você descreve. Estamos falando de um território maior que a Europa — disse Pedro de Valdivia.

— Era um império muito grande, mas frágil e jovem. Quando Pizarro chegou, tinha apenas um século de existência. Além disso, os incas viviam na maior tranquilidade, nada puderam fazer frente a nossa coragem, armas e cavalos.

— Suponho que Pizarro se aliou aos inimigos do Inca, como Hernán Cortés fez no México.

— Sim, claro. Atahualpa e seu irmão Huáscar mantinham uma guerra fratricida, e disso se valeram Pizarro e depois Almagro, que chegou ao Peru logo a seguir, para derrotar a ambos.

Alderete explicou que no império do Peru não se movia uma folha sem conhecimento das autoridades, todos eram servos. Com parte do tributo que os súditos pagavam, o Inca alimentava e protegia órfãos, viúvas, doentes e anciãos, e guardava reservas para os maus tempos. Mas, apesar destas medidas racionais, inexistentes na Espanha, o povo detestava o soberano e sua corte porque vivia submetido à servidão pelas castas dos militares e religiosos, os *orelhudos*. Conforme disse, para o povo dava na mesma achar-se sob o domínio dos incas ou dos espanhóis, por isso não opôs muita resistência aos invasores. Em todo caso, a morte de Atahualpa deu a vitória a Pizarro; ao decapitar o corpo do império, este desmoronou.

INÊS DA MINHA ALMA

— Esses dois homens, Pizarro e Almagro, bastardos sem educação nem fortuna, são o melhor exemplo do que se pode alcançar no Novo Mundo. Não só se tornaram riquíssimos, como foram cumulados de honras e títulos por nosso imperador — acrescentou Alderete.

— Só se fala de fama e riqueza, só se contam as empresas vitoriosas: ouro, pérolas, esmeraldas, terras e povos submetidos. Não se diz nada dos perigos — argumentou Valdivia.

— Tem razão. E os perigos são infinitos. Para conquistar essas terras virgens são necessários homens de muita têmpera.

Valdivia corou. Por acaso esse jovem duvidava de sua têmpera? Mas pensou em seguida que, se era assim, estava em seu direito. Até ele mesmo duvidava; fazia muito tempo que não punha à prova sua própria coragem. O mundo estava mudando a passos de gigante. Tocara a ele nascer numa época esplêndida em que por fim se revelavam os mistérios do Universo: não só se havia descoberto que a Terra era redonda, como também havia quem sugerisse que ela girava em torno do Sol, e não o contrário. E o que ele fazia enquanto isso acontecia? Contava cordeiros e cabras, colhia bolotas e azeitonas. Mais uma vez Valdivia teve consciência do seu tédio. Estava farto de gado e lavouras, de jogar cartas com os vizinhos, de missas e rosários, de reler os mesmos livros — quase todos proibidos pela Inquisição — e de vários anos de abraços obrigados e estéreis com sua mulher. O destino, encarnado nesse jovem de entusiasmo refulgente batia mais uma vez à sua porta, como fizera nos tempos da Lombardia, Flandres, Pavia, Milão, Roma.

— Quando você parte para as Índias, Jerónimo?

— Este ano ainda, se Deus me permitir.

— Pode contar comigo — disse Pedro de Valdivia num sussurro, para que Marina não ouvisse. Tinha o olhar fixo em sua espada toledana, que pendia sobre a lareira.

Em 1537, me despedi de minha família, que não voltaria a ver, e viajei com minha sobrinha Constanza para a bela Sevilha, perfumada de flor de laranjeira e jasmim, e dali, navegando pelas claras águas do Guadalquivir,

47

chegamos ao movimentado porto de Cádiz, com suas ruelas de paralelepípedos e suas cúpulas mouriscas. Embarcamos no navio do capitão Manuel Martín, de três mastros e duzentas e quarenta toneladas, lento e pesado, mas seguro. Uma fila de homens levou a carga para bordo: barris de água, cerveja, vinho e azeite, sacos de farinha, carne-seca, aves vivas, uma vaca e dois porcos para consumir na viagem, além de vários cavalos, que no Novo Mundo eram vendidos a preço de ouro. Vigiei para que minha bagagem, bem amarrada, fosse disposta no espaço que o capitão Martín me destinou. A primeira coisa que fiz, ao me instalar com minha sobrinha em nossa pequena cabine, foi dispor um altar para Nossa Senhora do Socorro.

— Tem muita coragem, dona Inés, para empreender esta viagem. Onde seu marido a espera? — quis saber Manuel Martín.

— Na verdade, ignoro, capitão.

— Como? Não espera a senhora em Nova Granada?

— Enviou-me sua última carta de um lugar chamado Coro, na Venezuela, mas isso foi há tempo e pode ser que já não se encontre lá.

— As Índias são um território mais vasto que todo o resto do mundo conhecido. Não será fácil achar seu marido.

— Vou procurar até encontrá-lo.

— Como, minha senhora?

— Do jeito de sempre, perguntando...

— Então lhe desejo sorte. Esta é a primeira vez que viajo com mulheres. Rogo à senhora e à sua sobrinha que sejam prudentes — acrescentou o capitão.

— O que quer dizer?

— Ambas são jovens e nada feias. Sem dúvida a senhora adivinha ao que me refiro. Após uma semana em alto-mar, a tripulação começará a sofrer a falta de mulher e, tendo duas a bordo, a tentação será forte. Além disso, os marinheiros acham que a presença feminina atrai tempestades e outras desgraças. Para seu bem e minha tranquilidade, preferia que não se misturassem com meus homens.

O capitão era um galego baixo, de costas largas e pernas curtas, com um nariz proeminente, olhinhos de roedor e pele curtida, como o corpo, pelo

INÉS DA MINHA ALMA

sal e os ventos das travessias. Havia embarcado como grumete aos treze anos e podia contar numa mão os anos que tinha passado em terra firme. Seu aspecto tosco contrastava com a gentileza de seus modos e a bondade de sua alma, como seria evidente mais tarde, quando veio em minha ajuda num momento de muita necessidade.

É uma pena que nesse tempo eu não soubesse escrever, porque teria começado a tomar notas. Embora não suspeitasse ainda que minha vida mereceria ser contada, aquela viagem devia ser registrada em detalhe, já que muito pouca gente cruzou a salgada extensão do oceano, águas de chumbo, ferventes de vida secreta, pura abundância e terror, espuma, vento e solidão. Neste relato, escrito muitos anos depois dos fatos, desejo ser o mais fiel possível à verdade, mas a memória é sempre caprichosa, fruto do vivido, do desejado e da fantasia. A linha que divide a realidade da imaginação é muito tênue, e na minha idade já não interessa porque tudo é subjetivo. A memória também está tingida pela vaidade. Agora a Morte está sentada numa cadeira perto de minha mesa, esperando, mas a vaidade ainda me alcança não apenas para pôr carmim em minhas faces quando chegam visitas, como para escrever minha história. Existe coisa mais pretensiosa que uma autobiografia?

Eu nunca tinha visto o oceano; achava que era um rio muito largo, mas não imaginei que não se visse a outra margem. Abstive-me de fazer comentários para dissimilar minha ignorância e o medo que me gelou os ossos quando o navio entrou em águas abertas e começou a balançar. Éramos sete passageiros, e todos, menos Constanza, que tinha o estômago muito firme, ficamos enjoados. Foi tanto meu mal-estar que no Segundo dia roguei ao capitão Martín que me arranjasse um bote para remar de volta à Espanha. Deu uma gargalhada e me obrigou a tomar meio litro de rum que teve a virtude de me transportar a outro mundo durante trinta horas, ao cabo das quais ressuscitei, abatida e verde; apenas então pude beber um caldo que minha gentil sobrinha me deu de colherinha. Havíamos deixado para trás a terra firme e navegávamos em águas escuras, sob um céu infinito, no maior desamparo. Não podia imaginar como o piloto se orientava nessa paisagem sempre idêntica, guiando-se com seu astrolábio e as estrelas no firmamento. Assegurou-me que podia ficar tranquila, pois tinha feito a viagem muitas vezes e a rota era bem conhecida por espanhóis e portugueses, que há décadas a percorriam. As cartas de navegação já não eram segredos bem guardados, até os malditos ingleses a possuíam. Outra coisa eram as cartas do estreito de Magalhães ou da costa do Pacífico, me esclareceu; os pilotos cuidavam delas com suas vidas, pois eram mais valiosas que qualquer tesouro do Novo Mundo.

Nunca me acostumei ao movimento das ondas, o estalar das tábuas, o rangido dos ferros, os golpes incessantes das velas açoitadas pelo vento. De noite, mal podia dormir. De dia me atormentava a falta de espaço e, principalmente, os olhos de cães no cio com que os homens me olhavam. Tinha de conquistar minha vez no fogão para colocar nossa panela, assim como a privacidade para usar a latrina, um caixão com um orifício suspenso sobre o oceano. Constanza, pelo contrário, jamais se queixava e até parecia contente. Quando completamos um mês de viagem, os alimentos começaram a escassear e a água, já em mau estado, foi racionada. Transferi a gaiola com as galinhas para nosso camarote porque me roubavam os ovos, e duas vezes por dia as levava para tomar ar atadas com um cordão por uma pata.

Numa ocasião tive de usar minha frigideira de ferro para me defender de um marinheiro mais ousado que os demais, um tal Sebastián Romero, cujo nome não esqueci porque sei que nos encontraremos no purgatório. Na promiscuidade do navio, este homem aproveitava a menor ocasião para se atirar em cima de mim, pretextando o movimento natural das ondas. Eu o adverti mais de uma vez que me deixasse em paz, mas isso o excitava mais ainda. Uma noite me surpreendeu sozinha no reduzido espaço sob a ponte destinado à cozinha. Antes que conseguisse me agarrar, senti sua respiração fétida na nuca e, sem pensar duas vezes, me virei e lhe tasquei um frigideiraço na cabeça, como anos antes tinha feito com o pobre Juan de Málaga, quando tentou me bater. Sebastián Romero tinha o crânio mais mole que Juan e caiu esparramado no chão, onde permaneceu dormindo por vários minutos, enquanto eu buscava uns trapos para lhe arrumar uma bandagem. Não derramou tanto sangue como era de esperar, embora

INÉS DA MINHA ALMA

depois tenha lhe inchado a cara e ficado com cor de berinjela. Ajudei-o a se pôr de pé e, como a nenhum dos dois convinha ventilar a verdade, concordamos que ele tinha se batido contra uma viga.

Entre os passageiros do navio, ia um cronista e desenhista, Daniel Belalcázar, enviado pela Coroa com a missão de traçar mapas e deixar testemunhos de suas observações. Era um homem de uns trinta e tantos anos, magro e forte, de rosto anguloso e pele citrina, como um andaluz. Andava da proa à popa e da popa à proa durante horas, para exercitar os músculos; penteava-se com uma trança curta e levava uma argola de ouro na orelha esquerda. A única vez que um membro da tripulação gozou com ele, o derrubou com um soco no nariz, e nunca mais voltaram a incomodá-lo. Belalcázar, que havia começado suas viagens muito jovem e conhecia as costas remotas da África e da Ásia, nos contou que numa ocasião foi feito prisioneiro por Barba Ruiva, o temível pirata turco, e vendido como escravo na Argélia, de onde pôde escapar ao cabo de dois anos, depois de muitos sofrimentos. Sempre levava embaixo do braço um grosso caderno, envolto num tecido encerado, onde escrevia seus pensamentos com uma letra minúscula, como as formigas. Entretinha-se desenhando os marinheiros em suas tarefas e, em especial, minha sobrinha. Em preparação para o convento, Constanza se vestia de noviça, com um hábito de tecido grosseiro costurado por ela mesma, e cobria a cabeça com um triângulo do mesmo pano, que não lhe deixava um só fio de cabelo à vista, lhe tapava metade da testa e se fechava sob o queixo. No entanto, este adorno horroroso não ocultava seu porte altivo nem seus olhos esplêndidos, negros e reluzentes como azeitonas. Belalcázar conseguiu primeiro que posasse para ele, depois que tirasse o trapo da cabeça e por fim que soltasse o coque de anciã e permitisse que a brisa alvoroçasse seus cachos negros. Digam o que disserem os documentos com selos oficiais sobre a pureza do sangue de nossa família, suspeito que por nossas veias corre bastante sangue sarraceno. Constanza, sem o hábito, parecia uma dessas odaliscas da tapeçaria otomana.

51

ISABEL ALLENDE

Chegou um dia em que começamos a passar fome. Então me lembrei das empadas e convenci o cozinheiro, um negro do Norte da África com o rosto bordado de cicatrizes, para que me arranjasse farinha, banha e um pouco de carne-seca, que botei de molho em água do mar antes de cozinhar. De minhas próprias reservas contribuí com azeitonas, passas, uns ovos cozidos, picados em pedacinhos, para que aumentassem, e cominho, um tempero abundante que dá um sabor peculiar ao refogado. Teria dado qualquer coisa por umas cebolas, dessas que sobravam em Plasencia, mas não restava nenhuma no porão. Cozinhei o recheio, sovei a massa e preparei empadas fritas, porque não havia forno. Fizeram tanto sucesso que, a partir desse dia, todos contribuíam com alguma coisa de suas provisões para o recheio. Fiz empadas de lentilhas, grão-de-bico, peixe, galinha, salsichão, queijo, polvo e tubarão, e ganhei assim a consideração dos tripulantes e passageiros. Obtive o respeito depois de uma tempestade, cauterizando feridas e arrumando ossos quebrados de dois marinheiros, como havia aprendido a fazer no hospital das freiras em Plasencia. Esse foi o único incidente digno de menção, fora ter escapado de corsários franceses que espreitavam os navios da Espanha. Se tivessem nos alcançado — como explicou o capitão Manuel Martín —, teríamos sofrido um fim terrível, porque estavam muito bem armados. Ao conhecer o perigo que nos ameaçava, minha sobrinha e eu nos ajoelhamos diante da imagem de Nossa Senhora do Socorro para rogar-lhe com fervor por nossa salvação, e ela nos fez o milagre de uma neblina tão densa, que os franceses nos perderam de vista. Daniel Belalcázar disse que a neblina estava ali antes que começássemos a rezar; o timoneiro teve apenas que se dirigir a ela.

Esse Belalcázar era homem de pouca fé, mas muito divertido. Pelas tardes, nos deleitava com relatos de suas viagens e do que veríamos no Novo Mundo. "Nada de ciclopes, nem gigantes, nem homens com quatro braços e cabeça de cachorro, mas com certeza vocês encontrarão seres primitivos e malvados, especialmente entre os castelhanos", zombava. Assegurou que os habitantes do Novo Mundo não eram todos selvagens; astecas, maias e incas eram mais refinados que nós, pelo menos tomavam banho e não andavam cobertos de piolhos.

— Cobiça, apenas cobiça — acrescentou. — O dia que nós, espanhóis, pisamos o Novo Mundo, foi o fim dessas culturas. No começo nos receberam bem. Sua curiosidade superou sua prudência. Como viram que os estranhos barbudos saídos do mar gostavam de ouro, esse metal mole e inútil que sobrava para eles, presentearam-nos a mãos cheias. No entanto, logo nosso insaciável apetite e brutal orgulho se tornaram ofensivos. E como não! Nossos soldados abusam de suas mulheres, entram em suas casas e pegam sem permissão o que lhes dá na telha, e o primeiro que ousa ficar na frente é despachado com uma espadada. Proclamam que essa terra, aonde recém chegaram, pertence a um soberano que vive no outro lado do mar e querem que os nativos adorem dois paus cruzados.

— Que não ouçam você falar assim, senhor Belalcázar! Será acusado de trair o imperador e de herege — lhe adverti.

— Não digo nada mais que a verdade. A senhora comprovará que os conquistadores carecem de vergonha: chegam como mendigos, se comportam como ladrões e pensam que são senhores.

Esses três meses de travessia foram longos como três anos, mas me serviram para saborear a liberdade. Não havia família — fora a tímida Constanza —, nem vizinhos nem padres me observando; não tinha de prestar contas a ninguém. Despojei-me dos vestidos negros de viúva e do espartilho que me aprisionava as carnes. Por sua vez, Daniel Belalcázar convenceu Constanza a deixar o hábito de lado e usar minhas saias.

Os dias pareciam intermináveis, e as noites, mais ainda. A sujeira, o aperto, a escassa e péssima comida, o mau humor dos homens, tudo contribuía para o purgatório que foi a travessia, mas ao menos nos salvamos das serpentes marinhas capazes de engolir um navio, dos monstros, dos tritões, das sereias que enlouquecem os marinheiros, das almas dos afogados, dos barcos fantasmas e dos fogos-fátuos. A tripulação nos advertiu destes e de outros perigos habituais nos mares, mas Belalcázar garantiu que jamais havia visto nada disso.

Num sábado de agosto alcançamos a terra. A água do oceano, antes negra e profunda, se tornou celeste e cristalina. O bote nos conduziu a uma praia de areias ondulantes lambida por ondas mansas. Os tripulantes se ofereceram para nos carregar, mas Constanza e eu levantamos as saias e vadeamos a água; preferimos mostrar as panturrilhas a ir como sacos de farinha sobre as costas dos homens. Nunca imaginei que o mar fosse morno; do barco parecia muito frio.

A aldeia consistia numas choças de canas-bravas e teto de folhas de palmeira; a única rua que havia era um lodaçal, e a igreja não existia; apenas uma cruz de madeira sobre um promontório marcava a casa de Deus. Os escassos habitantes daquele vilarejo perdido eram uma mistura de marinheiros de passagem, negros e pardos, além dos indígenas, que eu via pela primeira vez, umas pobres pessoas quase nuas, miseráveis. Envolveu-nos uma natureza densa, verde, quente. A umidade empapava até os pensamentos, e o sol se abatia implacável sobre nós. A roupa resultava insuportável, e tiramos os colarinhos, os punhos, as meias e os sapatos.

Logo averiguei que Juan de Málaga não estava ali. O único que o lembrava era o padre Gregório, um infeliz padre dominicano, doente de malária e transformado em ancião antes do tempo; mal tinha feito quarenta anos e parecia ter setenta. Estava há duas décadas na selva com a missão de ensinar e propagar a fé de Cristo, e em suas andanças tinha topado umas duas vezes com meu marido. Confirmou-me que, como tantos espanhóis alucinados, Juan procurava a mítica cidade de ouro.

— Alto, bonito, amigo de apostas e do vinho. Simpático — disse.

Não podia ser outro.

— Eldorado é uma invenção dos indígenas para se livrar dos estrangeiros, que indo atrás de ouro acabam mortos — acrescentou o padre.

O padre Gregório cedeu a Constanza e a mim sua cabana, onde pudemos descansar, enquanto os marinheiros se embebedavam com uma forte aguardente de palmeira e arrastavam as índias, contra sua vontade, para os matos que cercavam a aldeia. Apesar dos tubarões, que haviam seguido o barco durante dias, Daniel Belalcázar ficou de molho durante horas nesse mar límpido. Quando tirou a camisa, vimos que tinha as costas atravessadas de cicatrizes de açoites, mas ele não deu explicações e ninguém se atreveu a pedi-las. Na viagem tínhamos comprovado que esse homem

INÉS DA MINHA ALMA

possuía a mania de se lavar, pelo visto conhecia outros povos que o faziam. Quis que Constanza entrasse no mar com ele, vestida inclusive, mas eu não permiti; havia prometido a seus pais que a devolveria inteira e não mordida por um tubarão.

Quando o sol se pôs, os indígenas acenderam fogueiras de lenha verde para combater os mosquitos que se atiraram sobre o vilarejo. A fumaça nos cegava e mal nos permitia respirar, mas a alternativa era pior, porque bastava nos afastar do fogo nos caía em cima a nuvem de bichos. Jantamos carne de anta, um animal parecido com o porco, e uma papinha mole que chamam de mandioca; eram sabores estranhos, mas depois de três meses de peixe e empadas na janta nos pareceram principescos. Também provei pela primeira vez uma espumosa bebida de cacau, um pouco amarga apesar das especiarias com que tinha sido temperada. Segundo o padre Gregório, os astecas e outros indígenas americanos usam as sementes do cacau como nós usamos as moedas, porque são muito preciosas para eles.

Passamos a tarde ouvindo as aventuras do religioso, que havia se internado várias vezes na selva para converter almas. Admitiu que em sua juventude também havia perseguido o sonho terrível do Eldorado. Havia navegado pelo rio Orinoco, plácido como uma lagoa às vezes, torrencial e indignado em outros trechos. Falou-nos de imensas cachoeiras que nascem das nuvens e se arrebentam embaixo num arco-íris de espuma, e de túneis verdes na mata, eterno crepúsculo da vegetação apenas tocada pela luz do dia. Disse que cresciam flores carnívoras com cheiro de cadáver e outras delicadas e fragrantes, mas venenosas; também nos falou de aves com plumagem esplêndida e de povos de macacos com rosto humano que espiavam os intrusos do meio da densa folhagem.

— Para nós, que viemos da Extremadura, sóbria e seca, pedra e pó, esse paraíso é impossível de imaginar — comentei.

— É um paraíso apenas na aparência, dona Inés. Nesse mundo quente, pantanoso e voraz, infestado de répteis e insetos venenosos, tudo se corrompe rapidamente, principalmente a alma. A selva transforma os homens em rufiões e assassinos.

ISABEL ALLENDE

— Os que se metem na selva apenas por cobiça já estão corrompidos, padre. A selva só põe em evidência o que os homens já são — replicou Daniel Belalcázar, enquanto anotava febrilmente as palavras do frade em seu caderno porque sua intenção era seguir a rota do Orinoco.

Nessa primeira noite em terra firme, o capitão Manuel Martín e alguns marinheiros foram dormir no navio para cuidar da carga; foi o que disseram, mas me ocorre que na verdade temiam as cobras e os insetos da selva. Os demais, fartos do confinamento dos minúsculos camarotes, preferimos nos acomodar na aldeia. Constanza, extenuada, dormiu imediatamente na rede que nos tinham dado, protegida por um imundo mosquiteiro de tecido, mas eu me preparei para passar várias horas de insônia. A noite ali era muito negra, estava povoada de presenças misteriosas, era ruidosa, aromática e temível. Tinha a impressão de me achar rodeada pelas criaturas que o padre Gregório havia mencionado: insetos enormes, víboras que matavam de longe, feras desconhecidas. No entanto, mais que esses perigos naturais me inquietava a maldade dos homens embriagados. Não podia fechar os olhos.

Transcorreram duas ou três longas horas, e quando por fim começava a dormitar, escutei algo ou alguém que rondava a choça. Minha primeira suspeita foi que se tratava de um animal, mas em seguida lembrei que Sebastián Romero havia ficado em terra e deduzi que, longe da autoridade do capitão Manuel Martín, o homem podia causar problemas. Não me enganei. Se estivesse dormindo, talvez Romero houvesse conseguido seu propósito, mas, para sua infelicidade, eu o aguardava com uma adaga mourisca, pequena e afiada como uma agulha, que tinha comprado em Cádiz. A única luz no interior da choça provinha do reflexo das brasas que morriam na fogueira onde haviam assado a anta. Um buraco sem porta nos separava do exterior, e meus olhos haviam se acostumado com a penumbra. Romero entrou de gatinhas, farejando, como um cachorro, e se aproximou da rede onde eu devia estar estendida com Constanza. Conseguiu esticar a mão para afastar o mosquiteiro, mas seu gesto congelou ao sentir a ponta de minha adaga no pescoço, atrás da orelha.

INÉS DA MINHA ALMA

— Vejo que não aprende, safado — disse-lhe sem levantar a voz, para não fazer escândalo.

— Que o diabo a carregue, sua puta! Brincou comigo durante três meses e agora finge que não quer a mesma coisa que eu — resmungou, furioso.

Constanza acordou assustada e seus gritos atraíram o padre Gregório, Daniel Belalcázar e outros que dormiam por perto. Alguém acendeu uma tocha e todos tiraram à força o homem de nosso abrigo. O padre Gregório ordenou que o amarrassem a uma árvore até que lhe passasse a loucura do álcool de palmeira, e ali esteve gritando ameaças e maldições durante um bom tempo, até que por fim, ao amanhecer, caiu rendido pelo cansaço e nós pudemos dormir.

Uns dias mais tarde, depois de carregar água fresca, frutos tropicais e carne salgada, o navio do capitão Manuel Martín nos conduziu para o porto de Cartagena, que nesse tempo já era de importância fundamental, porque dali eram embarcados os tesouros do Novo Mundo rumo à Espanha. As águas do mar do Caribe eram azuis e límpidas como as piscinas dos palácios mouros. O ar tinha um cheiro intoxicante de flores, frutas e suor. A muralha, construída com pedras unidas por uma mistura de cal e sangue de touro, brilhava sob um sol implacável. Centenas de indígenas, nus e acorrentados, carregavam grandes pedras, atiçados a chicotadas pelos capatazes. Essa muralha e uma fortaleza protegiam a frota espanhola dos piratas e de outros inimigos do império. No mar balançavam vários navios ancorados na baía, alguns de guerra e outros mercantes, inclusive um barco negreiro que transportava sua carga da África para ser arrematada na feira de escravizados. Distinguia-se dos outros pelo cheiro de miséria humana e maldade que emanava. Comparada com qualquer das velhas cidades da Espanha, Cartagena era ainda uma aldeia, mas contava com igreja, ruas bem traçadas, casas caiadas, edifícios sólidos da administração, depósitos de carga, mercado e tavernas. A fortaleza, ainda em construção, se destacava no alto de uma colina, com os canhões já instalados e apontados para a baía. A população era muito variada, e as mulheres, decotadas e atrevidas, me pareceram belas, principalmente as mulatas. Decidi ficar um tempo porque descobri que meu marido tinha estado ali fazia pouco mais de um ano. Num armazém tinham um pacote de roupas que Juan havia deixado como garantia, com a promessa de que na volta pagaria a dívida.

Na única pousada de Cartagena não aceitavam mulheres sozinhas, mas o capitão Manuel Martín, que conhecia muita gente, nos conseguiu uma casa para alugar. Consistia numa peça bastante ampla, embora quase vazia, com uma porta para a rua e uma janela estreita, sem mais mobiliário que um catre, uma mesa e uma banqueta, onde minha sobrinha e eu acomodamos nossos utensílios. Imediatamente comecei a oferecer meus serviços como costureira e a procurar um forno público para fazer empadas, porque minhas economias estavam desaparecendo mais rápido que o calculado.

Apenas nos instalamos, apareceu Daniel Belalcázar para nos fazer uma visita. A peça estava abarrotada com a bagagem, de modo que teve de se sentar na cama, com seu chapéu na mão. Só tínhamos água para lhe oferecer e ele bebeu dois copos seguidos; estava suando. Passou um longo tempo em silêncio, esquadrinhando o chão de terra batida com desmesurada atenção, enquanto nós esperávamos, tão constrangidas como ele.

— Dona Inés, venho lhe solicitar, com o maior respeito, a mão de sua sobrinha — soltou por fim.

A surpresa quase me deixou tonta. Nunca tinha visto entre eles algo que indicasse um romance, e por um instante pensei que o calor havia transtornado Belalcázar, mas a expressão abobalhada de Constanza me obrigou a pensar melhor.

— A menina tem quinze anos! — exclamei, espantada.

— Aqui as moças se casam jovens, senhora.

— Constanza não tem dote.

— Isso não tem importância. Nunca aprovei esse costume, e mesmo que Constanza tivesse um dote de rainha, eu não o aceitaria.

— Minha sobrinha quer ser freira!

— Queria, senhora, mas agora não — murmurou Belalcázar, e ela confirmou com voz clara e decidida.

Expliquei que eu não tinha autoridade para entregá-la em casamento, e menos ainda a um aventureiro desconhecido, um homem sem residência fixa que passava a vida anotando besteiras num caderno e era duas vezes

INÉS DA MINHA ALMA

mais velho. Como pensava mantê-la? Por acaso pretendia que ela o seguisse ao Orinoco para retratar canibais? Constanza me interrompeu para anunciar, vermelha de vergonha, que era tarde demais para eu me opor, porque na realidade já estavam casados diante de Deus, embora não frente à lei humana. Então me inteirei de que enquanto eu fazia empadas de noite no barco, os dois faziam o que bem entendiam no camarote de Belalcázar. Levantei a mão para dar em Constanza umas duas bem merecidas bofetadas, mas ele me segurou o braço. No dia seguinte se casaram na igreja de Cartagena, com o capitão Manuel Martín e eu como testemunhas. Instalaram-se na pousada e começaram a fazer os preparativos para viajar para a selva, tal como eu temia.

Durante a primeira noite que passei sozinha na peça alugada aconteceu uma desgraça que talvez tivesse podido evitar, se tivesse sido mais precavida. Embora não pudesse me dar a esse luxo, porque as velas eram caras, mantinha uma acesa durante boa parte da noite por medo das baratas, que saem com a escuridão. Estava deitada no catre, coberta apenas por um camisolão leve, sufocada pelo calor e sem poder dormir, pensando em minha sobrinha, quando me sobressaltou um golpe contra a porta. Havia uma tranca que se botava por dentro, mas eu tinha esquecido de pô-la. Um segundo pontapé fez saltar a taramela e Sebastião Romero surgiu no umbral. Consegui me levantar, mas o homem me deu um empurrão e me atirou de volta sobre a cama, depois se atirou em cima de mim proferindo insultos. Comecei a me debater a pontapés e arranhões, mas me atontou com um golpe feroz que me deixou sem fôlego e sem luz por breves instantes. Quando recuperei os sentidos, ele tinha me imobilizado e estava sobre mim, esmagando-me com seu peso, salpicando-me de saliva, murmurando grosserias. Senti sua respiração asquerosa, seus dedos fortes incrustados em minha carne, seus joelhos tratando de me separar as pernas, a dureza de seu sexo contra meu ventre. A dor do golpe e o pânico me nublaram o entendimento. Gritei, mas me tapou a boca com a mão, cortando-me o ar, enquanto com a outra forcejava com meu camisolão e sua calça, tarefa nada fácil, porque sou forte e me retorcia como uma doninha. Para me calar, me deu um tremendo bofetão na cara e depois empregou as duas mãos para me rasgar a roupa; então compreendi que não me livraria dele pela força. Por um instante pensei na possibilidade de me submeter, com a esperança de que a humilhação fosse rápida, mas a raiva me cegava e tampouco estava certa de que depois fosse me deixar em paz; podia me matar para que não o delatasse. Tinha a boca cheia de sangue, mas consegui lhe pedir que não me maltratasse, já que podíamos gozar os dois, não havia pressa, estava disposta a fazer tudo que desejasse. Não me lembro muito bem dos detalhes do que aconteceu naquela noite, acho que lhe acariciei a cabeça murmurando uma ladainha de obscenidades aprendidas com Juan de Málaga na cama, e isto pareceu acalmar um pouco sua violência, porque me soltou e se pôs de pé para tirar a calça, que tinha enrolada na altura dos joelhos. Tateando sob o travesseiro, encontrei a adaga, que sempre mantinha perto, e a empunhei firmemente na mão direita, oculta contra o lado de meu corpo. Quando Romero se jogou de novo em cima de mim, permiti que se acomodasse, prendi a cintura dele com ambas as pernas levantadas e lhe rodeei o pescoço com o braço esquerdo. Ele lançou um grunhido de satisfação, pensando que finalmente eu havia decidido colaborar, e se dispôs a aproveitar a vantagem. Enquanto isso, usei as pernas para imobilizá-lo, cruzando os pés sobre seus rins. Levantei a adaga, peguei-a com as duas mãos, calculei o lugar preciso para lhe infligir o maior dano, e apertei com todas as minhas forças num abraço mortal, cravando a adaga até a empunhadura. Não é fácil enterrar uma faca nas costas fortes de um homem nessa posição, mas o terror me ajudou. Era a vida dele ou a minha. Temi ter errado, porque por um momento Sebastián Romero não reagiu, como se não houvesse sentido a espetada, mas em seguida deu um berro visceral e rodou até cair no chão entre os pacotes empilhados. Tratou de se pôr de pé, mas ficou de joelhos, com uma expressão de surpresa que logo se tornou de horror. Levou as mãos para trás, numa tentativa desesperada de arrancar o punhal. O que tinha aprendido sobre o corpo humano curando feridas no hospital das freiras me serviu bem, porque a punhalada foi mortal. O homem continuava forcejando e eu, sentada no catre, observava-o, tão espan-

INÉS DA MINHA ALMA

tada quanto ele, mas disposta a lhe saltar em cima se gritasse e lhe fechar a boca do jeito que fosse. Não gritou, um grasnido sinistro escapava de seus lábios entre espumas rosadas. Ao fim de um tempo, que me pareceu eterno, estremeceu como possuído, vomitou sangue e pouco depois desmoronou. Esperei um pouco, até que meus nervos se acalmaram e pude pensar; então me certifiquei de que já não voltaria a se mexer. Na escassa luz da única vela pude ver que o sangue era absorvido pela terra.

Passei o resto da noite junto ao corpo de Sebatián Romero, primeiro rogando à Virgem que me perdoasse tão grave crime e depois planejando como não sofrer as consequências. Não conhecia as leis dessa cidade, mas se eram como as de Plasencia iria parar no fundo de um calabouço até que pudesse provar que havia agido em legítima defesa, tarefa árdua, porque a suspeita dos magistrados sempre recai sobre a mulher. Não me iludi: culpam a nós pelos vícios e pecados dos homens. O que a justiça suporia de uma mulher jovem e sozinha? Diriam que havia convidado o inocente marinheiro e depois o havia assassinado para lhe roubar. Ao amanhecer, cobri o cadáver com uma manta, me vesti e fui ao porto, onde ainda estava ancorado o navio de Manuel Martín. O capitão escutou minha história até o final, sem me interromper, mastigando seu tabaco e coçando a cabeça.

— Parece que terei de me encarregar dessa confusão, dona Inés — deci-diu quando terminei de falar.

Foi até minha modesta casa com um marinheiro de sua confiança e levaram Romero envolto num pedaço de vela. Nunca soube o que fizeram com ele; imagino que o lançaram ao mar atado a uma pedra, onde os peixes devem ter dado conta de seus restos. Manuel Martín me sugeriu que fosse embora logo de Cartagena, porque um segredo como esse não podia ficar oculto indefinidamente, e foi assim que poucos dias mais tarde me despedi de minha sobrinha e seu marido e parti com outros dois viajantes rumo à Cidade do Panamá. Vários indígenas levavam a bagagem e nos guiavam por montanhas, matas e rios.

O istmo do Panamá é uma estreita faixa de terra que separa nosso oceano europeu do Mar do Sul, que também chamam Pacífico. Tem menos de vinte léguas de largura, mas as montanhas são abruptas, a selva muito espessa, as águas insalubres, os pântanos putrefatos e o ar está infestado de febre e pestilência. Há indígenas hostis, lagartos e serpentes de terra e de rio, mas a paisagem é magnífica e as aves belíssimas. Pelo caminho nos acompanhou a algaravia dos macacos, animais curiosos e atrevidos que nos saltam em cima para roubar as provisões. A selva era de um verde profundo, sombria, ameaçadora. Meus companheiros de rota levavam as armas na mão e não perdiam de vista os indígenas, que podiam nos trair a qualquer descuido, como nos havia prevenido o padre Gregório, que também nos avisou contra os jacarés, que arrastam sua vítima para o fundo dos rios; as formigas vermelhas, que chegam aos milhares e se introduzem pelos orifícios do corpo, devorando-o por dentro em questão de minutos, e os sapos que produzem cegueira com a peçonha de suas cuspidas. Tratei de não pensar em nada disso, porque teria ficado paralisada de terror. Como dizia Daniel Belalcázar, não vale a pena sofrer antecipadamente pelas desgraças que possivelmente não acontecerão. Fizemos a primeira parte da travessia num bote impulsionado a remo por oito nativos. Alegrei-me de que minha sobrinha não estivesse presente, porque os remadores iam nus e a verdade era que, apesar da paisagem soberba, os olhos me escapavam para aquilo que não devia olhar. Percorremos a última parte do caminho de mula. Da última elevação divisamos o mar cor de turquesa e os contornos apagados da Cidade do Panamá, sufocada num bafo quente.

CAPÍTULO DOIS
AMÉRICA, 1537-1540

Pedro de Valdivia tinha trinta e cinco anos quando chegou com Jerónimo de Alderete na Venezuela, *Veneza pequena*, como a chamavam ironicamente os primeiros exploradores ao ver seus pântanos, canais e choças sobre palafitas. Havia deixado a delicada Marina Ortiz de Gaete com a promessa de que regressaria rico ou mandaria buscá-la logo que fosse possível — magro consolo para a jovem abandonada —, porque gastara o que tinha, endividando-se além disso, para financiar a viagem. Como todos que se aventuravam ao Novo Mundo, colocou seus bens, sua honra e sua vida a serviço da empresa, embora as terras conquistadas e um quinto das riquezas — se existissem — pertenceriam à Coroa da Espanha. Como dizia Belalcázar, com autorização do rei a aventura se chamava conquista, sem ela era assalto a mão armada.

As praias do Caribe, com suas águas e areias opalescentes e suas elegantes palmeiras, receberam os viajantes com enganosa tranquilidade, pois logo que se afastaram delas os envolveu uma selva de pesadelo. Tinham de abrir caminho a golpes de facão, atordoados pela umidade e o calor, fustigados sem trégua por mosquitos e animais desconhecidos. Avançavam por um solo pantanoso, onde afundavam até as coxas numa matéria mole e putrefata, pesados, atrapalhados, cobertos de asquerosas sanguessugas que lhes chupavam o sangue. Não podiam tirar as armaduras por medo das flechas envenenadas dos indígenas, que os seguiam silenciosos e invisíveis na vegetação.

— Não podemos cair vivos nas mãos dos selvagens! — avisou Alderete, e lembrou-lhes que o conquistador Francisco Pizarro, em sua primeira expedição ao sul do continente, tinha entrado com um grupo de seus homens numa aldeia desocupada onde ainda ardiam as fogueiras. Os espanhóis, famintos, destaparam os caldeirões e viram os ingredientes da sopa: cabeças, mãos, pés e vísceras humanas.

— Isso aconteceu no oeste, quando Pizarro procurava o Peru — esclareceu Pedro de Valdivia, que se achava bem informado sobre descobrimentos e conquistas.

— Os indígenas caribes destes lados também são antropófagos — insistiu Jerónimo.

Era impossível orientar-se no verde absoluto desse mundo primitivo, anterior ao Gênesis, um infinito labirinto circular, sem tempo, sem história. Se se distanciavam uns passos das margens dos rios, a selva os tragava para sempre, como aconteceu a um dos homens que se internou entre as samambaias chamando por sua mãe, louco de tristeza e medo. Avançavam em silêncio, agoniados por uma solidão de abismo profundo, uma angústia sideral. A água estava infestada de piranhas, que, ao cheiro do sangue, se lançavam em massa e acabavam com um cristão em poucos minutos; somente os ossos, brancos e limpos, demonstravam que alguma vez existiu. Nessa natureza luxuriante não havia o que comer. Logo acabaram os víveres e começou o padecimento da fome. Às vezes conseguiam caçar um macaco e o devoravam cru, enojados por seu aspecto humano e seu fedor, porque na umidade eterna da mata era muito difícil fazer fogo. Adoeceram ao provar uns frutos desconhecidos e durante dias não puderam seguir em frente, derrotados pelos vômitos e uma caganeira implacável. Inchava-lhes a barriga, seus dentes ficavam frouxos, se reviravam de febre. Um morreu sangrando até pelos olhos, outro foi engolido por um lodaçal, um terceiro foi triturado por uma anaconda, monstruosa cobra-d'água, grossa como uma perna de homem e comprida como cinco lanças alinhadas. O ar era um vapor quente, podre, insalubre, um hálito de dragão. "É o reino de Satanás", os soldados garantiam, e devia sê-lo, porque os ânimos se inflamavam e havia brigas a todo momento. Os chefes tinham um tremendo trabalho

INÉS DA MINHA ALMA

para manter um pouco de disciplina e obrigá-los a continuar. Um único sonho os empurrava para a frente: Eldorado.

À medida que avançavam penosamente, diminuía a fé de Pedro de Valdivia na empresa e aumentava seu desgosto. Não era isso que tinha sonhado em seu tedioso solar da Extremadura. Ia disposto a enfrentar os bárbaros em batalhas heroicas e a conquistar regiões remotas para a glória de Deus e do rei, mas nunca imaginou que usaria sua espada, a espada vitoriosa de Flandres e da Itália, para lutar contra a natureza. A cobiça e a crueldade de seus companheiros lhe repugnavam, não havia nada de honrado ou idealista nessa soldadesca brutal. Fora Jerónimo de Alderete, que dera muitas provas de nobreza, seus companheiros eram rufiões da pior espécie, gente traidora e briguenta. O capitão no comando da expedição, a quem não demorou a detestar, era um desalmado: roubava, traficava com os indígenas como escravizados e não pagava o quinto correspondente à Coroa. Aonde vamos tão furiosos e desesperados, se ao fim e ao cabo ninguém pode levar o ouro para o túmulo?, pensava Valdivia, mas continuava andando, porque era impossível retroceder. A disparatada aventura durou vários meses, até que por fim Pedro de Valdivia e Jerónimo de Alderete conseguiram se separar do nefasto grupo e embarcar para a cidade de Santo Domingo, na ilha Espanhola, onde puderam se repor dos estragos da viagem. Pedro aproveitou para enviar a Marina algum dinheiro que havia economizado, como faria sempre, até sua morte.

Por esses dias chegou à ilha a notícia de que Francisco Pizarro precisava de reforços no Peru. Seu sócio na conquista, Diego de Almagro, havia partido para o extremo sul do continente com a ideia de submeter as terras bárbaras do Chile. Os sócios tinham temperamentos opostos: o primeiro era sombrio, desconfiado e invejoso, embora muito valente, e o segundo era franco, leal e tão generoso que só desejava fazer fortuna para reparti-la. Era inevitável que homens tão diferentes, mas de igual ambição, terminassem por se desentender, apesar de terem jurado fidelidade comungando em frente ao altar com a mesma hóstia partida em duas. O império incaico ficou pequeno para contentar a ambos. Pizarro, transformado em marquês-governador e cavaleiro da Ordem de Santiago,

ISABEL ALLENDE

ficou no Peru, secundado por seus temíveis irmãos, enquanto Almagro se dirigia, em 1535, com um exército de quinhentos castelhanos, dez mil indígenas *yanaconas* e o título de governador, para o Chile, a região ainda inexplorada, cujo nome, na língua aimará, quer dizer "onde a terra acaba". Para financiar a viagem, gastou de seu pecúlio mais do que o inca Atahualpa pagou por seu resgate.

Mal Diego de Almagro se foi com seus bravos para o Chile, Pizarro teve de enfrentar uma insurreição geral. Ao se dividir as forças dos *viracochas*, como chamavam os espanhóis, os nativos do Peru levantaram-se em armas contra os invasores. Sem ajuda rápida, a conquista do Império Inca perigava, assim como as vidas dos espanhóis, obrigados a bater-se com forças superiores. O chamado de socorro de Francisco Pizarro chegou até A Espanhola, onde o ouviu Valdivia, que decidiu sem hesitação ir para o Peru.

Apenas o nome desse território — Peru — evocava em Pedro de Valdivia as inconcebíveis riquezas e a refinada civilização que seu amigo Alderete descrevia com eloquência. Na verdade, admirável, pensava ao ouvir as coisas que se contavam, embora nem tudo fosse digno de elogio. Sabia que os incas eram cruéis, controlavam o povo com ferocidade. Depois de uma batalha, se os vencidos não aceitavam se incorporar por completo ao império, não deixavam ninguém vivo, e frente ao menor assomo de descontentamento transportavam aldeias completas para mil léguas de distância. Aplicavam os piores suplícios a seus inimigos, inclusive a mulheres e crianças. O Inca, que casava com suas irmãs para garantir a pureza do sangue real, encarnava a divindade, a alma do império, passado, presente e futuro. De Atahualpa se dizia que tinha milhares de donzelas em seu harém e uma multidão incalculável de escravizados, que se divertia torturando os prisioneiros e que costumava degolar seus ministros com sua própria mão. O povo, sem rosto e sem voz, vivia subjugado; seu destino era trabalhar da infância até a morte em benefício dos orelhudos — cortesãos, sacerdotes e militares —, que viviam num fausto babilônico, enquanto o homem comum e sua família sobreviviam apenas com o cultivo de um pedaço de terra que lhes era destinado, mas que não lhes pertencia. Os espanhóis contavam que muitos indígenas praticavam a sodomia, que na Espanha se

INÉS DA MINHA ALMA

paga com a morte, embora os incas a tivessem proibido. Boa prova da luxúria dessa gente eram as cerâmicas eróticas que os aventureiros mostravam nas tavernas para regozijo dos fregueses, que não suspeitavam que dava para se divertir de maneiras tão variadas. Afirmavam que as mães rompiam a virgindade de suas filhas com os dedos antes de entregá-las aos homens.

Valdivia não achava nada censurável em aspirar à fortuna que poderia encontrar no Peru, mas não era esse seu incentivo, e sim a obrigação de lutar junto com os seus e alcançar a glória, que até aquele tempo havia sido muito esquiva para ele. Isso o distinguia dos demais participantes da expedição de socorro, que iam deslumbrados pelo brilho do ouro. Ele mesmo me garantiu isso muitas vezes, e acredito, porque essa conduta era coerente com as demais decisões de sua vida. Impulsionado por seu idealismo, abandonou anos mais tarde a segurança e a riqueza, que por fim havia obtido, para tentar a conquista do Chile, empresa em que Diego de Almagro havia fracassado. Glória, sempre glória, este foi o único norte de seu destino. Ninguém amou Pedro mais do que eu, ninguém o conheceu mais do que eu, por isso posso falar de suas virtudes, tal como mais adiante deverei me referir a seus defeitos, que não eram leves. É verdade que me traiu e foi covarde comigo, mas até os homens mais íntegros e valentes costumam falhar com as mulheres. E, posso afirmar, Pedro de Valdivia foi um dos homens mais íntegros e valentes dos que vieram para o Novo Mundo.

Valdivia se dirigiu ao Panamá e dali, em 1537, junto com quatrocentos soldados, ao Peru. A viagem demorou uns dois meses, e quando chegou a seu destino a sublevação dos indígenas já tinha sido sufocada pela intervenção oportuna de Diego de Almagro, que voltou do Chile a tempo para unir suas forças às de Francisco Pizarro. Almagro havia atravessado os picos mais gelados em seu avanço para o sul, sobrevivido a incríveis sofrimentos e voltado pelo deserto mais quente do planeta, arruinado. Sua expedição ao Chile chegou até o Bío-Bío, o mesmo rio onde os incas haviam retrocedido setenta anos antes, quando pretenderam em vão se apropriar do território dos indígenas do sul, os mapuche. Também os incas, como Almagro e seus homens, foram detidos por esse povo guerreiro.

67

Mapu-ché, "gente da terra", assim eles mesmos se chamam, apesar de que agora os denominamos araucanos, nome mais sonoro, dado pelo poeta Alonso de Ercilla y Zúñiga, que o tirou sei lá de onde, talvez de Arauco, um lugar do sul. Eu penso continuar chamando-os de mapuche — a palavra não tem plural em castelhano — até morrer, porque assim dizem eles mesmos. Não me parece justo trocar-lhes o nome para facilitar a rima: araucano, castelhano, mano, samaritano e assim durante trezentas páginas. Alonso era um menino em Madri quando nós, os primeiros espanhóis, lutávamos neste solo. Chegou à conquista do Chile um pouco atrasado, mas seus versos contarão a epopeia pelos séculos dos séculos. Quando dos arrojados fundadores do Chile não restar nem o pó dos ossos, nos recordarão pela obra daquele jovem, que nem sempre é fiel aos fatos, já que em seu desejo de rimar os versos costuma sacrificar a verdade. Além disso, nos deixa mal; temo que muitos de seus admiradores terão uma ideia um tanto quanto errada do que é a guerra da Araucanía. O poeta acusa os espanhóis de crueldade e ambição desmedida de riqueza, enquanto exalta os mapuche, a quem atribui bravura, nobreza, cavalheirismo, ânimo de justiça e até ternura com suas mulheres. Acho que os conheço melhor que Alonso, porque há quarenta anos defendo o que fundamos no Chile, e ele esteve aqui apenas uns meses. Admiro os mapuche por sua coragem e seu amor exaltado pela terra, mas posso afirmar que não são um modelo de compaixão e doçura. O amor romântico que Alonso tanto exalta é bastante raro entre eles. Cada homem tem várias mulheres, que trata como bestas de carga e animais domésticos; isso sabem as espanholas que foram raptadas. São tais as humilhações padecidas em cativeiro que estas pobres mulheres, envergonhadas, com frequência preferem não regressar ao seio de suas famílias. Agora, admito que os espanhóis não tratam melhor as índias destinadas à sua diversão e serviço. Os mapuche têm vantagem sobre nós em outros aspectos; por exemplo, não conhecem a cobiça. Ouro, terras, títulos, honras, nada disso interessa a eles; não possuem mais teto que o céu nem mais cama que o musgo, andam livres pela mata, com o vento nos cabelos, galopando os cavalos que nos roubaram. Outra virtude que lhes aplaudo é o cumprimento da palavra dada. Não são eles que infringem os pactos

INÉS DA MINHA ALMA

estabelecidos, mas nós. Em tempos de guerra, atacam de surpresa, mas não à traição, e em tempos de paz respeitam os acordos. Antes de nossa chegada não conheciam a tortura e respeitavam os prisioneiros de guerra. O pior castigo é o exílio, a expulsão da família e da aldeia, mais temida que a morte. Os crimes graves são punidos com execução rápida. O condenado cava sua própria sepultura, onde atira gravetos e pedras enquanto nomeia os seres que deseja que o acompanhem ao outro mundo, depois recebe uma bordoada mortal no crânio.

Espanta-me o poder desses versos de Alonso, que inventam a História, desafiam e vencem o esquecimento. As palavras sem rima, como as minhas, não têm a autoridade da poesia, mas de qualquer forma devo relatar minha versão dos acontecimentos para deixar um registro dos trabalhos que nós, mulheres, passamos no Chile e que costumam escapar aos cronistas, por melhores que sejam. Pelo menos você, Isabel, deve conhecer toda a verdade, porque é minha filha do coração, embora não o seja de sangue. Suponho que farão estátuas de minha pessoa nas praças, e haverá ruas e cidades com meu nome, como acontecerá com Pedro de Valdivia e outros conquistadores, mas centenas de destemidas mulheres que construíram os povoados, enquanto seus homens lutavam, serão esquecidas. Perdão, me distraí. Voltemos ao que estava contando, porque não me sobra tempo; tenho o coração cansado.

Diego de Almagro abandonou a conquista do Chile, forçado pela resistência invencível dos mapuche, a pressão de seus soldados — desencantados pela escassez de ouro — e as más notícias da rebelião dos indígenas no Peru. Empreendeu a volta para ajudar Francisco Pizarro a sufocar a insurreição e juntos conseguiram derrotar definitivamente as hostes inimigas. O império dos incas, assolado pela fome, pela violência e pela desordem da guerra, baixou a cabeça. No entanto, longe de agradecer a intervenção de Almagro a seu favor, Francisco Pizarro e seus irmãos se voltaram contra ele para lhe arrebatar Cuzco, a cidade que lhe correspondia na divisão territorial feita pelo imperador Carlos V. Para satisfazer a ambição dos Pizarro não bastavam essas terras imensas com suas incalculáveis riquezas; queriam mais, queriam tudo.

Francisco Pizarro e Diego de Almagro acabaram pegando em armas e se enfrentaram, na região de Abancay, numa curta batalha que culminou com a derrota do primeiro. Almagro, sempre magnânimo, tratou seus prisioneiros com clemência incomum, e também os irmãos de Pizarro, seus implacáveis inimigos. Admirados com sua atitude, muitos soldados vencidos passaram para suas fileiras, enquanto seus leais capitães lhe rogavam que executasse os Pizarro e aproveitasse sua vantagem para se apropriar do Peru. Almagro não seguiu os conselhos e optou pela reconciliação com o ingrato sócio que o havia afrontado.

Pedro de Valdivia chegou à Cidade dos Reis por aqueles dias e se pôs às ordens de quem o tinha convocado, Francisco Pizarro. Respeitoso da legalidade, não questionou a autoridade nem as intenções do governador; este era o representante de Carlos V, e isto lhe bastou. No entanto, a última coisa que Valdivia desejava era participar de uma guerra civil. Tinha viajado até ali para combater indígenas insurrectos, e nunca pensou ter de fazê-lo contra outros espanhóis. Tratou de servir de intermediário entre Pizarro e Almagro para chegar a uma solução pacífica, e em dado momento chegou a pensar que ia consegui-la. Não conhecia Pizarro, que dizia uma coisa, mas, na sombra, planejava outra. Enquanto o governador ganhava tempo com discursos de amizade, preparava seu plano para acabar com Almagro, sempre com a ideia fixa de governar sozinho e se apropriar de Cuzco. Invejava os méritos de Almagro, seu otimismo eterno e, principalmente, a lealdade que provocava em seus soldados, porque ele sabia que era detestado.

Depois de mais de um ano de escaramuças, tratados violados e traições, as forças de ambos os rivais se enfrentaram em Las Salinas, perto de Cuzco. Francisco Pizarro não encabeçou seu exército, colocando-o sob o comando de Pedro de Valdivia, cujos méritos militares eram conhecidos de todos. Nomeou-o mestre de campo, porque havia lutado sob as ordens do marquês de Pescara na Itália e tinha experiência na luta contra os europeus, já que uma coisa era enfrentar indígenas mal armados e anárquicos e

INÉS DA MINHA ALMA

outra era se bater com disciplinados soldados espanhóis. Representando-o na batalha foi seu irmão, Hernando Pizarro, odiado por sua crueldade e arrogância. Desejo que isso fique bem claro, para que não se culpe Pedro de Valdivia pelas atrocidades cometidas nesses dias, das quais tive provas contundentes porque me tocou atender aos infelizes cujas chagas não cicatrizavam mesmo meses depois da batalha. Os pizarristas contavam com canhões e duzentos homens a mais que Almagro; estavam muito bem armados, levavam arcabuzes novos e munições mortíferas, feitas com bolotas de ferro que se dividiam em várias lâminas afiadas ao se abrir. Tinham o moral alto e se achavam bem descansados, enquanto seus adversários vinham das grandes penúrias passadas no Chile e na tarefa de sufocar a sublevação dos indígenas do Peru. Diego de Almagro estava muito doente e também não participou da batalha.

Os dois exércitos se encontraram no vale de Las Salinas, num amanhecer rosado, enquanto milhares de indígenas quéchuas observavam das colinas o divertido espetáculo dos *viracochas* se matando uns aos outros como feras raivosas. Não entendiam as cerimônias nem as razões desses guerreiros barbudos. Primeiro formavam filas ordenadas, exibindo suas polidas armaduras e belos cavalos; depois botavam um joelho na terra, enquanto outros *viracochas*, vestidos de preto, faziam magia com cruzes e cálices. Comiam um pedacinho de pão, se benziam, recebiam bênçãos, se cumprimentavam de longe e, finalmente, quando já havia transcorrido quase duas horas nesta dança, se apressavam para se assassinar mutuamente. Faziam-no com método e sanha. Durante horas e mais horas lutavam corpo a corpo gritando a mesma coisa: "Viva o rei e a Espanha!" e "Santiago,* a eles!". Na confusão e na poeira que os animais e as botas dos homens levantavam não se sabia quem era quem, porque todos os uniformes tinham se tornado cor de barro. Entretanto, os indígenas aplaudiam, faziam apostas, saboreavam seu farnel de milho assado e carne salgada, mascavam coca, bebiam chicha, se acaloravam e se cansavam, porque a renhida batalha durava demasiado.

---

* Santiago!, antigo grito de guerra, invocando-se a proteção do apóstolo. [N. do T.]

ISABEL ALLENDE

No fim do dia os pizarristas saíram vencedores graças à perícia militar do mestre de campo, Pedro de Valdivia, herói da jornada, mas foi Hernando Pizarro que deu a última ordem: "Degolem!". Seus soldados, animados por um ódio novo, que depois eles mesmos não entenderam e os cronistas não puderam ajeitar, se encarniçaram num banho de sangue contra centenas de seus compatriotas, muitos dos quais tinham sido seus irmãos na aventura de descobrir e conquistar o Peru. Liquidaram os feridos do exército almagrista e entraram a ferro e fogo em Cuzco, onde violaram as mulheres, tanto espanholas como índias e negras, e roubaram e destruíram até se saciar. Acometeram contra os moradores com tanta selvageria como os incas, o que é dizer muito, porque estes nunca foram ponderados, basta lembrar que entre as torturas habituais estava a de pendurar o condenado pelos pés com as tripas enroladas no pescoço, ou de esfolá-los e, enquanto ainda estavam vivos, fazer tambor com a pele. Os espanhóis não chegaram a tanto nessa ocasião porque estavam apressados, segundo me contaram alguns sobreviventes. Vários soldados de Almagro, que não pereceram de imediato nas mãos de seus compatriotas, foram aniquilados pelos indígenas, que desceram dos morros ao fim da batalha, dando gritos de contentamento, porque por uma vez eles não eram as vítimas. Festejaram humilhando os cadáveres; fizeram picadinho deles a facadas e golpes de pedra. Para Valdivia, que tinha lutado desde os vinte anos em muitas frentes e contra diversos inimigos, esse foi um dos mais vergonhosos momentos de seu ofício de militar. Muitas vezes acordou gritando em meus braços, atormentado por pesadelos em que apareciam os companheiros degolados, tal como depois do saque de Roma lhe apareciam mães que se suicidaram com seus filhos para escapar da soldadesca.

Diego de Almagro, com sessenta e um anos, muito debilitado por sua doença e pela campanha do Chile, foi feito prisioneiro, humilhado e submetido a um julgamento que durou dois meses, em que não teve oportunidade de se defender. Quando soube que tinha sido sentenciado à morte, pediu que

INÉS DA MINHA ALMA

o mestre de campo inimigo, Pedro de Valdivia, fosse testemunha de suas últimas disposições; não encontrou outro mais digno de sua confiança. Diego de Almagro ainda era um homem de bela figura, apesar dos estragos da sífilis e de tantas batalhas. Usava uma venda negra no olho que havia perdido num encontro com selvagens antes de descobrir o Peru. Nessa ocasião, ele mesmo arrancou a flecha com um puxão, com o olho espetado nela, e continuou lutando. Uma clava de pedra afiada lhe decepou três dedos da mão direita, então empunhou a espada com a esquerda e assim, cego e coberto de sangue, bateu-se até que foi socorrido por seus companheiros. Depois lhe cauterizaram a ferida com um ferro em brasa e azeite fervendo, o que lhe deformou o rosto, mas não destruiu a atração de seu riso franco e sua expressão amável.

— Que seja torturado na praça, diante de toda a população! Merece castigo exemplar! — ordenou Hernando Pizarro.

— Não vou participar disso, Excelência. Os soldados não aceitarão. Foi duro bater-se com irmãos, não botemos sal na ferida. Poderia haver uma revolta na tropa — aconselhou-lhe Valdivia.

— Almagro nasceu plebeu, que morra como plebeu — replicou Hernando Pizarro.

Pedro de Valdivia absteve-se de lhe lembrar que os Pizarro não eram de melhor berço que Diego de Almagro. Também Francisco Pizarro era filho ilegítimo, não recebera educação e tinha sido abandonado por sua mãe. Os dois eram notoriamente pobres antes que uma feliz reviravolta do destino os colocasse no Peru e os fizesse mais ricos que o rei Salomão.

— Dom Diego de Almagro ostenta os títulos de adiantado e governador de Nova Toledo. Que explicação será dada a nosso imperador? — insistiu Valdivia. — Repito-lhe, com todo o respeito, Excelência, que não convém provocar os soldados cujos ânimos já estão bastante exaltados. Diego de Almagro é um militar impoluto.

— Voltou do Chile derrotado por um bando de selvagens nus! — exclamou Hernando Pizarro.

— Não, Excelência. Voltou do Chile para socorrer o irmão de sua Excelência, o senhor marquês governador.

Hernando Pizarro compreendeu que o mestre de campo tinha razão, mas não estava em seu caráter se retratar e menos perdoar o inimigo. Ordenou que Almagro fosse degolado na praça de Cuzco.

Nos dias anteriores à execução, Valdivia esteve com frequência a sós com Almagro na cela lúgubre e imunda que foi a última morada do conquistador. Admirava-o por suas façanhas de soldado e sua fama de generoso, embora conhecesse alguns de seus erros e fraquezas. No cativeiro, Almagro lhe contou o que viveu no Chile durante os dezoito meses de sua peregrinação, plantando na imaginação de Valdivia o projeto da conquista que ele não pôde realizar. Descreveu a espantosa viagem pelas altas serras, vigiados pelos condores, que voavam em lentos círculos sobre suas cabeças à espera de novos caídos para lhes limpar os ossos. O frio matou mais de dois mil indígenas auxiliares — os chamados *yanaconas* —, duzentos negros, perto de cinquenta espanhóis e incontáveis cavalos e cães. Até os piolhos desapareceram, e as pulgas caíam das roupas como sementinhas. Nada crescia ali, nem um líquen, tudo era rocha, vento, gelo e solidão.

— Era tanta a nossa miséria, dom Pedro, que mastigávamos a carne crua dos animais congelados e bebíamos a urina dos cavalos. De dia, marcha forçada, para evitar que a neve nos cobrisse e o medo nos paralisasse. De noite dormíamos abraçados com os animais. Toda manhã contávamos os indígenas mortos e murmurávamos depressa um padre-nosso por suas almas, pois não havia tempo para mais nada. Os corpos ficavam onde caíam, como monólitos de gelo marcando o caminho para os viajantes perdidos do futuro.

Acrescentou que as armaduras dos castelhanos congelavam, aprisionando-os, e que, ao tirar as botas ou as luvas, os dedos se desprendiam sem dor. Nem um louco teria empreendido a volta pela mesma rota, lhe explicou, por isso preferiu enfrentar o deserto; não imaginava que também seria terrível. Quanto esforço e sofrimento custa o dever cristão de conquistar!, pensava Valdivia.

— Durante o dia o calor do deserto é como uma fogueira e a luz é tão intensa que enlouquece homens e cavalos igualmente, levando-os a ter visões de árvores e remansos de água doce — contou o governador. — Mal o sol se oculta, a temperatura baixa de súbito e cai a neblina, um chuvisco tão gelado como as neves profundas que nos atormentaram no alto da serra. Levávamos muita água em barris e em odres de couro, mas logo ficou escassa. A sede matou muitos indígenas e envileceu os espanhóis.

— Na verdade parece uma viagem ao inferno, dom Diego — comentou Valdivia.

— Foi mesmo, dom Pedro, mas lhe garanto que tentaria de novo se pudesse.

— Por quê, se são tão espantosos os obstáculos e tão pobre a recompensa?

— Porque depois de vencida a cordilheira e o deserto que separam o Chile do resto da terra conhecida há colinas suaves, matas perfumadas, vales férteis, rios opulentos e um clima tão agradável como não há na Espanha nem em nenhuma outra parte. O Chile é um paraíso, dom Pedro. É ali que devemos fundar nossas cidades e prosperar.

— E que opinião o senhor tem dos indígenas do Chile? — perguntou Valdivia.

— No começo encontramos selvagens amistosos, uns que chamam de Promaucaes e são de raça semelhante à mapuche, mas de outras aldeias. Estes logo se voltaram contra nós. Estão misturados com indígenas do Peru e do Equador, são súditos do Império Inca, cujo domínio chegou apenas até o rio Bío-Bío. Entendemo-nos com alguns morubixabas ou chefes incas, mas não pudemos continuar para o sul, porque ali estão esses mapuche, que são muito combativos. Basta lhe dizer, dom Pedro, que em nenhuma de minhas arriscadas expedições e batalhas encontrei inimigo tão formidável como aqueles bárbaros armados de paus e pedras.

— Devem ser, governador, se puderam deter o senhor e seus soldados, tão famosos...

— Os mapuche só sabem de guerra e liberdade. Não têm rei nem entendem de hierarquia, obedecem apenas a seus *toquis* durante o tempo da batalha. Liberdade, liberdade, somente liberdade. É o mais importante para eles, por isso não pudemos submetê-los, como também os incas não conseguiram. As mulheres fazem todo o trabalho, enquanto os homens não fazem mais nada senão se preparar para lutar.

Cumpriu-se a sentença de Diego de Almagro numa manhã de pleno inverno em 1538. Na última hora Pizarro mudou a condenação, por medo da reação dos soldados se o degolasse em público, como havia ordenado. Executaram-no em sua cela. O verdugo lhe aplicou o garrote vil, estrangulando-o lentamente com uma corda, e depois seu corpo foi levado para a praça de Cuzco, onde o decapitaram, mas não se atreveram a expor a cabeça num gancho de açougueiro, como estava planejado. Nesse tempo Hernando Pizarro começava a se dar conta da magnitude do que havia feito e a se perguntar qual seria a reação do imperador Carlos V. Decidiu dar a Diego de Almagro um enterro digno, e ele mesmo, vestido de luto rigoroso, encabeçou o cortejo fúnebre. Anos mais tarde todos os irmãos Pizarro pagaram por seus crimes, mas essa é outra história.

Precisei me alongar na narração desses episódios porque explicam a determinação de Pedro de Valdivia de se distanciar do Peru, que estava desgarrado pela insídia e corrupção, e conquistar o território ainda inocente do Chile, empresa que compartilhou comigo.

A batalha de Las Salinas e a morte de Diego de Almagro aconteceram alguns meses antes de minha viagem para Cuzco. Naquele tempo, eu me achava no Panamá — onde várias pessoas me disseram que tinham visto Juan de Málaga —, aguardando notícias de meu marido. Quem ia ou vinha da Espanha marcava encontro no porto. Muitos viajantes passavam por ali — soldados, empregados da Coroa, cronistas, padres, cientistas, aventureiros e bandidos —, todos cozinhando na mesma umidade dos trópicos. Por eles eu enviava mensagens para os quatro pontos cardeais, mas o tempo se arrastava sem uma resposta de meu marido. Enquanto isso, ganhei a vida com os ofícios que conheço: costurar, cozinhar, consertar ossos e curar feridas. Não podia fazer nada para ajudar os que sofriam de Peste, febres que transformam o sangue em melaço, sífilis e picadas de bichos venenosos, que ali abundam e não têm remédio. Como minha mãe e minha avó, sou forte como um carvalho e pude viver nos trópicos sem adoecer. Mais tarde, no Chile, sobrevivi sem problemas no deserto, quente como uma fogueira,

INÉS DA MINHA ALMA

em dilúvios invernais, que matavam de gripe os homens mais robustos, e durante as epidemias de tifo e varíola, quando me tocou cuidar e enterrar vítimas pesteadas.

Um dia, falando com a tripulação de uma escuna atracada no porto, soube que Juan havia embarcado rumo ao Peru há bastante tempo, como tinham feito outros espanhóis ao ouvir sobre as riquezas descobertas por Pizarro e Almagro. Juntei meus pertences, lancei mão de minhas economias e consegui embarcar para o sul com um grupo de padres dominicanos porque não obtive permissão para fazê-lo sozinha. Imagino que esses padres eram da Inquisição, mas nunca perguntei, porque apenas a palavra me aterrorizava então (e me aterroriza ainda). Jamais esquecerei uma queima de hereges que houve em Plasencia quando eu tinha uns oito ou nove anos. Voltei a usar meus vestidos negros e assumi o papel de esposa desconsolada para que me ajudassem a chegar ao Peru. Os padres se maravilhavam com minha fidelidade conjugal, que me levava pelo mundo perseguindo um marido que não havia me chamado e cujo paradeiro desconhecia. Meu motivo não era a fidelidade, mas o desejo de sair do estado de incerteza em que Juan havia me deixado. Fazia muitos anos que não o amava, mal lembrava seu rosto e temia não o reconhecer quando o visse. Tampouco pretendia ficar no Panamá, exposta aos apetites da soldadesca de passagem e ao clima insalubre.

A travessia de barco demorou mais ou menos sete semanas, ziguezagueando pelo oceano conforme o capricho dos ventos. Nesse tempo, dezenas de barcos espanhóis percorriam a rota de ida e volta ao Peru, mas as valiosas cartas de navegação ainda eram um segredo de Estado. Como não estavam completas, em cada viagem os pilotos tinham o dever de anotar suas observações, desde a cor da água e das nuvens até a menor novidade no contorno da costa quando esta se achava à vista; assim podiam ajustar as cartas, que depois serviriam a outros viajantes. Pegamos mar agitado, neblina, tempestades, brigas entre os tripulantes e outros inconvenientes que vou me abster de relatar aqui para não me alongar demais. Basta dizer que os padres diziam missa toda manhã e nos faziam rezar o rosário pela tarde para aplacar o oceano e os ânimos rixentos dos homens. Todas as viagens são perigosas. Horroriza-me ir à mercê da água imensa numa frágil embarcação, desafiando Deus e a natureza, longe do socorro humano. Prefiro me ver sitiada pelos indígenas selvagens, como estive tantas vezes, que subir de novo num barco; por isso nunca me ocorreu voltar à Espanha, nem mesmo nos tempos em que a ameaça dos indígenas nos obrigou a evacuar as cidades e escapar como ratos. Soube sempre que meus ossos acabariam nas terras das Índias.

Em alto-mar voltei a sofrer o assédio dos homens, apesar da vigilância permanente dos padres. Sentia-os me espreitando como uma matilha de cães. Eu emanava o cheiro da fêmea no cio? Na intimidade de meu camarote, me lavava com água do mar, assustada desse poder que não desejava, porque podia se voltar contra mim. Sonhava com lobos ofegantes, as línguas dependuradas, os caninos ensanguentados, dispostos a me saltar em cima, todos ao mesmo tempo. Às vezes os lobos tinham o rosto de Sebastián Romero. Passava noites em claro, trancada em minha cabine, costurando, rezando, sem me atrever a sair para o ar fresco da noite, para acalmar os nervos, por temor à constante presença masculina na escuridão. Temia essa ameaça, é verdade, mas também me atraía e fascinava. O desejo era um abismo terrível que se abria a meus pés e me convidava a dar um salto e me perder em suas profundezas. Conhecia a festa e o tormento da paixão porque os havia vivido com Juan de Málaga nos primeiros anos de nossa união. Meu marido tinha muitos defeitos, mas não posso negar que era um amante incansável e divertido, por isso o perdoei muitas vezes. Quando já nada me restava de amor ou de respeito por ele, continuava desejando-o. Para me proteger da tentação do amor, me dizia que nunca encontraria outro capaz de me dar tanto prazer como Juan. Sabia que devia me cuidar das doenças que contagiam os homens; tinha visto seus efeitos e, por mais saudável que fosse, as temia como ao Diabo, já que basta o mínimo contato com a sífilis para se infectar. Além disso, podia ficar grávida, porque as esponjas com vinagre não são remédio seguro, e tanto havia rogado à Virgem por um filho que esta podia me fazer o favor fora de hora. Os milagres costumam ser inoportunos.

INÉS DA MINHA ALMA

Essas boas razões me serviram durante anos de forçada castidade, quando meu coração aprendeu a viver sufocado, mas meu corpo nunca deixou de reclamar. Neste Novo Mundo o ar é quente, propício à sensualidade; tudo é mais intenso, a cor, os perfumes, os sabores; inclusive as flores, com suas terríveis fragrâncias, e as frutas, mornas e pegajosas, incitam à lascívia. Em Cartagena e depois no Panamá, eu duvidava dos princípios que me mantinham na Espanha. Minha juventude se ia, minha vida se gastava... A quem interessava minha virtude? Quem me julgava? Concluí que Deus devia ser mais complacente nas Índias que na Extremadura. Se perdoava as afrontas cometidas em Seu nome contra milhares de indígenas, certamente perdoaria as fraquezas de uma pobre mulher.

Fiquei muito alegre quando chegamos sãos e salvos ao porto de Callao e pude abandonar o barco, onde começava a perder a razão. Não há nada tão opressivo como o confinamento de um navio na imensidão das águas negras do oceano, sem fundo e sem limite. "Porto" é uma palavra demasiado ambiciosa para o Callao desses anos. Dizem que agora é o porto mais importante do Pacífico, de onde saem incalculáveis tesouros para a Espanha, mas naquele tempo era um molhe miserável. De Callao fui com os padres para a Cidade dos Reis, que agora chamam de Lima, nome menos encantador. Como prefiro o primeiro, assim continuarei chamando-a. A cidade, recém-fundada por Francisco Pizarro num grande vale, me pareceu eternamente nublada; a luz do sol, ao ser filtrada pelo ar úmido, dá a ela um aspecto etéreo, como os esfumados desenhos de Daniel Belalcázar. Fiz as indagações necessárias e em poucos dias encontrei um soldado que conhecia Juan de Málaga.

— Chegou tarde, senhora — me disse. — Seu marido morreu na batalha de Las Salinas.

— Juan não era soldado — esclareci.

— Aqui não há outro ofício, até os padres empunham a espada.

O homem tinha péssima aparência, uma barba de montanhês que lhe cobria metade do peito, a roupa em fiapos e imunda, a boca sem dentes e

ISABEL ALLENDE

a conduta de um bêbado. Jurou-me que tinha sido amigo de meu marido, mas não acreditei nele, porque primeiro me contou que Juan era soldado de infantaria, endividado pelo jogo e debilitado pelo vício das mulheres e do vinho, e depois começou a divagar sobre um penacho e uma capa de brocado. Para terminar de me espantar, se atirou em cima de mim com a intenção de me abraçar, e quando o rechacei, ofereceu comprar meus favores com moedas de ouro.

Já que tinha chegado tão longe — da Extremadura aos antigos domínios de Atahualpa —, decidi que bem podia fazer um último esforço e me incorporei a uma caravana que transportava suprimentos e uma manada de lhamas e alpacas para Cuzco. Protegia-nos um grupo de soldados sob o comando de um tal alferes Núñez, solteiro, bonito, arrogante e, pelo visto, acostumado a satisfazer seus caprichos. Na caravana iam dois padres, um escrivão, um auditor e um médico alemão, além dos soldados, todos montando mulas ou transportados em liteiras pelos indígenas. Eu era a única espanhola, mas algumas índias quéchuas com suas crianças acompanhavam a interminável fila de carregadores levando víveres para seus maridos. As roupas de lã de cores brilhantes lhes davam um ar alegre, mas na verdade tinham a expressão fechada e rancorosa das pessoas oprimidas. Eram de pequena estatura, pômulos salientes, olhos pequenos e puxados, e dentes negros por causa das folhas de coca que mascavam para se animar. As crianças me pareceram encantadoras, e algumas mulheres, atraentes, mesmo que nunca sorrissem. Seguiram-nos por várias léguas, até que receberam de Núñez a ordem de voltar para suas casas; então se foram uma a uma, levando os filhos pela mão. Os homens que levavam a bagagem nas costas eram muito fortes e, apesar de descalços e carregados como mulas, resistiam aos caprichos do clima e às fadigas da viagem melhor que nós, que íamos montados. Podiam caminhar por horas e horas sem perder o ritmo de seu trotezinho, calados e ausentes, como se andassem em sonhos. Falavam um castelhano mínimo, queixoso, cantado e sempre em tom de pergunta. Só se alteravam com os latidos dos cachorros do alferes Núñez, dois ferozes mastins treinados para matar.

Núñez começou a me assediar no primeiro dia de marcha e já não me deixou em paz. Procurei mantê-lo na linha com prudência, lembrando-lhe

INÉS DA MINHA ALMA

minha condição de casada, porque não me convinha a inimizade dele, mas à medida que avançávamos seu atrevimento aumentava. Fazia alarde de sua condição de fidalgo, o que era difícil de acreditar com aquela conduta. Tinha enriquecido um pouco e mantinha trinta concubinas índias distribuídas entre a Cidade dos Reis e Cuzco, "todas muito complacentes", segundo as descrevia. Em sua cidadezinha na Espanha isso teria sido um escândalo, mas no Novo Mundo, onde os espanhóis tomam as índias e negras como querem, é a norma. Abandonam a maioria em seguida, mas mantêm algumas dessas mulheres como empregadas, embora poucas vezes se ocupem das crianças nascidas dessas relações. Assim vão povoando estas terras de mestiços ressentidos. Núñez me ofereceu se afastar de suas amantes quando eu aceitasse sua proposta, pois não tinha dúvida de que o faria mal comprovasse a morte de meu marido que, segundo ele, era certa. Este presunçoso alferes se parecia demais com Juan de Málaga em seus defeitos e não tinha nenhuma de suas virtudes para que eu pudesse amá-lo. Não sou do tipo de pessoa que tropeça duas vezes na mesma pedra.

Naquela época as mulheres espanholas no Peru ainda podiam ser contadas nos dedos, e não soube de nenhuma que tivesse chegado sozinha, como eu. Eram esposas e filhas de soldados que viajavam por insistência da Coroa, empenhada em reunir as famílias e criar uma sociedade legítima e decente nas colônias. Essas mulheres levavam a vida a portas fechadas, solitária e enfadonha, embora luxuosa, pois dispunham de dezenas de índias para atender seus mínimos caprichos. Contaram-me que as damas espanholas do Peru nem sequer limpavam o traseiro sozinhas, porque as criadas se encarregavam disso. Pouco acostumados a ver uma espanhola sem acompanhante, os homens da caravana se esmeraram em me tratar com grandes considerações, como se eu fosse uma pessoa de categoria e linhagem, não a pobre costureira que na verdade era. Nessa longa e lenta viagem a Cuzco atenderam minhas necessidades, compartilharam comigo sua comida, me emprestaram suas tendas e cavalgaduras, me deram botas e uma manta de vicunha, o tecido mais fino do mundo. Em troca, me pediam apenas que cantasse uma canção ou lhes falasse da Espanha quando acampávamos pelas tardes e a saudade lhes pesava. Graças a essa ajuda

ISABEL ALLENDE

pude me arranjar, porque ali tudo custava cem vezes mais que na Espanha e muito cedo me encontrei sem um trocado. Era tanta a abundância de ouro no Peru que a prata era desprezada, e era tanta a falta de coisas essenciais, como ferraduras para cavalos ou tinta para escrever, que os preços eram absurdos. Arranquei um dente podre de um viajante — negócio rápido e fácil, só exige uma invocação a santa Apolônia e uma torquês —, e ele me pagou com uma esmeralda digna de um bispo. Está engastada na coroa de Nossa Senhora do Socorro, e agora vale mais do que naquele tempo, porque no Chile as pedras preciosas não são abundantes.

Ao cabo de vários dias de marcha pelos caminhos do Inca, através de secas planícies e montanhas, cruzando precipícios por pontes penduradas por cordas vegetais e vadeando arroios e pântanos de sal, subindo e subindo, chegamos ao fim da viagem. O alferes Núñez, do alto de seu cavalo, me apontou Cuzco com sua lança.

Nunca vi nada como a magnífica cidade de Cuzco, umbigo do Império Inca, lugar sagrado onde os homens falavam com a divindade. Talvez Madri, Roma ou algumas cidades dos mouros, que têm fama de esplêndidas, possam se comparar a Cuzco, mas eu não as conheço. Apesar dos destroços da guerra e do vandalismo sofrido, era uma joia branca e resplandecente sob um céu cor de púrpura. Perdi o fôlego e durante vários dias andei sufocada, não pela altura e o ar rarefeito, como tinham me avisado, mas pela pesada beleza de seus templos, fortalezas e edifícios. Dizem que quando os primeiros espanhóis chegaram havia palácios laminados a ouro, mas agora as paredes estavam nuas. Ao norte da cidade se ergue uma construção espetacular, Sacsayhuamán, a fortaleza sagrada, com suas três altas muralhas ziguezagueantes, o Templo do Sol, seu labirinto de ruas, torreões, passeios, escadas, terraços, porões e quartos, onde viviam com folga cinquenta ou sessenta mil pessoas. Seu nome significa "falcão satisfeito", e como um falcão vigia Cuzco. Foi construída com monumentais blocos de pedras talhadas e encaixadas sem argamassa e com tal perfeição que entre um e outro não penetra a lâmina de uma adaga. Como cortaram essas enormes

INÉS DA MINHA ALMA

rochas sem ferramentas de metal? Como as transportaram sem rodas nem cavalos de muitas léguas de distância? E me perguntava também como um punhado de soldados espanhóis conseguiu conquistar em tão pouco tempo um império capaz de erigir essa maravilha. Por mais que atiçassem as disputas entre os incas e que contassem com milhares de *yanaconas* dispostos a servir e se bater por eles, a epopeia me parece, ainda hoje, inexplicável. "Temos Deus do nosso lado, além de pólvora e do ferro", diziam os castelhanos, agradecidos pelos nativos se defenderem com armas de pedra. "Quando nos viram chegar pelo mar em grandes casas providas de asas, pensaram que éramos deuses", acrescentavam, mas eu acho que foram eles que difundiram essa ideia tão conveniente, e os indígenas e eles mesmos acabaram acreditando.

Andei pelas ruas de Cuzco, espantada, esquadrinhando a multidão. Esses rostos acobreados nunca sorriam nem me olhavam nos olhos. Tratava de imaginar suas vidas antes de nossa chegada, quando por essas mesmas ruas passeavam famílias completas vestidas com vistosos trajes coloridos, sacerdotes com peitilhos de ouro, o Inca coberto de joias e transportado numa liteira de ouro decorada com penas de aves fabulosas, acompanhado por seus músicos, seus arrogantes guerreiros e seu interminável séquito de esposas e virgens do Sol. Essa complexa cultura continuava quase intacta, apesar dos invasores, mas era menos visível. O Inca tinha sido posto no trono e era mantido como prisioneiro de luxo por Francisco Pizarro; nunca o vi, porque não tive acesso à sua corte sequestrada. Nas ruas estava o povo, numeroso e calado. Para cada barbudo havia centenas de indígenas glabros. Os espanhóis, altaneiros e ruidosos, viviam em outra dimensão, como se os nativos fossem invisíveis, apenas sombras nas estreitas ruazinhas de pedra. Os indígenas cediam a passagem aos estrangeiros, que os tinham derrotado, mas mantinham seus costumes, crenças e hierarquias, com a esperança de, com tempo e paciência, se livrar dos barbudos. Não podiam imaginar que ficariam para sempre.

Por esse tempo a violência fratricida, que dividiu os espanhóis na época de Diego de Almagro, tinha se acalmado. Em Cuzco, a vida recomeçava a um ritmo lento, com passo cauteloso, porque existia muito rancor acumulado e os ânimos esquentavam com facilidade. Os soldados ainda estavam em brasa com a impiedosa guerra civil, o país se achava empobrecido e desorganizado, e os indígenas eram submetidos a trabalhos forçados. Nosso imperador Carlos V havia ordenado em seus despachos que tratassem os nativos com respeito, que os evangelizassem e civilizassem pela bondade e boas obras, mas essa não era a realidade. O rei, que nunca tinha pisado no Novo Mundo, ditava suas judiciosas leis em salões escuros de palácios antigos, a milhares de léguas de distância dos povos que pretendia governar, sem levar em conta a perpétua cobiça humana. Muito poucos espanhóis respeitavam essas ordens e menos que ninguém o marquês governador Francisco Pizarro. Até o mais miserável castelhano contava com seus empregados indígenas, e os ricos os tinham às centenas, já que de nada valiam a terra nem as minas sem braços para trabalhá-las. Os indígenas obedeciam sob o chicote dos capatazes, embora alguns preferissem dar uma morte compassiva a suas famílias e se suicidar depois.

Falando com os soldados, consegui juntar os pedaços da história de Juan e tive certeza de sua morte. Meu marido havia chegado ao Peru, depois de esgotar suas forças procurando Eldorado nas selvas escaldantes do norte, e tinha se alistado no exército de Francisco Pizarro. Não tinha estofo de soldado, mas deu um jeito de sobreviver nos encontros com os indígenas. Conseguiu obter algum ouro, já que existia em abundância, mas o perdia sempre em apostas. Devia dinheiro a vários de seus camaradas e uma soma importante a Hernando Pizarro, irmão do governador. Essa dívida o transformou em seu lacaio, e encarregado por ele cometeu diversas patifarias.

Meu marido combateu com as tropas vitoriosas na batalha de Las Salinas, onde lhe tocou uma estranha missão, a última de sua vida. Hernando Pizarro lhe ordenou que trocasse de uniforme com ele; assim, enquanto Juan usava o traje de veludo cor de laranja, a fina armadura, o elmo com viseira de prata coroado pelo penacho alvo e a capa adamascada, que caracterizavam o primeiro, este se misturou à tropa vestido de soldado raso. É possível que Hernando Pizarro escolhesse meu marido pela altura: Juan

INÉS DA MINHA ALMA

era do mesmo tamanho que ele. Supôs que seus inimigos o buscariam durante a batalha, como na verdade aconteceu. As extravagantes vestimentas atraíram os capitães de Almagro, que conseguiram se aproximar a golpes de espada e matar o insignificante Juan de Málaga, confundindo-o com o irmão do governador. Hernando Pizarro salvou a vida, mas seu nome ficou manchado para sempre com a má fama de covarde. Suas proezas militares anteriores foram apagadas num instante e nada pôde lhe devolver o prestígio perdido; a vergonha desse ardil salpicou os espanhóis, amigos e inimigos, que nunca o perdoaram.

Tramou-se uma rápida conspiração de silêncio para proteger esse Pizarro, a quem todos temiam, mas a infâmia cometida na batalha circulava em voz baixa pelas tavernas e rodinhas. Ninguém ficou sem conhecê-la e comentá-la, e assim pude averiguar os detalhes, embora não tenha encontrado os restos de meu marido. Desde então me atormenta a suspeita de que Juan não recebeu sepultura cristã e por isso sua alma anda penando, em busca de repouso. Juan de Málaga me seguiu na longa viagem ao Chile, me acompanhou na fundação de Santiago, segurou meu braço para justiçar os caciques e zombou de mim quando eu chorava de raiva e de amor por Valdivia. Ainda hoje, mais de quarenta anos depois, me aparece de vez em quando, embora agora me falhem os olhos e eu costume confundi-lo com outros fantasmas do passado. Minha casa de Santiago é grande, ocupa o quarteirão inteiro, incluindo pátios, cavalariças e uma horta; suas paredes são de tijolos, muito grossas, e os tetos, altos, com vigas de carvalho. Tem muitos esconderijos onde podem se instalar almas errantes, demônios ou a Morte, que não é um espantalho encapuzado de órbitas vazias, como dizem os padres para nos meter medo, mas uma mulher grande, roliça, de peito opulento e braços acolhedores, um anjo maternal. Perco-me nesta mansão. Há meses que não durmo, me falta a mão morna de Rodrigo sobre o ventre. Pelas noites, quando a criadagem se retira e ficam apenas os guardas lá fora e as mucamas de turno, que ficam acordadas para o caso de eu necessitar, percorro a casa com um lampião, examino os grandes quartos de paredes caiadas e de tetos azuis, ajeito os quadros e as flores nos vasos, e olho as gaiolas dos pássaros. Na realidade, ando caçando a Morte. Às vezes estive tão perto dela que pude sentir seu perfume de roupa recém-lavada, mas é brincalhona e astuta, não posso pegá-la, escapa e se oculta na multidão de espíritos que habitam esta casa. Entre eles está o pobre Juan, que me seguiu aos confins da Terra, com seus sonantes ossos insepultos e seus andrajos de brocado ensanguentado.

Em Cuzco desapareceu até o último rastro de meu primeiro marido. Sem dúvida seu corpo, vestido com o principesco atavio de Hernando Pizarro, foi o primeiro que os soldados vitoriosos levantaram do solo ao final da batalha, antes que os indígenas descessem dos cerros para cevar-se com os despojos dos vencidos. Certamente se surpreenderam ao comprovar que sob o elmo e a armadura não estava seu dono, mas um soldado anônimo, e suponho que obedeceram contrariados a ordem de dissimular o ocorrido, porque a última coisa que um espanhol perdoa é a covardia; mas o fizeram tão bem que apagaram por completo a passagem de meu marido pela vida.

Quando se soube que a viúva de Juan de Málaga andava fazendo perguntas, o próprio marquês governador, Francisco Pizarro, quis me conhecer. Tinha mandado construir um palácio na Cidade dos Reis, e dali dominava o império com fausto, perfídia e mão firme, mas nesse momento se encontrava de visita em Cuzco. Recebeu-me num salão decorado com belas tapeçarias peruanas de lã e móveis talhados. A coberta da grande mesa principal, os respaldos das cadeiras, as taças, os candelabros e as escarradeiras eram de prata maciça. Havia mais prata que ferro no Peru. Vários cortesãos, apinhados nos cantos, sombrios como urubus, cochichavam e folheavam papéis, dando-se ares de importância. Pizarro se vestia de veludo negro, gibão ajustado com mangas com cortes, gola branca, uma grossa corrente de ouro ao peito, fivelas de ouro nos calçados e uma capa de marta sobre os ombros. Era um homem de uns sessenta e tantos anos, altaneiro, de pele esverdeada, barba grisalha, olhos fundos de olhar desconfiado e um desagradável tom de voz em falsete. Rapidamente me deu seus pêsames pela morte de meu marido, sem mencionar seu nome, e em seguida, num gesto inesperado, me entregou um saco de dinheiro para que sobrevivesse "até que pudesse embarcar de volta para a Espanha", como disse. Nesse mesmo instante tomei a decisão impulsiva, de que nunca me arrependi.

INÉS DA MINHA ALMA

— Com todo o respeito, Excelência, não penso voltar à Espanha — anunciei.

Uma sombra terrível cruzou fugazmente pelo semblante do marquês governador. Aproximou-se da janela e por um longo momento ficou contemplando a cidade que se estendia a seus pés. Pensei que tinha me esquecido e comecei a retroceder em direção à porta, mas de repente, sem se virar, se dirigiu a mim de novo:

— Qual é mesmo seu nome, senhora?

— Inés Suárez, para servi-lo, senhor marquês governador.

— E como pensa ganhar a vida?

— Honestamente, Excelência.

— E com discrição, espero. A discrição é muito apreciada aqui, especialmente nas mulheres. A prefeitura lhe arrumará uma casa. Bom dia e boa sorte.

Isso foi tudo. Compreendi que se desejava ficar em Cuzco era melhor deixar de fazer perguntas. Juan de Málaga estava morto e enterrado, e eu era livre. Posso dizer com certeza que nesse dia começou minha vida; os anos anteriores foram de treinamento para o que haveria de vir. Rogo um pouco de paciência, Isabel; logo verá que este relato desordenado chegará ao momento em que meu destino entrecruza com o de Pedro de Valdivia e se inicia a epopeia que desejo lhe contar. Antes disso, minha existência foi a de uma insignificante costureira de Plasencia, como a de centenas e centenas de trabalhadoras que vieram antes e virão depois de mim. Com Pedro de Valdivia vivi um amor de lenda, e com ele conquistei um reino. Embora eu tenha adorado Rodrigo de Quiroga, seu pai, Isabel, e vivido com ele trinta anos, só vale a pena contar minha vida pela conquista do Chile, que compartilhei com Pedro de Valdivia.

Instalei-me em Cuzco, na casa que a prefeitura me emprestou por instruções do marquês governador Pizarro. Era modesta, mas decente, com três quartos e um pátio, bem situada no centro da cidade e sempre perfumada pelas madressilvas que subiam por suas paredes. Também me destinaram três índias para o serviço, duas jovens e uma de mais idade que havia adotado o nome cristão de Catalina e acabaria por ser minha melhor amiga. Resolvi exercer meu ofício de costureira, muito apreciado entre os espanhóis, que se achavam num aperto para fazer durar a pouca roupa trazida da Espanha. Também tratava dos soldados paralíticos ou feridos na guerra, na sua maioria combatentes de Las Salinas. O médico alemão, que viajou comigo na caravana desde a Cidade dos Reis até Cuzco, me convocava com frequência para ajudá-lo a atender os piores casos, e eu ia com Catalina, porque ela conhecia remédios e encantamentos. Entre Catalina e ele existia certa rivalidade que nem sempre convinha aos infelizes pacientes. Ela não se interessava por aprender sobre os quatro humores que determinam o estado de saúde do corpo, e ele desprezava a feitiçaria, embora às vezes fosse muito eficaz. O pior do meu trabalho com eles eram as amputações, que sempre me repugnaram, mas deviam ser feitas, porque se a carne começa a apodrecer não há outro jeito de salvar o ferido. De qualquer forma, muito poucos sobreviviam a essas operações.

Não sei nada sobre a vida de Catalina antes da chegada dos espanhóis ao Peru; não falava de seu passado, era desconfiada e misteriosa. Baixa, quadrada, cor-de-avelã, com duas tranças grossas amarradas nas costas com lãs coloridas, olhos de carvão e cheiro de fumaça, esta Catalina podia estar em vários lugares ao mesmo tempo e desaparecer num suspiro. Aprendeu castelhano, se adaptou a nossos costumes, parecia satisfeita de viver comigo e uns dois anos mais tarde insistiu em me acompanhar ao Chile. "Eu querendo ir com você, pois, senhora", me pespegou em sua língua cantada. Tinha aceitado o batismo para economizar problemas, mas não abandonou suas crenças; assim como rezava o rosário e acendia velas no altar de Nossa Senhora do Socorro, recitava invocações ao Sol. Esta sábia e leal companheira me instruiu no uso das plantas medicinais e nos métodos curativos do Peru, diferentes dos da Espanha. A boa mulher afirmava que as doenças provêm de espíritos travessos e demônios que se introduzem pelos orifícios do corpo e se abrigam no ventre. Havia trabalhado com médicos incas, que costumavam perfurar buracos no crânio de seus pacientes para aliviar enxaquecas e demências, procedimento que fascinava o alemão, mas a que nenhum espanhol estava disposto a se submeter. Catalina sabia fazer uma sangria nos doentes tão bem como o melhor cirurgião e era especialista em purgas para aliviar as cólicas e o mal-estar do corpo, mas zombava da farmacopeia do alemão. "Com isso não mais matando, pois, papai", lhe dizia, sorrindo com seus dentes negros de coca, e ele acabou por duvidar dos afamados remédios que havia trazido de seu país com tanto esforço. Catalina conhecia venenos poderosos, poções afrodisíacas, ervas que davam incansável energia e outras que levavam ao sono, detinham sangramentos ou atenuavam a dor. Conhecia as artes da magia, podia falar com os mortos e ver o futuro; às vezes bebia uma mistura de plantas que a enviava para outro mundo, onde recebia conselhos dos anjos. Ela não os chamava assim, mas os descrevia como seres transparentes, alados e capazes de fulminar com o fogo do olhar; esses só podem ser anjos. Abstínhamo-nos de mencionar estes assuntos diante de outras pessoas porque nos teriam acusado de bruxaria e tratos com o Maligno. Não era divertido ir parar numa masmorra da Inquisição; por muito menos que isso, muitos infelizes terminaram na fogueira. Nem sempre os conjuros de Catalina davam o resultado esperado, como é natural. Uma vez tratou de expulsar de casa a alma de Juan de Málaga, que nos incomodava demasiado, mas conseguiu apenas que morressem várias de nossas galinhas nessa mesma noite e que no dia seguinte aparecesse uma lhama com duas cabeças no centro de Cuzco. O animal agravou a discórdia entre índios e castelhanos, porque os primeiros acreditaram que era a reencarnação do imortal inca Atahualpa e os segundos o despacharam com uma lança para provar que tinha muito pouco de imortal. Armou-se uma confusão que deixou vários indígenas mortos e um espanhol ferido. Catalina viveu muitos anos comigo, cuidou de minha saúde, me preveniu de perigos e me guiou em decisões importantes. A única promessa que não cumpriu foi a de me acompanhar na velhice, porque morreu antes de mim.

Ensinei as duas jovens índias que a prefeitura me destinou a cerzir, lavar e passar a roupa, como se fazia em Plasencia, serviço muito apreciado naquele tempo em Cuzco. Mandei construir um forno de barro no pátio e, com Catalina, me dediquei a assar empadas. A farinha de trigo era cara, então aprendemos a fazê-las com farinha de milho. Nem esfriavam ao sair do forno; o cheiro as anunciava pelo bairro e os clientes acudiam em tropel. Sempre deixávamos algumas para os mendigos e solitários, que se alimentavam da caridade pública. Esse aroma denso de carne, cebola frita, cominho e massa assada se entranhou em minha pele de tal maneira que ainda o tenho. Morrerei com cheiro de empada.

Pude sustentar minha casa, mas nessa cidade, tão cara e corrupta, uma viúva se achava em duros apertos para sair da pobreza. Poderia ter me casado, já que não faltavam homens sozinhos e desesperados, alguns bastante atraentes, mas Catalina sempre me advertia contra eles. Costumava me ler a sorte com suas contas e conchas de adivinhar e sempre me anunciava a mesma coisa: eu viveria muito e ia ser rainha, mas meu futuro dependia do homem de suas visões. Segundo ela, não era nenhum dos que batiam na minha porta ou me assediavam na rua. "Paciência, mãezinha, já vem vindo seu *viracocha*", me prometia.

Entre meus pretendentes estava o orgulhoso alferes Núñez, que não renunciava a seu desejo de me meter a garra, como ele mesmo dizia com pouca delicadeza. Não entendia por que eu rejeitava suas investidas, já que minha escusa anterior não servia mais. Tinha se demonstrado que eu era viúva, como ele havia me garantido desde o começo. Imaginava que minhas negativas eram uma forma de coqueteria, e assim, quanto mais irredutíveis eram minhas desfeitas, mais ele se enrabichava. Tive de proibi-lo que irrompesse com seus mastins em minha casa, porque aterrorizavam minhas empregadas. Os animais, treinados para subjugar os indígenas, ao farejá-las começavam a forçar suas correntes e grunhiam e latiam com os caninos à mostra. Nada divertia tanto ao alferes como atiçar suas feras contra os indígenas, por isso mesmo não ouvia minhas súplicas e invadia minha casa com seus cães, tal como o fazia em outras partes. Um dia os dois animais amanheceram com o focinho cheio de espuma verde e poucas horas depois estavam duros. Seu dono, indignado, ameaçou matar quem os tinha envenenado, mas o médico alemão o convenceu de que tinham morrido de Peste e que devia queimar os restos imediatamente para evitar o contágio. Assim fez, temendo que o primeiro a cair doente fosse ele mesmo.

As visitas do alferes se tornaram cada vez mais frequentes e, como também me incomodava na rua, fez da minha vida um inferno. "Este branco não entende com palavras, pois, senhora. Acho que ele bem pode ir morrendo que nem os cachorros dele", me anunciou Catalina. Preferi não perguntar o que queria dizer. Um dia Núñez chegou como sempre, com seu cheiro de macho e seus presentes, que eu não desejava, enchendo minha casa com sua ruidosa presença.

— Por que me atormenta, bela Inés? — me perguntou pela enésima vez, agarrando-me pela cintura.

— Não me ofenda, senhor. Não o autorizei que me trate com tanta familiaridade — repliquei, desvencilhando-me de suas garras.

— Ora, então, distinta Inés, quando nos casamos?

— Nunca. Aqui estão suas camisas e calças, remendadas e limpas. Arrume outra lavadeira, porque não o quero mais em minha casa. Adeus.

E o empurrei para a porta.

— Adeus, você disse, Inés? Não me conhece, mulher! Ninguém me insulta, e muito menos uma puta! — gritou da rua.

Era a hora suave do entardecer, quando os fregueses se juntavam para esperar que saíssem as últimas empadas do forno, mas não tive ânimo para atendê-los; tremia de raiva e vergonha. Limitei-me a repartir algumas empadas entre os pobres, para que não ficassem sem comer, e depois fechei minha porta, que habitualmente mantinha aberta até que chegasse o frio da noite.

— Pois é um desgraçado, mãezinha, mas não se amofine. Este Núñez deve estar trazendo boa sorte — me consolou Catalina.

— Só pode me trazer infelicidade, Catalina! Um fanfarrão e despeitado é sempre perigoso.

Catalina tinha razão. Graças ao nefasto alferes, que se instalou numa taverna a beber e se vangloriar do que pensava fazer comigo, conheci nessa noite o homem do meu destino, aquele que Catalina não se cansava de me anunciar.

A taverna, uma sala de teto baixo, com várias janelinhas por onde mal entrava ar suficiente para se respirar, era atendida por um andaluz de bom coração que dava crédito aos soldados curtos de fundos. Por essa razão, e pela música de cordas e tambores de dois negros, o local era muito popular. Contrastava com a algazarra alegre dos clientes a figura sóbria de um homem que bebia sozinho num canto. Estava sentado numa banqueta diante de uma mesinha, onde havia estendido um pedaço de papel amarelento que mantinha esticado com sua garrafa de vinho. Era Pedro de Valdivia, mestre de campo do governador Francisco Pizarro e herói da batalha de Las Salinas, então transformado num dos homens mais ricos do Peru. Em pagamento pelos serviços prestados, Pizarro havia lhe dado, pelo tempo de sua vida, uma esplêndida mina de prata em Porco, uma fazenda no vale de La Canela, muito fértil e produtiva, e centenas de indígenas para trabalhá--las. E o que fazia nesse momento o famoso Valdivia? Não calculava as arrobas de prata extraídas de sua mina, nem o número de suas lhamas ou sacos de milho, mas estudava um mapa traçado às pressas por Diego de Almagro em sua prisão, antes de ser executado. Atormentava-lhe a ideia fixa de triunfar ali onde o governador Almagro havia fracassado, nesse território misterioso ao sul do hemisfério. Isso ainda faltava conquistar e povoar; era o único lugar virgem onde um militar como ele podia alcançar a glória. Não desejava permanecer à sombra de Francisco Pizarro, envelhecendo comodamente no Peru. Também não pretendia regressar à Espanha, por muito rico e respeitado que fosse. Não o atraía nem um pouco a ideia de se reunir com Marina, que o esperava fielmente há anos e não se cansava de chamá-lo em suas cartas, sempre forradas de bênçãos e reprimendas. A Espanha era o passado. O Chile era o futuro. O mapa mostrava os caminhos percorridos por Almagro em sua expedição e os pontos mais difíceis: a serra, o deserto e as zonas onde se concentravam os inimigos. "Do rio Bío-Bío para o sul não se pode passar, os mapuche não deixam", havia repetido várias vezes Almagro. Essas palavras perseguiam Valdivia, aguilhoando-o. Eu teria passado, pensava, embora nunca tivesse duvidado da coragem do governador.

Estava nisso quando distinguiu na ruidosa taverna um vozeirão de ébrio e, sem querer, prestou atenção. Falava de alguém a quem pensava dar uma bem merecida lição, uma tal Inés, mulher exibida que se atrevia a desafiar um honesto alferes do cristianíssimo imperador Carlos V. O homem lhe parecia conhecido e logo deduziu que a mulher era a jovem viúva que lavava e remendava roupa na rua do Templo das Virgens. Ele não tinha recorrido a seus serviços — para isso contava com as índias de sua casa —, mas a vira algumas vezes na rua ou na igreja e a tinha notado, porque era uma das poucas espanholas em Cuzco, e havia se perguntado quanto duraria sozinha uma mulher como essa. Por umas duas vezes a tinha seguido umas quadras a certa distância, apenas para se deleitar com o movimento de seus quadris — caminhava com passos firmes de cigana — e o reflexo do sol em seus cabelos acobreados. Pareceu-lhe que ela irradiava segurança e força de caráter, condições que ele exigia de seus capitães, mas que nunca pensou que apreciaria numa mulher. Até aquele momento tinham-no atraído apenas as moças doces e frágeis que despertavam o desejo de protegê-las, por isso havia se casado com Marina. Essa Inés não tinha nada de vulnerável ou inocente, era antes intimidante, pura energia, como um ciclone contido; no entanto, foi isso o que mais lhe chamou a atenção. Pelo menos foi isso que ele me contou depois.

Com os pedaços das frases que lhe chegavam afogados pelo ruído da taverna, Valdivia conseguiu deduzir o plano do alferes bêbado, que pedia aos gritos alguns voluntários para sequestrar a mulher à noite e levá-la para sua casa. Um coro de risinhos e piadas obscenas acolheu sua solicitação, mas ninguém se ofereceu para ajudá-lo, já que não só era uma ação covarde, como também perigosa. Uma coisa era violar na guerra e se divertir com as índias, que não valiam nada, e outra agredir uma viúva espanhola que tinha sido recebida pelo governador em pessoa. Era melhor tirar isso da cabeça, lhe advertiram, mas Núñez proclamou que não lhe faltariam braços para realizar seu propósito.

Pedro de Valdivia não o perdeu de vista e, meia hora mais tarde, o seguiu à rua. O homem saiu trambolhando, sem se dar conta de que levava alguém no encalço. Deteve-se um instante frente à minha porta, calculando se poderia realizar seu plano sozinho, mas decidiu não correr tal risco; por mais álcool que lhe nublasse o entendimento, sabia que sua reputação e sua carreira militar estavam em jogo. Valdivia o viu se distanciar e se plantou na esquina, oculto nas sombras. Não esperou muito, logo viu dois indígenas sigilosos que começaram a rondar a casa, tateando a porta e os postigos das janelas que davam para a rua. Quando comprovaram que estavam trancadas por dentro, decidiram pular o muro de pedra, de apenas cinco pés de altura, que protegia a casa por trás. Em poucos minutos caíram dentro do pátio, com tão má sorte para eles que derrubaram e quebraram um pote de barro. Tenho o sono leve e acordei com o ruído. Por um momento Pedro os deixou agir, para ver até onde eram capazes de chegar, e em seguida saltou o muro atrás deles. Por aí eu havia acendido o lampião e pegado a faca comprida de picar carne para as empadas. Estava disposta a usá-la, mas rezava para não ter de fazê-lo, já que Sebastián Romero me pesava bastante e teria sido um infortúnio jogar outro cadáver na consciência. Saí para o pátio seguida de perto por Catalina. Chegamos tarde ao melhor do espetáculo, porque o cavalheiro já tinha encurralado os assaltantes e se dispunha a atá-los com a mesma corda que eles traziam para mim. As coisas aconteceram muito rápido, sem maior esforço por parte de Valdivia, que estava mais risonho que irritado, como se se tratasse de uma travessura de rapazes.

As circunstâncias eram bastante ridículas: eu despenteada e de camisola de dormir; Catalina maldizendo em quéchua; os dois indígenas tremendo de terror e um fidalgo vestido de gibão de veludo, calção de seda e botas altas de couro sovado, espada na mão, varrendo o pátio com a pena do chapéu para me cumprimentar. Nós dois começamos a rir.

— Estes infelizes não voltarão a incomodá-la, senhora — disse, galante.

— Não são eles que me preocupam, cavalheiro, mas quem os mandou.

— Esse também não voltará a suas velhacarias, porque amanhã terá de se ver comigo.

— Sabe quem é?

— Tenho uma boa ideia, mas, se me enganasse, estes dois confessariam sob tortura a quem obedecem.

Diante dessas palavras os indígenas se atiraram ao chão para beijar as botas do cavalheiro e clamar por suas vidas com o nome do alferes Núñez nos lábios. Catalina opinou que devíamos lhes abrir a garganta ali mesmo,

INÉS DA MINHA ALMA

e Valdivia estava de acordo, mas me interpus entre sua espada e aqueles infelizes.

— Não, senhor, lhe rogo. Não quero mortos no meu pátio, sujam e trazem má sorte.

Valdivia voltou a rir, abriu o portão e os despediu com pontapés nos respectivos traseiros, depois de adverti-los de que desaparecessem de Cuzco nessa mesma noite ou pagariam as consequências.

— Temo que o alferes Núñez não será tão magnânimo como o senhor, cavalheiro. Vai procurar esses homens no céu e na Terra. Sabem demais e não lhe convém que falem — disse.

— Creia-me, senhora, tenho autoridade suficiente para mandar Núñez apodrecer na selva dos Chunchos, e lhe garanto que o farei — replicou ele.

Somente então o reconheci. Era o mestre de campo, herói de muitas guerras, um dos homens mais ricos e poderosos do Peru. Eu o tinha visto algumas vezes, mas sempre de longe, admirando seu cavalo árabe e sua autoridade natural.

Nessa noite, a vida de Pedro de Valdivia e a minha se definiram. Tínhamos andado em círculos por anos, procurando-nos às cegas, até nos encontrarmos por fim no pátio dessa casinha na rua do Templo das Virgens. Agradecida, convidei-o a entrar em minha modesta sala, enquanto Catalina ia buscar um copo de vinho, que em minha casa não faltava, para confortá-lo. Antes de esfumar-se no ar, como era seu costume, Catalina me fez um sinal pelas costas de meu hóspede — e assim eu soube que se tratava do homem que ela havia vislumbrado em suas conchinhas de adivinhação. Surpresa, porque nunca imaginei que a sorte me destinaria a alguém tão importante como Valdivia, tratei de estudá-lo dos pés à cabeça à luz amarela do lampião. Gostei do que vi: olhos azuis como o céu da Extremadura, feições viris, rosto aberto, embora severo, fornido, bom porte de guerreiro, mãos endurecidas pela espada, mas de dedos longos e elegantes. Um homem inteiro, como ele, sem dúvida era um luxo nas Índias, onde há tantos marcados por horrendas cicatrizes ou carentes de olhos, nariz e até membros.

E o que ele viu? Uma mulher magra, de estatura mediana, com o cabelo solto e desfeito, olhos castanhos, sobrancelhas grossas, descalça, coberta por uma camisola de tecido ordinário. Mudos, nos olhamos durante uma eternidade, sem poder afastar os olhos. Embora a noite estivesse fria, a pele me queimava e um fio de suor me corria pelas costas. Sei que ele era sacudido pela mesma tormenta, porque o ar da sala se tornou denso. Catalina surgiu do nada com o vinho, mas ao perceber o que acontecia, desapareceu para nos deixar a sós.

Depois Pedro me confessaria que nessa noite não tomou a iniciativa de fazer amor porque necessitava de tempo para se acalmar e pensar. "Ao ver você, senti medo pela primeira vez em minha vida", me diria muito mais tarde. Não era homem de amantes nem concubinas, não se conheciam seus casos e nunca teve relações com índias, embora, suponho, alguma vez as teve com mulheres de aluguel. À sua maneira, havia sido sempre fiel a Marina Ortiz de Gaete, com quem estava em falta, porque a fez se apaixonar aos treze anos, não a fez feliz e a abandonou para se lançar à aventura das Índias. Sentia-se responsável por ela diante de Deus. Mas eu era livre e, mesmo que Pedro tivesse meia dúzia de esposas, o teria amado do mesmo jeito, era inevitável. Ele tinha quase quarenta anos e eu em torno de trinta, nenhum dos dois podia perder tempo, por isso me dispus a conduzir as coisas pela devida trilha.

Como nos abraçamos tão cedo? Quem esticou a mão primeiro? Quem buscou os lábios do outro para o beijo? Certamente fui eu. Assim que pude usar a voz para romper o silêncio carregado de intenções em que nos olhávamos, lhe anunciei sem preâmbulos que o estava aguardando desde muito tempo, porque o havia visto em sonhos e nas contas e conchas de adivinhar, que estava disposta a amá-lo para sempre e outras promessas, sem ocultar nada e sem pudor. Pedro retrocedeu, rígido, pálido, até dar com as costas contra a parede. Que mulher sensata fala assim a um desconhecido? No entanto, ele não pensou que eu tivesse perdido o juízo ou que fosse uma puta solta em Cuzco, porque ele também sentia nos ossos e nas cavernas da alma a certeza de que havíamos nascido para nos amar. Exalou um suspiro, quase um soluço, e murmurou com a voz quebrada: "Também

INÉS DA MINHA ALMA

sempre esperei por você", parece que me disse. Ou talvez não tenha dito. Suponho que no transcurso da vida embelezamos algumas lembranças e procuramos esquecer outras. Do que estou certa é que nessa mesma noite nos amamos e desde o primeiro abraço nos consumiu o mesmo ardor.

Pedro de Valdivia havia se formado no fragor da guerra, nada sabia de amor, mas estava pronto para recebê-lo quando este chegou. Levantou-me nos braços e me levou para minha cama em quatro longos passos, onde caímos, ele por cima de mim, beijando-me, mordendo-me, enquanto se desprendia do gibão, da calça, das botas, das meias, desesperado, aos safanões, com os brios de um rapaz. Deixei-o fazer o que quis, para que se desafogasse; quanto tempo havia passado sem mulher? Apertei-o contra meu peito, sentindo as pulsações de seu coração, seu calor animal, seu cheiro de homem. Pedro tinha muito que aprender, mas não havia pressa, contávamos com o resto de nossas vidas e eu era boa professora, ao menos isso podia agradecer a Juan de Málaga. Quando Pedro compreendeu que a portas fechadas eu é que mandava e que não havia desonra nisso, se dispôs a me obedecer de excelente humor. Isto demorou algum tempo, digamos quatro ou cinco horas, porque ele achava que a entrega corresponde à fêmea, e a dominação, ao macho; assim tinha visto nos animais e aprendido em seu ofício de soldado, mas não foi em vão que Juan de Málaga havia passado anos me ensinando a conhecer meu corpo e o dos homens. Não afirmo que todos sejam iguais, mas se parecem bastante, e com um mínimo de intuição qualquer mulher pode contentá-los. O contrário é que não é a mesma coisa; poucos homens sabem satisfazer uma mulher e menos ainda são os que estão interessados em fazê-lo. Pedro teve a inteligência de deixar sua espada do outro lado da porta e se render a mim. Os detalhes dessa primeira noite não importam muito, basta dizer que ambos descobrimos o amor verdadeiro, porque até esse momento não havíamos experimentado a fusão do corpo e da alma. Minha relação com Juan foi carnal, e a de Pedro com Marina, espiritual; a nossa foi completa.

Valdivia permaneceu trancado em minha casa durante dois dias. Nesse tempo não se abriram os postigos, ninguém fez empadas, as índias andaram caladas e na ponta dos pés, e Catalina deu um jeito de alimentar os mendigos com sopa de milho. A fiel mulher nos trazia vinho e comida até a cama; também preparou uma tina com água quente para que nos lavássemos, costume peruano que ela havia me ensinado. Como todo espanhol de origem, Pedro achava que o banho é perigoso, produz enfraquecimento dos pulmões e afina o sangue, mas lhe garanti que as pessoas do Peru tomavam banho diariamente e ninguém tinha os pulmões débeis nem o sangue aguado. Esses dois dias se foram num suspiro, contando-nos o passado e amando-nos num ardente torvelinho, uma entrega que nunca conseguia ser suficiente, um desejo demente de nos fundir um no outro, morrer e morrer, "Ai, Pedro!", "Ai, Inés!". Desmoronávamos juntos, ficávamos com pernas e braços enlaçados, exaustos, banhados no mesmo suor, falando em sussurros. Logo renascia o desejo com mais intensidade entre os lençóis molhados; o cheiro de homem — ferro, vinho e cavalo —, o cheiro de mulher — cozinha, fumaça e mar —, perfume de ambos, único e inesquecível, hálito de selva, caldo espesso. Aprendemos a nos elevar ao céu e a gemer juntos, feridos pelo mesmo látego, que nos surpreendia à beira da morte e por último nos mergulhava numa letargia profunda. Muitas vezes acordávamos prontos para inventar de novo o amor, até que chegou a manhã do terceiro dia, com seu alvoroço de galos e o aroma do pão. Então Pedro, transformado, pediu sua roupa e sua espada.

Ah, que tenaz é a memória! A minha não me deixa sossegada, me enche a mente de imagens, palavras, dor e amor. Sinto que volto a viver de novo o que já vivi. O esforço de escrever este relato não está em lembrar, mas no lento exercício de pô-lo no papel. Minha letra nunca foi boa, apesar dos empenhos de González de Marmolejo, mas agora é quase ilegível. Tenho certa urgência, porque as semanas voam e ainda falta muita coisa para narrar. Canso. A pena rasga o papel e caem pingos de tinta; em resumo, este trabalho está acima das minhas forças. Por que insisto nele? Os que me conheceram bem estão mortos; somente você, Isabel, tem uma ideia de quem sou, mas essa ideia está distorcida por seu carinho e pela dívida que

INÉS DA MINHA ALMA

pensa ter comigo. Você não me deve nada, lhe disse com frequência; sou eu quem está em dívida, porque você veio satisfazer minha mais profunda necessidade, a de ser mãe. É minha amiga e confidente, a única pessoa que conhece meus segredos, inclusive alguns que, por pudor, não compartilhei com seu pai. Damo-nos bem você e eu; tem bom humor e rimos juntas, com esse riso das mulheres, que nasce da cumplicidade. Agradeço-lhe que tenha se instalado aqui com seus filhos, apesar de que sua casa fica a duas quadras de distância. Argumenta que necessita de companhia enquanto seu marido anda na guerra, como antes andava o meu, mas não acredito. A verdade é que teme que eu morra sozinha neste casarão de viúva, que será seu daqui a pouco, como já o são todos os meus bens terrenos. Conforta-me a ideia de ver você transformada numa mulher muito rica; posso ir em paz para o outro mundo, já que cumpri cabalmente a promessa de protegê-la que fiz a seu pai quando ele a trouxe para minha casa. Nesse tempo eu ainda era a amante de Pedro de Valdivia, mas isso não me impediu de receber você com os braços abertos. Nessa época a cidade de Santiago já tinha se reposto do estrago causado pelo primeiro ataque dos indígenas, havíamos saído da pobreza e nos dávamos certa importância, embora ainda não fosse realmente uma cidade, apenas um vilarejo. Por seus méritos e seu caráter imaculado, Rodrigo de Quiroga tinha se tornado o capitão favorito de Pedro e meu melhor amigo. Eu sabia que estava apaixonado por mim, uma mulher sempre sabe, embora não escape um gesto ou uma palavra que o denuncie. Rodrigo não teria sido capaz de admiti-lo nem no ponto mais secreto de seu coração, por lealdade a Valdivia, seu chefe e amigo. Suponho que eu também o queria — se posso amar a dois homens ao mesmo tempo —, mas guardei esse sentimento para não arriscar a honra e a vida de Rodrigo. Ainda não é o momento de me referir a isso, fica para mais adiante.

Há coisas que não tive oportunidade de lhe contar, por estar demasiado ocupada em tarefas cotidianas, e, se não as escrevo agora, as levarei para o túmulo. Apesar de meu desejo de exatidão, omiti bastante. Devo ter selecionado apenas o essencial, mas estou certa de não haver traído a verdade. Esta é a minha história e a de um homem, dom Pedro de Valdivia, cujas heroicas proezas foram anotadas com rigor pelos cronistas e perdurarão em suas páginas até o fim dos tempos; no entanto, eu sei dele o que a História jamais poderá averiguar: o que temia e como amou.

A relação com Pedro de Valdivia me transtornou. Não podia viver sem ele, um só dia sem vê-lo me deixava febril, uma noite sem estar em seus braços era um tormento. No começo, mais que amor foi uma paixão cega, desatada, que por sorte ele compartilhava, de outro modo eu teria perdido o juízo. Mais tarde, quando fomos superando os obstáculos do destino, a paixão deu lugar ao amor. Admirava-o tanto como o desejava, sucumbi por completo frente a sua energia, me seduziram sua coragem e seu idealismo. Valdivia exercia sua autoridade sem ostentação, se fazia obedecer apenas com sua presença, tinha uma personalidade imponente, irresistível, mas na intimidade se transformava. Na minha cama era meu, entregou-se a mim sem reticência, como um jovem em seu primeiro amor. Estava acostumado à rudeza da guerra, era impaciente e inquieto, no entanto podíamos passar dias completos de ócio, dedicados a nos conhecer, contando-nos os detalhes de nossos respectivos destinos com verdadeira urgência, como se nossa vida fosse acabar em menos de uma semana. Eu anotava os dias e as horas que passávamos juntos, eram meu tesouro. Pedro anotava nossos abraços e beijos. Surpreende-me que a nenhum de nós dois assustasse essa paixão que hoje, vista da distância do desamor e da velhice, me parece opressiva.

Pedro passava suas noites em minha casa, a não ser quando devia viajar à Cidade dos Reis ou visitar sua propriedade em Porco e La Canela, e então me levava com ele. Eu gostava de vê-lo sobre seu cavalo — tinha um ar marcial — e exercer seu dom de comando entre seus subalternos e camaradas de armas. Sabia muitas coisas que eu não suspeitava, me falava de suas leituras, compartilhava comigo suas ideias. Era esplêndido comigo, me dava vestidos suntuosos, tecidos, joias e moedas de ouro. No começo essa generosidade me incomodava, porque me parecia uma tentativa de comprar meu carinho, mas depois me acostumei com ela. Comecei

INÉS DA MINHA ALMA

a economizar, com a ideia de ter algo mais ou menos seguro no futuro. "Nunca se sabe o que pode acontecer", dizia sempre minha mãe, que me ensinou a esconder dinheiro. Além disso, comprovei que Pedro não era bom administrador e não se interessava muito por seus bens; como todo fidalgo espanhol, achava-se acima do trabalho ou do vil dinheiro, que podia gastar como um duque, mas que não sabia ganhar. As concessões de terra e minas recebidas de Pizarro foram um golpe de sorte que recebeu com a mesma desenvoltura com que estava disposto a perdê-las. Uma vez me atrevi a dizê-lo, porque, como tive de ganhar a vida desde que era menina, me horrorizava o esbanjamento, mas me fez calar com um beijo. "O ouro é para gastar e, graças a Deus, tenho de sobra", respondeu. Isso não me tranquilizou, pelo contrário.

Valdivia tratava seus indígenas com mais consideração que outros espanhóis, mas sempre com rigor. Tinha estabelecido turnos de trabalho, alimentava bem sua gente e obrigava os capatazes a se conter nos castigos, enquanto que em outras minas e fazendas faziam trabalhar inclusive as mulheres e as crianças.

— Não é meu caso, Inés. Eu respeito as leis da Espanha até onde é possível — respondeu, altaneiro, quando lhe comentei.

— Quem decide até onde é possível?

— A moral cristã e o bom senso. Assim como não convém arrebentar os cavalos de cansaço, não se deve abusar dos indígenas. Sem eles, as minas e as terras não valem nada. Gostaria de conviver com eles em harmonia, mas não se pode submetê-los sem empregar a força.

— Duvido que submetê-los os beneficie, Pedro.

— Duvida dos benefícios do cristianismo e da civilização? — me refutou.

— Às vezes as mães deixam morrer de fome os recém-nascidos para não se apegarem a eles, pois sabem que serão tirados delas para se tornarem escravizados. Não estavam melhor antes de nossa chegada?

— Não, Inés. Sob o domínio do Inca sofriam mais que agora. Devemos olhar para o futuro. Já estamos aqui e aqui ficaremos. Um dia haverá uma nova raça nesta terra, uma mistura dos nossos com os indígenas, todos cristãos e unidos por nossa língua e lei castelhanas. Então haverá paz e prosperidade.

ISABEL ALLENDE

Acreditava nisso, mas morreu sem vê-lo, e também eu morrerei antes que esse sonho se cumpra, porque estamos em fins de 1580 e os indígenas ainda nos odeiam.

Logo as pessoas de Cuzco se acostumaram a nos considerar um casal, embora, imagino, às nossas costas circulassem comentários maliciosos. Na Espanha teriam me tratado como uma concubina, mas no Peru ninguém me faltava com o respeito, pelo menos nunca cara a cara, porque teria sido como se fosse com Pedro de Valdivia. Sabia-se que ele tinha uma esposa na Extremadura, mas isto não era novidade, a metade dos espanhóis estava em situação semelhante, suas esposas legítimas eram lembranças apagadas; no Novo Mundo necessitavam de amor imediato ou um substituto para isso. Além do mais, na Espanha os homens também tinham amantes; o império estava semeado de bastardos e muitos dos conquistadores o eram. Umas duas vezes Pedro me falou de seus remorsos, não por haver deixado de amar Marina, mas por estar impedido de se casar comigo. Eu podia me casar com qualquer um dos que antes me cortejavam e que agora não se atreviam a me olhar, disse. No entanto, essa possibilidade nunca me tirou o sono. Soube desde o começo que Pedro e eu jamais poderíamos nos casar, a não ser que Marina morresse, o que nenhum de nós dois desejava, por isso arranquei a esperança do coração e me dispus a celebrar o amor e a cumplicidade que compartilhávamos, sem pensar no futuro, em mexericos, vergonha ou pecado. Éramos amantes e amigos. Costumávamos discutir aos gritos, porque nenhum de nós tinha temperamento manso, mas isso não conseguiu nos separar. "De agora em diante você tem as costas cobertas por mim, Pedro, de modo que pode se concentrar em suas batalhas de frente", lhe anunciei em nossa segunda noite de amor, e ele o tomou ao pé da letra e jamais o esqueceu. Por meu lado, aprendi a sobrepujar o mutismo obstinado que costumava me agoniar quando me enfurecia. A primeira vez que decidi castigá-lo com o silêncio, Pedro me pegou o rosto entre as mãos, me cravou seus olhos azuis e me obrigou a confessar o que me incomodava. "Não sou adivinho, Inés. Podemos encurtar o caminho se você me disser o que quer de mim", insistiu. Do mesmo modo, eu o encarava quando o dominava a impaciência e a soberba, ou quando uma decisão sua me parecia pouco acertada. Éramos semelhantes, ambos fortes, mandões e ambiciosos; ele pretendia fundar um reino e eu pretendia acompanhá-lo. O que ele sentia, eu sentia, quer dizer, compartilhávamos a mesma ilusão.

No começo me limitava a escutar em silêncio quando ele mencionava o Chile. Não sabia do que ele falava, mas dissimulei minha ignorância. Tratei de me informar com meus clientes, os soldados que me traziam suas roupas para lavar ou vinham comprar empadas, e assim soube da tentativa fracassada de Diego de Almagro. Os homens que sobreviveram a essa aventura e à batalha de Las Salinas não tinham um trocado no bolso, andavam com a roupa em fiapos e com frequência apareciam sigilosos na porta do pátio para pegar comida gratuita, por isso eram chamados de os "farrapos chilenos". Não entravam na fila dos mendigos indígenas, mesmo que fossem tão pobres como eles, porque havia certo orgulho em ser um desses farrapos, palavra que designava o homem valente, audaz, enérgico e altaneiro. O Chile, segundo a descrição desses homens, era uma terra maldita, mas imaginei que Pedro de Valdivia tinha muito boas razões para ir para lá. Ao escutá-lo, fui me entusiasmando com sua ideia.

— Mesmo que me custe a vida, tentarei a conquista do Chile — me disse.

— E eu irei com você.

— Não é coisa para mulheres. Não posso expô-la aos perigos dessa aventura, Inés, mas também não quero me separar de você.

— Nem pense! Vamos juntos ou você não vai a lugar nenhum — respondi.

Mudamos para a Cidade dos Reis, fundada sobre um cemitério inca, para que Pedro conseguisse a autorização de Francisco Pizarro para ir para o Chile. Não podíamos nos alojar na mesma casa — mesmo que passássemos juntos todas as noites —, para não provocar as más línguas e os padres, que se metem em tudo, embora eles mesmos não sejam exemplos de virtude. Poucas vezes vi o sol sair na Cidade dos Reis, o céu estava sempre encoberto; tampouco chovia, mas a umidade do ar grudava nos cabelos e cobria tudo com uma pátina esverdeada. Segundo Catalina, que foi com a gente, as múmias incas, enterradas embaixo das casas, passeavam pelas ruas à noite, mas eu nunca as vi.

Enquanto eu averiguava o que era necessário para uma empresa tão complicada como atravessar mil léguas, fundar cidades e pacificar indígenas, Pedro perdia dias inteiros no palácio do marquês governador, participando de reuniões sociais e conciliábulos políticos que o entediavam. As efusivas mostras de respeito e amizade que Pizarro prodigalizava a Valdivia provocavam dura inveja em outros militares e comendadores. Já naquele tempo, no seu início, a cidade estava envolta pelo tecido de tramas que hoje a caracteriza. A corte era um fervedouro de intrigas e tudo tinha um preço, até a honra. Os ambiciosos e bajuladores se desvaneciam para obter os favores do marquês governador, o único que tinha poder para distribuir benefícios. Havia tesouros incalculáveis no Peru, mas não eram suficientes para tantos pedinchões. Pizarro não entendia por que, enquanto os demais procuravam agarrar tudo que podiam, Valdivia estava disposto a lhe devolver sua mina e sua fazenda para repetir o erro que havia custado tão caro a Diego de Almagro.

— Por que teima nessa aventura no Chile, essa terra nua, dom Pedro? — lhe perguntou mais de uma vez.

— Para deixar fama e memória de minha pessoa, Excelência — sempre replicava Valdivia.

E na verdade essa era sua única razão. O caminho para o Chile equivalia a atravessar o inferno, os indígenas eram indômitos e não havia ouro em abundância, como no Peru, mas estes inconvenientes eram vantagens para Valdivia. O desafio da viagem e de batalhar contra ferozes inimigos o atraía e, embora não o tenha manifestado diante de Pizarro, gostava da pobreza do Chile, como me explicou muitas vezes. Estava convencido de que o ouro corrompe e vicia. O ouro dividia os espanhóis no Peru, atiçava a maldade e a cobiça, alimentava as maquinações, afrouxava os costumes e perdia as almas. Em sua imaginação, o Chile era o lugar ideal, longe dos cortesãos da Cidade dos Reis, onde poderia fundar uma sociedade justa baseada no trabalho duro e no cultivo da terra, sem a riqueza mal havida nas minas e com a escravidão. No Chile inclusive a religião seria simples,

INÉS DA MINHA ALMA

porque ele — que tinha lido Erasmo — se ocuparia de atrair sacerdotes bondosos, verdadeiros servidores de Deus, e não um bando de padres corruptos e odiosos. Os descendentes dos fundadores seriam chilenos sóbrios, honestos, esforçados, respeitosos da lei. Entre eles não haveria aristocratas, a quem detestava, porque o único título válido não é aquele que se herda, mas o que se ganhou por mérito de uma existência digna e uma alma nobre. Eu passava horas ouvindo-o falar assim, com os olhos úmidos e o coração sobressaltado de emoção, imaginando essa nação utópica que fundaríamos juntos.

Depois de semanas passeando pelos salões e corredores do palácio, Pedro começou a perder a paciência, convencido de que nunca obteria a autorização, mas eu estava certa de que Pizarro a daria. A demora era habitual no marquês, que não era amigo das coisas diretas; fingia preocupação com os perigos que "seu amigo" deveria enfrentar no Chile, mas na realidade lhe convinha que Valdivia se fosse para longe, onde não pudesse conspirar contra ele nem lhe fazer sombra com seu prestígio. Os gastos, riscos e padecimentos corriam por conta de Valdivia, enquanto que a terra dominada dependeria do governador do Peru; ele não ia perder nada com o ousado projeto, já que não pensava investir um só centavo nele.

— O Chile ainda está por conquistar e cristianizar, senhor marquês governador, dever que nós, súditos de sua majestade imperial, não podemos descuidar — argumentou Valdivia.

— Duvido que encontre homens dispostos a acompanhá-lo, dom Pedro.

— Nunca faltaram bons e heroicos soldados entre os espanhóis, Excelência. Quando correr a notícia desta expedição ao Chile, sobrarão braços armados.

Uma vez que o assunto do financiamento ficou claro, quer dizer, que os gastos corriam por conta de Valdivia, o marquês governador deu sua autorização com aparente fastio e recuperou rapidamente a rica mina de prata e a fazenda que pouco antes havia destinado a seu corajoso mestre de campo. Este não se importou. Havia assegurado o bem-estar de Marina na Espanha e não lhe interessava sua fortuna pessoal. Contava com nove mil pesos de ouro e os documentos necessários para a empresa.

— Falta uma permissão — lembrei a ele.

— Qual?

— A minha. Sem ela não posso acompanhar você.

Pedro expôs ao marquês, de modo um tanto exagerado, minha experiência em cuidar de doentes e feridos, assim como meus conhecimentos de costura e cozinha, indispensáveis para uma viagem como aquela, mas de novo se viu enredado em intrigas palacianas e objeções morais. Tanto insisti que Pedro me conseguiu uma audiência para falar com Pizarro em pessoa. Não quis que ele me acompanhasse, porque há coisas que uma mulher pode fazer melhor sozinha.

Apresentei-me no palácio na hora marcada, mas tive de esperar horas numa sala cheia de gente que acudia para pedir favores, como eu. O ambiente estava carregado de adornos e profusamente iluminado por fileiras de velas em candelabros de prata; era um dia mais cinza que outros, muito pouca luz natural entrava pelas janelas. Ao saber que vinha recomendada por Valdivia, os lacaios me ofereceram uma cadeira, enquanto os demais solicitantes deviam permanecer de pé; alguns levavam meses aparecendo diariamente e já tinham o ar cinzento da resignação. Esperei tranquila, sem me dar por achada pelos olhares torvos de algumas pessoas que sem dúvida conheciam minha relação com Valdivia e deviam se perguntar como uma costureira insignificante, uma mulher amancebada, se atrevia a pedir audiência ao marquês governador. Pelo meio-dia apareceu um secretário e anunciou que era minha vez. Segui-o a uma peça imponente, decorada com um luxo exagerado — cortinas, escudos, bandeiras, ouro e prata —, chocante para o sóbrio temperamento espanhol, em especial para nós que viemos da Extremadura. Guardas empenachados protegiam o marquês governador, mais de uma dúzia de escrivães, secretários, chicaneiros, bacharéis e padres se afanavam com livros e documentos, que ele não podia ler, e vários servos indígenas de libré, mas descalços, serviam vinho, frutas e bolos das freiras. Francisco Pizarro, instalado numa poltrona de tecido felpudo e prata sobre um estrado, me fez a honra de me reconhecer e mencionar que lembrava de nossa entrevista anterior. Eu tinha feito um

INÉS DA MINHA ALMA

vestido de viúva para a ocasião, com mantilha e uma touca que ocultava meus cabelos. Duvido que o astuto marquês se deixasse enganar por minha aparência; sabia muito bem por que Valdivia pretendia me levar com ele.

— Em que posso servi-la, senhora? — me perguntou com sua voz desafinada.

— Sou eu quem deseja servir ao senhor e à Espanha, Excelência — respondi com uma humildade que estava longe de sentir, e tratei de lhe mostrar o mapa amarelado de Diego de Almagro, que Valdivia sempre levava junto ao peito. Apontei-lhe a rota do deserto, que a expedição deveria seguir, e lhe contei que eu tinha herdado de minha mãe o dom de encontrar água.

Francisco Pizarro, perplexo, ficou me olhando como se eu estivesse zombando dele. Acho que nunca tinha ouvido falar de semelhante coisa, apesar de que se trata de uma faculdade bastante comum.

— Está me dizendo que pode achar água no deserto, senhora?

— Sim, Excelência.

— Estamos falando do deserto mais árido do mundo!

— Segundo dizem alguns soldados que foram na expedição anterior, ali crescem capim e mato, Excelência. Isso significa que há água, embora, possivelmente, esteja a certa profundidade. Se ela existe, eu posso encontrá-la.

Por aí toda a atividade tinha cessado na sala de audiências e os presentes, inclusive os serviçais indígenas, acompanhavam nossa conversa boquiabertos.

— Permita-me, senhor marquês governador, que eu demonstre o que afirmo. Posso ir com testemunhas ao lugar mais ermo que o senhor me indicar e com uma varinha mostrarei que sou capaz de achar água.

— Não será necessário, senhora. Eu acredito — se pronunciou Pizarro, depois de uma longa pausa.

Tratou de dar ordens para que me fornecessem a autorização solicitada e, além do mais, me ofereceu uma luxuosa tenda de campanha, como prenda de amizade, "para aliviar os sacrifícios da viagem", acrescentou. Em vez de seguir o secretário, que pretendia me conduzir à porta, me plantei junto a

ISABEL ALLENDE

uma das escrivaninhas à espera do meu documento, porque de outro modo poderia demorar meses. Meia hora mais tarde, Pizarro pôs seu selo e o estendeu a mim com um sorriso torto. Só me faltava a permissão da Igreja.

Pedro e eu regressamos a Cuzco para organizar a expedição, tarefa nada fácil, porque, fora os gastos, havia o problema de que muito poucos soldados quiseram se juntar a nós. Isso de que sobrariam braços bem armados, como Valdivia havia anunciado tantas vezes, acabou sendo uma ironia. Os que foram anos antes com Diego de Almagro tinham voltado contando horrores daquele lugar que chamavam de "sepultura de espanhóis" e que, segundo afirmavam, era muito pobre e não conseguia alimentar nem trinta comendadores. Os "farrapos chilenos" tinham voltado sem nada e viviam da caridade, prova acabada de que o Chile oferecia somente padecimentos. Isso desanimava inclusive os mais bravos, mas Valdivia podia ser muito eloquente quando dizia que, uma vez ultrapassados os obstáculos do caminho, chegaríamos a uma terra fértil e benigna, de muita alegria, onde poderíamos prosperar. "E o ouro?", perguntavam os homens. Ouro também havia, ele assegurava, era questão de procurá-lo. Os únicos voluntários tinham tão poucos fundos, que Valdivia teve de lhes emprestar dinheiro para que se munissem de armas e cavalos, tal como antes tinha feito Almagro com os seus, mesmo sabendo que nunca poderia recuperar o investimento. Os nove mil pesos foram pouco para adquirir o indispensável, então Valdivia conseguiu financiamento com um comerciante inescrupuloso, a quem concordou pagar cinquenta por cento do que arrecadasse na empresa da conquista.

Fui me confessar com o bispo de Cuzco, a quem amoleci antes com mantéis bordados para sua sacristia, já que necessitava de sua permissão para a viagem. Tendo em meu poder o documento de Pizarro, ia mais ou menos segura, mas nunca se sabe como os padres reagirão e muito menos os bispos. Na confissão não tive como escapar de expor a verdade nua de meus amores.

— O adultério é pecado mortal — me lembrou o bispo.

INÉS DA MINHA ALMA

— Sou viúva, Eminência. Confesso a fornicação, que é um pecado horroroso, mas não adultério, que é pior.

— Sem arrependimento e sem o firme propósito de não voltar a pecar, filha, como pretende que eu a absolva?

— Como absolve todos os castelhanos no Peru, Eminência, que de outro modo irão entrar de cabeça no inferno.

Deu a absolvição e a permissão. Em troca, prometi que no Chile construiria uma igreja dedicada a Nossa Senhora do Socorro, mas ele preferia Nossa Senhora das Mercês, que vem a ser a mesma coisa com outro nome, mas para que eu ia discutir com o bispo?

Enquanto isso, Pedro se ocupava de recrutar os soldados, conseguir os *yanaconas* ou indígenas auxiliares necessários, comprar armas, munições, tendas e cavalos. Eu me encarreguei de outras coisas de menor importância que poucas vezes passam pela mente dos grandes homens, como alimento, ferramentas para a lavoura, utensílios de cozinha, lhamas, vacas, mulas, porcos, galinhas, sementes, mantas, tecidos, lã e muito mais. Os gastos eram altos e tive de investir minhas moedas economizadas e vender minhas joias, que de qualquer forma não usava, tinha-as guardadas para uma emergência, e considerei que não havia emergência maior que a conquista do Chile. Além disso, confesso que nunca gostei de adornos e menos ainda tão aparatosos como os que Pedro tinha me presenteado. As poucas vezes em que os pus, parecia ver minha mãe com o cenho franzido lembrando-me que não convém chamar a atenção nem provocar inveja. O médico alemão me entregou um bauzinho com facas, pinças e outros instrumentos de cirurgia, e medicamentos: azougue, alvaiade fino, mercúrio doce, jalapa em pó, protocloreto de mercúrio, cremor de tártaro, acetato de chumbo, basilicão, antimônio cru, sangue-de-dragão, nitrato de prata, bolo-armênio, terra-japônica e éter. Catalina deu uma olhada nos frascos e encolheu os ombros, com desprezo. Ela levava seus sacos com o herbário indígena, que enriqueceu pelo caminho com plantas curativas do Chile. Além disso, insistiu em levar a tina de madeira para o banho, porque nada a incomodava tanto como a imundície dos *viracochas* e estava convencida de que quase todas as doenças se deviam à sujeira.

Estava nisso quando bateu na minha porta um homem maduro, simples, com cara de menino, que se apresentou como dom Benito. Era um dos homens de Almagro, curtido por anos de vida militar, o único que voltou apaixonado pelo Chile, mas não se atrevia a dizê-lo em público para que não pensassem que era louco. Tão andrajoso como os outros "chilenos", tinha no entanto uma grande dignidade de soldado e não vinha pedir dinheiro emprestado nem estabelecia condições, queria apenas nos acompanhar e nos oferecer ajuda. Compartilhava a ideia de Valdivia de que no Chile podia se fundar uma cidade justa e sã.

— Essa terra corre mil léguas de norte a sul e o mar a banha a oeste, enquanto que a leste há uma serra tão majestosa como nunca se viu na Espanha, minha senhora — disse.

Dom Benito nos contou detalhes da desastrosa viagem de Diego de Almagro. Disse que o governador permitiu que seus homens cometessem atrocidades indignas de um cristão. Levaram de Cuzco milhares e milhares de indígenas presos com correntes e cordas no pescoço, para evitar que escapassem. Aos que morriam, simplesmente cortavam a cabeça, para não terem o trabalho de desatar cativos nem deter o avanço da fila, que se arrastava pela serra. Quando faltavam indígenas para lhes servir, os espanhóis caíam como demônios sobre povos indefesos, acorrentavam os homens, violavam e raptavam as mulheres, matavam ou abandonavam as crianças e, depois de roubar o alimento e os animais domésticos, queimavam as casas e as lavouras. Faziam com que os indígenas carregassem mais peso que o humanamente possível, inclusive que levassem no ombro os potrinhos recém-nascidos e as liteiras e redes em que se faziam transportar para não cansar seus cavalos. No deserto, mais de um *viracocha* levava amarrada na montaria uma índia que recentemente havia parido para lhe beber o leite nos seios, na falta de outros líquidos, enquanto o bebê ficava atirado nas areias escaldantes. Os negros chicoteavam até a morte os que se dobravam de fadiga, e era tanta a fome que os infelizes indígenas passavam que chegaram a comer os cadáveres de seus companheiros. O espanhol que era cruel e matava mais indígenas era tido por bom, e o que não, por covarde. Valdivia lamentou esses fatos, certo de que ele os teria evitado, mas com-

INÉS DA MINHA ALMA

preendia que assim é a desordem da guerra, porque tinha presenciado o saque de Roma. Dor e mais dor, sangue pelo caminho, sangue das vítimas, sangue que envilece os opressores.

Dom Benito conhecia as penúrias da viagem porque as tinha vivido, e nos relatou a travessia do deserto de Atacama, que eles empreenderam para voltar ao Peru. Essa era a rota escolhida por nós para ir ao Chile, ao contrário do percurso de Almagro.

— Não podemos tratar apenas das necessidades dos soldados, senhora. Também o estado dos indígenas deve nos preocupar. Precisam de abrigo, alimento e água. Sem eles não iremos longe — me lembrou.

Eu sabia muito bem, mas arrumar provisões para mil *yanaconas* com o dinheiro disponível era tarefa de um mago.

Entre os poucos soldados que viriam com a gente para o Chile se encontrava Juan Gómez, um elegante e corajoso jovem oficial, sobrinho do falecido Diego de Almagro. Um dia se apresentou em minha casa com seu gorro de veludo na mão, muito tímido, e me confessou sua relação com uma princesa inca, batizada com o nome de Cecília.

— Dona Inés, nós nos amamos muito, não podemos nos separar. Cecília quer ir comigo para o Chile — disse.

— Pois que venha!

— Acho que dom Pedro de Valdivia não vai permitir, porque Cecília está grávida — balbuciou o jovem.

Era um problema sério. Pedro havia sido muito claro em sua decisão de que numa viagem de tal magnitude não podíamos levar mulheres nessa condição, porque era muito trabalhoso. Mas ao comprovar a angústia de Juan Gómez, me senti obrigada a lhe dar uma mão.

— Está grávida de quantos meses? — perguntei.

— Três ou quatro, mais ou menos.

— Você se dá conta do risco que isso significa para ela, não?

— Cecília é muito forte, disporá das comodidades necessárias e eu a ajudarei, dona Inés.

— Uma princesa mimada e seu séquito serão uma tremenda atrapalhação.

— Cecília não incomodará, senhora. Garanto que mal a notarão na caravana...

— Está bem, dom Juan, não fale disso com ninguém por ora. Verei como e quando falo com o capitão-general Valdivia. Preparem-se para partir dentro em pouco.

Agradecido, Juan Gómez me trouxe de presente um cachorro negro de pelo áspero e duro como o de um porco, que se transformou em minha sombra. Botei nele o nome de Baltasar, porque era 6 de janeiro, Dia dos Reis Magos. Esse animal foi o primeiro de uma série de cachorros iguais, descendentes seus, que me acompanharam durante mais de quarenta anos. Dois dias mais tarde apareceu para me visitar a princesa inca, que chegou num liteira trazida por quatro homens e seguida por outras quatro criadas carregadas de presentes. Eu nunca tinha visto de perto um membro da corte do Inca; concluí que as princesas da Espanha empalideceriam de inveja frente a Cecília. Era muito jovem e bela, com feições delicadas, quase infantis, de pequena estatura e magra, mas era imponente, porque possuía a altivez natural de quem nasceu em berço de ouro e está acostumado a ser servido. Vestia-se conforme a moda inca, com simplicidade e elegância. Levava a cabeça descoberta e o cabelo solto, como um manto negro, liso e reluzente, que lhe cobria as costas até a cintura. Anunciou-me que sua família estava disposta a contribuir com os petrechos dos *yanaconas*, desde que não os levassem acorrentados. Assim Almagro tinha feito com a desculpa de que matava dois pássaros com um único tiro: evitava que os indígenas escapassem e transportava ferro. Mais infelizes morreram por causa dessas correntes de pesadelo que pelos rigores do clima. Expliquei que Valdivia não pensava fazer isso, mas ela me lembrou que os *viracochas* tratavam os indígenas pior que as mulas. Eu podia responder por Valdivia e pela conduta dos outros soldados?, perguntou. Não, não podia, mas lhe prometi ficar vigilante e, de passagem, lhe felicitei por seus compassivos sentimentos, já que os incas da nobreza poucas vezes tinham consideração com seu povo. Olhou-me espantada.

INÉS DA MINHA ALMA

— A morte e os suplícios são normais, mas as correntes não. São humilhantes — esclareceu no bom castelhano aprendido com seu amante.

Cecília chamava a atenção por sua beleza, suas roupas do mais fino tecido peruano e seu inconfundível porte de realeza, mas deu um jeito de passar quase despercebida durante as primeiras cinquenta léguas da viagem, até que encontrei o momento adequado para falar com Pedro, que reagiu com raiva no começo, como era de se esperar quando uma de suas ordens era ignorada.

— Se eu estivesse na situação de Cecília, teria de ter ficado para trás... — suspirei.

— Está, por acaso? — perguntou, com esperança, porque sempre quis ter um filho.

— Não, infelizmente, mas Cecília sim, e não é a única. Seus soldados estão engravidando as índias auxiliares todas as noites, e já temos uma dúzia com a barriga cheia.

Cecília resistiu à travessia do deserto, em parte montada em sua mula e em parte carregada numa rede por seus servos, e seu filho foi a primeira criança nascida no Chile. Juan Gómez nos pagou com uma lealdade incondicional que haveria de nos ser muito útil nos meses e anos seguintes.

Quando já estava tudo pronto para empreender o caminho com o punhado de soldados que quiseram nos acompanhar, surgiu um inconveniente inesperado. Um cortesão, antigo secretário de Pizarro, chegou da Espanha com uma autorização do rei para conquistar os territórios ao sul do Peru, desde Atacama até o estreito de Magalhães. Este Sancho de la Hoz era delicado de modos e amistoso de palavras, mas falso e vil de coração. Andava todo enfeitado, se vestia com uma cascata de rendas e se orvalhava de perfume. Os homens riam dele pelas costas, mas logo começaram a imitá-lo. Chegou a ser mais perigoso para a expedição que as inclemências do deserto e o ódio dos indígenas; não merece que seu nome conste nesta crônica, mas não posso evitar mencioná-lo, já que volta a aparecer mais adiante e, se tivesse conseguido realizar seu propósito, Pedro de Valdivia e eu não teríamos cumprido nossos destinos. Com sua chegada, havia dois homens para a mesma empresa, e por algumas semanas pareceu que esta empacava sem remédio, mas depois de muitas discussões e demoras o marquês governador Francisco Pizarro decidiu que ambos tentassem a conquista do Chile na qualidade de sócios: Valdivia iria por terra, De la Hoz por mar, e se encontrariam em Atacama. "Vá se cuidando muito desse Sancho, pois, mamãezinha", me advertiu Catalina quando soube do que acontecia. Nunca o tinha visto, mas o desvendou com suas conchas de adivinhação.

Partimos finalmente numa cálida manhã de janeiro de 1540. Francisco Pizarro havia chegado da Cidade dos Reis, com vários de seus oficiais, para se despedir de Valdivia, levando de presente alguns cavalos, sua única contribuição à expedição. O eco dos sinos das igrejas, que repicaram desde o amanhecer, alvoroçou os pássaros no céu e os animais na terra. O bispo oficiou uma missa cantada, a que todos assistimos, e nos impingiu um sermão sobre a fé e o dever de levar a Cruz aos extremos da Terra; depois saiu para a praça para dar sua bênção aos mil *yanaconas* que aguardavam junto da equipagem e dos animais. Cada grupo de indígenas recebia ordens de um morubixaba, ou chefe, que por sua vez obedecia aos capatazes negros e estes aos barbudos *viracochas*. Não acredito que os indígenas tenham apreciado a bênção do bispo, mas sentiram talvez que o sol radiante desse dia era um bom augúrio. Eram em sua maioria homens jovens, além de algumas abnegadas esposas dispostas a segui-los, mesmo sabendo que não voltariam a ver seus filhos, que ficavam em Cuzco. Claro, também iam as amantes dos soldados, cujo número aumentou durante a viagem com as moças capturadas nas aldeias arrasadas.

Dom Benito me falou sobre a diferença entre a primeira expedição e a segunda. Almagro partiu à cabeça de quinhentos soldados em polidas armaduras, com flamantes bandeiras e estandartes, cantando a plenos pulmões, e vários padres com grandes cruzes, além dos milhares e milhares de *yanaconas* carregados de apetrechos, e manadas de cavalos e outros animais, avançando todos ao som de trombetas e tambores. Em comparação, nós éramos um grupo patético, com onze soldados, além de Pedro de Valdivia e eu, que também estava disposta a brandir uma espada se fosse o caso.

INÉS DA MINHA ALMA

— Não importa que sejamos poucos, minha senhora, porque com coragem e bom ânimo vamos compensar isso. Com o favor de Deus, pelo caminho outros valentes vão se juntar a nós — me assegurou dom Benito.

Pedro de Valdivia cavalgava na frente, seguido de Juan Gómez, nomeado aguazil, dom Benito e outros soldados. Brilhava esplêndido em sua armadura, com o elmo empenachado e armas vistosas, montado em Sultão, seu valioso corcel árabe. Mais atrás íamos Catalina e eu, também a cavalo. Eu havia colocado uma Nossa Senhora do Socorro no arção da minha sela, e Catalina levava nos braços o cachorro Baltasar, porque queríamos que se acostumasse com o cheiro dos indígenas. Pensávamos treiná-lo para guardião, não para assassino. Cecília ia acompanhada por um séquito de índias de seu serviço, dissimuladas entre as amantes dos soldados. Em seguida vinha a fila interminável de animais e carregadores; muitos choravam, porque iam obrigados e se despediam de suas famílias. Os capatazes negros flanqueavam a longa serpente de indígenas. Eram mais temidos que os *viracochas*, por sua crueldade, mas Valdivia dera instruções de que só ele podia autorizar os castigos maiores e a tortura; os capatazes deviam se limitar ao chicote e empregá-lo com prudência. Essa ordem se diluiu pelo caminho e logo apenas eu haveria de lembrá-la. Ao som dos sinos, que continuavam repicando nas igrejas, se somavam os gritos de despedida, os cascos dos cavalos, o tilintar dos arreios, o longo queixume dos *yanaconas* e o ruído surdo de seus pés nus golpeando a terra.

Atrás ficou Cuzco, coroada pela fortaleza sagrada de Sacsayhuamán, sob um céu de anil. Ao sair da cidade, à vista do marquês governador, seu séquito, do bispo e da população da cidade que se despedia de nós, Pedro me chamou a seu lado com voz clara e desafiante:

— Aqui comigo, dona Inés Suárez! — exclamou, e quando me adiantei aos soldados e oficiais para colocar meu cavalo junto ao seu, acrescentou em voz baixa: — Vamos para o Chile, Inés da minha alma...

CAPÍTULO TRÊS

VIAGEM AO CHILE, 1540-1541

Nossa animada caravana empreendeu o caminho para o Chile seguindo a rota do deserto que Diego de Almagro tinha feito para voltar, segundo o quebradiço papel com o desenho do mapa que este deu a Pedro de Valdivia. Enquanto, como um lento verme, nossos poucos soldados e mil indígenas auxiliares subiam e desciam cerros, atravessavam vales e rios em direção ao sul, a notícia de que chegávamos nos havia precedido e as aldeias chilenas nos esperavam com as armas prontas. Os incas utilizavam mensageiros velozes, os *chasquis*, que corriam por passagens ocultas da serra em sistemas de postos de troca, cobrindo o império do extremo norte até o rio Bío-Bío, no Chile. Assim os indígenas chilenos se inteiraram de nossa expedição tão logo saímos de Cuzco, e quando chegamos a seu território, vários meses mais tarde, já estavam preparados para guerrear conosco. Sabiam que os *viracochas* controlavam o Peru há tempos, que o inca Atahualpa havia sido executado e que em seu lugar reinava, como um títere, seu irmão, o inca Paullo. Este príncipe tinha entregado seu povo para servir aos estrangeiros e passava a vida na gaiola dourada de seu palácio, perdido nos prazeres da luxúria e da crueldade. Também sabiam que no Peru se criava na sombra uma vasta insurreição indígena, dirigida por outro membro da família real, o fugitivo inca Manco, que havia jurado expulsar os estrangeiros. Tinham ouvido que os *viracochas* eram ferozes, diligentes, tenazes, insaciáveis e, o mais inacreditável, que não respeitavam a palavra dada. Como podiam continuar

ISABEL ALLENDE

vivendo com essa vergonha? Era um mistério. Os indígenas chilenos nos chamaram de *huincas*, que em seu idioma, o *mapudungu*, quer dizer "gente mentirosa, ladrões de terra". Tive de aprender essa língua porque é falada no Chile inteiro, de norte a sul. Os mapuche compensam a falta de escrita com uma memória indestrutível; a história da Criação, suas leis, suas tradições e o passado de seus heróis estão registrados em seus relatos em *mapudungu*, que passam intactos de geração em geração, desde o começo dos tempos. Alguns foram traduzidos pelo jovem Alonso de Ercilla y Zúñiga, a quem me referi antes, para se inspirar quando compunha *La Araucana*. Parece que esse poema foi publicado e circula na corte de Madri, mas eu só tenho os versos rascunhados que Alonso me deixou depois que o ajudei a passá-los a limpo. Se bem me lembro, assim descreve em suas oitavas-rimas o Chile e os mapuche, ou araucanos:

> *Chile, fértil província e assinalada*
> *na região antártica famosa,*
> *de remotas nações respeitada*
> *por forte, principal e poderosa;*
> *a gente que produz é tão grada,*
> *tão soberba, galharda e belicosa*
> *que não foi por rei jamais regida*
> *nem a estrangeiro domínio submetida.*

Alonso exagera, naturalmente, mas os poetas têm licença para isso, de outro modo os versos careceriam do necessário vigor. O Chile não é tão importante e poderoso, nem seu povo tão ilustre e galhardo, como ele diz, mas estou de acordo que os mapuche são soberbos e belicosos, jamais foram governados por um rei nem foram submetidos por estrangeiros. Desprezam a dor; podem sofrer terríveis suplícios sem uma queixa, mas não por serem menos sensíveis ao sofrimento que nós, mas por valentes. Não existem guerreiros melhores, para eles é uma honra deixar a vida na batalha. Nunca conseguirão nos vencer, mas tampouco poderemos

INÉS DA MINHA ALMA

submetê-los, mesmo que morram todos na tentativa. Acho que a guerra contra os indígenas continuará por séculos, já que provê os espanhóis de servos. Escravizados é a palavra justa. Não apenas os prisioneiros de guerra terminam na escravidão, também os indígenas livres, que os espanhóis caçam a laço e vendem — mulher grávida por duzentos pesos; homem adulto ou criança saudável por cem. O comércio ilegal dessas pessoas não se limita ao Chile, chega até a Cidade dos Reis, e nele estão envolvidos desde os proprietários e capatazes das minas até os capitães dos barcos. Assim exterminaremos os nativos desta terra, como temia Valdivia, porque preferem morrer livres a viver como escravizados. Se qualquer um de nós, espanhóis, tivesse de escolher, tampouco duraria. Valdivia se indignava com a estupidez dos que abusam desse modo, despovoando o Novo Mundo. Sem indígenas, dizia, esta terra não vale nada. Morreu sem ver o fim da matança, que já dura quarenta anos. Os espanhóis continuam chegando e nascem mestiços, mas os mapuche estão desaparecendo, exterminados pela guerra, a escravidão e as doenças espanholas, a que não resistem. Temo aos mapuche pelas vicissitudes que nos fazem passar; me incomoda que tenham rejeitado a palavra de Cristo e resistido a nossas tentativas de civilizá-los; não lhes perdoarei a forma feroz com que mataram Pedro de Valdivia, embora não fizessem mais do que dar o troco, porque este havia cometido muitas crueldades e abusos contra eles. Quem com ferro fere, com ferro será ferido, como dizem na Espanha. Também os respeito e admiro, não posso negar. Somos dignos inimigos, espanhóis e mapuche: de lado a lado valentes, brutais e determinados a viver no Chile. Eles chegaram aqui antes que nós, o que lhes dá maior direito, mas nunca poderão nos expulsar e pelo visto tampouco poderemos conviver em paz.

De onde esses mapuche vieram? Dizem que se parecem com certos povos da Ásia. Se se originaram por lá, não entendo como cruzaram mares tão turbulentos e terras tão extensas para chegar até aqui. São selvagens, não conhecem arte nem escrita, não constroem cidades nem templos, não têm castas, classes nem sacerdotes, apenas capitães para a guerra, seus *toquis*. Andam de um lado para o outro, livres e nus, com suas muitas esposas e filhos, que lutam com eles nas batalhas. Não fazem sacrifícios humanos, como outros indígenas da América, e não adoram ídolos. Creem num só deus, mas não é o nosso Deus, mas outro, a que chamam Ngenechén.

Enquanto acampávamos em Tarapacá, onde Pedro de Valdivia planejava esperar que chegassem reforços e nos recuperássemos dos cansaços passados, os indígenas chilenos se organizavam para nos tornar a travessia o mais difícil possível. Poucas vezes se mostravam, mas nos rondavam ou atacavam pela retaguarda. Assim me mantiveram sempre ocupada com os feridos, principalmente *yanaconas*, que lutavam sem cavalos nem armaduras. Carne de choque, eram chamados. Os cronistas sempre esquecem de mencioná-los, mas sem essa massa silenciosa de indígenas amigos, que seguiam os espanhóis em suas empresas e guerras, a conquista do Novo Mundo teria sido impossível.

Entre Cuzco e Tarapacá somaram-se a nós uns vinte e tantos soldados espanhóis, e Pedro estava certo de que apareceriam mais quando corresse a notícia de que a expedição já estava em marcha, mas tínhamos perdido cinco, número muito alto se se considerasse como éramos poucos. Um foi ferido com gravidade por uma flecha envenenada e, como não pude curá-lo, Pedro o mandou de volta para Cuzco, acompanhado por seu irmão, dois soldados e vários *yanaconas*. Dias mais tarde, o mestre de campo amanheceu alvoroçado, porque tinha sonhado com sua esposa, que o aguardava na Espanha, e por fim havia cessado uma dor aguda que lhe atravessava o peito há mais de uma semana. Servi a ele uma tigela de farinha torrada com água e mel, que comeu com parcimônia, como se fosse um manjar delicioso. "Hoje você está mais bela do que nunca, dona Inés", me disse com sua galanteria habitual, e em seguida seus olhos vidraram e ele caiu morto a meus pés. Depois que lhe demos sepultura cristã, aconselhei Pedro que nomeasse dom Benito em seu lugar, porque o velho conhecia a rota e tinha experiência em organizar acampamentos e manter a disciplina.

Tínhamos alguns soldados a menos, mas pouco a pouco iam chegando outros, como sombras andrajosas, que andavam vagando pelos campos e serras, homens de Almagro, derrotados, sem amigos no império de Pizarro. Há anos viviam da caridade, tinham quase nada a perder na aventura do Chile.

Em Tarapacá acampamos por várias semanas para dar tempo aos indígenas e animais de ganhar peso antes de empreender a travessia do deserto, que, segundo dom Benito, seria a pior parte da viagem. Explicou que a primeira parte era muito árdua, mas a segunda, chamada de Despoblado, era muito pior. Entretanto, Pedro de Valdivia percorria léguas a cavalo esquadrinhando o horizonte à espera de novos voluntários. Também Sancho de la Hoz devia se juntar a nós trazendo por mar os soldados e apetrechos prometidos, mas o proeminente sócio não dava sinais de vida.

Enquanto eu mandava tecer mais mantas e preparava carne-seca, cereais e outros alimentos duráveis, dom Benito mantinha os negros trabalhando de sol a sol nas forjas para nos abastecer de munição, ferraduras e lanças. Também organizou expedições de soldados para descobrir os alimentos que os indígenas enterravam antes de abandonar suas aldeias. Havia instalado o acampamento no lugar mais apropriado e seguro, com sombra, água e morros onde colocar seus vigias. A única tenda decente era a que Pizarro tinha me dado, espaçosa, com dois quartos, feita com tecido encerado e sustentada por uma firme estrutura de madeira, tão cômoda como uma casa. O resto dos soldados se arrumava como podia, com tendas que mal os protegiam do clima. Alguns nem isso possuíam, dormiam atirados juntos de seus cavalos. O acampamento dos indígenas auxiliares estava separado e se achava sob vigilância permanentemente, para evitar que escapassem. À noite refulgiam centenas de pequenas fogueiras onde cozinhavam seus alimentos, e a brisa nos trazia o som lúgubre de seus instrumentos musicais, que têm o poder de entristecer do mesmo modo homens e animais.

Estávamos instalados perto de duas aldeias abandonadas, onde não encontramos comida por mais que procurássemos. Ali descobrimos que os indígenas têm o costume de conviver amavelmente com seus parentes falecidos, os vivos numa parte da choça e os mortos em outra. Em cada

ISABEL ALLENDE

cabana havia um quarto com múmias muito bem conservadas, escuras, cheirando a musgo; avós, mulheres, crianças, cada um com seus objetos pessoais, mas sem joias. No Peru, ao contrário, tinham sido achadas tumbas atapetadas de objetos preciosos, inclusive estátuas de ouro maciço. "Até os mortos são miseráveis no Chile. Não há uma pepita de ouro em lugar nenhum", maldiziam os soldados. Para se vingar, ataram as múmias com cordas e as arrastaram a galope, até que se rasgassem os envoltórios e restasse apenas um monte de ossos esparramados. Festejaram sua façanha com longas risadas, enquanto no acampamento dos *yanaconas* grassava o espanto. Depois que o sol se pôs, começou a circular entre eles o rumor de que os ossos maculados começavam a se juntar e antes do amanhecer os esqueletos cairiam sobre nós como um exército do além. Os negros, aterrorizados, repetiram a história, que chegou aos ouvidos dos espanhóis. Então estes vândalos invencíveis, que não conhecem o medo nem de nome, largaram a choramingar como crianças de peito. Aí pela meia-noite era tanta a barulheira de bater de dentes entre os nossos que Pedro de Valdivia teve de lhes passar um sabão para lembrá-los que eram soldados da Espanha, os mais vigorosos e mais bem treinados do mundo, e não um bando de lavadeiras ignorantes. Eu não dormi durante várias noites; passei-as rezando, porque os esqueletos andavam rondando, e quem diz o contrário é porque não esteve lá.

Os soldados, muito descontentes, se perguntavam que diabos fazíamos acampados durante semanas nesse lugar maldito, por que não continuávamos para o Chile, como estava planejado, ou não voltávamos a Cuzco, o que seria mais sensato. Quando Valdivia já perdia as esperanças de que chegassem reforços, apareceu de súbito um destacamento de oitenta homens, entre os quais vinham alguns grandes capitães, que eu não conhecia, mas de quem Pedro tinha me falado porque eram muito famosos, como Francisco de Villagra e Alonso de Monroy. O primeiro era louro, vermelho, robusto, com um ricto de desprezo na boca e modos abruptos. Sempre me pareceu desagradável, porque tratava muito mal os índios, era avarento e inimigo dos pobres, mas aprendi a respeitá-lo por sua coragem e lealdade.

INÉS DA MINHA ALMA

Monroy, nascido em Salamanca e descendente de uma família nobre, era exatamente o contrário: fino, de boa aparência e generoso. Tornamo-nos amigos de imediato. Com eles vinha Jerónimo de Alderete, o antigo camarada de armas de Valdivia, que anos antes o tentou a vir para o Novo Mundo. Villagra os havia convencido de que era melhor se unir a Valdivia: "Mais vale servir a sua majestade que andar em terras em que o demônio está solto", lhes disse, referindo-se a Pizarro, a quem desprezava. Também chegou com eles um capelão andaluz, homem de uns cinquenta anos, González de Marmolejo, que seria meu mentor, como disse antes. Esse religioso deu mostras de muita bondade em sua longa vida, mas acho que devia ter sido soldado, e não padre, porque era por demais dado à aventura, à riqueza e às mulheres.

Esses homens estiveram durante meses na terrível selva dos Chunchos, no Leste do Peru. A expedição partiu com trezentos espanhóis, mas dois de cada três pereceram, e os restantes foram transformados em sombras famélicas desfeitas por pestes tropicais. Dos dois mil indígenas não restou um só com vida. Entre os que deixaram ali os ossos estava o infeliz alferes Núñez, a quem Valdivia condenou a apodrecer nos Chunchos, como disse que faria quando este tentou me raptar em Cuzco. Ninguém pôde me dar notícia exata de seu fim, simplesmente se esfumou na mata, sem deixar rastro. Espero que tenha morrido como cristão, e não na boca de canibais. As penúrias que Pedro de Valdivia e Jerónimo de Alderete suportaram na floresta venezuelana anos antes foram coisas de crianças comparadas com as que esses homens passaram nos Chunchos, sob torrenciais chuvas quentes e nuvens de mosquitos, embarrados, doentes, esfomeados e perseguidos por selvagens que inclusive se devoravam entre eles mesmos quando não conseguiam caçar um castelhano.

Antes de continuar, devo apresentar de forma especial quem comandava esse destacamento. Era um homem alto e muito bonito, de testa ampla, nariz aquilino e olhos castanhos, grandes e líquidos, como os de um cavalo. Tinha as pálpebras pesadas e um olhar remoto, um pouco sonolento, que lhe suavizava o rosto. Isso pude apreciar no segundo dia, depois que tirou a crosta de sujeira e cortou os cabelos e a barba, que lhe davam um ar de náufrago. Embora fosse mais jovem que os demais afamados militares, estes o tinham escolhido como capitão de capitães por sua coragem e inteligência. Seu nome era Rodrigo de Quiroga. Nove anos mais tarde seria meu marido.

Encarreguei-me de devolver força e saúde aos soldados dos Chunchos, ajudada por Catalina e várias índias a meu serviço, as quais havia treinado no ofício de curar. Como disse dom Benito, essas pobres almas acabavam de sair do inferno úmido e emaranhado da selva e logo teriam de se internar no inferno seco e nu do deserto. Nada mais que lavá-los, limpar-lhes as pústulas, catar-lhes os piolhos, cortar-lhes os cabelos e as unhas foi tarefa de dias. Alguns estavam tão fracos que as índias tinham de alimentá-los com colheradas de papinha de bebês. Catalina me soprou ao ouvido o remédio dos incas para casos extremos, que demos aos mais necessitados sem dizer o que era, para não enojá-los. À noite, sigilosamente, Catalina sangrava as lhamas com um corte no pescoço. Misturávamos o sangue fresco com leite e um pouco de urina e dávamos a beber aos doentes; assim se repuseram e, ao cabo de duas semanas, estavam em condições de empreender o caminho.

Os *yanaconas* se prepararam para o sofrimento que os aguardava; não conheciam o terreno, mas tinham ouvido falar do terrível deserto. Cada um levava pendurado ao pescoço um odre para água feito com a pele de uma pata de animal — lhama, guanaco ou alpaca —; arrancavam a pele inteira e botavam-na do avesso como uma meia, deixando os pelos para dentro. Outros usavam bexigas ou pele de leão-marinho. Acrescentavam à água uns grãos de milho torrado, para dissimular o cheiro. Dom Benito organizou o transporte de água em maior escala, utilizando os barris que pôde fabricar e também odres de pele, como os indígenas. Supúnhamos que não seria suficiente para tanta gente, mas não se podia carregar mais os homens e lhamas. Para cúmulo, os indígenas chilenos da região não só tinham escondido o alimento, como também tinham envenenado os

INÉS DA MINHA ALMA

poços, como soubemos por um *chasqui* do inca Manco, que foi torturado. Dom Benito o descobriu disfarçado entre nossos indígenas auxiliares e pediu permissão a Valdivia para interrogá-lo. Os negros o queimaram em fogo brando. Eu não tenho estômago para presenciar suplícios e me retirei para o mais longe possível, mas os horrendos gritos do infeliz, ecoados pelos uivos de terror dos *yanaconas*, se ouviam por uma légua ao redor. Para se livrar do tormento, o mensageiro admitiu que vinha do Peru com instruções para os indígenas do Chile impedirem o avanço dos *viracochas*. Por isso os indígenas se escondiam nos cerros, com os animais que podiam levar, depois de enterrar o alimento e queimar suas lavouras. Acrescentou que ele não era o único mensageiro, centenas de *chasquis* corriam para o sul, por caminhos secretos, com as mesmas instruções do inca Manco. Depois que confessou acabaram de assá-lo na fogueira, para servir de exemplo. Censurei Valdivia por permitir tanta crueldade e ele me calou, indignado. "Dom Benito sabe o que faz. Avisei você antes de sair que esta empresa não é para gente melindrosa. Agora é tarde para voltar", replicou.

Que longo e árduo o caminho do deserto! Que marcha lenta e cansativa! Que abrasadora solidão! Os dias transcorriam longos, iguais, na secura infinita, uma paisagem erma de terra áspera e pedra dura, cheirando a pó queimado e cinza de cratego, pintada de cores acesas pela mão de Deus. Segundo dom Benito, essas cores eram minerais escondidos — tratava-se, por isso mesmo, de uma brincadeira diabólica que nenhum fosse ouro ou prata. Pedro e eu avançávamos a pé horas e horas, levando nossos cavalos pelas rédeas, para não cansá-los. Falávamos pouco porque tínhamos a garganta ardente e os lábios ressecados, mas estávamos juntos e cada passo nos unia mais, nos conduzia terra adentro, ao sonho que havíamos sonhado juntos e que tantos sacrifícios custava: Chile. Eu me protegia com um chapéu de aba larga, um pano sobre o rosto, com dois buracos para os olhos, e outros panos amarrados nas mãos, porque não dispunha de luvas e o sol esfolava-as. Os soldados não aguentavam as armaduras quentes que levavam de arrasto. A longa fileira de indígenas avançava devagar, em silêncio, mal vigiada pelos negros cabisbaixos, tão desanimados que nem levantavam os chicotes. Para os carregadores o caminho era mil vezes pior que para nós; estavam acostumados a passar trabalho e comer pouco, a correr morro acima e morro abaixo, impulsionados pela misteriosa energia das folhas de coca, mas não suportavam a sede. Nosso desespero aumentava à medida que os dias passavam sem dar com um poço saudável; os únicos que encontramos tinham sido contaminados com cadáveres de animais pelos silenciosos indígenas chilenos. Alguns *yanaconas* beberam a água putrefata e morreram se retorcendo, com as tripas em fogo.

Quando pensamos que tínhamos alcançado o limite de nossas forças, a cor das montanhas e do solo mudou. O ar se deteve, o céu se tornou branco e desapareceu toda forma de vida, desde os cardos até as aves solitárias que antes costumávamos ver: havíamos entrado no temível Despoblado. Mal surgia a primeira luz da manhã nos púnhamos em marcha, porque mais tarde o sol não permitia avançar. Pedro havia decidido que quanto mais rápido fosse a viagem, menos vidas perderíamos, embora o esforço de dar cada passo fosse medido. Descansávamos nas horas mais quentes, atirados sobre esse mar de areia calcinada, com um sol de chumbo derretido sobre nós, num ambiente morto. Voltávamos a andar pelas cinco da tarde, até que caía a noite e não se podia continuar na densa escuridão. Era uma paisagem áspera, de imensa crueldade. Carecíamos de ânimo para armar as tendas e organizar os acampamentos apenas por umas horas. Não havia perigo de sermos atacados pelos inimigos, ninguém vivia nem se aventurava nessas solidões. Pela noite, a temperatura mudava bruscamente, do calor insuportável do dia passávamos a um frio glacial. Cada um se atirava onde podia, tiritando, sem fazer caso das instruções de dom Benito, o único que insistia na disciplina. Pedro e eu, abraçados entre nossos cavalos, procurávamos nos aquecer. Estávamos muito cansados. Não nos lembramos de fazer amor nas semanas que durou essa parte da viagem. A abstinência nos deu a oportunidade de conhecer a fundo nossas fraquezas e cultivar uma ternura que antes jazia sufocada pela paixão. O mais admirável desse homem é que jamais duvidou de sua missão: povoar o Chile com castelhanos e evangelizar os indígenas. Nunca acreditou que morreríamos assados no deserto, como os outros diziam; sua vontade não tremeu.

INÉS DA MINHA ALMA

Apesar do severo racionamento imposto por dom Benito, chegou o dia em que a água terminou. Nesse tempo estávamos doentes de sede, tínhamos a garganta em carne viva pela areia, a língua inchada, os lábios em chagas. De repente parecia que ouvíamos o som de uma cascata e que víamos uma lagoa cristalina rodeada de samambaias. Os capitães tinham de reter à força os homens para que não morressem se arrastando pela areia atrás de uma ilusão. Alguns soldados bebiam a própria urina e a dos cavalos, que era pouca e muito escura; outros, enlouquecidos, se atiravam sobre os *yanaconas* para lhes arrebatar as últimas gotas que restavam em seus odres de pele. Se Valdivia não impusesse ordem com castigos exemplares, acho que os teriam matado para lhes chupar o sangue. Nessa noite, Juan de Málaga veio me visitar de novo, iluminado pela lua. Apontei-o para Pedro, mas ele não pôde vê-lo e pensou que eu alucinava. Meu marido parecia muito mal, seus andrajos estavam sujos de sangue e poeira sideral, tinha uma expressão desesperada, como se também seus pobres ossos padecessem de sede.

No dia seguinte, quando já nos dávamos por perdidos sem remédio, um estranho réptil passou correndo entre meus pés. Em muitos dias não tínhamos visto outra forma de vida além da nossa, nem mesmo os cardos que abundavam em outros trechos do deserto. Talvez se tratasse de uma salamandra, esse lagarto que vive no fogo. Concluí que por mais diabólico que o animal fosse, de vez em quando necessitaria de um gole de água. "Agora é com a gente, minha santinha", adverti então Nossa Senhora do Socorro. Peguei a varinha que levava em minha bagagem e me pus a rezar. Era meio-dia quando a multidão de pessoas e animais sedentos descansava. Chamei Catalina para que me acompanhasse, e nós duas começamos a andar devagar, protegidas por uma sombrinha, eu com uma oração nos lábios e ela com suas invocações em quéchua. Caminhamos por um bom tempo, talvez uma hora, em círculos cada vez maiores, cobrindo uma área cada vez maior. Dom Benito achou que a sede tinha-me feito perder o juízo e, esgotado como estava, pediu a alguém mais jovem e forte, Rodrigo de Quiroga, que fosse me buscar.

127

— Pelo amor de Deus, senhora — me suplicou o oficial com o resto de voz que tinha. — Venha descansar. Faremos sombra com um tecido para a senhora...

— Capitão, vá dizer a dom Benito que me mande gente com picaretas e pás — interrompi.

— Picaretas e pás? — repetiu, atônito.

— E diga-lhe, por favor, que também traga uns potes e vários soldados armados.

Rodrigo de Quiroga partiu para avisar dom Benito que eu estava muito pior do que supunham, mas Valdivia o escutou e, cheio de esperança, ordenou ao mestre de campo que me facilitasse o que eu pedia. Pouco depois havia seis indígenas cavando um buraco. Os indígenas resistem à sede menos que nós e estavam tão secos por dentro que mal podiam com as pás e picaretas, mas o terreno era macio, e conseguiram cavar um buraco de uns dois metros de profundidade. No fundo a areia estava escura. De repente, um dos indígenas deu um grito rouco e vimos que começava a juntar água, primeiro apenas uma leve umidade, como suor da terra, mas ao cabo de dois ou três minutos já havia uma pequena poça. Pedro, que não havia se movido de seu lugar, mandou os soldados defenderem o poço com suas vidas, porque temeu, e com razão, o feroz assalto de mil homens desesperados por umas gotas do líquido. Garanti que haveria para todos, desde que bebêssemos em ordem. Assim foi. Dom Benito passou o resto do dia distribuindo uma xícara de água por cabeça, e depois Rodrigo de Quiroga passou a noite com vários soldados dando de beber aos animais e enchendo os barris e os odres dos indígenas. A água surgia com ímpeto; era turva e tinha um sabor metálico, mas a nós pareceu tão fresca como a das fontes de Sevilha. As pessoas atribuíram a descoberta a um milagre e chamaram o poço de Manancial da Virgem, em honra a Nossa Senhora do Socorro. Montamos o acampamento e ficamos nesse lugar por três dias saciando a sede, e quando continuamos a marcha ainda corria um tênue filete de água sobre a calcinada superfície do deserto.

— Esse milagre não é da Virgem, mas seu, Inés — me disse Pedro, muito impressionado. — Graças a você atravessaremos este inferno sãos e salvos.

INÉS DA MINHA ALMA

— Só posso encontrar água onde existe, Pedro, não posso fazê-la brotar. Não sei se haverá outra fonte mais à frente, e, de qualquer forma, não será tão abundante.

Valdivia ordenou que me adiantasse meia jornada, para ir tateando o terreno em busca de água, protegida por um destacamento de soldados, com quarenta indígenas auxiliares e vinte lhamas para carregar os potes. O resto do pessoal seguiria em grupos, separados por várias horas, para que não se atirassem em tropel a beber em caso de que localizássemos algum poço. Dom Benito designou Rodrigo de Quiroga como chefe do grupo que me acompanhava, porque em pouco tempo o jovem capitão havia ganhado sua confiança absoluta. Além disso, era quem tinha a melhor vista; seus grandes olhos castanhos podiam ver até o que não existia. Se houvesse perigo no alucinante horizonte do deserto, ele teria descoberto antes de qualquer um, mas não houve. Achei várias fontes de água, nenhuma tão abundante como a primeira, mas suficientes para podermos sobreviver à travessia do Despoblado. Um dia mudou de novo a cor do solo e passaram duas aves voando.

Quando terminamos de atravessar o deserto, fiz as contas: havíamos viajado quase cinco meses desde a saída de Cuzco. Valdivia decidiu acampar e esperar, porque tinha notícias de que seu amigo do peito, Francisco de Aguirre, poderia se juntar a nós nessa região. A distância, sem se aproximar, indígenas hostis nos espiavam. Uma vez mais pude me instalar na elegante tenda que Pizarro nos deu. Cobri o solo com mantas peruanas e almofadas, peguei as louças nos baús, para não continuar comendo em tigelas de madeira, e mandei construir um forno de barro para assar como se deve, já que estávamos há dois meses comendo cereais e carne-seca. Na peça grande da tenda, que Valdivia usava como quartel-general e sala de audiência e justiça, coloquei sua poltrona e uns tamboretes de couro para os visitantes que chegavam em horas imprevistas. Catalina passava o dia percorrendo o acampamento, como uma sombra silenciosa, para me trazer notícias. Não acontecia nada entre espanhóis ou *yanaconas* que eu não soubesse. Com frequência os capitães vinham jantar e costumavam ter a desagradável surpresa de que Valdivia me convidava a me sentar com eles à mesa. É possível que nenhum houvesse comido com uma mulher em sua vida, isso não se usa na Espanha, mas aqui os costumes são mais flexíveis. Nossa iluminação era feita com velas e candeeiros de azeite, e o aquecimento com um braseiro peruano, porque à noite fazia frio. González de Marmolejo, que além de padre era bacharel, nos explicou por que as estações estão invertidas — quando é inverno na Espanha, é verão no Chile, e ao contrário —, mas ninguém entendeu e continuamos pensando que no Novo Mundo as leis da natureza estão fora do eixo. Na outra peça da tenda, Pedro e eu tínhamos a cama, uma escrivaninha, meu altar, nossos baús e a tina para o banho, que não tinha sido usada por muito tempo. O medo de Pedro ao banho tinha diminuído e, de vez em quando, ele aceitava se meter na tina e que eu o ensaboasse, mas sempre preferia se lavar apenas com um pano molhado. Foram dias muito bons, nos quais voltamos a ser os apaixonados que fomos em Cuzco. Antes de fazer amor ele gostava de ler para mim seus livros favoritos em voz alta. Ele não sabia, porque eu desejava lhe fazer uma surpresa, que o clérigo González de Marmolejo estava me ensinando a ler e escrever.

Uns dias depois Pedro partiu com alguns de seus homens para percorrer a região em busca de Francisco de Aguirre e ver se podia parlamentar com os indígenas. Era o único que acreditava ser possível se entender com eles. Aproveitei sua ausência para tomar um banho e lavar os cabelos com a casca de uma árvore chilena, timbaúva, que mata os piolhos e mantém os cabelos sedosos e sem branquear até o túmulo. Comigo não deu esse resultado: eu a usei sempre, mas tenho a cabeça branca; bem, pelo menos não estou meio calva, como tantas outras pessoas de minha idade. De tanto caminhar e cavalgar me doíam as costas, e uma de minhas índias me deu uma massagem com um bálsamo de *peumo*, preparado por Catalina. Deitei-me muito aliviada, com Baltasar aos pés. O cachorro tinha dez meses e ainda era muito brincalhão, mas havia alcançado um bom tamanho

INÉS DA MINHA ALMA

e podia se adivinhar seu temperamento de guardião. Por uma vez não me atormentou a insônia e dormi em seguida.

Passava da meia-noite quando me acordaram os surdos grunhidos de Baltasar. Sentei-me na cama, tateando na escuridão em busca de uma mantilha para me cobrir e segurando o cachorro. Então senti um ruído abafado na outra peça e não tive dúvida de que havia alguém ali. No começo pensei que Pedro tinha voltado, porque as sentinelas da porta não teriam deixado entrar mais ninguém, mas a atitude do cachorro me deixou alerta. Não havia tempo para acender um candeeiro.

— Quem está aí? — gritei, assustada.

Houve uma pausa tensa e em seguida alguém chamou na escuridão por Pedro de Valdivia.

— Não está. Quem o procura? — perguntei, agora com voz raivosa.

— Desculpe, senhora, sou Sancho de la Hoz, leal servidor do capitão- -general. Levei muito tempo para chegar até aqui e desejo cumprimentá-lo.

— Sancho de la Hoz? Como se atreve, cavalheiro, a entrar em minha tenda no meio da noite?

Nessa altura Baltasar latia enfurecido, o que alertou os guardas. Em coisa de minutos acudiram dom Benito, Quiroga, Juan Gómez e outros, com luzes e sabres desembainhados, para achar em minha tenda não só o insolente De la Hoz, como outros quatro homens que o acompanhavam. A primeira reação dos meus foi prendê-los de imediato, mas os convenci de que se tratava de um mal-entendido. Roguei a eles que se retirassem e ordenei a Catalina que improvisasse alguma coisa de comer para os recém- -chegados, enquanto me vestia depressa. Com minhas próprias mãos servi o vinho e a ceia com a devida hospitalidade, muito atenta ao que quisessem me contar sobre as misérias de sua viagem.

Entre copo e copo dei uma saída para dizer a dom Benito que enviasse imediatamente um mensageiro em busca de Pedro de Valdivia. A situação era muito delicada, porque De la Hoz tinha vários partidários entre os descontentes e frouxos de nossa expedição. Alguns soldados acusavam Valdivia de haver usurpado a conquista do Chile do enviado da Coroa, já que os documentos reais de Sancho de la Hoz tinham mais autoridade que a permissão dada por Pizarro. No entanto, De la Hoz não contava com nenhum respaldo econômico, havia dilapidado na Espanha a fortuna que lhe tocou como parte do resgate de Atahualpa, não tinha conseguido dinheiro, nem navios nem soldados para a empresa, e sua palavra valia tão pouco que estivera preso no Peru por dívidas e fraudes. Suspeitei que pretendia se desfazer de Valdivia, apoderar-se da expedição e continuar a conquista do Chile sozinho.

Decidi tratar os cinco inoportunos visitantes com as maiores considerações, para que se tornassem confiantes e baixassem a guarda até que Pedro voltasse. Por ora, os atochei de comida e na garrafa de vinho botei um preparado de papoula suficiente para derrubar um boi porque não queria escândalo no acampamento; a última coisa que convinha era ter o pessoal dividido em dois bandos, como podia acontecer se De la Hoz levantasse dúvidas sobre a legitimidade de Valdivia. Ao me ver tão amável, os cinco desalmados devem ter rido às minhas costas, satisfeitos de ter enganado com sua desenvoltura uma mulher estúpida, mas antes de uma hora estavam tão bêbados e drogados que não opuseram a menor resistência quando dom Benito e os guardas chegaram para levá-los. Ao revistá-los, descobriram que cada um deles levava um punhal com empunhadura de prata lavrada, todos iguais, e então não houve dúvida de que se tratava de uma teatral conspiração para assassinar Valdivia. Os punhais idênticos só podiam ser ideia do covarde do De la Hoz, que assim distribuía em cinco partes a responsabilidade do crime. Nossos capitães queriam executá-los ali mesmo, mas mostrei a eles que uma decisão tão grave só podia ser tomada por Pedro de Valdivia. Foram necessárias muita astúcia e firmeza para impedir que dom Benito pendurasse De la Hoz na primeira árvore a seu alcance.

Três dias depois Pedro voltou, já informado da conspiração. No entanto a notícia não conseguiu lhe azedar o ânimo porque havia encontrado seu amigo Francisco de Aguirre, que o esperava há várias semanas, e, além

INÉS DA MINHA ALMA

disso, trazia consigo quinze homens a cavalo, dez arcabuzeiros, muitos indígenas para serviço e alimento suficiente para vários dias. Assim nosso contingente chegou a cento e trinta e poucos soldados, segundo me lembro; esse foi um milagre maior do que o do Manancial da Virgem.

Antes de discutir com seus capitães o assunto de Sancho de la Hoz, Pedro se trancou comigo para ouvir minha versão dos fatos. Muitas vezes se disse que eu tinha enfeitiçado Pedro com encantamentos de bruxa e poções afrodisíacas, que o aturdia na cama com aberrações turcas, lhe absorvia a potência, lhe anulava a vontade, quer dizer, no fim das contas fazia com ele o que me dava na telha. Nada mais longe da verdade. Pedro era cabeçudo e sabia muito bem o que queria; ninguém podia fazê-lo mudar de rumo com artes de magia ou de cortesã, apenas com argumentos da razão. Não era homem de pedir conselho abertamente e muito menos a uma mulher, mas na intimidade comigo ficava calado, passeando pelo quarto, até quando eu achava que era o momento de oferecer minha opinião. Procurava dá-la com certa vagueza, para que no final acreditasse que a decisão era dele. Este sistema sempre me serviu bem. Um homem faz o que pode, uma mulher faz o que o homem não pode. Não me parecia acertado executar Sancho de la Hoz, como sem dúvida merecia, porque estava protegido pelas credenciais reais e tinha uma parentela numerosa, com conexões na corte de Madri, que podia acusar Valdivia de sedição. Meu dever era evitar que meu amante acabasse nas máquinas de tortura ou no patíbulo.

— O que se faz com um traidor como esse? — mastigou Pedro, andando como um galo de briga.

— Você sempre disse que convém ter os inimigos por perto, onde podem ser vigiados...

Em vez de executar os acusados de imediato, Pedro de Valdivia decidiu ganhar tempo para averiguar como estavam os ânimos entre os soldados, recolher provas da conspiração e desmascarar os cúmplices ocultos entre os nossos. Surpreendentemente, deu ordem a dom Benito de levantar acampamento e continuarem para o sul, levando seus prisioneiros agrilhoados e mortos de medo, todos, menos o néscio do Sancho de la Hoz, que se achava acima da justiça e, apesar das correntes, persistia em seu desejo de ganhar adeptos para sua causa e continuava se embonecando. Exigiu uma índia para lhe engomar a gola, passar as calças, encrespar-lhe o cabelo, perfumá-lo e lhe polir as unhas. Os homens receberam mal a notícia de partir, porque estavam acomodados nesse lugar, era fresco, havia água e árvores. Dom Benito os lembrou, com gritos desafinados, que não se questionam as decisões do chefe. Mal ou bem, Valdivia os tinha conduzido até ali com um mínimo de inconvenientes; a travessia do deserto tinha sido um sucesso, só tínhamos perdido três soldados, seis cavalos, um cachorro e treze lhamas. Ninguém contou os *yanaconas* que faltavam, mas, segundo Catalina, deviam ser uns trinta ou quarenta.

Ao conhecer Francisco de Aguirre senti de imediato confiança nele, apesar de seu aspecto intimidante. Com o tempo aprendi a temer sua crueldade. Era um homenzarrão exagerado, barulhento, alto e fornido, com uma gargalhada sempre pronta. Bebia e comia por três e, segundo me contou Pedro, era capaz de engravidar dez índias numa noite e outras dez na noite seguinte. Passaram-se muitos anos e agora Aguirre é um ancião sem escrúpulos nem rancores, ainda lúcido e saudável, apesar de que passou anos nos pestilentos calabouços da Inquisição e do rei. Vive bem graças a uma concessão de terra que lhe cedeu meu finado marido. Seria difícil achar duas pessoas mais diferentes que meu Rodrigo, bondoso e nobre, e esse Francisco de Aguirre, tão desenfreado; mas eles se gostavam como bons soldados na guerra e amigos na paz. Rodrigo não podia permitir que seu companheiro de peripécias terminasse como mendigo pela ingratidão da Coroa e da Igreja, por isso o protegeu até que a morte o levou. Aguirre, que não tem um pedaço do corpo sem cicatrizes de batalhas, passa seus últimos dias vendo crescer o milho de sua chácara, junto com sua mulher, que veio da Espanha por amor, seus filhos e seus netos. Aos oitenta anos não está derrotado, continua imaginando aventuras e cantando as canções maliciosas da juventude. Além de seus cinco filhos legítimos, engendrou mais de cem bastardos conhecidos, e deve ter outros cem que ninguém contabilizou. Tinha a ideia de que a melhor forma de servir a sua majestade

INÉS DA MINHA ALMA

nas Índias era povoando-a de mestiços; chegou a dizer que a solução para o problema indígena era matar todos os homens maiores de doze anos, sequestrar as crianças e violar as mulheres com paciência e método. Pedro achava que seu amigo falava de brincadeira, mas eu sei que era a sério. Apesar de seu desaforado desejo de fornicação, o único amor de sua vida foi sua prima-irmã, com quem se casou graças a uma permissão especial do papa, como acho que já contei. Tenha paciência comigo, Isabel: aos setenta anos, tendo a me repetir.

Andamos vários dias e alcançamos o vale de Copiapó, onde começava o território destinado ao governo de Pedro de Valdivia. Um grito de júbilo escapou dos peitos espanhóis: havíamos chegado. Pedro de Valdivia reuniu as pessoas, rodeou-se de seus capitães, me chamou a seu lado e, com grande solenidade, cravou no solo o estandarte da Espanha e tomou posse da terra. Deu-lhe o nome de Nova Extremadura, porque provinham de lá ele, Pizarro, eu e a maior parte dos fidalgos da expedição. Em seguida o capelão González de Marmolejo armou um altar com seu crucifixo, seu cálice de ouro — o único ouro que tínhamos visto em meses — e a pequena estátua de Nossa Senhora do Socorro, transformada em nossa padroeira pela ajuda que nos prestou no deserto. O clérigo oficiou uma emocionada missa de ação de graças e todos nós comungamos, com a alma cheia.

O vale era habitado por povos misturados e dominados pelo incanato, mas se achavam tão longe do Peru que a influência do Inca não era opressiva. Seus morubixabas nos receberam com presentes modestos de comida e discursos de boas-vindas que os intérpretes traduziam, mas não estavam tranquilos com nossa presença. As casas eram de barro e palha, mais sólidas e mais bem dispostas que as choças que tínhamos visto antes. Também entre esses povos existia o costume de se conviver com os antepassados mortos, mas desta vez os soldados trataram de não profanar as múmias. Descobrimos algumas aldeias recém-abandonadas, pertencentes a indígenas hostis sob as ordens do cacique Michimalonko.

135

Dom Benito mandou instalar o acampamento num lugar resguardado, porque temia que os nativos se tornassem mais belicosos quando compreendessem que não tínhamos intenção de voltar ao Peru, como seis anos antes fizera a expedição de Almagro. Apesar da necessidade que tínhamos de alimentos, Valdivia proibiu que se saqueassem as aldeias habitadas e incomodassem os moradores, para ver se assim conseguíamos ganhá-los como aliados. Dom Benito tinha capturado outros mensageiros que, interrogados, repetiram o que já sabíamos: o Inca havia ordenado à população escapar com suas famílias para as matas e ocultar ou destruir os alimentos, coisa que a maioria desses indígenas fez. Dom Benito concluiu que os chilenos — como chamávamos os habitantes do Chile, sem distinção de aldeia — certamente tinham escondido a comida na areia, onde era mais fácil de cavar. Mandou todos os soldados, menos os de guarda, percorrerem a zona cravando espadas e lanças no solo até achar os víveres enterrados, e assim conseguiu milho, batatas, feijões e inclusive umas cabaças com chicha fermentada, que eu confisquei, porque serviria para ajudar os feridos a suportar a brutalidade das cauterizações.

Logo que o acampamento estava pronto, dom Benito mandou levantar uma forca e Pedro de Valdivia anunciou que no dia seguinte seriam julgados Sancho de la Hoz e os outros prisioneiros. Os capitães de fidelidade comprovada se reuniram em nossa tenda, em torno da mesa, cada um em sua banqueta de couro e o chefe na poltrona. Frente ao espanto geral, Valdivia me mandou chamar e me indicou uma cadeira a seu lado. Sentei-me um pouco intimidada pelos olhares incrédulos dos capitães, que jamais tinham visto uma mulher num conselho de guerra. "Ela nos salvou da sede no deserto e da conspiração dos traidores; mais do que ninguém merece participar desta reunião", disse Valdivia, e nenhum se atreveu a contradizê-lo. Juan Gómez, que, via-se, estava muito nervoso porque Cecília estava dando à luz nesse mesmo instante, colocou os cinco punhais idênticos sobre a mesa, explicou o que havia averiguado sobre o atentado e indicou os soldados cuja lealdade era duvidosa, em especial um tal Ruiz, que tinha facilitado a entrada dos conspiradores no acampamento e distraído as

INÊS DA MINHA ALMA

sentinelas de nossa tenda. Os capitães discutiram longamente o risco de executar De la Hoz e, no fim, prevaleceu a opinião de Rodrigo de Quiroga, que coincidia com a minha. Eu tratei de não abrir a boca, para que não me acusassem de ser uma mandona que dominava Valdivia. Estive vigilante para que não faltasse vinho nos copos, prestei atenção e concordei mansamente quando Quiroga falou. Valdivia já tinha tomado sua decisão, mas estava esperando que outro fizesse a proposta para não parecer acovardado pelos documentos reais de Sancho de la Hoz.

Como estava anunciado, o julgamento foi feito no dia seguinte, na tenda dos prisioneiros. Valdivia foi o único juiz, auxiliado por Rodrigo de Quiroga e outro militar, que atuou como secretário e tabelião. Desta vez eu não compareci, mas não me custou nada averiguar a versão completa dos acontecimentos. Puseram guardas armados em torno da tenda, para conter os curiosos, e colocaram uma mesa, atrás da qual se sentaram os três capitães, flanqueados por dois escravizados negros, especialistas em torturas e execuções. O tabelião abriu seus livros e preparou sua pena e seu tinteiro, enquanto Rodrigo de Quiroga alinhava os cinco punhais sobre a mesa. Também tinham levado um de meus braseiros peruanos repleto de carvões em brasa, não tanto para aquecer o ambiente, mas para aterrorizar os prisioneiros, inteirados de que a tortura é parte de qualquer julgamento desse tipo; usa-se o fogo mais com indígenas do que com fidalgos, mas ninguém estava certo de que Valdivia não o faria. Os acusados, de pé diante da mesa e carregados de correntes, escutaram durante mais de uma hora as acusações contra eles. Não tiveram a menor dúvida de que o "usurpador", como chamavam Valdivia, conhecia até o último detalhe da conspiração, incluindo a lista completa dos partidários de Sancho de la Hoz na expedição. Não havia nada que alegar. Um longo silêncio seguiu-se ao discurso de Valdivia, enquanto o secretário terminava de anotar em seu livro.

— Tem alguma coisa a dizer? — por fim perguntou Rodrigo de Quiroga.

Então a pose de Sancho de la Hoz murchou e ele caiu de joelhos, clamando que confessava tudo aquilo de que era acusado, menos o propósito de assassinar o general, a quem os cinco respeitavam e a quem dariam suas vidas para servir. O negócio dos punhais era uma besteira, bastava vê-los para compreender que não eram armas sérias. Os outros seguiram seu exemplo, suplicando para que os perdoassem e jurando eterna fidelidade. Valdivia os fez calar. Outro silêncio insuportável veio após suas palavras, mas finalmente o chefe se pôs de pé e ditou sua sentença, que me pareceu muito injusta, mas que não comentei com ele mais tarde porque supus que teria suas razões para fazer o que fez.

Três dos conspiradores foram condenados ao desterro: teriam de empreender a pé a volta ao Peru, com um punhado de indígenas auxiliares e uma lhama, através do deserto. Outro foi posto em liberdade sem nenhuma explicação. Sancho de la Hoz assinou uma escritura — a primeira do Chile — para dissolver a sociedade com Valdivia e ficou agrilhoado e preso, sem sentença, por ora, no limbo da incerteza. O mais estranho foi que nessa noite Valdivia ordenou a execução de Ruiz, o soldado que tinha servido de cúmplice, mas que não estava entre os cinco que entraram em nossa tenda com os famosos punhais. Dom Benito em pessoa vigiou os negros que o enforcaram e depois o esquartejaram. A cabeça e quatro pedaços do corpo, divididos a facão, foram expostos em ganchos de açougueiro em vários pontos do acampamento, para lembrar aos indecisos como se pagava a deslealdade a Valdivia. No terceiro dia era tão repugnante o cheiro e eram tantas as moscas que tivemos de queimar os restos.

O parto de Cecília, a princesa inca, foi longo e difícil, porque a criança estava virada no ventre. Se uma criança sobrevive a esse tipo de nascimento, dizem as comadres que será feliz. Catalina puxou esta de um tirão, e veio roxa, mas sã e gritona. Foi um bom augúrio que o primeiro mestiço chileno tenha nascido de pé.

Catalina estava esperando Juan Gómez na porta de nossa tenda enquanto os capitães deliberavam sobre a sorte dos conspiradores. Esse homem, que tinha passado tribulações piores que qualquer um dos demais valentes, porque no deserto cedia sua ração de água para sua mulher, ia a

INÉS DA MINHA ALMA

pé para lhe emprestar o cavalo quando a mula dela se acidentou e a protegia com o próprio corpo durante os ataques dos indígenas, se pôs a chorar quando Catalina lhe colocou o filho em seus braços.

— Se chamará Pedro, em honra a nosso governador — anunciou Gómez entre soluços.

Todos festejaram a decisão, menos Pedro de Valdivia.

— Não sou governador, sou apenas tenente-governador, representante do marquês Pizarro e de Sua Majestade — nos lembrou secamente.

— Já estamos no território que foi designado para você conquistar, capitão-general, e este é um vale muito bom. Por que não fundamos a cidade aqui? — sugeriu Gómez.

— Boa ideia. Pedrito Gómez será a primeira criança batizada na cidade — apoiou Jerónimo de Alderete, que ainda não se repusera das febres da selva e estava agoniado com a perspectiva de continuar andando.

Mas eu sabia que Pedro desejava continuar para o sul, o mais possível para o sul, para se distanciar do Peru. Sua ideia era estabelecer a primeira cidade onde não alcançassem os longos braços do marquês governador, a Inquisição, os caga-tintas e os come-merda, como chamava em particular os mesquinhos empregados da Coroa que davam um jeito de chatear no Novo Mundo.

— Não, senhores. Continuaremos até o vale do Mapocho. Esse é o lugar perfeito para nossa colônia, segundo afirma dom Benito, que esteve lá com o governador Diego de Almagro.

— A quantas léguas fica isso? — insistiu Alderete.

— Muitas, mas menos do que já percorremos — explicou dom Benito.

Tratamos Cecília, primeiro com infusões de folhas de malva, até que expulsou os restos do parto, que estavam retidos, e depois estancamos a hemorragia com um licor preparado com raízes de orelha de raposa, receita chilena que Catalina acabara de aprender e que deu rápido resultado. Enquanto nossos soldados enfrentavam os indígenas em diversas escaramuças, Catalina saía tranquilamente do acampamento para se juntar com as índias chilenas e trocar remédios. Não sei como se arranjava para passar pelas sentinelas sem ser vista e confraternizar com o inimigo sem que lhe arrebentassem o crânio com uma paulada.

O problema foi que, com tantas ervas curativas, o leite de Cecília secou, de modo que o pequeno Pedro Gómez se criou com leite de lhama. Se tivesse nascido uns meses mais tarde, teria contado com várias amas, porque havia muitas índias grávidas. O leite de lhama lhe deu uma doçura que haveria de ser um sério obstáculo em seu futuro, porque tocou a ele viver e guerrear no Chile, que não é lugar para homens de coração excessivamente terno.

E agora devo me referir a outro episódio que não tem importância, fora para um pobre jovem chamado Escobar, mas serve para mostrar o caráter de Pedro de Valdivia. Meu amante era um homem generoso, de ideias esplêndidas, sólidos princípios católicos e uma coragem a toda prova — boas razões para admirá-lo —, mas também tinha defeitos, alguns bastante graves. O pior foi certamente sua desmedida ambição de fama, que no fim custou a vida dele e de muitos outros; mas para mim o mais difícil de desculpar foram seus ciúmes. Sabia que eu não era capaz de traí-lo, porque não está em minha natureza e o amava demais — por que então duvidava de mim? Ou, quem sabe, duvidasse de si mesmo?

Os soldados dispunham de quantas índias quisessem, umas à força e outras complacentes, mas certamente sentiam saudades de palavras de amor sussurradas em castelhano. Os homens desejam o que não têm. Eu era a única espanhola da expedição, a amante do chefe, visível, presente, intocável e, por isso mesmo, cobiçada. Muitas vezes me perguntei se fui responsável pelas ações de Sebastián Romero, do alferes Núñez ou desse rapaz, Escobar. Não encontro a falta em mim, fora ser mulher, mas isso parece ser crime suficiente. Culpam a gente da luxúria dos homens, mas o pecado não é de quem o comete? Por que eu devo pagar pelos erros dos outros?

Comecei a viagem vestida como o fazia em Plasencia — saiote, espartilho, saias, touca, manta, meias —, mas sem demora tive de me adaptar

INÉS DA MINHA ALMA

às circunstâncias. Não se pode cavalgar mil léguas de lado, no selim, sem arrebentar as costas; tive de montar como os homens, escarranchada. Consegui umas bragas de homem e botas, tirei o espartilho com barbatanas de baleia, que não há quem aguente, e depois me desfiz da touca e trancei os cabelos, como as índias, porque me pesavam muito na nuca, mas nunca andei decotada nem me permiti familiaridades com os soldados. Nos encontros com indígenas belicosos, botava um elmo, uma couraça leve e proteções nas pernas que Pedro mandou fazer para mim, de outro modo teria morrido a flechadas no primeiro trecho do caminho. Se isso incendiou o desejo de Escobar e de outros da expedição, não entendo como funciona a mente masculina. Ouvi Francisco de Aguirre repetir que os machos só pensam em comer, fornicar e matar, uma de suas frases favoritas, embora no caso dos humanos essa não seja a verdade completa, já que também pensam no poder. Nego-me a dar razão a Aguirre, apesar das muitas fraquezas que comprovei nos homens. Nem todos são iguais.

Nossos soldados falavam muito de mulheres, em especial quando tínhamos de acampar por vários dias e não havia nada para fazer, fora cumprir seus turnos de guarda e esperar. Trocavam impressões sobre as índias, vangloriavam-se de suas proezas — violações — e comentavam, com inveja, as do mítico Aguirre. Por infelicidade, meu nome aparecia com frequência nessas conversas, diziam que eu era uma fêmea insaciável, que montava como homem para me excitar com o cavalo e que andava de bragas embaixo das saias. Este último detalhe era correto; não podia cavalgar escarranchada com as coxas nuas.

O soldadinho mais jovem da expedição, um rapaz chamado Escobar, com apenas dezoito anos, que havia chegado ao Peru como grumete quando ainda era um menino, se escandalizava com esses mexericos. A violência da guerra ainda não o tinha maculado e fizera uma ideia romântica de mim. Estava na idade de se apaixonar pelo amor. Enfiou na cabeça que eu era um anjo arrastado à perversão pelos apetites de Valdivia, que me forçava a servi-lo na cama como uma prostituta. Soube disso pelas criadas índias, como sempre me inteirei do que acontecia ao meu redor. Não há segredos para elas porque os homens não dão atenção ao que falam diante das mulheres, como não dão atenção diante de seus cavalos ou seus cachorros. Supõem que não entendemos o que ouvimos. Observei com dissimulação a conduta do rapaz e comprovei que me rondava. Com a desculpa de ensinar truques para Baltasar, que raramente saía do meu lado, ou me pedir que lhe trocasse a bandagem de um braço ferido, ou lhe ensinasse a fazer papa de milho, porque suas duas índias eram inúteis, Escobar dava um jeito de se aproximar de mim.

Pedro de Valdivia considerava Escobar pouco mais que um menino e não acho que se preocupasse com ele antes que os soldados começassem a fazer brincadeiras. Mal se deram conta de que seu interesse por mim era mais romântico que sexual, os soldados não o deixaram mais em paz, provocando-o até lhe arrancar lágrimas de humilhação. Era inevitável que cedo ou tarde as zombarias chegassem aos ouvidos de Valdivia, que começou a me fazer perguntas insidiosas e passou a me espionar e a me preparar armadilhas. Enviava Escobar para me ajudar em trabalhos que correspondiam às criadas, e este, em vez de reclamar, como teria feito outro soldado, corria para obedecer. Com frequência encontrei Escobar em minha tenda porque Pedro o tinha mandado buscar alguma coisa quando sabia que eu estava sozinha. Suponho que eu devia ter enfrentado Pedro desde o começo, mas não me atrevi, os ciúmes o transformavam num monstro e podia imaginar que eu tinha motivos ocultos para proteger Escobar.

Esse jogo satânico, que começou logo que saímos de Tarapacá, foi esquecido durante a espantosa travessia do deserto, onde ninguém tinha ânimo para besteirinhas, mas recomeçou com mais intensidade no manso vale de Copiapó. A ferida leve que Escobar tinha num braço inflamou, embora a tivéssemos cauterizado, e eu tinha de tratá-lo e lhe trocar a bandagem com frequência. Cheguei a temer que seria necessária uma intervenção drástica, mas Catalina me mostrou que a carne não cheirava mal e o rapaz não tinha febre. "Não mais que se coçando, pois, senhora, não vê?", insinuou. Neguei-me a pensar que Escobar remexia na ferida para poder ser tratado por mim, mas compreendi que havia chegado o momento de falar com ele.

INÉS DA MINHA ALMA

Era a hora do anoitecer, quando começava a música no acampamento: as *vihuelas* e flautas dos soldados, as tristes quenas dos indígenas, os tambores africanos dos capatazes. Junto a uma das fogueiras, a cálida voz de tenor de Francisco de Aguirre entoava uma canção picaresca. No ar flutuava o aroma delicioso da única refeição do dia, carne assada, milho, tortilhas feitas na brasa. Catalina havia desaparecido, como costumava acontecer à noite, e eu estava em minha tenda com Escobar, a quem acabava de limpar a ferida, e com meu cachorro Baltasar, que se apegara ao rapaz.

— Se isto não melhora logo, acho que temos de lhe cortar o braço — anunciei na bucha.

— Um soldado aleijado não serve para nada, dona Inés — murmurou, lívido de medo.

— Um soldado morto serve menos ainda.

Ofereci a ele um copo de chicha de figueira-da-barbária para ajudar a passar o susto e eu mesma ganhar tempo, porque não sabia como abordar o assunto. Por fim, optei pela franqueza:

— Percebi que me procura, Escobar, e como isso pode acabar mal para nós dois, de agora em diante Catalina fará seus curativos.

E então, como se estivesse à espera de que alguém entreabrisse a porta de seu coração, Escobar desatou um rosário de confissões misturadas com declarações e promessas de amor. Tratei de lembrar com quem ele estava se excedendo, mas não me deixou falar. Abraçou-me com força e com tão pouca sorte que ao me atirar para trás tropecei em Baltasar e me fui de costas ao chão com Escobar por cima. Qualquer outro que me atacasse o cachorro teria feito em pedaços, mas conhecia muito bem o jovem, achou que era uma brincadeira e, em vez de agredi-lo, saltava em volta de nós, latindo alegremente. Sou forte e não tive dúvidas de que podia me defender, por isso não gritei. Apenas um tecido encerado nos separava das pessoas que estavam fora; não podia fazer um escândalo. Com o braço ferido Escobar me mantinha apertada contra seu peito, com a outra mão me sujeitava a nuca, e seus beijos, molhados de saliva e lágrimas, me caíam pelo pescoço e pelo rosto. Consegui invocar Nossa Senhora do Socorro, preparando-me para lhe dar uma joelhada na virilha, mas já era tarde, porque nesse momento apareceu Pedro com sua espada na mão. Havia estado todo o tempo espiando-nos do outro lado da lona.

— Nãããooo! — gritei horrorizada quando o vi disposto a trespassar com sua lâmina o infeliz soldadinho.

Com um impulso brutal, consegui me virar e cobrir Escobar, que ficou embaixo de mim. Tratei de protegê-lo da espada nua tanto como do cachorro, que então havia assumido seu papel de guardião e tentava mordê-lo.

Não houve julgamento nem explicações. Pedro de Valdivia simplesmente chamou dom Benito e ordenou que enforcasse o soldado Escobar na manhã do dia seguinte, depois da missa, diante da tropa em formação. Dom Benito levou o trêmulo rapaz por um braço e o deixou numa das tendas, vigiado, mas sem correntes. Escobar estava feito um farrapo, não por medo de morrer, mas pela dor de seu coração destroçado. Pedro de Valdivia foi para a tenda de Francisco de Aguirre, onde ficou jogando cartas com outros capitães, e não voltou até o amanhecer. Não me permitiu falar com ele, e, penso que dessa vez, se o tivesse feito, eu não teria encontrado a forma de lhe fazer mudar de opinião. Estava endemoniado de ciúmes.

Enquanto isso, o capelão González de Marmolejo tentava me consolar dizendo que o que aconteceu não era culpa minha, mas de Escobar, por desejar a mulher do próximo, ou alguma estupidez semelhante.

— Suponho que não ficará de braços cruzados, padre. Deve convencer Pedro de que está cometendo uma grave injustiça — exigi.

— O capitão-general tem de manter a ordem entre sua própria gente, minha filha, não pode permitir esse tipo de afronta.

— Pedro pode permitir que seus homens violem e batam nas mulheres de outros homens, mas ai deles se tocam na sua!

— Não pode voltar atrás. Uma ordem é uma ordem.

— Claro que pode voltar atrás! O erro desse jovem não merece a forca, o senhor sabe tão bem quanto eu. Vá falar com ele!

INÉS DA MINHA ALMA

— Irei, dona Inés, mas saiba que ele não mudará de opinião.

— Pode ameaçá-lo com a excomunhão...

— Não se pode fazer uma ameaça dessa com leviandade! — exclamou o padre, horrorizado.

— Mas, em troca, Pedro pode carregar um morto na consciência por leviandade, não é? — repliquei.

— Dona Inés, falta-lhe humildade. Isso não está em suas mãos, está nas mãos de Deus.

González de Marmolejo foi falar com Valdivia, diante dos capitães que jogavam cartas com ele, porque pensou que estes o ajudariam a convencê--lo pelo perdão de Escobar. Enganou-se redondamente. Valdivia não podia dar o braço a torcer na frente de testemunhas, e, além disso, seus cupinchas lhe deram razão; eles teriam feito a mesma coisa em seu lugar.

Então fui para a tenda de Juan Gómez e Cecília, com a desculpa de ver o recém-nascido. A princesa inca estava mais bela do que nunca, esten-dida num fofo colchão, descansando, rodeada de suas servas. Uma índia lhe massageava os pés, outra penteava seu cabelo retinto, outra espremia leite de lhama de um pano na boca da criança. Juan Gómez, embevecido, observava a cena como se estivesse diante do presépio do Menino Jesus. Senti uma pontada de inveja: teria dado minha vida para estar no lugar de Cecília. Depois de felicitar a jovem mãe e beijar o menininho, peguei o pai por um braço e o levei para fora. Contei para ele o que tinha acontecido e lhe pedi ajuda.

— Você é o aguazil, dom Juan, faça alguma coisa, por favor — roguei.

— Não posso contrariar uma ordem de dom Pedro de Valdivia — res-pondeu, com os olhos desorbitados.

— Tenho vergonha de lembrá-lo, dom Juan, mas me deve um favor...

— Senhora, está me pedindo isso porque tem interesse particular no soldado Escobar? — perguntou.

— Como lhe ocorre isso?! Eu intercederia por qualquer homem deste acampamento. Não posso permitir que dom Pedro cometa esse pecado. E não me diga que se trata de uma questão de disciplina militar, nós dois sabemos que são ciúmes, pura e simplesmente.

145

ISABEL ALLENDE

— O que a senhora propõe?

— Isso está nas mãos de Deus, como diz o capelão. O que lhe parece se ajudarmos um pouco as mãos divinas?

No dia seguinte, depois da missa, dom Benito convocou a todos na praça central do acampamento, onde ainda se erguia a forca que tinha servido para o desgraçado Ruiz, com a corda preparada. Eu assisti pela primeira vez, porque até então dera um jeito de não presenciar torturas nem execuções; já tinha o suficiente com a violência das batalhas e o sofrimento dos feridos e doentes que eu tinha de tratar. Levei a Nossa Senhora do Socorro nos braços, para que todos pudessem vê-la. Os capitães se puseram na primeira fila, formando um quadrilátero; eram seguidos pelos soldados e, mais atrás, os capatazes e a multidão de *yanaconas*, índias de serviço e amantes. O capelão tinha passado a noite em claro, rezando, depois do fracasso de sua intervenção com Valdivia. Tinha a pele esverdeada e olheiras roxas, como costumava acontecer quando se flagelava, embora seus açoites fossem de brincadeira, segundo as índias, que sabiam muito bem o que era um chicote de verdade.

Um pregoeiro e um rufar de tambores anunciaram a execução. Juan Gómez, em sua qualidade de aguazil, disse que o soldado Escobar tinha cometido um grave ato de indisciplina, tinha penetrado na tenda do capitão-general com propósitos perniciosos e atentado contra sua honra. Não se necessitavam mais explicações, ninguém teve dúvidas de que o rapaz pagaria com a vida seu amor de filhote. Os dois negros encarregados das execuções escoltaram o réu até a praça. Escobar ia sem grilhões, reto como uma lança, tranquilo, o olhar fixo em frente, como se andasse em sonhos. Havia pedido que lhe permitissem se lavar, se barbear e botar uma roupa limpa. Ajoelhou-se e o capelão lhe deu a extrema-unção, benzeu-o e lhe passou a Santa Cruz para que a beijasse. Os negros o conduziram ao patíbulo, ataram-lhe as mãos nas costas e prenderam-lhe os tornozelos, depois passaram a corda em volta do pescoço. Escobar não permitiu que lhe colocassem o capuz, acho que queria morrer me olhando, para desafiar Pedro de Valdivia. Sustentei-lhe o olhar, tratando de lhe dar consolo.

INÉS DA MINHA ALMA

Ao segundo rufar de tambores, os negros tiraram o suporte debaixo dos pés do réu e este ficou pendurado no ar. Um silêncio de tumba reinava no acampamento entre as pessoas; só se ouviam os tambores. Durante um tempo que me pareceu eterno, o corpo de Escobar balançou na forca, enquanto eu rezava e rezava, desesperada, apertando a estátua da Virgem contra meu peito. E então aconteceu o milagre: a corda arrebentou de súbito e o rapaz caiu desfeito no chão, onde ficou estendido, como morto. Um longo grito de surpresa escapou de muitas bocas. Pedro de Valdivia deu três passos adiante, pálido como um círio, sem poder acreditar no que acontecera. Antes que conseguisse dar uma ordem aos verdugos, o capelão se adiantou com a Santa Cruz no alto, tão perplexo como os demais.

— É o julgamento de Deus! É o julgamento de Deus! — gritava.

Como uma onda, senti primeiro o murmúrio e depois a frenética algaravia dos indígenas, uma onda que se arrebentou contra a rigidez dos soldados espanhóis, até que um se benzeu e botou um joelho na terra. Imediatamente outro seguiu seu exemplo, e mais outro, até que todos nós, menos Pedro de Valdivia, estivéssemos ajoelhados. O julgamento de Deus...

O aguazil Juan Gómez afastou os verdugos e ele mesmo tirou a laçada do pescoço de Escobar, cortou as amarras de seus pulsos e dos tornozelos e o ajudou a ficar de pé. Apenas eu notei que entregou a corda do patíbulo a um indígena, e este a levou de imediato, antes que alguém tivesse a ideia de examiná-la de perto. Juan Gómez já não me devia nenhum favor.

Escobar não foi posto em liberdade. Sua sentença foi comutada para desterro: teria de voltar ao Peru, desonrado, com um *yanacona* por única companhia e a pé. Caso conseguisse escapar dos indígenas hostis do vale, pereceria de sede no deserto, e seu corpo, ressecado como as múmias, ficaria sem sepultura. Quer dizer, a forca teria sido mais misericordiosa. Uma hora mais tarde abandonou o acampamento com a mesma dignidade com que caminhou para o patíbulo. Os soldados que antes gozavam dele até enlouquecê-lo formaram duas filas respeitosas e ele passou pelo meio, lentamente, despedindo-se com o olhar, sem uma palavra. Muitos tinham lágrimas, arrependidos e envergonhados. Um entregou para ele sua espada, outro uma clava curta, um terceiro chegou puxando uma lhama carregada de pacotes e odres de água. Eu observava a cena de longe, lutando contra a animosidade que sentia por Valdivia, tão forte que me sufocava. Quando o rapaz já saía do acampamento, alcancei-o, desmontei e lhe entreguei meu único tesouro, o cavalo.

Ficamos sete semanas no vale, onde se juntaram a nós mais vinte espanhóis, entre eles dois padres e um tal Chinchilla, sedicioso e vil, que desde o começo conspirou com Sancho de la Hoz para assassinar Valdivia. Tinham tirado os grilhões de De la Hoz, ele circulava livre pelo acampamento, empetecado e cheiroso, disposto a se vingar do capitão-general, mas bem vigiado por Juan Gómez. Dos cento e cinquenta homens que agora formavam a expedição, fora nove, todos eram fidalgos, filhos da nobreza rural ou empobrecida, mas tão fidalgos quanto os melhores. Segundo Valdivia, isso não significava nada, porque sobravam fidalgos na Espanha, mas eu acho que esses fundadores legaram suas arrogâncias ao Reino do Chile. Ao sangue altivo dos espanhóis somou-se o sangue indômito da raça mapuche, e da mistura resultou um povo de um orgulho demencial.

Depois da expulsão daquele rapaz, Escobar, o acampamento demorou uns dias para recuperar a normalidade. As pessoas andavam irritadas, podia-se sentir a raiva no ar. Aos olhos dos soldados, a culpa foi minha: eu tentara o inocente rapaz, o seduzira, tirara-o dos eixos e o levara à morte. Eu, a amante impudica. Pedro de Valdivia apenas cumpriu com o dever de defender sua honra. Durante muito tempo senti o rancor desses homens como uma queimadura na pele, como antes havia sentido sua lascívia. Catalina me aconselhou a permanecer em minha tenda até que os ânimos se acalmassem, mas havia muito trabalho com os preparativos da viagem e não me restou alternativa a não ser enfrentar a maledicência.

Pedro estava ocupado com a incorporação dos novos soldados e com os rumores de traição que circulavam, mas teve tempo de saciar sua raiva em mim. Se compreendeu que tinha ido longe demais no seu desejo de se vingar de Escolar, nunca o admitiu. A culpa e o ciúme lhe incendiaram o desejo, queria me possuir a todo momento, inclusive durante o dia. Interrompia seus deveres ou suas conferências com outros capitães para me arrastar para a tenda, sob o olhar do acampamento inteiro, de modo que todo mundo se deu conta do que estava acontecendo. Isso não importava a Valdivia, fazia-o de propósito para estabelecer sua autoridade, me humilhar e desafiar os mexeriqueiros. Nunca tínhamos feito amor com essa violência, me deixava machucada e pretendia que eu gostasse. Quis que eu gemesse de dor, já que não gemia de prazer. Esse foi meu castigo, sofrer a sorte de uma puta, tal como o de Escobar foi perecer no deserto. Aguentei os maus-tratos até onde me foi possível, pensando que em algum momento a soberba de Pedro haveria de esfriar, mas em uma semana me acabou a paciência e, em vez de lhe obedecer quando quis fazer comigo como os cachorros, lhe dei uma sonora bofetada na cara. Não soube o que aconteceu, minha mão agiu sozinha. A surpresa deixou a nós dois paralisados e em seguida se rompeu o malefício em que estávamos presos. Pedro me abraçou, arrependido, e eu comecei a tremer, tão contrita como ele.

— O que fiz! Aonde chegamos, amor? Perdoa-me, Inés, vamos esquecer isso, por favor... — murmurou.

Ficamos abraçados, com a alma por um fio, sussurrando explicações, perdoando-nos. Finalmente dormimos, esgotados, sem brincar. A partir desse momento começamos a recuperar o amor perdido. Pedro voltou a cortejar-me com a paixão e a ternura dos primeiros tempos. Dávamos curtos passeios, sempre com guardas, porque a qualquer momento indígenas hostis podiam cair em cima de nós. Comíamos sozinhos na tenda, me lia à noite, passava horas me acariciando para me dar o prazer que pouco antes me havia negado. Estava ansioso para ter um filho comigo, mas não engravidei, apesar dos rosários à Virgem e dos xaropes que Catalina preparava. Sou estéril, não pude ter filhos com nenhum dos homens que amei, Juan, Pedro e Rodrigo, nem com aqueles com quem tive encontros breves e secretos; mas acho que Pedro também o era, porque não os teve com Marina nem com outras mulheres. "Deixar fama e memória de mim" foi sua razão para a conquista do Chile. Talvez assim tenha substituído a dinastia que não pôde fundar. Deixou seu sobrenome na História, já que não pôde legá-lo a seus descendentes.

Pedro teve a precaução e a paciência de me ensinar a usar a espada. Também me deu outro cavalo, para substituir o que dei a Escobar, e escolheu seu melhor cavaleiro para treiná-lo. Um cavalo de guerra deve obedecer por instinto ao soldado, que tem as mãos ocupadas. "Nunca se sabe o que pode acontecer, Inés. Já que teve a coragem de me acompanhar, deve estar preparada para se defender como qualquer um dos meus homens", me advertiu. Foi uma medida prudente. Se esperávamos nos recuperar das fadigas em Copiapó, logo fomos desenganados, porque os indígenas nos atacavam todas as vezes que afrouxávamos a vigilância.

— Mandaremos emissários para explicar a eles que viemos em paz — anunciou Valdivia a seus principais capitães.

— Não é boa ideia — opinou dom Benito —, porque sem dúvida ainda lembram do que aconteceu há seis anos.

— De que fala, mestre?

— Quando vim com dom Diego de Almagro, os indígenas chilenos nos deram não apenas mostras de amizade, como também o ouro correspondente ao tributo do Inca, já que tinham conhecimento de que este fora derrotado. Insatisfeito e cheio de suspeita, o governador os convocou com promessas amáveis para uma reunião e, mal ganhou sua confiança, nos deu ordem para atacá-los. Muitos morreram na refrega, mas prendemos trinta caciques, que atamos a umas estacas e queimamos vivos — explicou o mestre de campo.

— Por que fizeram isso? Não era preferível a paz? — perguntou Valdivia, indignado.

— Se Almagro não faz antes, os indígenas teriam feito com os espanhóis depois — interrompeu Francisco de Aguirre.

O que os indígenas chilenos mais cobiçavam eram nossos cavalos, e o que mais temiam, os cachorros, por isso dom Benito pôs os primeiros em

INÉS DA MINHA ALMA

currais, vigiados pelos segundos. As hostes chilenas estavam sob o comando de três caciques, encabeçados por sua vez pelo poderoso Michimalonko. Era um velho astuto, sabia que não tinham forças suficientes para partir para o ou vai ou racha no acampamento dos *huincas* e optou por nos cansar. Seus silenciosos guerreiros nos roubavam lhamas e cavalos, destruíam víveres, raptavam nossas índias, atacavam as partidas de soldados que saíam em busca de alimento ou água. Assim mataram um soldado e vários de nossos *yanaconas*, que, por necessidade, tinham aprendido a lutar, do contrário pereceriam.

A primavera assomou no vale e nos morros que se cobriram de flores; o ar se tornou morno, e as índias, as éguas e as lhamas começaram a parir. Não há animal mais adorável que um filhote de lhama. O ânimo do acampamento melhorou com os recém-nascidos, que trouxeram uma nota de alegria aos curtidos espanhóis e aos agoniados *yanaconas*. Os rios, turvos no inverno, se tornaram cristalinos e mais caudalosos com o degelo das neves nas montanhas. Havia abundância de pastagens para os animais, caça, vegetais e frutas para os homens. O ar de otimismo que a primavera trouxe relaxou a vigilância, e então, quando menos esperávamos, desertaram duzentos *yanaconas* e mais quatrocentos em seguida. Simplesmente evaporaram; por mais açoites que o rigoroso dom Benito ordenou que aplicassem nos capatazes, por descuidados, e nos indígenas, por cúmplices, ninguém soube dizer como tinham escapado nem aonde tinham ido. Uma coisa era evidente: não podiam ir muito longe sem ajuda dos indígenas chilenos que nos rodeavam, porque de outro modo estes os teriam aniquilado. Dom Benito triplicou a guarda e manteve os *yanaconas* amarrados de dia e de noite. Os capatazes rondavam sem descanso pelo acampamento com seus chicotes e seus cachorros.

Valdivia esperou que os potrinhos e as lhaminhas firmassem as patas e em seguida deu ordem para continuarmos rumo ao sul, até o lugar paradisíaco tão anunciado por dom Benito, o vale do Mapocho. Sabíamos que Mapocho e mapuche significavam quase a mesma coisa; teríamos de nos bater com os selvagens que fizeram retroceder os quinhentos soldados e, pelo menos, oito mil indígenas auxiliares de Almagro. Contávamos com cento e cinquenta soldados e menos de quatrocentos relutantes *yanaconas*.

Comprovamos que o Chile tem a forma estreita e longa de uma espada. Compõe-se de um rosário de vales estendidos entre montanhas e vulcões, e cruzado por copiosos rios. Sua costa é abrupta, de ondas temíveis e águas frias; suas matas são densas e perfumadas; seus morros, infinitos. Com frequência ouvíamos um suspiro telúrico e sentíamos o solo se mexer, mas com o tempo nos acostumamos aos tremores. "Imaginava o Chile assim mesmo, Inés", me confessou Pedro, com a voz quebrada pela emoção frente à virginal beleza da paisagem.

Nem tudo era contemplação da natureza, havia também muito esforço, porque os indígenas de Michimalonko nos seguiram sem trégua, atiçando-nos. Conseguíamos descansar apenas por curtos períodos, porque se nos descuidávamos nos caíam em cima. As lhamas são animais delicados, não suportam muito peso sem que suas costas se quebrem, por isso devíamos obrigar os *yanaconas* a levar a bagagem dos que tinham desertado. Embora tenhamos nos desfeito de tudo que não era indispensável — entre outras coisas, vários baús com meus vestidos elegantes, que no Chile não serviam para nada —, os indígenas iam dobrados pela carga e, além disso, amarrados, para que não escapassem, o que tornava nosso avanço muito penoso e lento. Os soldados perderam a confiança nas índias de serviço, que haviam demonstrado ser menos submissas e lerdas do que eles supunham. Continuavam se divertindo com elas, mas não se atreviam a dormir em sua presença e alguns achavam que os estavam envenenando aos poucos. No entanto, não era veneno o que lhes corroía e lhes derrotava aos ossos, mas puro cansaço. Vários dos homens se enfureciam com elas para descarregar sua própria inquietação; Valdivia ameaçou então tirá-las deles e cumpriu sua palavra em duas ou três ocasiões. Os soldados se rebelaram, porque não podiam aceitar que ninguém (nem mesmo o chefe) interviesse em algo tão privado como suas amantes, mas Pedro se impôs, como sempre fazia. Deve-se pregar com o exemplo, disse. Não permitia que os espanhóis se portassem pior que os bárbaros. Com o tempo a tropa obedeceu de má vontade e pela metade. Catalina me contou que os soldados continuavam batendo nas mulheres, mas não no rosto nem onde as marcas ficassem visíveis.

INÉS DA MINHA ALMA

À medida que os indígenas do Chile se tornavam mais atrevidos, nos perguntávamos o que seria do infeliz Escobar. Supúnhamos que teria morrido de maneira lenta e atroz, mas ninguém se atrevia a mencionar o rapaz, para não conjurar a má sorte. Se esquecêssemos seu nome e seu rosto, talvez ele se tornasse transparente, como a brisa, e pudesse passar entre seus inimigos sem ser visto.

Andávamos a passo de tartaruga porque os *yanaconas* não podiam com o peso e havia muitos potros e outros animais novos. Rodrigo de Quiroga ia sempre na frente por causa de seus bons olhos e por sua coragem, que nunca fraquejava. Cuidando da retaguarda iam Villagra, a quem Pedro de Valdivia tinha nomeado seu segundo, e Aguirre, sempre impaciente para se meter numa escaramuça com os indígenas. Gostava da luta tanto como das mulheres.

— Os indígenas vêm aí! — um dia avisou aos gritos um mensageiro enviado por Quiroga desde a vanguarda.

Valdivia me instalou com as mulheres, as crianças e os animais num lugar mais ou menos protegido por rochas e árvores, e em seguida organizou seus homens para a batalha, não como os regimentos da Espanha, com três soldados da infantaria para cada cavaleiro, porque aqui quase todos eram da cavalaria. Quando digo que nós íamos montados, pode parecer que constituíamos um formidável esquadrão de cento e cinquenta cavaleiros capazes de vencer dez mil atacantes, mas a verdade é que os animais estavam nos ossos por causa do cansaço da viagem e os cavaleiros tinham a roupa em farrapos, as armaduras mal ajustadas, os elmos amassados e as armas oxidadas. Eram valentes, mas desordenados e arrogantes; cada um desejava ganhar sua própria glória. "Por que custa tanto aos espanhóis ser apenas mais um na multidão? Todos querem ser generais!", Valdivia se lamentava com frequência. Além disso, o número de nossos *yanaconas* tinha diminuído tanto e estavam tão esgotados e rancorosos com o tratamento recebido, que não ajudavam muito, só lutavam porque a alternativa era morrer.

ISABEL ALLENDE

Na primeira linha ia Pedro de Valdivia, sempre o primeiro, apesar de seus capitães pedirem que se cuidasse porque sem ele nós todos estaríamos perdidos. Ao grito de "Santiago, a eles!", com que os castelhanos invocaram o apóstolo durante séculos para combater os mouros, posicionou-se na dianteira, enquanto seus arcabuzeiros, joelho na terra, com as armas preparadas, apontavam para a frente. Valdivia sabia que os chilenos se lançam à luta de peito aberto, sem escudos nem outra proteção, indiferentes à morte. Não temem os arcabuzes porque fazem mais barulho do que qualquer outra coisa; só se detêm diante dos cachorros, que no furor do combate os comem vivos. Enfrentam em massa as armas de aço espanholas, que causam estrago entre eles, enquanto que suas armas de pedra param contra o metal das armaduras. Do alto de suas cavalgaduras os *huincas* são invencíveis, mas se conseguem desmontá-los, aniquilam-nos.

Não tínhamos acabado de nos agrupar quando ouvimos a algazarra insuportável que anuncia o ataque dos indígenas, uma gritaria arrepiante que os excita até a demência e paralisa seus inimigos de terror, mas que em nosso caso tem o efeito contrário: nos enche de raiva. O destacamento de Rodrigo de Quiroga conseguiu se reunir com o de Valdivia momentos antes que a onda inimiga descesse dos morros. Eram milhares e milhares. Corriam quase nus, com arcos e flechas, lanças e clavas, uivando, exultantes de feroz antecipação. A descarga dos arcabuzes varreu as primeiras filas, mas não conseguiu detê-los nem diminuir sua corrida. Em questão de minutos já podíamos ver as caras pintadas deles e começou a luta corpo a corpo. As lanças dos nossos atravessavam os corpos cor de argila, as espadas cortavam cabeças e membros, os cascos dos cavalos destroçavam os caídos. Se conseguiam se aproximar, os indígenas atontavam o cavalo com a clava e, mal ele dobrava as patas, vinte mãos agarravam o cavaleiro e o reviravam pelo chão. Os elmos e couraças protegiam os soldados durante breves instantes e às vezes isso bastava para dar tempo para um companheiro intervir. As flechas, inúteis contra as cotas de malha e armaduras, eram muito eficientes nas partes desprotegidas do corpo dos soldados. No fragor e torvelinho da luta, nossos feridos continuavam lutando sem sentir dor nem se dar conta de que sangravam, e quando, por fim, caíam, alguém os resgatava, trazendo-os arrastados para mim.

INÉS DA MINHA ALMA

Eu havia organizado um diminuto hospital, rodeada de minhas índias e protegida por alguns *yanaconas* leais, interessados em defender as mulheres e as crianças de sua raça, e por escravizados negros que, se caíam nas mãos dos indígenas inimigos, temiam ser esfolados para se saber se a cor de sua pele era pintada, como sabiam que tinha acontecido em outros lugares. Improvisávamos bandagens com os panos disponíveis, aplicávamos torniquetes para deter as hemorragias, cauterizávamos depressa com brasas e, mal os homens podiam ficar de pé, dávamos água para eles ou um trago de vinho, lhes devolvíamos as armas e os mandávamos de volta à luta. "Virgem, proteja Pedro", eu resmungava quando a horrível tarefa com os feridos me dava uma folga. A brisa nos trazia o cheiro de pólvora e cavalo, que se misturava com o do sangue e da carne chamuscada. Os moribundos pediam para se confessar, mas o capelão e os outros padres estavam na batalha, de modo que eu lhes fazia o sinal-da-cruz na testa e lhes dava a absolvição, para que fossem em paz. O capelão havia me explicado que na falta de um sacerdote, qualquer cristão podia batizar e dar a extrema-unção numa emergência, mas não estava certo de que uma cristã também pudesse fazê-lo. Aos gritos de morte e dor, à gritaria dos indígenas, aos relinchos dos cavalos e às explosões de pólvora se somava o choro aterrorizado das mulheres, muitas delas com os filhos atados nas costas. Cecília, acostumada a ser servida por suas criadas como a princesa que era, por uma vez desceu ao mundo dos mortais e trabalhava lado a lado com Catalina e comigo. Essa mulher, tão pequena e graciosa, era muito mais forte do que parecia. Sua túnica de fina lãzinha estava empapada de sangue.

Houve um momento em que vários inimigos conseguiram se aproximar do lugar onde atendíamos os feridos. De repente ouvi uma gritaria mais intensa, mais próxima, e levantei a vista da flecha que estava tentando tirar da coxa de dom Benito, enquanto outras mulheres o seguravam, e me vi cara a cara com vários selvagens que vinham para cima da gente com as clavas e os macanás erguidos, fazendo nossa fraca guarda de *yanaconas* e escravizados negros retroceder. Sem pensar, peguei com as duas mãos a espada que Pedro havia me ensinado a usar e me dispus a defender nosso pequeno espaço. À cabeça dos assaltantes vinha um homem mais velho, todo pintado e enfeitado com penas. Uma antiga cicatriz lhe atravessava a face da têmpora à boca. Registrei estes detalhes em menos de um instante, porque os fatos aconteceram muito rápido. Lembro que nos enfrentamos, ele com uma lança curta e eu com a espada, que tinha de levantar com as duas mãos, em posturas idênticas, gritando de fúria com esse alarido terrível da guerra e olhando-nos com igual ferocidade. Então, subitamente, o velho fez um sinal e seus companheiros se detiveram. Não poderia jurar, mas acho que vislumbrei um leve sorriso em seu rosto cor-de-terra; deu meia-volta e se distanciou com a agilidade de um rapaz, justo no momento em que Rodrigo de Quiroga chegava corcoveando em seu cavalo e se lançava sobre nossos agressores. O velho era o cacique Michimalonko.

— Por que não me atacou? — perguntei muito depois a Quiroga.

— Porque não podia sofrer a vergonha de se bater com uma mulher — explicou.

— É isso o que você teria feito, capitão?

— Claro — replicou, sem hesitar.

A luta durou umas duas horas, e estas foram de tal intensidade que passaram voando, porque não houve tempo para pensar. De repente, quando já tinham quase ganho o terreno, os indígenas se dispersaram, perdendo-se nos mesmos morros por onde haviam surgido; abandonaram seus feridos e seus mortos, mas levaram os cavalos que puderam nos tirar. Nossa Senhora do Socorro havia nos salvado mais uma vez. O campo ficou coberto de corpos e foi preciso acorrentar os cachorros, empanturrados de sangue, para que também não devorassem nossos feridos. Os negros circulavam entre os caídos, executando os chilenos, e depois me trouxeram os nossos. Preparei-me para o que vinha: durante horas o vale estremecia com os berros dos homens que devíamos curar. Catalina e eu não bastávamos para arrancar flechas e cauterizar, tarefa muito ingrata. Dizem que a gente se acostuma com tudo, mas não é verdade, nunca me acostumei com esses gritos espantosos. Inclusive agora, em minha velhice, depois de ter fundado o primeiro hospital do Chile e de levar toda uma vida trabalhando como enfermeira, ainda ouço os lamentos da guerra. Se as feridas pudessem ser costuradas com agulha e linha, como um rasgão num tecido, os curativos seriam mais suportáveis, mas só o fogo evita os sangramentos e a podridão.

INÉS DA MINHA ALMA

Pedro de Valdivia tinha várias feridas leves e machucaduras, mas não quis que o tratasse. Reuniu imediatamente seus capitães para fazer a conta de nossas perdas.

— Quantos mortos e feridos? — perguntou.

— Dom Benito sofreu um flechaço muito feio. Temos um soldado morto, treze feridos, um com gravidade. Calculo que roubaram mais de vinte cavalos e mataram vários *yanaconas* — anunciou Francisco de Aguirre, que não era bom em aritmética.

— Há quatro negros e sessenta e três *yanaconas* feridos, vários com gravidade — corrigi. — Morreram um negro e trinta e um indígenas. Acho que dois homens não passam desta noite. Teremos que transportar os feridos a cavalo, não podemos deixá-los para trás. Os mais graves terão de ser levados em macas.

— Montaremos acampamento por uns dias. Capitão Quiroga, por ora, vai substituir dom Benito como mestre de campo — ordenou Valdivia. — Capitão Villagra, faça uma contagem dos selvagens que ficaram no campo de batalha. Será o responsável pela segurança; suponho que o inimigo voltará mais cedo do que tarde. Capelão, encarregue-se dos enterros e das missas. Partiremos logo que dona Inés considere possível.

Apesar das precauções de Villagra, o acampamento era muito vulnerável porque estávamos num vale desprotegido. Os indígenas chilenos ocupavam os morros, mas não deram sinais de vida durante os dois dias que permanecemos no lugar. Dom Benito explicou que depois de cada batalha se embebedavam até perder os sentidos e não voltavam a atacar até que se repunham, vários dias mais tarde. Em boa hora. Espero que nunca lhes falte chicha.

CAPÍTULO QUATRO

SANTIAGO DA NOVA EXTREMADURA, 1541-1543

Da improvisada maca em que o carregávamos, dom Benito reconheceu de longe o morro Huelén, onde ele mesmo havia plantado uma cruz em sua viagem anterior com Diego de Almagro.

— Ali! Este é o Jardim do Éden que desejei por tantos anos! — gritava o velho, ardendo de febre pelo flechaço recebido, que nem as ervas e feitiçarias de Catalina nem as orações do capelão tinham conseguido sarar.

Havíamos descido num vale muito doce, cheio de carvalhos e outras árvores desconhecidas na Espanha, *quillayes, peumos*, maitenos, *coigües*, canelas. Era pleno verão, mas as altíssimas montanhas no horizonte estavam coroadas de neve. Morros e mais morros, dourados e suaves, rodeavam o vale. Bastou a Pedro uma olhada para compreender que dom Benito tinha razão: céu azul intenso, um ar luminoso, uma mata exuberante e terra fértil, banhada por arroios e por um rio caudaloso, o Mapocho; esse era o lugar designado por Deus para estabelecermos nossa primeira povoação, porque, além de sua beleza e qualidade, se ajustava às sábias regras ditadas pelo imperador Carlos V para fundar cidades nas Índias: "Não escolham lugares muito altos para povoar, pelo incômodo dos ventos e dificuldades do serviço e transporte, nem em lugares muito baixos, porque costumam ser insalubres; fundem povoados nos medianamente elevados que gozem descobertos os ventos do norte e do sul; e se houver serras ou encostas, sejam pela parte de levante e poente; e em caso de edificar na margem de um rio, disponham a população de forma que, saindo o sol, dê primeiro

ISABEL ALLENDE

no povoado que na água". Pelo visto, os nativos do lugar estavam de pleno acordo com Carlos V porque havia numerosas populações, vimos várias aldeias, muitas plantações, canais de irrigação e caminhos. Não éramos os primeiros a descobrir as vantagens do vale.

Os capitães Villagra e Aguirre se adiantaram com um destacamento para sondar a reação dos indígenas, enquanto nós esperávamos bem resguardados. Regressaram com a agradável notícia de que os indígenas, embora desconfiados, não deram mostras de hostilidades. Averiguaram que ali também havia chegado o império do Inca e que seu representante, o morubixaba Vitacura, que controlava a área, estava disposto a cooperar com a gente, segundo havia garantido, porque sabia que os barbudos *viracochas* mandavam no Peru. "Não confiem neles, são traidores e belicosos", insistiu dom Benito, mas já estava tomada a decisão de nos estabelecermos no vale, mesmo que tivéssemos de subjugar os nativos à força. O fato de que eles tivessem instalado ali suas moradias e lavouras durante gerações era um incentivo para os briosos conquistadores: significava que a terra e o clima eram muito agradáveis. Villagra calculou no olho que, somando as choças que podíamos ver ou adivinhar, devia haver uma população de uns dez mil, disse, a menos que se apresentassem de novo as hostes de Michimalonko. O que os habitantes sentiram ao nos ver chegar e, depois, quando compreenderam que pretendíamos ficar?

Treze meses depois de haver partido de Cuzco, em fevereiro de 1541, Valdivia cravou o estandarte de Castilha aos pés do morro Huelén, que batizou de Santa Lucía, porque era o dia dessa mártir, e tomou posse em nome de Sua Majestade. Ali se dispôs a fundar a cidade de Santiago da Nova Extremadura. Depois de ouvir a missa e comungar, tratou-se do antigo rito latino de marcar o perímetro da cidade. Como não dispúnhamos de uma junta de bois e um arado, usamos cavalos. Andamos lentamente em procissão, levando na frente a imagem da Virgem. Valdivia estava tão comovido que lhe corriam lágrimas pelas faces, mas não era o único, metade daqueles bravos chorava.

Duas semanas mais tarde, nosso mestre de obras, um caolho chamado Gamboa, fez o traçado clássico da cidade. Primeiro demarcou a praça maior e o lugar da árvore da justiça ou patíbulo. Dali, com um cordel e régua, projetou as retas ruas paralelas e perpendiculares, divididas em quadras de duzentos e dez metros, formando oitenta quarteirões, cada um dividido em quatro lotes. Os primeiros esteios fincados foram para a igreja, no lugar principal da praça. "Um dia esta modesta capela será uma catedral", prometeu o padre González de Marmolejo, com a voz trêmula pela emoção. Pedro reservou para nós um quarteirão ao norte da praça e distribuiu os demais lotes de acordo com a categoria e lealdade de seus capitães e soldados. Com nossos *yanaconas* e alguns indígenas do vale que se apresentaram por sua própria vontade começamos a construir as casas, de madeira, tijolos e teto de palha — até que pudéssemos fazer telhas —, com paredes grossas e janelas e portas estreitas, para nos defender em caso de ataque e manter uma temperatura agradável. Podíamos comprovar que o verão era quente, seco e saudável. Disseram-nos que o inverno seria frio e chuvoso. O caolho Gamboa e seus ajudantes traçaram as ruas, enquanto outros dirigiam os grupos de trabalhadores para as construções. As forjas ardiam sem cessar produzindo pregos, dobradiças, rebites, esquadros; o ruído dos martelos e serras só calava à noite e na hora da missa. A fragrância de madeira recém-cortada impregnava o ar. Aguirre, Villagra, Alderete e Quiroga reorganizaram nosso maltrapilho destacamento militar, muito maltratado pela longa viagem. Valdivia e o aguerrido capitão Monroy, que se vangloriava de certa habilidade diplomática, tentaram parlamentar com os nativos. Para mim tocou repor a saúde dos feridos e doentes e fazer o que mais gosto: construir. Nunca tinha feito antes, mas mal cravamos a primeira estaca na praça descobri minha vocação e não a traí; desde então criei hospitais, igrejas, conventos, ermidas, santuários, povoados inteiros, e se minha vida fosse suficiente, faria um orfanato, que muita falta faz em Santiago, porque é uma vergonha o número de crianças miseráveis que há nas ruas, como havia na Extremadura. Esta terra é fértil e seus frutos deviam bastar para todos. Assumi com obstinação o trabalho de construir, que no Novo Mundo corresponde às mulheres. Os homens só constroem povoados provisórios para nos deixar ali com os filhos, enquanto eles continuam sem cessar a guerra contra os indígenas do lugar. Foi necessário transcorrer quatro décadas de mortos, sacrifícios, tensão e trabalho para que Santiago tivesse a pujança de que goza hoje. Não esqueci os tempos em que foi apenas um punhado de choças que defendemos com unhas e dentes. Botei as mulheres e os cinquenta *yanaconas* que Rodrigo de Quiroga me cedeu para produzir mesas, cadeiras, camas, colchões, fornos, teares, vasilhas de barro cozido, utensílios de cozinha, currais, galinheiros, roupas, mantas, cobertores e o indispensável para uma vida civilizada. A fim de economizar esforço e víveres, estabeleci no começo um sistema para que ninguém ficasse sem comer. Cozinhava-se uma vez por dia e se serviam as escudelas em grandes mesas na praça maior, que Pedro chamou de Praça de Armas, embora não tivéssemos um só canhão para defendê-la. Nós, mulheres, fazíamos empadas, feijão, batatas, ensopados de milho e caçarolas com as aves e lebres que os indígenas conseguiam caçar. Às vezes arranjávamos peixe e marisco trazido da costa pelos indígenas do vale, mas cheiravam mal. Cada um contribuía para a mesa com o que podia, como fiz anos antes no navio do capitão Manuel Martín. Este sistema comunitário teve também a virtude de unir as pessoas e calar os descontentes, ao menos por um tempo. Dedicávamos grande cuidado aos animais domésticos; somente em ocasiões especiais sacrificávamos uma ave, já que eu pretendia encher as encerras em um ano. Os porcos, as galinhas, os gansos e as lhamas eram tão importantes como os cavalos e, certamente, muito mais que os cachorros. Os animais haviam sofrido com a viagem tanto como os humanos e, por isso mesmo, cada ovo e cada cria eram motivos de festa. Fiz sementeiras para termos mudas para plantar na primavera, nas chácaras designadas pelo mestre de obras Gamboa, trigo, vegetais, frutos e até flores, porque não se podia viver sem flores: eram o único luxo de nossa rude existência. Tratei de imitar as lavouras dos indígenas do vale e seu método de irrigação, em vez de produzir o que tinha visto nas plantações de Plasencia; sem dúvida, eles conheciam melhor o terreno.

Não mencionei o milho ou trigo indiano, sem o qual não teríamos subsistido. Este cereal é semeado sem se limpar nem arar o solo, basta cortar os galhos das árvores próximas para que o sol entre livremente; são feitos rápidos rasgões na terra com uma pedra afiada, em caso de não se ter uma

INÉS DA MINHA ALMA

enxada, onde se atiram as sementes, e estas se cuidam sozinhas. As espigas maduras podem ficar nas plantas durante semanas sem apodrecer, se desprendem do caule sem quebrá-lo, e não há necessidades de trilhar nem ventilar. É tão fácil cultivá-lo e tão abundante a produção que os indígenas se alimentam de milho — e também os castelhanos — em todo o Novo Mundo.

Valdivia e Monroy voltaram exultantes com a notícia de que seus avanços diplomáticos tinham tido êxito: Vitacura nos faria uma visita. Dom Benito advertiu que esse mesmo morubixaba havia traído Almagro e convinha estar preparado para alguma traquinagem. Mas isso não abateu o ânimo das pessoas. Estávamos fartos de guerrear. Os homens poliram elmos e armaduras, decoramos a praça com estandartes, distribuímos os cavalos em círculo, que impressionavam muito os indígenas, e preparamos música com os instrumentos disponíveis. Como precaução, Valdivia mandou carregar os arcabuzes e botou Quiroga com um grupo de atiradores ocultos e prontos para agir numa emergência. Vitacura se apresentou com três horas de atraso, de acordo com o protocolo dos incas, como nos explicou Cecília. Ia enfeitado com penas de muitas cores, portava uma pequena machadinha de prata na mão, símbolo de sua autoridade, e ia rodeado por sua família e por vários personagens de sua corte, ao estilo dos nobres do Peru. Vinham sem armas. Fez um discurso eterno e muito complicado em quéchua, e Valdivia respondeu com outra meia hora de louvaminhas em castelhano, enquanto os intérpretes enfrentavam a árdua tarefa de traduzir ambos os idiomas. O morubixaba trouxe de presente umas pepitas de ouro (que, segundo ele, provinham do Peru), pequenos objetos de prata e uns cobertores de alpaca; ofereceu também certo número de homens para que nos ajudassem a levantar a cidade. Em troca, nosso capitão-general lhe deu umas miçangas trazidas da Espanha e chapéus, muito apreciados entre os quéchuas. Mandei servir um almoço abundante e bem regado com chicha de tuna e *muday*, um licor forte de milho fermentado.

— Há ouro na região? — perguntou Alonso de Monroy, falando em nome do resto dos homens, que não estavam interessados em outra coisa.

— Ouro não há, mas nas montanhas há uma mina de prata — respondeu Vitacura.

A notícia entusiasmou muito os soldados, mas deixou Valdivia sombrio. Nessa noite, enquanto os demais faziam planos com a prata que ainda não tinham, Pedro se lamentava. Estávamos em nosso lote, instalados na tenda de Pizarro — ainda não havíamos levantado as paredes nem o teto da casa —, de molho na tina com água fria para passar o calor sufocante do dia.

— Que pena isso da prata, Inés! Preferia que o Chile fosse tão miserável como diziam. Vim fundar uma cidade trabalhadora e de bons princípios. Não quero que se corrompa com riqueza fácil.

— Ainda é preciso ver se a mina existe, Pedro.

— Espero que não, mas de qualquer forma será impossível impedir que os homens vão atrás dela.

E assim foi. No dia seguinte já haviam se organizado várias partidas de soldados para explorar a região em busca da maldita mina. Isso era justamente o mais conveniente para nossos inimigos: que nos separássemos em pequenos grupos.

O capitão-general fundou a primeira prefeitura, nomeando funcionários seus mais fiéis companheiros, e se dispôs a dividir sessenta concessões de terra, com os indígenas para trabalhá-las, entre os homens mais valiosos da expedição. Pareceu-me precipitado dividir terras e benefícios que não tínhamos, principalmente sem conhecer a verdadeira extensão e riqueza do Chile, mas sempre se faz assim: crava-se uma bandeira, toma-se posse com tinta e papel, e depois vem o problema de transformar a letra em bens, e para isso é preciso despojar os indígenas e, além disso, obrigá-los a trabalhar para os novos donos. No entanto, me senti muito honrada, porque Pedro me considerou como o mais importante de seus capitães e me deu a maior concessão de terra, com seus indígenas, argumentando que eu havia enfrentado tantos perigos como o mais valente dos soldados, havia salvado a expedição repetidas vezes e que, se árduos eram os trabalhos para um homem, muito mais o eram para uma frágil mulher. De frágil, eu não tinha nada, naturalmente, mas ninguém objetou sua decisão em voz alta. No entanto, Sancho de la Hoz se valeu disto para atiçar o fogo do rancor entre os

INÉS DA MINHA ALMA

sediciosos. Pensei que se algum dia essas fantásticas fazendas se tornassem realidade, eu, uma modesta estremenha, seria um dos proprietários mais ricos do Chile. Como minha mãe se alegraria com essa notícia!

Nos meses seguintes a cidade surgiu do solo como um milagre. Pelo fim do verão já havia muitas casas de boa aparência, tínhamos plantado fileiras de árvores para ter sombra e pássaros nas ruas, as pessoas estavam colhendo as primeiras verduras de suas hortas, os animais pareciam saudáveis, e havíamos armazenado provisões para o inverno. Esta prosperidade irritava os indígenas do vale, que finalmente se davam conta de que não estávamos ali de passagem. Supunham, e com razão, que chegariam mais *huincas* para lhes arrebatar suas terras e transformá-los em servos. Enquanto nos preparávamos para ficar, eles se preparavam para nos expulsar. Mantinham-se invisíveis, mas começamos a ouvir o chamado lúgubre da *trucuta* e dos *pilloi*, uma flauta que fazem com ossos das pernas de seus inimigos. Os guerreiros tratavam de nos evitar; perto de Santiago rondavam apenas velhos, mulheres e crianças, mas de qualquer forma nos mantínhamos alertas. Segundo dom Benito, a visita de Vitacura teve por única finalidade averiguar nossa capacidade militar, e certamente o morubixaba não ficou impressionado, apesar da exibição teatral que fizemos nessa ocasião. Devia ter ido embora morrendo de rir ao comparar a escassez de nosso contingente com os milhares de chilenos que espiavam nas matas vizinhas. Ele era quéchua do Peru, representante dos incas, não pensava se envolver na briga entre *huincas* e *promaucaes* do Chile. Calculou que se estourava a guerra, ele poderia sair ganhando. Para águas turvas, a ganância de pescadores, como dizem em Plasencia.

Catalina e eu, valendo-nos de sinais e palavras em quéchua, andamos pela vizinhança para comerciar. Assim conseguimos aves e guanacos, uns animais parecidos com as lhamas, que dão boa lã, em troca de miçangas tiradas do fundo de meus baús, ou de nossos serviços de curandeiras. Tínhamos boa mão para consertar ossos quebrados, cauterizar feridas e atender partos; isso nos serviu. Nas aldeias dos indígenas conheci duas *machis* ou curandeiras que trocaram ervas e encantamentos com Catalina e nos ensinaram as propriedades das plantas chilenas, diferentes das do Peru.

ISABEL ALLENDE

O resto dos "médicos" do vale eram feiticeiros que extraíam com grande espalhafato vermes do ventre dos doentes; ofereciam pequenos sacrifícios e aterrorizavam as pessoas com suas pantomimas, método que às vezes dava excelente resultado, como eu mesma pude comprovar. Catalina, que havia trabalhado em Cuzco com um destes *camascas*, "operou" dom Benito quando todos os demais recursos nos falharam. Com muita discrição, ajudadas por duas índias discretas do séquito de Cecília, levamos o velho para a mata, onde Catalina conduziu a cerimônia. Atontou-o com uma poção de ervas, sufocou-o com fumaça e tratou de massagear sua ferida na coxa, que não havia cicatrizado direito. Durante o resto de sua vida dom Benito haveria de contar a quem quisesse ouvir como ele viu com seus próprios olhos Catalina tirar de sua ferida lagartixas e cobras que lhe envenenavam a perna, e como depois disso se curou completamente. Ficou coxo, é certo, mas não morreu de podridão, como temíamos. Não me pareceu necessário explicar que Catalina levava os répteis mortos escondidos nas mangas. "Se com magia se cura, fogo na fervura", disse Cecília.

Por sua vez, esta princesa, que servia de ponte entre a cultura quéchua e a nossa, estabeleceu uma rede de informação valendo-se de suas servas. Inclusive foi visitar o morubixaba Vitacura, que caiu de joelhos e golpeou o solo com a testa quando soube que ela era a irmã mais nova do inca Atahualpa. Cecília averiguou que no Peru as coisas estavam muito confusas, inclusive havia rumores de que Pizarro tinha morrido. Apressei-me a contar para Pedro, dentro do maior segredo.

— Como sabe se é verdade, Inés?

— É o que dizem os *chasquis*. Não podem garantir que seja verdade, mas convém tomar precauções, não acha?

— Por sorte, estamos longe do Peru.

— Sim, mas o que acontece com seu título se Pizarro morre? Você é o tenente-governador dele.

— Se Pizarro morre, estou certo de que Sancho de la Hoz e outros voltarão a questionar minha legitimidade.

— Seria diferente se você fosse governador, não é mesmo? — sugeri.

— Mas não sou, Inés.

INÉS DA MINHA ALMA

A ideia ficou suspensa no ar, já que Pedro sabia muito bem que eu não ficaria sossegada. Aproveitei minha amizade com Rodrigo de Quiroga e Juan Gómez para lançar a ideia de que Valdivia devia ser nomeado governador. Dali a poucos dias já não se falava de outra coisa em Santiago, como eu calculava. Enquanto isso desabaram as primeiras chuvas do inverno, subiu o leito do Mapocho, as águas transbordaram e a nascente cidade se transformou num lodaçal, mas isso não impediu que a prefeitura se reunisse, com grande solenidade, numa das choças. A lama chegava aos tornozelos dos capitães que se juntaram para designar Valdivia governador. Quando vieram a nossa casa para anunciar a decisão, ele pareceu tão surpreso que me assustei. Talvez eu tivesse forçado a mão na ânsia de lhe adivinhar o pensamento.

— Fico emocionado com a confiança que vocês depositam em mim, mas esta é uma resolução precipitada. Não estamos certos da morte do marquês Pizarro, a quem tanto devo. De maneira alguma posso passar sobre sua autoridade. Lamento, meus bons amigos, mas não posso aceitar a grande honra que me fazem.

Mal os capitães se foram, Pedro me explicou que sua reação era uma astuta manobra para se proteger, já que no futuro podiam acusá-lo de haver traído o marquês, mas estava certo de que seus amigos voltariam à carga. Realmente, os membros da prefeitura regressaram com uma petição escrita e assinada por todos os habitantes de Santiago. Alegaram que estávamos muito longe do Peru e muito mais longe ainda da Espanha, sem comunicação, isolados no fim do mundo, por isso suplicavam a Valdivia que fosse nosso governador. Estivesse morto ou não Pizarro, queriam que ele ocupasse o cargo do mesmo jeito. Tiveram de insistir três vezes, até que soprei a Pedro que bastava de se fazer de rogado, porque seus amigos podiam se cansar e acabar nomeando outro; havia vários honoráveis capitães que ficariam felizes de ser governadores, como soube pelos mexericos das índias. Então se dignou aceitar: já que todos pediam, ele não podia se opor, a voz do povo era a voz de Deus, acatava humildemente a vontade geral para servir melhor sua majestade etc. Preparou-se o documento pertinente, que o punha a salvo de qualquer acusação no futuro, e foi assim que se elegeu o primeiro governador do Chile por decisão popular e não por nomeação real. Valdivia designou Monroy seu tenente-governador e eu passei a ser a Governadora, assim com maiúscula, porque é o cargo que as pessoas me deram durante quarenta anos. Para efeitos práticos, mais que uma honra isto foi uma grave responsabilidade. Tornei-me mãe de nosso pequeno povoado, devia velar pelo bem-estar de cada um de seus habitantes, desde Pedro de Valdivia até a última galinha no terreiro. Não havia descanso para mim, vivia pendente das tarefas cotidianas: refeições, roupa, semeaduras, animais. Por sorte, nunca necessitei mais de três ou quatro horas de sono, de modo que dispunha de mais tempo que os outros para fazer meu trabalho. Propus-me conhecer cada soldado e *yanacona* por seu nome e fiz com que soubessem que minha porta estava sempre aberta para recebê-los e escutar seus problemas. Ocupei-me de que não houvesse castigos injustos nem desproporcionais, em especial contra os indígenas; Pedro confiava em meu bom critério e, em geral, me escutava antes de decidir uma sentença. Acho que por esse tempo a maioria dos soldados havia me perdoado o trágico episódio de Escobar e me respeitava, porque havia curado muitos de suas feridas e febres, havia lhes alimentado na mesa comum e ajudado a ajeitar suas casas.

A notícia de que Pizarro havia morrido acabou não sendo verdadeira, mas foi profética. Nesse momento o Peru estava calmo, mas um mês mais tarde um pequeno grupo de "farrapos chilenos", quer dizer, antigos soldados da expedição de Almagro, irromperam no palácio do marquês governador e o mataram a facadas. Dois criados saíram em sua defesa, enquanto seus cortesões e sentinelas escaparam pelas sacadas. A população da Cidade dos Reis não lamentou o acontecido, estava até o gogó com os excessos dos irmãos Pizarro, e em menos de duas horas o marquês governador foi substituído pelo filho de Diego de Almagro, um moço inexperiente, que um dia antes não tinha um tostão para comer e da noite para o dia era dono de um império fabuloso. Quando a notícia foi confirmada no Chile, meses mais tarde, Valdivia já tinha assegurado seu cargo de governador.

— Na verdade, Inés, você é bruxa... — murmurou Pedro, assustado, quando soube.

INÉS DA MINHA ALMA

Durante o inverno foi evidente a hostilidade dos indígenas do vale. Pedro deu ordem para que ninguém abandonasse a cidade sem um motivo justificado e sem proteção. Acabaram minhas visitas às *machis* e meu comércio, mas acho que Catalina manteve contato com as aldeias, porque continuaram suas sigilosas desaparições noturnas. Cecília descobriu que Michimalonko estava se preparando para nos atacar e que para incentivar seus guerreiros havia lhes oferecido os cavalos e as mulheres de Santiago. Suas hostes iam engrossando e já havia seis *toquis* com seu pessoal acampado num de seus fortes ou *pucara*, esperando o momento propício para iniciar a guerra.

Valdivia escutou dos lábios de Cecília os detalhes, conferenciou com seus capitães e decidiu tomar a iniciativa. Deixou o grosso de seus soldados para proteger Santiago e partiu com Alderete, Quiroga e um destacamento de seus melhores soldados para enfrentar Michimalonko em seu próprio terreno. A *pucura* era uma construção de barro, pedra e madeira, rodeada de uma paliçada de troncos, que dava a impressão de ter sido levantada às pressas, como proteção temporária. Além disso, estava situada num ponto vulnerável e mal defendida, de modo que os soldados espanhóis não tiveram grande dificuldade para se aproximar de noite e botar fogo nela. Esperaram que os guerreiros fossem saindo, sufocados pela fumaça, e mataram um número impressionante deles. A derrota dos indígenas foi rápida, e os nossos capturaram vários caciques, entre eles Michimalonko. Nós os vimos chegar a pé, amarrados às montarias dos capitães que os arrastavam; machucados e ofendidos, mas soberbos. Corriam ao lado dos cavalos sem dar mostras de temor nem cansaço. Eram homens baixos de estatura, mas bem formados, delicados de pés e mãos, com costas e membros reforçados, de peitos empinados. Usavam os cabelos negros longos e trançados com tiras coloridas e os rostos pintados de amarelo e azul. Soube que o *toqui* Michimalonko tinha mais de setenta anos, mas era difícil acreditar, porque não lhe faltavam dentes e era vigoroso como um rapaz. Os mapuche que não morrem em acidentes ou na guerra podem viver em esplêndidas condições até mais de cem anos. São muito fortes, valentes e atrevidos, resistem a frios mortais, à fome e aos calores. O governador ordenou que deixassem os *toquis* acorrentados na choça destinada a prisão; seus capitães planejavam torturá-los para averiguar se havia minas de ouro na região, talvez o morubixaba Vitacura tivesse mentido.

— Cecília diz que é inútil torturar os mapuche, jamais poderão fazê-los falar. Os incas tentaram muitas vezes, mas nem as mulheres nem as crianças se dobram na tortura — expliquei a Pedro nessa noite, enquanto tirava a armadura e a roupa dele, imundas de sangue seco.

— Então os *toquis* só nos servirão como reféns.

— Dizem que Michimalonko é muito orgulhoso.

— De pouco lhe serve agora que está acorrentado — me respondeu.

— Se não fala à força, talvez fale por vaidade. Já sabe como são alguns homens... — sugeri.

No dia seguinte Pedro decidiu interrogar o *toqui* Michimalonko de uma maneira tão pouco usual, que nenhum de seus capitães compreendeu que diabos pretendia. Começou por ordenar que lhe tirassem as correntes e o levassem a uma casa separada, longe dos outros cativos, onde as três índias mais belas entre minhas servas o lavaram e vestiram com roupa limpa de boa qualidade, lhe serviram uma refeição abundante e tanto *muday* quanto quis beber. Valdivia mandou escoltá-lo por uma guarda de honra e o recebeu no escritório embandeirado da prefeitura, rodeado por seus capitães de armaduras reluzentes e com penachos de cores delicadíssimas. Eu compareci com meu vestido de veludo cor de ametista, o único que tinha (os outros ficaram atirados pelo caminho do norte). Michimalonko me dirigiu um olhar apreciativo, não sei se reconheceu a sargentona que o havia enfrentado com uma espada. Haviam disposto duas cadeiras iguais, uma para Valdivia e outra para o *toqui*. Contávamos com um intérprete, mas já sabíamos que o *mapudungu* não pode ser traduzido porque é um idioma poético que vai sendo criado à medida que se fala; as palavras mudam, fluem, se juntam, se desfazem, é puro movimento, por isso tampouco pode ser escrito. Se alguém trata de traduzi-lo palavra por palavra, não se entende nada. No máximo, o intérprete podia transmitir uma ideia geral. Com o maior respeito e solenidade, Valdivia manifestou sua admiração pela coragem de Michimalonko e seus guerreiros. O *toqui* respondeu com

INÉS DA MINHA ALMA

finezas similares, e assim, de lisonja em lisonja, Valdivia foi conduzindo-o pelo caminho da negociação, enquanto seus capitães observavam a cena perplexos. O velho estava orgulhoso de discutir mano a mano com esse poderoso inimigo, um dos barbudos que haviam derrotado nada menos que o império do Inca. Logo começou a se vangloriar de sua posição, sua linhagem, suas tradições, o número de suas hostes e suas mulheres, que eram mais de vinte, mas havia espaço em sua morada para várias outras, inclusive alguma *chiñura* espanhola. Valdivia lhe contou que Atahualpa tinha enchido uma peça de ouro até o teto para pagar seu resgate; quanto mais valioso o prisioneiro, mais alto o resgate, acrescentou. Michimalonko ficou pensando um momento, sem que ninguém o interrompesse, perguntando-se, suponho, por que os *huincas* gostavam tanto desse metal que para eles só tinha trazido problemas; por anos tiveram que dá-lo ao Inca como tributo. Mas eis que de repente podia ter bom uso: pagar seu próprio resgate. Se Atahualpa encheu uma peça de ouro, ele não podia deixar por menos. Então se pôs de pé, alto como uma torre, golpeou o peito com os punhos e anunciou com voz firme que em troca de sua liberdade estava disposto a entregar aos *huincas* a única mina da região, uma jazida chamada Marga-Marga, e ofereceu, além disso, mil e quinhentas pessoas para trabalhar nela.

Ouro! Houve regozijo na cidade, por fim a aventura de conquistar o Chile adquiria sentido para os homens. Pedro de Valdivia partiu com um destacamento bem armado, levando Michimalonko a seu lado num bonito alazão que lhe presenteou. Chovia a cântaros, iam ensopados e tiritando, mas muito animados. Enquanto isso, em Santiago, se ouviam os gritos de fúria dos *toquis* traídos por Michimalonko, que ainda estavam acorrentados a seus troncos. As *trutucas* — flautas feitas de canas longas — respondiam da mata às maldições em *mapudungu* dos chefes.

O vaidoso Michimalonko guiou os *huincas* pelos cerros até a desembocadura de um rio próximo da costa, a trinta léguas de Santiago, e dali até um arroio onde se achavam os filões que seu povo tinha explorado por muitos anos sem outro propósito senão satisfazer a cobiça do Inca. De acordo com o negociado, pôs mil e quinhentas almas à disposição de

Valdivia, mais da metade das quais eram mulheres, mas não houve nada que alegar, porque entre os indígenas chilenos elas realizam o trabalho, os homens só fazem discursos e tarefas que necessitem músculos, como a guerra, nadar e jogar bola. Os homens dados por Michimalonko eram muito preguiçosos porque achavam que não era coisa de guerreiros passar o dia na água com a peneira lavando areia, mas Valdivia supôs que os negros os tornariam mais complacentes a chicotadas. Estou há muitos anos no Chile e sei que é inútil escravizar os mapuche, morrem ou escapam. Não são vassalos nem entendem a ideia do trabalho, entendem menos ainda as razões para lavar ouro no rio e dá-lo aos incas. Vivem da pesca, da caça, de alguns frutos, como o pinhão, as lavouras e os animais domésticos. Possuem apenas o que podem levar consigo. Que razão teriam para se submeter ao chicote dos capatazes? O medo? Não o conhecem. Apreciam primeiro a valentia e segundo a reciprocidade: você me dá, eu lhe dou, com justiça. Não têm cadeias, meirinhos nem outras leis além das naturais; o castigo também é natural, quem faz algo mau corre o risco de que lhe façam o mesmo. Assim é a Natureza, e não pode ser diferente entre os humanos. Estão há quarenta anos em guerra com a gente, e aprenderam a torturar, a roubar, a mentir e a trapacear, mas me disseram que entre eles convivem em paz. As mulheres mantêm uma rede de relações que une os clãs, inclusive aqueles separados por centenas de léguas. Antes da guerra se visitavam com frequência e, como as viagens eram longas, cada encontro durava semanas e servia para fortalecer laços e a língua *mapudungu*, contar histórias, dançar, beber, tratar novos casamentos. Uma vez por ano as aldeias se juntavam em campo aberto para um Nguillatún, invocação ao Senhor do Povo, Ngenechén, e para honrar a Terra, deusa da abundância, fecunda e fiel, mãe do povo mapuche. Consideram uma falta de respeito incomodar Deus todo domingo, como nós; uma vez por ano é mais que suficiente. Seus *toquis* possuem uma autoridade relativa porque não existe a obrigação de obedecê-los, suas responsabilidades são maiores que seus privilégios. Assim Alonso de Ercilla y Zúñiga descreve a forma como são escolhidos:

INÉS DA MINHA ALMA

Não vão por qualidade, nem por herança,
nem por posses e ser melhor nascidos;
mais a virtude do braço e a excelência,
esta faz os homens preferidos,
esta ilustra, habilita, aperfeiçoa
e aquilata o valor da pessoa.

Ao chegar ao Chile nada sabíamos dos mapuche, pensávamos que seria fácil submetê-los, como fizemos com povos muito mais civilizados, os astecas e os incas. Não levamos muito tempo para compreender o quanto estávamos errados. Dessa guerra não se vislumbrava o fim, porque quando torturamos um *toqui*, surge outro de imediato, e quando exterminamos uma aldeia completa, da mata sai outra e toma seu lugar. Nós queremos fundar cidades e prosperar, viver com decência e tranquilidade, enquanto eles só aspiram à liberdade.

Pedro esteve ausente várias semanas porque, além de organizar o trabalho da mina, decidiu iniciar a construção de um bergantim para estabelecer comunicação com o Peru; não podíamos continuar isolados no cu-do-mundo e sem outra companhia a não ser selvagens em pelo, como dizia Francisco de Aguirre com sua habitual franqueza. Encontrou uma baía propícia, chamada Concón, com uma ampla praia de areias claras, rodeada de mata com madeira boa e resistente à água. Ali instalou o único de seus homens que tinha vagas noções marítimas, secundado por um punhado de soldados, vários capatazes, indígenas auxiliares e outros que Michimalonko facilitou.

— Tem um projeto para o barco, senhor governador? — perguntou o suposto especialista.

— Não pretende me dizer que precisa de um projeto para algo tão simples! — desafiou-o Valdivia.

— Nunca construí um barco, Excelência.

— Reze para que ele não afunde, meu amigo, porque você vai na primeira viagem — despediu-se o governador, muito contente com seu plano.

Pela primeira vez a ideia do ouro o entusiasmava. Podia imaginar as caras das pessoas no Peru quando soubessem que o Chile não era tão pobre como se dizia. Mandaria uma amostra do ouro em seu próprio barco, causaria sensação, isso atrairia mais colonos e Santiago seria a primeira de muitas cidades prósperas e bem povoadas. Como havia prometido, deixou Michimalonko em liberdade e se despediu dele com as maiores mostras de respeito. O indígena se foi a galope em seu novo cavalo, dissimulando o riso.

Numa de suas excursões evangelizadoras, que até esse momento não tinham dado o menor fruto porque os nativos do vale manifestaram espantosa indiferença frente às vantagens do cristianismo, o capelão González de Marmolejo voltou com um menino. Encontrara-o vagando à margem do Mapocho, magro, coberto de sujeira e crostas de sangue. Em vez de escapar correndo, como os indígenas faziam toda vez que ele aparecia com sua sotaina sebosa e sua cruz no alto, o menino começou a segui-lo como um cão, sem dizer uma palavra, com olhos ardentes, atentos a cada movimento do padre. "Vai, vai! Fora, guri!", o capelão dizia, ameaçando lhe dar um cascudo com a cruz. Mas não teve jeito, ele se grudou até Santiago. Na falta de outra solução, trouxe-o para minha casa.

— Que quer que eu faça com ele, padre? Não tenho tempo para cuidar de crianças — disse, porque a última coisa que me convinha era me afeiçoar a um filho do inimigo.

— Sua casa é a melhor da cidade, Inés. Aqui este pobrezinho ficará muito bem.

— Mas...

— O que dizem os Mandamentos da Lei de Deus? É preciso alimentar o faminto e vestir o desnudo — me interrompeu.

— Não me lembro desse mandamento, mas se você diz...

— Bote para trabalhar com os porcos e as galinhas, é muito dócil.

Pensei que ele bem podia criá-lo, para isso tinha casa e amante, podia torná-lo sacristão, mas não pude me negar porque devia muitos favores a esse capelão; mal ou bem, estava me instruindo. Eu já podia ler sem ajuda um dos três livros de Pedro, *Amadís*, de amores e aventuras. Com os outros dois ainda não me atrevia, *El cantar del Mío Cid*, só batalhas, e *Enchiridion Militis Christiani*, de Erasmo, um manual que não me interessava em nada. O capelão tinha vários outros livros que na certa também estavam proibidos pela Inquisição e que um dia eu esperava ler. De modo que o menino ficou conosco. Catalina o lavou, e vimos que não era sangue seco o que tinha, mas barro; fora alguns arranhões e machucados, estava bem. Tinha uns onze ou doze anos, era magro, com as costelas visíveis, mas forte; estava coroado por uma mata de cabelos negros, duros de sujeira. Chegou quase nu. Atacou-nos a mordidas quando tentamos lhe tirar um amuleto que trazia pendurado no pescoço por uma tira de couro. Logo me esqueci dele, porque estava muito atarefada com a trabalheira de construir um povoado, mas dois dias depois Catalina me lembrou dele. Disse que não tinha se mexido do curral onde o deixamos e também não havia comido.

— Que vamos fazer com ele, mãezinha?

— Deixe que volte para os seus. É o melhor.

Fui vê-lo e o achei sentado no pátio, imóvel, talhado em madeira, com seus olhos negros fixos nos morros. Havia atirado fora o cobertor que lhe demos, parecia gostar do frio e da chuvinha do inverno. Expliquei por sinais a ele que podia ir, mas não se mexeu.

— Não está querendo ir, pois. Ficar está querendo, pois — suspirou Catalina.

— Então que fique!

— E quem vai ficar vigiando o selvagem, pois, senhora? Ladrões e preguiçosos estão sendo esses mapuche.

— É só uma criança, Catalina. Logo vai embora, não tem o que fazer aqui.

Ofereci ao menino uma tortilha de milho e não reagiu, mas quando trouxe uma cabaça com água, pegou-a com as duas mãos e bebeu o conteúdo em sorvos sonoros, como um lobo. Contrariando minhas previsões, ficou conosco. Nós o vestimos com um poncho e calças de adulto dobradas na cintura enquanto costurávamos alguma coisa do seu tamanho, lhe cortamos o cabelo e lhe catamos os piolhos. No dia seguinte comeu com um apetite voraz, e logo saiu do curral e começou a vagar pela casa e depois pela cidade, como uma alma perdida. Os animais o interessavam mais que as pessoas, e aqueles lhe respondiam bem; os cavalos comiam em sua mão, e até os cachorros mais brabos, treinados para atacar os indígenas, abanavam o rabo para ele. No começo as pessoas corriam com ele de todos os lugares, ninguém queria um indiozinho tão esquisito sob seu teto, nem mesmo o bom capelão, que tanto me pregava os deveres cristãos, mas logo se acostumaram à sua presença e o menino se tornou invisível, entrava e saía das casas, sempre silencioso e atento. As criadas índias lhe davam guloseimas e até Catalina acabou por aceitá-lo, embora a contragosto.

Então Pedro voltou, cansado e dolorido pela longa cavalgada, mas muito satisfeito, porque trazia as primeiras amostras de ouro, pepitas de bom tamanho tiradas do rio. Antes de se reunir com os oficiais, me pegou pela cintura e me levou para a cama. "Na verdade, Inés, você é minha alma", suspirou, beijando-me. Cheirava a cavalo e suor, mas nunca havia me parecido tão bonito, tão forte, tão meu. Confessou que sentira saudades, que cada vez lhe custava mais se afastar de mim, embora fosse somente por uns dias, que quando estávamos separados tinha maus sonhos, premonições, medo de não me ver de novo. Despi-o como a um menino, lavei-o com um pano molhado, beijei uma a uma suas cicatrizes, desde a grossa ferradura do quadril e as centenas de riscas de guerra que lhe cruzavam braços e pernas, até a pequena estrela da têmpora, produto de um tombo de rapaz. Fizemos amor com uma ternura lenta e nova, como um casal de avós. Pedro estava tão moído por essas semanas de esforço, que deixou tudo comigo com uma mansidão de virgem. Montada sobre ele, amando-o lentamente, para que gozasse aos poucos, admirei seu nobre rosto à luz da vela, sua testa ampla, seu nariz proeminente, seus lábios de mulher. Tinha os olhos fechados e um sorriso plácido; estava entregue, parecia jovem e vulnerável, diferente do homem aguerrido e ambicioso que semanas antes tinha partido na frente de seus soldados. Num momento, durante a noite, me pareceu vislumbrar num canto a silhueta do menino mapuche, mas pode ter sido apenas um jogo de sombras.

No outro dia, quando voltou de sua reunião com o prefeito, Pedro me perguntou quem era o pequeno selvagem. Expliquei que o capelão o tinha passado para mim, que supúnhamos que era órfão. Pedro o chamou e o examinou dos pés à cabeça. Gostou dele, talvez lembrasse como ele mesmo era nessa idade, intenso e altivo. Deu-se conta de que o menino não falava castelhano e mandou buscar um intérprete.

— Diga que pode ficar com a gente desde que se torne cristão. Vai se chamar Felipe. Gosto desse nome. Se tivesse um filho, assim o chamaria. De acordo? — anunciou Valdivia.

O menino assentiu. Pedro acrescentou que se fosse pego roubando o mandaria chicotear primeiro e o expulsaria da cidade depois; podia se dar por feliz, porque outro morador lhe cortaria a mão direita com uma machadada. Entendido? Assentiu de novo, mudo, com uma expressão mais irônica que assustada. Pedi ao intérprete que lhe propusesse um trato: se ele me ensinasse seu idioma, eu lhe ensinaria castelhano. Isso não interessou a Felipe. Então Pedro melhorou a oferta: se me ensinasse *mapudungu* teria permissão para cuidar dos cavalos. Imediatamente se iluminou o rosto do menino e desde esse instante demonstrou adoração por Pedro, a quem chamava de Papai. A mim chamava formalmente de *chiñura*, senhora, suponho. Assim ficamos. Felipe acabou sendo um bom professor, e eu, uma aluna aplicada; desse modo, graças a ele, me tornei a única huinca capaz de se entender diretamente com os mapuche, mas isso haveria de levar quase um ano. Disse "se entender com os mapuche", mas isso é uma fantasia, nunca nos entendemos, há demasiados rancores acumulados.

Estávamos ainda na metade do inverno quando chegaram a galope desenfreado dois dos soldados que Pedro tinha deixado em Marga-Marga. Vinham extenuados, feridos, escorrendo chuva e sangue, com as montarias a ponto de arrebentar, para nos comunicar que os indígenas de Michimalonko tinham se rebelado na mina e assassinado muitos *yanaconas*, os negros e quase todos os soldados espanhóis; apenas eles tinham conseguido escapar com vida. Do ouro recolhido não restava uma só pepita. Na praia de Concón também haviam matado nossa gente; os corpos feitos em pedaços jaziam esparramados sobre a areia, e o barco em construção estava

ISABEL ALLENDE

reduzido a um monte de paus queimados. Havíamos perdido no total vinte e três soldados e um número indeterminado de *yanaconas*.

— Maldito Michimalonko, índio de merda! Quando o agarrar, vou mandar empalá-lo vivo! — rugiu Pedro de Valdivia.

Não tinha conseguido absorver o impacto da notícia quando chegaram Villagra e Aguirre para confirmar o que as espiãs de Cecília haviam percebido semanas antes: milhares de indígenas iam chegando ao vale. Vinham em grupos pequenos, homens armados e pintados para a guerra. Escondiam-se nas matas, nos morros, sob a terra e até mesmo nas nuvens. Pedro decidiu, como sempre, que a melhor defesa era o ataque; selecionou quarenta soldados de valor comprovado e partiu a toda pressa ao amanhecer do dia seguinte para dar uma lição em Marga-Marga e Concón.

Em Santiago ficamos com uma sensação de absoluto desamparo. As palavras de Francisco de Aguirre definiam nossa situação: estávamos no cu-do-mundo e rodeados de selvagens em pelo. Nem ouro nem barco, o desastre era total. O capelão González de Marmolejo nos reuniu numa missa e nos fez um sermão exaltado sobre a fé e a coragem, mas não conseguiu levantar o ânimo da população assustada. Sancho de la Hoz aproveitou a deixa para culpar Valdivia por nossos sofrimentos e assim conseguiu aumentar para cinco o número de seus adeptos, entre eles o infeliz Chinchilla, um dos vinte que se juntaram à expedição em Capiopó. Nunca gostei desse homem, por dissimulado e covarde, mas não imaginei que além disso fosse um completo imbecil. A ideia não era original — assassinar Valdivia —, embora desta vez os conspiradores não contassem com os cinco punhais idênticos, que se achavam bem guardados no fundo de um de meus baús. Chinchilla estava tão seguro da genialidade do plano, que tomou uns tragos a mais, se vestiu de bobo, com sininhos e guizos, e saiu para a praça para fazer piruetas imitando o governador. Claro que Juan Gómez o prendeu imediatamente, e mal lhe mostrou uns torniquetes e lhe explicou em que parte do corpo ia aplicá-los, Chinchilla se mijou de medo e delatou seus cupinchas.

Pedro de Valdivia voltou mais apressado do que saiu, porque seus quarenta bravos nem remotamente foram suficientes para enfrentar o

INÉS DA MINHA ALMA

inesperado número de guerreiros que foram chegando ao vale. Conseguiu resgatar os pobres *yanaconas* que haviam sobrevivido às matanças em Marga-Marga e Concón e estavam escondidos no mato, mortos de fome, frio e terror. Deparou-se com grupos de inimigos, que pôde dispersar, e graças à sorte, que até então não lhe tinha falhado, aprisionou três caciques e os trouxe para Santiago. Com isso tínhamos sete reféns.

Para que um povoado seja um povoado necessitam-se nascimentos e mortes, mas pelo visto nos povoados espanhóis também se necessitam execuções. Tivemos as primeiras de Santiago nessa mesma semana, depois de um rápido julgamento — desta vez com tortura — em que os conspiradores foram condenados à morte imediata. Chinchilla e outros dois foram enforcados e seus corpos ficaram expostos durante vários dias, no topo do morro Santa Lucía. Um quarto foi decapitado na prisão, porque fez valer seus títulos de nobreza para não morrer na forca, como um aldeão. Para surpresa geral, Valdivia perdoou de novo Sancho de la Hoz, o principal instigador da revolta. Nessa ocasião me opus, em particular, à sua decisão, porque já não existiam os documentos reais. De la Hoz tinha assinado um documento renunciando à conquista e Pedro era o legítimo governador do Chile. Esse fanfarrão já nos tinha incomodado o suficiente. Nunca saberei por que salvou a cabeça mais uma vez. Pedro se negou a me dar explicações, e por esse tempo eu tinha aprendido que diante de um homem como ele é melhor não insistir. Esse ano de vicissitudes lhe azedou o caráter, perdia o controle com facilidade. Tive que fechar a boca.

Na natureza mais esplêndida do mundo, nas profundezas da selva fria do sul do Chile, no silêncio de raízes, troncos e ramos fragrantes, ante a presença altiva dos vulcões e do topo da cordilheira, junto a lagos cor de esmeralda e espumantes rios de neve derretida, se reuniram as aldeias mapuche numa cerimônia especial, um conclave de anciãos, chefes de clãs, *toquis, loncos, machis,* guerreiros, mulheres e crianças.

As aldeias foram chegando aos poucos à clareira da mata, imenso anfiteatro no alto de uma colina que os homens já haviam delimitado com ramos de araucária e canela, árvores sagradas. Algumas famílias tinham viajado durante semanas sob a chuva para comparecer ao encontro. Os grupos que chegaram antes levantaram suas *rucas* ou choças mimetizadas de tal modo com a natureza que a poucos metros de distância não eram vistas. Os que chegaram mais tarde improvisaram ramadas, telheiros de palhas e estenderam seus cobertores de lã. À noite prepararam comida para trocar com outros, beberam chicha e *muday*, mas com moderação, para não se cansar. Visitaram-se para se inteirar das notícias com longas narrações em tom poético e solene, repetindo as histórias de seus clãs memorizadas de geração em geração. Falar e falar, isso era o mais importante. Frente a cada vivenda mantinham uma fogueira acesa e a fumaça se diluía na neblina que se desprendia da terra ao amanhecer. As pequenas fogueiras ardiam na névoa, iluminando a paisagem leitosa da madrugada. Os jovens voltaram do rio, onde tinham nadado em água gelada, e pintaram os rostos e os corpos com as cores rituais, amarelo e azul. Os caciques colocaram seus mantos de lã bordada, celestes, negros, brancos; penduraram ao peito as *toquicuras*, machadinhas de pedra, símbolo do poder; se coroaram com penas de garça, nhandu e condor, enquanto as *machis* queimavam ervas aromáticas e preparavam o *rewe*, escada espiritual para falar com Ngenechén.

— Oferecemos a você um gole de *muday*, é o costume, para alimentar o espírito da Terra, que anda nos seguindo. Ngenechén fez o *muday*, fez a Terra, fez a canela, fez o cabrito e o condor.

As mulheres trançaram o cabelo com lãs coloridas, celeste as solteiras, vermelho as casadas, se enfeitaram com seus mantos mais finos e suas joias de prata, enquanto as crianças, também vestidas para a festa, caladas, sérias, se sentaram em semicírculo. Os homens se agruparam como um só corpo de madeira, soberbos, puro músculo; as cabeleiras negras presas por cordões trançados, as armas nas mãos.

Com os primeiros raios do sol começou a cerimônia. Os guerreiros correram pelo anfiteatro dando gritos e brandindo suas armas, enquanto soavam os instrumentos musicais para espantar as forças do mal. As *machis* sacrificaram vários guanacos, depois de lhes pedir permissão para oferecer suas vidas ao Senhor Deus. Derramaram um pouco de sangue no solo,

INÉS DA MINHA ALMA

arrancaram os corações, defumaram-nos com tabaco, depois os partiram em pedacinhos e os repartiram entre os *toquis* e *loncos*; assim comungaram entre eles e com a Terra.

— Senhor Ngenechén, este é o sangue puro dos animais, sangue seu, sangue que nos dá para que tenhamos vida e possamos nos mover, Pai Deus, por isso com este sangue estamos lhe rogando que nos abençoe.

As mulheres começaram um canto melancólico e profundo, enquanto os homens saíram para o centro do anfiteatro e dançaram, de modo lento e pesado, golpeando o solo com os pés nus ao som de *cultrunes* e *trutucas*.

— E você, Mãe do Povo, nós saudamos. A Terra e as pessoas são inseparáveis. Tudo que acontece à Terra também acontece às pessoas. Mãe, lhe rogamos que nos dê o pinhão que nos sustenta, lhe rogamos que não nos mande muita chuva porque as sementes e a lã apodrecem, e, por favor, não faça o solo tremer nem os vulcões cuspir, porque o gado se espanta e as crianças se assustam.

As mulheres também foram para o centro do anfiteatro e dançaram com os homens, agitando os braços, as cabeças, as mantas, como grandes pássaros. Logo todos sentiram o efeito hipnótico dos *cultrunes*, *trutucas* e flautas, da batida rítmica dos pés sobre a terra úmida, da energia poderosa da dança, e começaram um por um a uivar de modo visceral, uivo que logo se transformou num longo grito — "Ooooooooom. Ooooooooom" — que reboou nas montanhas, movendo o espírito. Ninguém pôde escapar ao feitiço desse "Ooooooooom".

— Estamos lhe pedindo, Senhor Deus, nesta nossa terra, que, se lhe apraz, nos ajude sempre. E, neste momento que estamos passando, lhe pedimos francamente que nos ouça. Estamos lhe pedindo, Senhor Deus, que não nos deixe sós, que não nos permita andar tateando na escuridão, que dê muita força a nossos braços para defender a terra de nossos avós.

A música e a dança pararam. Os raios do sol matinal se filtraram por entre as nuvens, tingindo a neblina com pó de ouro. O *toqui* mais antigo, com uma pele de puma sobre os ombros, se adiantou para falar primeiro. Tinha viajado durante uma lua inteira para estar ali, representando sua aldeia. Não havia pressa. Começou pelo mais remoto, a história da Criação, de como a cobra Cai-Cai remexia o mar e as ondas ameaçavam tragar os mapuche, mas então a cobra Treng-Treng os salvou, levando-os para o topo dos morros mais altos, que fez crescer e crescer. E chovia com tal abundância que os que não conseguiram subir os morros pereceram no dilúvio. E depois as águas baixaram, e os homens e as mulheres ocuparam os vales e as matas, sem esquecer que as árvores e as plantas e os animais são seus irmãos e que devem ser cuidados, e cada vez que um ramo é cortado para se fazer um telheiro, é preciso agradecer, e quando se mata um animal para comer, é preciso pedir perdão a ele, e nunca se deve matar por matar. E os mapuche viveram livres na santa terra e, quando chegaram os incas do Peru, se uniram para se defender e os venceram, não os deixaram cruzar o Bío-Bío, que é a mãe de todos os rios; mas suas águas se tingiram de sangue e a lua se alçou vermelha no céu. E passou um tempo e chegaram os *huincas* pelos mesmos caminhos dos incas. Eram muitos, e muito hediondos, dava para sentir o fedor a dois dias de distância, e muito ladrões, não tinham pátria nem terra, tomavam o que não era seu, as mulheres também, e pretendiam que os mapuche e outras aldeias fossem seus escravizados. E os guerreiros tiveram que expulsá-los, mas morreram muitos, porque suas flechas e lanças não atravessavam as vestes de metal dos *huincas* e em troca eles podiam matar de longe apenas com barulho e com seus cachorros. Mas, de qualquer forma, correram com eles. Os *huincas* se foram, sozinhos, porque eram covardes. E passaram vários verões e vários invernos e outros *huincas* vieram, e estes, disse o antigo *toqui*, querem ficar, estão cortando as árvores, levantando suas *rucas*, plantando seu milho e engravidando nossas mulheres, por isso nascem crianças que não são *huincas* nem do povo da terra.

— E, pelo que nos contam nossos espiões, pretendem se apropriar de toda a terra, dos vulcões até o mar, do deserto até onde acaba o mundo, e querem fundar muitos povoados. São cruéis, e seu *toqui*, Valdivia, muito astuto. E eu digo que nunca os mapuche tiveram inimigos tão poderosos como os barbudos vindos de longe. Agora são apenas uma aldeia pequena, mas virão mais, porque têm casas com asas que voam sobre o mar. E eu peço agora a todos que digam o que faremos.

INÉS DA MINHA ALMA

Outro dos *toquis* se adiantou, brandiu suas armas dando saltos e lançou um longo grito de ira, e depois anunciou que estava pronto para atacar os *huincas*, matá-los, devorar o coração deles para assimilar seu poder, queimar suas *rucas*, roubar suas mulheres: não havia outra solução, morte a todos eles. Quando terminou de falar, um terceiro *toqui* ocupou o centro do anfiteatro para explicar que a nação mapuche inteira devia se unir contra esse inimigo e escolher um *toqui* de *toquis*, um *ñidoltoqui*, para a guerra.

— Senhor Deus Ngenechén, te pedimos sinceramente que nos ajudes a vencer os *huincas*, a cansá-los, a não lhes deixar dormir nem comer, a meter medo neles, a espiá-los, a preparar armadilhas para eles, a roubar--lhes as armas, a esmagar-lhes o crânio com nossas clavas: isto te pedimos, Senhor Deus.

O primeiro *toqui* voltou a falar para dizer que não deviam se apressar, era preciso combater com paciência, os *huincas* eram como as ervas daninhas: quando se corta, brota de novo com mais força; esta seria uma guerra deles, de seus filhos e dos filhos de seus filhos. Muito sangue mapuche e muito sangue de huinca haveria de se derramar, até o final. Os guerreiros levantaram suas lanças e um coro longo de gritos de aprovação saiu de seus peitos. "Guerra! Guerra!" Neste instante cessou a chuvinha, abriram-se as nuvens, e um condor, magnífico, voou lento naquele trecho de céu limpo.

Em princípios de setembro compreendemos que nosso primeiro inverno no Chile terminava. O clima melhorou e se encheram de brotos as árvores novas que tínhamos transplantado da mata para pôr ao longo das ruas. Esses meses foram duros não apenas pelos ataques dos indígenas e pelas conspirações de Sancho de la Hoz, como também pela sensação de solidão que nos agoniava com frequência. Perguntávamo-nos o que estaria acontecendo no resto do mundo, se haveria conquistas espanholas em outros territórios, novos inventos, o que seria do nosso sacro imperador, que, segundo as últimas notícias que haviam chegado ao Peru, uns dois anos antes, estava meio doido. A demência corria nas veias de sua família, bastava lembrar sua infeliz mãe, a louca de Tordesilhas. De maio a fins de agosto os dias tinham sido curtos, escurecia em torno das cinco e as noites se faziam eternas. Aproveitávamos até o último raio de luz natural para trabalhar, depois devíamos nos recolher numa peça da casa — amos, indígenas, cachorros e até as aves no galinheiro — com uma ou duas velas e um braseiro. Cada um procurava alguma coisa para se entreter para passar as horas da tarde. O capelão iniciou um coro entre os *yanaconas*, para lhes reforçar a fé à base de cânticos. Aguirre nos divertia com suas absurdas intrigas de mulherengo e suas atrevidas coplas de soldado. Rodrigo Quiroga, que no começo parecia calado e tímido, se soltou, revelando-se um inspirado contador de histórias. Dispúnhamos de muito poucos livros e os conhecíamos de memória, mas Quiroga pegava os personagens de uma história, introduzia-os em outra e o resultado era uma infinita variedade de enredos. Todos os livros da colônia, menos dois, estavam na lista negra da Inquisição, e como as versões de Quiroga eram bastante mais audazes que o livro original, esse era um prazer pecaminoso e, por isso mesmo, muito solicitado. Também jogávamos cartas, vício de que padeciam todos os espanhóis, em especial nosso governador, que ainda por cima tinha sorte. Não apostávamos dinheiro, para evitar disputas, não dar mau exemplo aos empregados e ocultar o quanto éramos pobres. Tocava-se a *vihuela*, se recitava poesia, se conversava animadamente. Os homens lembravam suas batalhas e aventuras, celebradas pela assistência. Pediam muitas vezes a Pedro que relatasse as proezas do marquês de Pescara; soldados e criados não se cansavam de elogiar a astúcia do marquês quando cobriu suas tropas com lençóis brancos para dissimulá-las na neve.

Os capitães se reuniam — também em nossa casa — para discutir as leis da colônia, assunto fundamental para o governador. Pedro desejava que a sociedade chilena se firmasse sobre a legalidade e o espírito de trabalho de seus dirigentes; insistia em que ninguém devia receber pagamento por ocupar um cargo público, e muito menos ele, já que servir constituía uma obrigação e uma honra. Rodrigo de Quiroga compartilhava plenamente esta ideia, mas eram os únicos imbuídos de tão altos ideais. Com as terras e privilégios que se repartiram entre os mais esforçados soldados da conquista, haveria mais do que o suficiente no futuro para se viver muito

INÉS DA MINHA ALMA

bem, dizia Valdivia, embora no momento fossem apenas sonhos, e quem possuísse mais bens, mais deveres para com seu povoado teria.

Os soldados se entediavam porque, fora praticar com suas armas, se divertir com suas amantes e lutar quando era sua vez, eram poucas as ocupações. O trabalho de construir a cidade, de semear e de cuidar dos animais era feito pelas mulheres e pelos *yanaconas*. Para mim faltavam horas para lidar com tudo: as tarefas da casa e da colônia, atender os doentes, plantações e currais, aprender a ler com o padre González de Marmolejo e *mapudungu* com Felipe.

A brisa perfumada da primavera nos trouxe uma onda de otimismo; atrás ficaram os terrores que pouco antes as hostes de Michimalonko tinham desatado. Sentíamo-nos mais fortes, apesar de que nosso número havia se reduzido a cento e vinte soldados depois das matanças de Marga--Marga e Concón e da execução dos quatro traidores. Santiago saiu quase intacto da lama e da ventania dos meses invernais, quando tínhamos de tirar a água de casa com baldes; as casas resistiram ao dilúvio e as pessoas estavam saudáveis. Inclusive nossos indígenas, que morriam com um resfriado comum, passaram os temporais sem grandes problemas. Aramos as lavouras e plantamos os viveiros, que eu tanto havia protegido das geadas. Os animais já estavam prenhes, e preparamos os currais para os leitõezinhos, os potrilhos e as lhamas que iriam nascer. Decidimos que, mal secasse a lama, faríamos os canais necessários, e até planejávamos construir uma ponte sobre o rio Mapocho para unir a cidade com as fazendas que um dia haveria nos arredores, mas antes seria necessário terminar a igreja. A casa de Francisco de Aguirre já tinha dois andares e continuava crescendo; zombávamos dele, porque tinha mais índias e mais vaidade que todos os demais homens juntos, e, pelo visto, pretendia que sua residência superasse a igreja em altura. "O basco se acha acima de Deus", brincavam os soldados. As mulheres da minha casa tinham passado o inverno costurando e ensinando para outras os ofícios domésticos. O moral dos castelhanos, sempre muito vaidosos, subiu quando eles viram suas camisas novas, suas calças rendadas, seus gibões remendados. Até Sancho de la Hoz deixou de conspirar em sua cela. O governador anunciou que logo reiniciaríamos a construção do bergantim, voltaríamos à mina de ouro e procuraríamos a mina de prata anunciada pelo morubixaba Vitacura e que acabara sendo das mais fugidias.

O otimismo primaveril não durou muito, porque nos primeiros dias de setembro o menino indígena, Felipe, veio com a notícia de que continuavam chegando guerreiros inimigos ao vale, que um exército estava sendo reunido. Cecília mandou suas servas averiguar, e estas confirmaram o que Felipe parecia saber por pura clarividência, e acrescentou que havia uns quinhentos acampados a umas quinze ou vinte léguas de Santiago. Valdivia reuniu seus mais fiéis capitães e decidiu uma vez mais castigar o inimigo, antes que este se organizasse.

— Não vá, Pedro. Tenho um mau pressentimento — roguei.

— Sempre tem maus pressentimentos nesses casos, Inés — respondeu nesse tom de pai complacente que eu detestava. — Estamos acostumados a combater contra um número cem vezes superior. Quinhentos selvagens a gente despacha antes do almoço.

— Pode haver outros escondidos em outros lugares.

— Com a ajuda de Deus, poderemos com eles, não se preocupe.

Parecia-me imprudente dividir nossas forças, que já eram bastante exíguas, mas quem era eu para objetar a estratégia de um soldado tarimbado como ele? Cada vez que tentava dissuadi-lo de uma decisão militar, porque o bom senso me ordenava, ele ficava furioso e acabávamos brigando. Não concordei com ele nessa ocasião, como também não depois, quando teve a febre de fundar cidades que não podíamos povoar nem defender. Essa teimosia o levou à morte. "As mulheres não podem pensar grande, não imaginam o futuro, carecem de senso de História, só se ocupam das coisas domésticas e imediatas", me disse uma vez, a propósito disto, mas teve de se retratar quando lhe recitei a lista de tudo com que eu e outras mulheres havíamos contribuído na tarefa de conquistar e construir.

Pedro deixou a cidade protegida por cinquenta soldados e cem *yanaconas* sob o comando de seus melhores capitães, Monroy, Villagra, Aguirre e Quiroga. O destacamento, de pouco mais de setenta soldados e o resto de nossos indígenas, saiu de Santiago ao amanhecer, com trombetas, estan-

INÉS DA MINHA ALMA

dartes, disparos de arcabuzes e o máximo de barulho para dar a impressão de que era maior. Do terraço da casa de Aguirre, transformado em torre de vigia, nós os observamos se afastar. Era um dia sem nuvens e as montanhas nevadas que rodeavam o vale pareciam imensas e muito próximas. Ao meu lado estava Rodrigo de Quiroga, tratando de dissimular sua preocupação, que era tanta quanto a minha.

— Não deveriam ir, dom Rodrigo. Santiago fica indefeso.

— O governador sabe o que faz, dona Inés — respondeu ele, não muito convencido. — É preferível ir ao encontro do inimigo, assim entende que não temos medo dele.

Esse jovem capitão era, na minha opinião, o melhor homem de nossa pequena colônia, depois de Pedro, é claro; era valente como ninguém, experiente na guerra, calado no sofrimento, leal e desinteressado; além disso, tinha a rara virtude de inspirar confiança em todo mundo. Estava construindo sua casa num lote perto do nosso, mas estivera tão ocupado lutando em contínuas escaramuças contra os indígenas chilenos, que sua morada consistia apenas de pilares, duas paredes, umas lonas e um teto de palha. Tão pouco acolhedor era seu lar, que passava muito mais tempo no nosso, já que a casa do governador, sendo a mais ampla e cômoda da cidade, tinha se transformado em centro de reunião. Suponho que contribuía para nosso êxito social meu empenho de que não faltasse comida nem bebida. Rodrigo era o único dos soldados que não dispunha de um harém de índias e não andava caçando as alheias para engravidá-las. Sua companheira era Eulália, uma das servas de Cecília, uma bela jovem quéchua, nascida no palácio de Atahualpa, que tinha a mesma postura e dignidade de sua ama, a princesa inca. Eulália se apaixonou por Rodrigo desde o primeiro momento em que este se juntou à expedição. Viu-o chegar tão imundo, doente, cabeludo e andrajoso como os demais fantasmas sobreviventes dos Chunchos, mas foi capaz de apreciá-lo com um olhar apenas, mesmo antes que lhe cortassem os cabelos e o banhassem. Não ficou quieta. Com infinita astúcia e paciência seduziu Rodrigo e em seguida veio falar comigo para me contar suas aflições. Intercedi com Cecília para que permitisse que Eulália servisse Rodrigo, com o argumento de que ela mesma tinha criadas suficientes e em troca o pobre homem estava pele e osso e sozinho, e podia morrer se não o atendessem. Cecília era muito sabida para se deixar levar por essa conversa, mas se comoveu com a ideia do amor, deixou ir sua serva e assim Eulália acabou vivendo com Quiroga. Tinham uma relação delicada; ele a tratava com uma cortesia paternal e respeitosa, inusitada entre os soldados e suas amantes, e ela atendia a seus menores desejos com prontidão e discrição. Parecia submissa, mas eu sabia por Catalina que era apaixonada e ciumenta. Enquanto observávamos juntos desse terraço mais da metade de nossas forças, que se distanciavam da cidade, me perguntei como seria Rodrigo de Quiroga na intimidade, se por acaso satisfaria Eulália. Conhecia seu corpo porque tocara a mim tratá-lo quando chegou doente dos Chunchos e quando havia sido ferido em encontros com os indígenas; era magro, mas muito forte. Não o tinha visto completamente nu, mas, segundo Catalina: "Tinha que ver seu pingulim, pois, senhora". As servas, a quem nada escapa, asseguravam que era muito bem-dotado; em troca, Aguirre, com toda a sua concupiscência... bem, que importa? Lembro que o coração me deu um pontapé ao pensar no que havia ouvido de Rodrigo e me ruborizei tão violentamente que ele notou.

— O que houve, dona Inés? — me perguntou.

Despedi-me depressa, atarantada, e fui tratar de minhas tarefas do dia, enquanto ele foi para as dele.

Dois dias mais tarde, na noite de 11 de setembro de 1541, data que nunca esqueci, as hostes de Michimalonko e seus aliados atacaram Santiago. Como sempre me acontecia quando Pedro estava ausente, não podia dormir. Nem tentei me deitar, com frequência passava a noite velando, e fiquei costurando até tarde, depois de mandar o resto do pessoal para a cama. Como eu, Felipe era insone. Seguidamente encontrava o rapaz indígena em meus passeios noturnos pela casa; estava em algum lugar inesperado, imóvel e calado, com os olhos abertos na escuridão. Tinha sido inútil lhe dar um enxergão ou lugar fixo para dormir, se atirava em qualquer parte, sem mesmo um cobertor para se tapar. Nessa hora incerta

INÉS DA MINHA ALMA

pouco antes do amanhecer, senti redobrar a inquietação que me dava um nó no estômago desde que Pedro se fora. Havia passado boa parte da noite rezando, não por excesso de fé, mas de medo. Falar mano a mano com a Virgem sempre me trazia tranquilidade, mas nessa longa noite ela não conseguiu apaziguar as nefastas premonições que me atormentavam. Botei um xale sobre os ombros e fiz meu percurso habitual acompanhada de Baltasar, que tinha o hábito de me seguir como uma sombra, grudado aos meus tornozelos. A casa estava calma. Não encontrei Felipe, mas não me preocupei, costumava dormir com os cavalos. Fui até a praça e notei a tênue luz de uma tocha no teto da casa de Aguirre, onde havia posto um soldado de vigia. Pensando que o pobre homem devia estar caindo de cansaço depois de muitas horas de guarda solitária, esquentei uma tigela de caldo e a levei para ele.

— Obrigado, dona Inés. Não descansa?

— Durmo pouco. Alguma novidade?

— Não. Foi uma noite tranquila. Como vê, a lua clareia um pouco.

— Que são essas manchas escuras, lá, perto do rio?

— Sombras. Notei faz pouco.

Fiquei observando por um momento e concluí que era uma visão estranha, como se uma grande onda saísse do rio para se juntar com outra proveniente do vale.

— Essas supostas sombras não são normais, meu jovem. Acho que devemos avisar o capitão Quiroga, que tem uma vista muito boa...

— Não posso deixar meu posto, senhora.

— Eu irei.

Desci aos saltos, seguida pelo cachorro, e corri para a casa de Rodrigo de Quiroga, no outro extremo da praça. Acordei o indígena de guarda, que dormia atravessado no umbral do que um dia seria a porta, e lhe ordenei que convocasse o capitão imediatamente. Dois minutos depois apareceu Rodrigo meio vestido, mas com as botas e a espada na mão. Acompanhou-me depressa através da praça e subiu comigo para o terraço de Aguirre.

— Não há dúvida, dona Inés, essas sombras são grupos de pessoas que avançam para cá. Juraria que são índios cobertos com mantas negras.

ISABEL ALLENDE

— O quê?! — exclamei, incrédula, pensando no marquês de Pescara e seus lençóis brancos.

Rodrigo de Quiroga deu o sinal de alarme e em menos de vinte minutos os cinquenta soldados, que nesses dias estavam sempre preparados, se juntaram na praça, cada um com sua armadura e elmos postos, as armas prontas. Monroy organizou a cavalaria — tínhamos somente trinta e dois cavalos — e a dividiu em dois pequenos destacamentos, um sob seu comando e o outro sob o comando de Aguirre, ambos decididos a enfrentar o inimigo fora, antes que penetrasse na cidade. Villagra e Quiroga, com os arcabuzeiros e vários indígenas, ficaram encarregados da defesa interna, enquanto o capelão, as mulheres e eu deveríamos abastecer os defensores e tratar dos feridos. Por sugestão minha, Juan Gómez levou Cecília, as duas melhores amas de leite indígenas e as crianças de peito da colônia para a adega de nossa casa, que havíamos cavado sob a terra com a ideia de armazenar víveres e vinho. Entregou a sua mulher a estatuazinha de Nossa Senhora do Socorro, despediu-se dela com um beijo longo na boca, abençoou seu filho, fechou a entrada com umas tábuas e dissimulou-a com pazadas de terra. Não encontrou outra forma de protegê-los senão sepultando-os em vida.

Amanhecia o dia 11 de setembro. O céu estava limpo e o tímido sol da primavera iluminava o contorno da cidade no momento em que começou o *chivateo* monstruoso e a gritaria de milhares de indígenas que se lançavam em tropel sobre nós. Compreendemos então que tínhamos caído numa armadilha, os selvagens eram muito mais astutos do que pensávamos. A partida de quinhentos inimigos, que supostamente formavam o contingente que ameaçava Santiago, era só uma isca para atrair Valdivia e grande parte de nossas forças, enquanto milhares e milhares, ocultos nas matas, aproveitaram as sombras da noite para se aproximar com mantas escuras.

Sancho de la Hoz, que estava há meses apodrecendo numa cela, começou a clamar para que o soltassem e lhe dessem uma espada. Monroy achou que necessitávamos desesperadamente de todos os braços, inclusive os de um traidor, e mandou que lhe tirassem os grilhões. Devo deixar aqui meu testemunho de que nesse dia o cortesão se bateu com a mesma firmeza com que os demais heroicos capitães.

INÉS DA MINHA ALMA

— Quantos indígenas você calcula que vêm, Francisco? — perguntou Monroy a Aguirre.

— Nada que nos assuste, Alonso! Uns oito ou dez mil...

Os dois grupos de cavalaria saíram a galope para enfrentar os primeiros atacantes, centauros furiosos, cortando cabeças e membros a espadaços, arrebentando peitos a patadas de cavalo. Em menos de uma hora, no entanto, tiveram de se refugiar. Mas milhares de outros indígenas corriam já pelas ruas de Santiago dando gritos. Alguns *yanaconas* e várias mulheres, treinadas com meses de antecipação por Rodrigo de Quiroga, carregavam os arcabuzes para que os soldados pudessem disparar, mas o processo era longo e trabalhoso; tínhamos o inimigo em cima. As mães das crianças que Cecília tinha no porão foram mais valentes que os experientes soldados, porque lutavam pelas vidas de seus filhos. Uma chuva de flechas incendiárias caiu sobre os tetos das casas, e a palha, apesar de úmida pelas chuvas de agosto, começou a arder. Compreendi que devíamos deixar os homens com seus arcabuzes enquanto nós, mulheres, tratávamos de apagar o incêndio. Fizemos filas para passarmos os baldes de água, mas logo vimos que era um trabalho inútil, continuavam caindo flechas e não podíamos gastar a água disponível no incêndio, já que logo os soldados necessitariam dela desesperadamente. Abandonamos as casas da periferia e fugimos, agrupando-nos na Praça de Armas.

Por aí começaram a chegar os primeiros feridos, alguns soldados e vários *yanaconas*. Catalina, minhas mulheres e eu tínhamos conseguido nos organizar com o habitual, panos, carvões, água e azeite fervendo, vinho para desinfetar e *muday* para ajudar a suportar a dor. Outras mulheres estavam preparando panelas de sopa, cabaças com água e tortilhas de milho, porque a batalha ia demorar. A fumaça da palha incendiada cobriu a cidade, mal podíamos respirar, nos ardiam os olhos. Os homens chegavam sangrando, e cuidávamos das feridas visíveis — não havia tempo de lhes tirar as armaduras —, dávamos uma tigela de água ou caldo para eles e, mal podiam se sustentar em pé, partiam de novo para lutar. Não sei quantas vezes a cavalaria enfrentou os atacantes, mas chegou um momento em que Monroy decidiu que não se podia defender a cidade inteira, que queimava pelos quatro lados, enquanto os indígenas já ocupavam quase todo Santiago. Conferenciou rapidamente com Aguirre e concordaram em se refugiar com seus cavaleiros e dispor de todas as nossas forças na praça, onde havia se instalado o velho dom Benito num tamborete. Sua ferida havia cicatrizado graças às feitiçarias de Catalina, mas estava fraco e não podia se manter de pé por muito tempo. Dispunha de dois arcabuzes e um *yanacona* que o ajudava a carregá-los, e durante esse longo dia causou estragos entre os inimigos sentado em sua cadeira de inválido. Tanto disparou, que as palmas de suas mãos se queimaram com as armas ardentes.

Enquanto eu me desdobrava com os feridos dentro da casa, um grupo de assaltantes conseguiu saltar o muro de tijolos do meu pátio. Catalina deu o alarme guinchando como um porco, e saí para ver o que acontecia, mas não fui longe porque os inimigos estavam tão perto que poderia ter contado os dentes nesses rostos pintados e ferozes. Rodrigo de Quiroga e padre González de Marmolejo, que havia posto uma couraça e manejava uma espada, vieram rápidos para rechaçá-los, já que era fundamental defender minha casa, onde tínhamos os feridos e as crianças, refugiadas com Cecília no porão. Alguns indígenas enfrentaram Quiroga e Marmolejo, enquanto outros queimavam as plantações e matavam meus animais domésticos. Foi isso que acabou de me tirar dos eixos, havia cuidado de cada um desses animais como os filhos que não tivera. Com um rugido, que me escapou das entranhas, saí ao encontro dos indígenas, embora não tivesse posto a armadura que Pedro me dera, já que não podia atender os feridos imobilizada dentro daqueles ferros. Acho que estava com o cabelo arrepiado e que cuspia espuma e maldições, como uma harpia; devia apresentar um aspecto dos mais ameaçadores, porque os selvagens se detiveram por um momento e em seguida retrocederam alguns passos, surpresos. Não entendo por que não me esmagaram o crânio ali mesmo com uma clava. Disseram-me que Michimalonko havia ordenado a eles que não me tocassem porque me queria para ele, mas isso são histórias que as pessoas inventam depois,

INÉS DA MINHA ALMA

para explicar o inexplicável. Nesse instante se aproximaram Rodrigo de Quiroga, brandindo a espada como um cata-vento por cima de sua cabeça e gritando que me pusesse a salvo, e meu cachorro Baltasar, grunhindo e latindo com o focinho arreganhado, os caninos à mostra, como a fera que não era em circunstâncias normais. Os assaltantes saíram disparados, seguidos pelo mastim, e eu fiquei no meio de minha horta em chamas e com os cadáveres de meus animais, completamente desolada. Rodrigo me pegou por um braço para me obrigar a segui-lo, mas vimos um galo com as penas chamuscadas que tratava de se pôr de pé. Sem pensar, levantei as saias e o coloquei nelas, como num saco. Um pouco mais em frente havia duas galinhas, tontas pela fumaça, que não me custou pegar e pôr junto com o galo. Catalina chegou à minha procura e, ao compreender o que fazia, me ajudou. Conseguimos salvar essas aves, um casal de porcos e dois punhados de trigo, nada mais, e botamos tudo bem protegido. Por aí Rodrigo e o capelão já estavam de volta à praça batendo-se junto com os demais.

Catalina, várias índias e eu atendíamos os feridos que traziam em número alarmante para o improvisado hospital de minha casa. Eulália chegou segurando um rapaz coberto de sangue dos pés à cabeça. Deus meu, este não tem jeito, pensei, mas ao lhe tirar o elmo vimos que tinha um corte profundo na testa, mas que o osso não estava quebrado, apenas um pouco afundado. Catalina e outras mulheres lhe cauterizaram a ferida, lhe lavaram o rosto e lhe deram água para beber, mas não conseguiram que descansasse nem um momento. Aturdido e meio cego, porque as pálpebras tinham inchado monstruosamente, saiu aos trambolhões para a praça. Nesse meio tempo, eu tentava tirar uma flecha do pescoço de outro soldado, um de sobrenome López, que sempre havia me tratado com um desdém mal dissimulado, em especial depois da tragédia de Escobar. O infeliz estava lívido, e a flecha havia se enterrado tanto que eu não podia tirá-la sem aumentar a ferida. Estava calculando se poderia correr esse risco, quando o pobre homem estremeceu com brutais estertores. Dei-me conta de que nada podia fazer por ele e chamei o capelão, que veio apressado lhe dar os últimos sacramentos. Estirados no chão, na sala, havia muitos feridos que não estavam em condições de voltar para a praça; deviam ser pelo menos vinte, a maioria *yanaconas*. Acabaram-se os panos, e Catalina rasgou os lençóis que com tanto zelo havíamos bordado durante as noites ociosas do inverno, depois tivemos de cortar as saias em tiras e por último meu único vestido elegante. Nisso entrou Sancho de la Hoz carregando outro soldado desmaiado, que deixou a meus pés. O traidor e eu trocamos um olhar, e acho que nele nos perdoávamos as ofensas do passado. Ao coro de gritos dos homens cauterizados com ferros incandescentes e brasas, se somavam os relinchos dos cavalos, porque ali mesmo o ferreiro remendava como podia os animais feridos. No chão de terra batida se misturava o sangue dos cristãos e o dos animais.

Aguirre apareceu na porta sem desmontar de seu cavalo, ensanguentado da cabeça aos estribos, anunciando que havia ordenado que desalojassem todas as casas, menos aquelas em torno da praça, onde nos aprontaríamos para nos defender até o último suspiro.

— Apeie, capitão, para tratar das feridas! — consegui pedir.

— Não tenho um arranhão, dona Inés! Leve água aos homens na praça! — me gritou com feroz regozijo e se foi, o cavalo corcoveando, porque também sangrava de um lado.

Ordenei a várias mulheres que levassem água e tortilhas para os soldados, que lutavam sem trégua desde o amanhecer, enquanto Catalina e eu despojávamos o cadáver de López de sua armadura, e, exatamente como estavam, empapadas de sangue, botei a cota de malha e a couraça. Peguei a espada de López, porque não pude encontrar a minha, e saí para a praça. O sol havia cruzado seu zênite fazia pouco tempo, deviam ser mais ou menos três ou quatro da tarde; calculei que lutávamos há mais de dez horas. Olhei ao redor e me dei conta de que Santiago ardia sem remédio, o trabalho de meses estava perdido, era o fim de nosso sonho de colonizar o vale. Enquanto isso, Monroy e Villagra haviam se refugiado com os soldados sobreviventes e lutavam a cavalo dentro da praça, defendida ombro a ombro por nossa gente e atacada das quatro ruas. Restavam em pé uma parte da igreja e a casa de Aguirre, onde mantínhamos os sete caciques cativos. Dom Benito, negro de pólvora e fuligem, disparava de seu tamborete com

INÉS DA MINHA ALMA

método, apontando com cuidado antes de apertar o gatilho, como se caçasse codornas. O *yanacona* que antes lhe carregava a arma jazia imóvel a seus pés e em seu lugar havia se colocado Eulália. Compreendi que a jovem estivera na praça o tempo todo para não perder seu amado Rodrigo de vista.

Acima do fragor de pólvora, relinchos, latidos e *chivateo* da batalha, ouvi claramente as vozes dos sete caciques atiçando seu povo com gritos desafinados. Não sei o que me aconteceu então. Muitas vezes pensei nesse fatídico 11 de setembro e tentei entender os fatos, mas acho que ninguém pode descrever com exatidão como foram, cada um dos participantes tem uma versão diferente, segundo o que lhe tocou viver. Era densa a fumaça, tremenda a confusão, ensurdecedor o barulho. Estávamos transtornados, lutando por nossas vidas, loucos de sangue e violência. Não posso lembrar em detalhes minhas ações desse dia, por necessidade devo confiar no que outros me contaram. Mas lembro, sim, que em nenhum momento tive medo, porque a raiva me ocupava por completo.

Dirigi a vista para a cela, de onde provinham os gritos dos cativos, e apesar da fumaça dos incêndios distingui com absoluta clareza meu marido, Juan de Málaga, que vinha me incomodando desde Cuzco, apoiado na porta, me olhando com seus lastimosos olhos de alma penada. Fez-me um gesto com a mão, como se me chamasse. Abri caminho entre os soldados e cavalos, avaliando o desastre com uma parte da mente e obedecendo com a outra a ordem muda do meu finado marido. A cela não era mais que um quarto improvisado no primeiro andar da casa de Aguirre e a porta consistia numas tábuas com uma tranca por fora, vigiada por duas jovens sentinelas com instruções de defender os prisioneiros com suas vidas, porque representavam nossa única carta de negociação com o inimigo. Não me detive para lhes pedir permissão, simplesmente os afastei para um lado com um empurrão e levantei a pesada tranca com apenas uma das mãos, ajudada por Juan de Málaga. Os guardas me seguiram para dentro, sem ânimo de me enfrentar e sem imaginar minhas intenções. A luz e a fumaça entravam pelas grades, sufocando o ar, e um pó avermelhado levantava do solo, de modo que a cena era indistinta, mas pude ver os sete prisioneiros acorrentados a grossos troncos, debatendo-se como demônios até onde os grilhões permitiam e uivando a plenos pulmões para chamar os seus. Quando me viram entrar com o fantasma ensanguentado de Juan de Málaga, se calaram.

— Matem todos! — ordenei aos guardas num tom impossível de reconhecer como minha voz.

Tanto os presos como as sentinelas ficaram pasmos.

— Matá-los, senhora? São os reféns do governador!

— Mate-os, eu disse!

— Como quer que o façamos? — perguntou um dos soldados, espantado.

— Assim!

E então levantei a pesada espada com as duas mãos e a descarreguei com a força do ódio sobre o cacique que estava mais próximo, cortando-lhe o pescoço com um só talho. O impulso do golpe me jogou de joelhos, onde um jorro de sangue me saltou no rosto, enquanto a cabeça rolava a meus pés. O resto não lembro direito. Um dos guardas afirmou depois que decapitei do mesmo modo os outros seis prisioneiros, mas o segundo disse que não foi assim, que eles terminaram a tarefa. Não importa. O fato é que em questão de minutos havia sete cabeças por terra. Que Deus me perdoe. Peguei uma pelos cabelos, saí para a praça a passos de gigante, subi nos sacos de areia da barricada e lancei meu horrendo troféu pelos ares com uma força descomunal, e um pavoroso grito de triunfo, que subiu do fundo da terra, me atravessou inteira e escapou vibrando como um trovão de meu peito. A cabeça voou, deu várias voltas e aterrissou no meio dos indígenas. Não parei para ver o efeito, voltei à cela, peguei outras duas e as lancei no lado oposto da praça. Acho que os guardas me trouxeram as quatro restantes, mas não tenho certeza, talvez eu mesma tenha ido buscá-las. Sei apenas que me falharam os braços para enviar as cabeças pelos ares. Antes que tivesse jogado a última, uma estranha quietude caiu sobre a praça, o tempo se deteve, a fumaça se desfez e vimos que os indígenas, mudos, espavoridos, começavam a retroceder, um, dois, três passos; depois, empurrando-se, saíam correndo e se distanciavam pelas mesmas ruas que já tinham tomado.

INÉS DA MINHA ALMA

Transcorreu um tempo infinito, ou talvez só um instante. A angústia veio de repente e meus ossos se desfizeram em espuma, então despertei do pesadelo e pude me dar conta do horror cometido. Vi a mim mesma como as pessoas ao meu redor me viam: um demônio desgrenhado, coberto de sangue, já sem voz de tanto gritar. Meus joelhos se dobraram, senti um braço na cintura e Rodrigo de Quiroga me levantou vacilante, me apertou contra a dureza de sua armadura e me conduziu através da praça em meio do mais profundo espanto.

Santiago da Nova Extremadura se salvou, embora fosse apenas um estrago, um monte de paus queimados. Da igreja só restavam uns pilares; de minha casa, quatro paredes enegrecidas; a de Aguirre estava mais ou menos em pé, e o resto era só cinza. Havíamos perdido quatro soldados, os demais estavam feridos, vários com gravidade. A metade dos *yanaconas* morreu no combate e cinco mais morreram nos dias seguintes de infecção e hemorragia. As mulheres e as crianças saíram ilesas porque os atacantes não descobriram o porão de Cecília. Não contei os cavalos nem os cachorros, mas dos animais domésticos só sobraram o galo, duas galinhas e dois porcos que salvamos com Catalina. Quase não restaram sementes, tínhamos apenas quatro punhados de trigo.

Rodrigo de Quiroga, como os outros, pensou que eu tinha enlouquecido completamente durante a batalha. Levou-me nos braços até as ruínas de minha casa, onde havia funcionado a improvisada enfermaria, e me deixou com cuidado no solo. Tinha uma expressão de tristeza e infinita fadiga quando se despediu de mim com um beijo rápido na testa e voltou para a praça. Catalina e outra mulher me tiraram a couraça, a cota de malha e o vestido ensopado em sangue procurando as feridas que eu não tinha. Lavaram-me como puderam com água e um punhado de crinas de cavalo no lugar de esponja, porque já não restavam panos, e me obrigaram a beber meia taça de licor. Vomitei um líquido avermelhado, como se também houvesse engolido sangue alheio.

O fragor das muitas horas de batalha foi substituído por um silêncio sepulcral. Os homens não podiam se mexer, caíram onde estavam e ali ficaram, ensanguentados, cobertos de fuligem, pó e cinzas, até que as mulheres saíram para lhes dar água, tirar-lhes as armaduras, ajudá-los a se levantar. O capelão percorreu a praça para fazer o sinal-da-cruz sobre a testa dos mortos e lhes fechar os olhos, depois botou os feridos no ombro um por um e os levou para a enfermaria. O nobre cavalo de Francisco de Aguirre, ferido fatalmente, se manteve em suas trêmulas patas por pura força de vontade, até que várias mulheres conseguiram descer o cavaleiro; então ele baixou o pescoço e morreu antes de chegar ao chão. Aguirre tinha várias feridas superficiais e estava tão rígido e com câimbras que não puderam lhe tirar a armadura nem as armas; foi necessário deixá-lo num canto durante mais de meia hora, até que pôde recuperar os movimentos. Depois o ferreiro cortou com uma serra a lança em ambos os extremos para tirá-la da mão fechada, e várias mulheres o despiram, tarefa difícil, porque era enorme e continuava teso como uma estátua de bronze. Monroy e Villagra, em melhores condições que outros capitães e excitados pela contenda, tiveram a ideia absurda de perseguir com alguns soldados os indígenas que fugiam em desordem, mas não acharam um só cavalo que pudesse dar um passo e nem um só homem que não estivesse ferido.

Juan Gómez havia lutado como um leão, pensando durante todo o dia em Cecília e seu filho, sepultados em meu solar, e, mal terminou a confusão, correu para abrir a adega. Desesperado, tirou a terra com as mãos, porque não conseguiu achar uma pá, os atacantes haviam levado tudo que puderam. Arrancou as tábuas de qualquer jeito, abriu a tumba e olhou pela abertura negra e silenciosa.

— Cecília, Cecília! — gritou, aterrorizado.

E então a voz clara de sua mulher respondeu do fundo:

— Finalmente você veio, Juan, já começava a me aborrecer.

As três mulheres e as crianças haviam sobrevivido mais de doze horas sob a terra, em total escuridão, com muito pouco ar, sem água e sem saber o que acontecia do lado de fora. Cecília ordenou às amas de leite a tarefa de dar de mamar às crianças por turnos durante o dia inteiro, enquanto ela, machadinha na mão, se dispôs a defendê-las. O porão não se encheu de fumaça por obra e graça de Nossa Senhora do Socorro, ou talvez porque fora selada pelas pazadas de terra com que Juan Gómez tentou dissimular a entrada.

Monroy e Villagra decidiram mandar nessa mesma noite um mensageiro com notícias do desastre para Pedro de Valdivia, mas Cecília, que havia emergido do subterrâneo tão digna e bela como sempre, opinou que nenhum mensageiro sairia com vida de semelhante missão, o vale era um formigueiro de indígenas hostis. Os capitães, pouco acostumados a prestar ouvidos a vozes femininas, não se importaram.

— Rogo a vocês que escutem minha mulher. Sua rede de informação sempre nos foi útil — interveio Juan Gómez.

— O que propõe, dona Cecília? — perguntou Rodrigo de Quiroga, a quem havíamos cauterizado duas feridas e estava macilento de cansaço e pela perda de sangue.

— Um homem não pode cruzar as linhas inimigas...

— Sugere que mandemos um pombo-correio? — interrompeu Villagra, irônico.

— Mulheres. Não uma apenas, mas várias. Conheço muitas mulheres quéchuas no vale, elas levariam a notícia de boca em boca ao governador, mais rápido que cem pombos voando — assegurou a princesa inca.

Como não havia tempo para longas discussões, decidiram enviar a mensagem pelas duas vias, as quéchuas de Cecília e um *yanacona*, ágil como uma lebre, que tentaria cruzar o vale de noite e alcançar Valdivia. Lamento dizer que esse fiel servidor foi surpreendido ao amanhecer e morto com uma clava. Melhor não pensar em sua sorte se tivesse caído vivo nas mãos de Michimalonko. O cacique devia estar enfurecido pelo fracasso de suas hostes; não teria como explicar aos indômitos mapuche do sul que um punhado de barbudos havia parado oito mil de seus guerreiros. Muito menos podia mencionar uma bruxa que lançava cabeças de caciques pelos ares como se fossem melões. Iriam chamá-lo de covarde, a pior coisa que se pode dizer de um guerreiro, e seu nome não faria parte da épica tradição oral das aldeias, mas de brincadeiras maliciosas. O sistema de Cecília, no entanto, serviu para fazer a mensagem chegar ao governador no prazo de vinte e seis horas. A notícia voou de uma aldeia para outra ao longo e ao largo do vale, atravessou matas e montanhas e alcançou Valdivia, que andava de um lado para outro com seus homens procurando em vão por Michimalonko, sem compreender ainda que tinha sido enganado.

Depois que Rodrigo de Quiroga percorreu as ruínas de Santiago e entregou a Monroy o cálculo das perdas, veio me ver. Em vez do basilisco demente que havia depositado na enfermaria pouco antes, me encontrou mais ou menos limpa e tão sensata como sempre, atendendo a uma porção de feridos.

— Dona Inés... graças ao Altíssimo... — murmurou a ponto de desatar a chorar de cansaço.

— Tire a armadura, dom Rodrigo, para que o tratemos — respondi.

— Pensei que... Deus meu! A senhora salvou a cidade, dona Inés. A senhora botou os selvagens em fuga...

— Não diga isso, porque é injusto com estes homens, que combateram como valentes, e com as mulheres que os seguiram.

— As cabeças... dizem que as cabeças todas caíram olhando para os indígenas e estes acreditaram que era um mau augúrio, por isso retrocederam.

— Não sei de que cabeças fala, dom Rodrigo. Está muito confuso. Catalina! Ajude-o a tirar a armadura, mulher!

Durante essas horas pude pesar minhas ações. Trabalhei sem pausa nem alívio a primeira noite e a manhã seguinte atendendo os feridos e tratando de salvar o possível das casas queimadas, mas uma parte de minha mente mantinha um constante diálogo com a Virgem, para lhe pedir que intercedesse em meu favor pelo crime cometido, e com Pedro. Preferia não imaginar sua reação ao ver a destruição de Santiago e saber que já não contava com seus sete reféns, que estávamos à mercê dos selvagens sem nada para negociar com eles. Como lhe explicar o que havia feito, se eu mesma não entendia? Dizer-lhe que havia enlouquecido e nem mesmo lembrava direito do acontecido era uma desculpa absurda; além disso, estava enver-

INÉS DA MINHA ALMA

gonhada pelo espetáculo grotesco que havia dado na frente de seus capitães e soldados. Por fim, aí pelas duas da tarde de 12 de setembro, o cansaço me venceu e pude dormir umas horas atirada no chão, junto com Baltasar, que tinha voltado se arrastando ao amanhecer, com as fauces ensanguentadas e uma pata quebrada. Os dias seguintes se foram num sopro, trabalhando com os demais para desembaraçar os escombros, apagar incêndios e fortalecer a praça, único lugar onde poderíamos nos defender de outro ataque, que supúnhamos iminente. No mais, Catalina e eu cavávamos os canteiros queimados e as cinzas das casas em busca de qualquer coisa comestível para jogar na sopa. Depois que demos conta do cavalo de Aguirre, nos restou muito pouco alimento; tínhamos voltado aos tempos da panela comum, só que então esta consistia em água com ervas e os tubérculos que podíamos desenterrar.

No quarto dia Pedro de Valdivia chegou com um destacamento de catorze soldados de cavalaria, enquanto os da infantaria o seguiam o mais depressa possível. Montado em Sultán, o governador entrou na ruína que antes chamávamos de cidade e calculou num olhar apenas a magnitude do descalabro. Passou pelas ruas, onde ainda se elevavam fracas colunas de fumaça assinalando as antigas casas, entrou na praça e encontrou a escassa população em andrajos, faminta, assustada, os feridos atirados pelo chão com bandagens sujas, e seus capitães tão esfarrapados como o último dos *yanaconas*, socorrendo as pessoas. Uma sentinela tocou a corneta e, com um esforço brutal, os que podiam se pôr de pé entraram em formação para saudar o capitão-general. Eu fiquei atrás, meio oculta por umas lonas; dali vi Pedro, e minha alma teve um sobressalto de amor e tristeza e cansaço. Desmontou no centro da praça e, pálido, antes de abraçar seus amigos, percorreu a devastação com um olhar, me procurando. Dei um passo em frente, para mostrar que continuava viva; nossos olhares se encontraram e então mudou a expressão e a cor dele. Com aquela voz de razão e autoridade a que ninguém resistia, se dirigiu aos soldados para honrar a coragem de cada um, principalmente dos que morreram combatendo, e dar graças ao apóstolo Santiago por ter salvado o resto da nossa gente. A cidade não tinha importância, porque havia braços e corações fortes para reconstruí-la das cinzas. Devíamos começar de novo, disse, mas isso não podia ser motivo de desalento, e sim de entusiasmo para os vigorosos espanhóis, que jamais se davam por vencidos, e os leais *yanaconas*. "*Santiago y cierra, España!*", exclamou, erguendo a espada. "*Santiago y cierra, España!*", responderam numa só voz disciplinada seus homens, mas no tom havia profundo desalento.

Nessa noite, recostados sobre a terra dura, sem mais abrigo que um cobertor imundo, com um pedaço de lua assomando acima de nossas cabeças, me larguei a chorar de cansaço nos braços de Pedro. Ele já havia escutado vários relatos da batalha e de meu papel nela; mas, ao contrário do que eu temia, se mostrou orgulhoso de mim, como o estava, segundo me disse, até do último soldado de Santiago, que sem minha intervenção teria perecido. As versões que lhe haviam dado eram exageradas, não há dúvida, e assim foi se estabelecendo a lenda de que eu salvara a cidade. "É verdade que você mesma decapitou os sete caciques?", havia me perguntado Pedro mal nos encontramos sós. "Não sei", lhe respondi honestamente. Pedro nunca tinha me visto chorar, não sou mulher de lágrimas fáceis, mas nessa primeira ocasião não tentou me consolar, apenas me acariciou com aquela ternura distraída que algumas vezes empregava comigo. Seu perfil parecia de pedra, a boca dura, o olhar fixo no céu.

— Tenho muito medo, Pedro — solucei.

— De morrer?

— De tudo, menos de morrer, porque me faltam anos para a velhice.

Riu secamente da brincadeira que compartilhávamos: que eu enterraria vários maridos e seria sempre uma viúva apetitosa.

— Os homens querem voltar para o Peru, estou certo, mesmo que nenhum se atreva a falar para não parecer covarde. Sentem-se derrotados.

— E você, o que quer, Pedro?

— Construir o Chile com você — respondeu sem pensar duas vezes.

— Então é o que faremos.

— É o que faremos, Inés da minha alma...

Minha memória do passado remoto é muito vívida e poderia relatar passo a passo o que aconteceu nos primeiros vinte ou trinta anos de nossa colônia no Chile, mas não há tempo, porque a Morte, essa boa mãe, me chama e quero segui-la, para descansar finalmente nos braços de Rodrigo. Os fantasmas do passado me rodeiam. Juan de Málaga, Pedro de Valdivia, Catalina, Sebastián Romero, minha mãe e minha avó, enterradas em Plasencia, e muitos outros, adquirem contornos cada vez mais nítidos, e ouço suas vozes sussurrando nos corredores de minha casa. Os sete caciques degolados devem estar bem instalados no céu ou no inferno, porque nunca vieram me incomodar. Não estou demente, como os anciãos costumam ficar, ainda sou forte e tenho a cabeça bem plantada sobre os ombros, mas estou com um pé do outro lado da vida e por isso observo e escuto o que para outros passa inadvertido. Você se preocupa, Isabel, quando falo assim; me aconselha que reze, isso acalma a alma, diz. Minha alma está calma, não tenho medo de morrer, não tive então, quando o razoável era tê-lo, e muito menos agora, quando vivi de sobra. Só você me retém neste mundo; confesso-lhe que não tenho curiosidade alguma de ver meus netos crescerem e sofrerem, prefiro levar a lembrança de seus risos infantis. Rezo por costume, não como remédio para a angústia. Minha fé não falhou, mas minha relação com Deus foi mudando com os anos. Às vezes, sem pensar, o chamo de Ngenechén, e confundo a Virgem do Socorro com a Santa Mãe Terra dos mapuche, mas não sou menos católica que antes — Deus me livre! —, é só que meu cristianismo se alargou um pouco, como acontece com a roupa de lã depois de muito uso. Restam-me poucas semanas de vida, sei porque às vezes meu coração se esquece de bater, me nauseio, caio e já não tenho apetite. Não é verdade que pretendo me matar de fome apenas para lhe encher a paciência, como me acusa, filha, é que a comida tem sabor de areia e não posso engoli-la, por isso me alimento de golinhos de leite. Emagreci, pareço um esqueleto coberto de pele, como nos tempos da fome, só que então era jovem. Uma velha magra é patética; fiquei com as orelhas enormes e até uma brisa pode me derrubar. A qualquer momento sairei voando. Devo abreviar o relato, senão vão ficar muitos mortos no tinteiro. Mortos, quase todos os meus amores estão mortos, esse é o preço de viver tanto como vivi.

CAPÍTULO CINCO

OS ANOS TRÁGICOS, 1543-1549

Depois da destruição de Santiago reuniram-se todos do governo para decidir a sorte de nossa pequena colônia, ameaçada de extinção, mas antes que prevalecesse a ideia de voltar a Cuzco, que a maioria apoiava, Pedro de Valdivia impôs o peso de sua autoridade e fez uma fieira de promessas difíceis de cumprir para conseguir que ficássemos. A primeira coisa, decidiu, seria pedir socorro ao Peru; depois, fortificar Santiago com um muro capaz de desalentar os inimigos, como o das cidades europeias. O resto se veria pelo caminho, mas devíamos ter fé no futuro, haveria ouro, prata, concessões de terras e de indígenas para trabalhá-las, garantiu. Indígenas? Não sei em quem quais pensava, porque os chilenos não deram mostras de complacência.

Pedro ordenou a Rodrigo de Quiroga que juntasse o ouro disponível, desde as escassas moedas que alguns haviam economizado durante uma vida e levavam escondidas nas botas, até o único cálice da igreja e o pouco extraído da mina de Marga-Marga. O ferreiro o fundiu e fez o apetrecho completo de um cavaleiro, freio e estribos, esporas e guarnições para a espada. O valente capitão Alonso de Monroy, assim ataviado de ouro maciço, para impressionar e atrair colonos para o Chile, foi enviado ao Peru pelo deserto com cinco soldados e os únicos seis cavalos que não estavam feridos ou nos ossos. O capelão González de Marmolejo lhes deu a bênção e nós os escoltamos por um trecho, depois nos despedimos com pesar, porque não sabíamos se os veríamos de novo.

ISABEL ALLENDE

Começaram então dois anos de miséria tremenda, dos quais gostaria de não lembrar, como gostaria de esquecer a morte de Pedro de Valdivia, mas não se pode mandar nas memórias nem nos pesadelos. Um terço dos soldados se revezavam para vigiar de dia e de noite, enquanto os demais, transformados em lavradores e pedreiros, semeavam a terra, reconstruíam as casas e levantavam o muro para proteger a cidade. Nós, mulheres, trabalhávamos lado a lado com os soldados e os *yanaconas*. Tínhamos muito pouca roupa, porque a maior parte havia sido destruída no incêndio; os homens andavam com uma tanga, como os selvagens, e as mulheres, esquecendo o pudor, de camisa. Esses invernos foram muito duros e todos adoeceram, menos Catalina e eu, que tínhamos couro de mula, como dizia González de Marmolejo, admirado. Também não havia alimento, for a umas ervas naturais do vale, pinhões, frutos amargos e raízes, comidos igualmente pelos humanos, cavalos e outros animais. As sementes que havia salvado do fogo foram usadas para plantar apenas; no ano seguinte, obtivemos vários punhados de trigo, que foram plantados de novo, de modo que não provamos pão até o terceiro ano. Pão, o alimento da alma, que falta nos fazia! Quando já nada tínhamos que interessasse ao morubixaba Vitacura para fazer trocas, ele nos virou de costas — e acabaram-se os sacos de milho e feijões, que antes conseguíamos por bem. Os soldados tinham de fazer incursões às aldeias para roubar grãos, aves, cobertores, o que pudessem achar, como bandidos. Suponho que aos quéchuas de Vitacura não faltava o essencial, mas os indígenas chilenos destruíram suas próprias plantações, decididos a morrer de inanição se assim acabassem conosco. Premidos pela fome, os habitantes das aldeias se dispersaram para o sul. O vale, antes efervescente de atividade, se despovoou de famílias, mas não de guerreiros. Michimalonko e suas hostes nunca deixaram de nos molestar, sempre prontos para atacar com a rapidez do relâmpago e em seguida desaparecer nas matas. Queimavam nossas plantações, matavam os animais, nos assaltavam se andávamos sem proteção armada, de maneira que estávamos presos dentro dos muros de Santiago. Não sei como Michimalonko alimentava seus homens, porque os indígenas já não plantavam. "Comem muito pouco, podem passar meses com uns grãos e

INÉS DA MINHA ALMA

uns pinhões", me informou Felipe, o menino mapuche, e acrescentou que os guerreiros levavam um saquinho pendurado no pescoço com um punhado de grãos assados, e com isso podiam viver uma semana.

Com sua habitual tenacidade e otimismo, que nunca esmoreciam, o governador obrigava as pessoas, esgotadas e doentes, a lavrar a terra, fazer tijolos, construir o muro fortificado e o fosso em torno da cidade, treinar para a guerra e mil outras ocupações, porque, afirmava, o ócio desmoraliza mais que a fome. Era certo. Ninguém teria sobrevivido ao desalento se tivesse tido tempo de pensar em sua sorte, mas faltava tempo, já que se trabalhava desde o amanhecer até bem tarde da noite. E se sobravam algumas horas, rezávamos, que isso nunca é demais. Tijolo a tijolo, cresceu uma muralha da altura de dois homens em torno de Santiago; tábua a tábua, surgiram a igreja e as casas. Ponto a ponto, nós, mulheres, cerzíamos os andrajos, que não eram lavados para não se desfazerem em fiapos na água. Somente usávamos roupas mais ou menos decentes em ocasiões muito especiais, que também as havia, nem tudo era lamentação; celebrávamos as festas religiosas, os casamentos, às vezes um batizado. Dava pena ver os rostos descarnados da população, as órbitas fundas, as mãos transformadas em garras, o desalento. Emagreci tanto, que quando me deitava de costas na cama me apareciam os ossos dos quadris, as costelas, as clavículas, e podia apalpar os órgãos internos mal cobertos pela pele. Endureci por fora, o corpo me secou, mas o meu coração abrandou. Sentia um amor de mãe por essas desventuradas pessoas, sonhava que tinha os peitos cheios de leite para alimentá-las todas. Chegou um dia em que me esqueci da fome, me acostumei com essa sensação de vazio e leveza que às vezes me fazia ter alucinações. Não me apareciam porcos assados com uma maçã na boca e uma cenoura no cu, como acontecia a certos soldados, que não falavam de outra coisa, mas paisagens apagadas pela neblina, onde passeavam os mortos. Ocorreu-me dissimular a miséria me esmerando na limpeza, em vista de que água havia em abundância. Iniciei uma luta contra os piolhos, as pulgas e a sujeira, mas como resultado começaram a desaparecer os ratos, baratas e outros bichos que serviam para a sopa; então deixamos de ensaboar e esfregar.

ISABEL ALLENDE

A fome é uma coisa estranha, acaba com a energia, nos torna lentos e tristes, mas clareia a mente e atiça a luxúria. Os homens, patéticos esqueletos quase nus, continuavam perseguindo as mulheres, e elas, famélicas, ficavam grávidas. Em meio à escassez nasceram algumas crianças na colônia, embora a maioria não tenha sobrevivido. Das que tínhamos no começo, morreram várias nesses dois invernos e as demais tinham os ossos à mostra, ventres inchados e olhos de velho. Preparar a magra sopa comum para espanhóis e indígenas acabou sendo um desafio muito maior que o dos ataques de surpresa de Michimalonko. Em grandes caldeirões fervíamos água com as ervas disponíveis no vale — alecrim, louro, boldo, maiteno — e depois acrescentávamos o que houvesse: uns punhados de milho ou feijão de nossas reservas, que diminuíam muito rápido, batatas ou tubérculos da mata, capim de qualquer tipo, raízes, ratos, lagartixas, grilos, vermes. Por ordem de Juan Gómez, o aguazil de nossa pequena cidade, eu dispunha de dois soldados armados dia e noite para evitar que se roubassem o pouco que tínhamos na adega e na cozinha, mas mesmo assim desapareciam punhados de milho ou algumas batatas. Eu ficava muda de pena diante desses furtos, porque Gómez teria que castigar com açoites os criados e isso só pioraria nossa situação. Havia sofrimento suficiente, não podíamos arranjar mais. Enganávamos o estômago com chás de menta, tília e mático. Se morriam animais domésticos, utilizava-se o cadáver completo: com a pele nos cobríamos, a gordura era empregada em velas, fazíamos charque da carne, as vísceras iam para os ensopados, e os cascos para fabricação de ferramentas. Os ossos serviam para dar sabor à sopa, e eram fervidos várias vezes, até que se dissolviam no caldo, como cinza. Fervíamos pedaços de couro seco para que as crianças chupassem, enganando a fome. Os cachorros que nasceram nesse ano foram dar na panela apenas se desmamaram, porque não podíamos alimentar mais cachorros, mas fizemos o possível para manter vivos os demais, já que eram a primeira linha de ataque contra os indígenas, por isso meu fiel Baltasar se salvou.

Felipe tinha uma pontaria natural, onde botava o olho botava a flecha, e sempre estava disposto a sair para caçar. O ferreiro fez flechas com pontas de ferro para ele, mais eficazes que as suas de pedras afiadas, e o rapaz

INÉS DA MINHA ALMA

voltava de suas excursões com lebres e pássaros, às vezes inclusive com um gato-montês. Era o único que se atrevia a sair sozinho pelos arredores, mimetizado com a mata, invisível para o inimigo; os soldados andavam em grupos e assim não podiam caçar nem um elefante, no caso de existirem no Novo Mundo. Da mesma forma, desafiando o perigo, trazia braçadas de capim para os animais; graças a ele os cavalos se mantinham de pé, embora magros.

Tenho vergonha de contar, mas suspeito que às vezes houve canibalismo entre os *yanaconas* e também entre alguns dos nossos desesperados homens, como treze anos mais tarde houve entre os mapuche, quando a fome se estendeu pelo resto do território chileno. Os espanhóis se serviram disso para justificar a necessidade de dominá-los, civilizá-los e cristianizá-los, já que não existia maior prova de barbárie que o canibalismo; mas os mapuche nunca tinham caído nisso antes de nossa chegada. Em certos casos, muito raros, devoravam o coração de um inimigo para adquirir seu poder, mas era um ritual, não um costume. A guerra da Araucanía causou fome. Ninguém podia cultivar o solo, porque a primeira coisa que tanto indígenas como espanhóis faziam era queimar as plantações e matar o gado do outro bando; depois veio uma seca e o *chivalongo* ou tifo, que causou terrível mortandade. Para maior castigo, houve uma praga de rãs que infestaram o solo com uma baba pestilenta. Nessa época terrível, os espanhóis, que eram poucos, se alimentavam do que roubavam dos mapuche, mas estes, que eram milhares e milhares, vagavam meio mortos pelos campos ermos. A falta de alimento os levou a comer a carne de seus semelhantes. Deus deve levar em conta que essa infeliz gente não o fez com intenção de pecar, mas por necessidade. Um cronista, que fez as campanhas do sul em 1555, escreveu que os indígenas apareciam para comprar pernas de homem como quem compra um pernil de lhama. A fome... quem não a sofreu não tem direito de julgar. Rodrigo de Quiroga me contou que, no inferno da selva fervente dos Chunchos, os indígenas devoravam seus próprios companheiros. Se a necessidade forçou os espanhóis a participar desse pecado, absteve-se de mencioná-lo. Catalina, no entanto, me garantiu que os *viracochas* não são diferentes de qualquer outro mortal, que alguns

ISABEL ALLENDE

desenterravam os mortos para assar as coxas e saíam para caçar indígenas no vale com o mesmo fim. Quando contei a Pedro, ele me calou, tremendo de indignação, pois lhe parecia impossível que um cristão cometesse semelhante infâmia; então lhe recordei que, graças a mim, ele comia um pouco melhor que os demais da colônia, e por isso mesmo devia se calar. Bastava ver a alegria demente de quem conseguia caçar um rato na margem do Mapocho para compreender que inclusive o canibalismo podia acontecer.

Felipe, ou Felipinho, como chamavam o jovem mapuche, se transformou na sombra de Pedro de Valdivia e acabou sendo uma figura familiar na cidade, mascote dos soldados, a quem divertia a forma como imitava os modos e a voz do governador, sem intenção de zombaria, mas por admiração. Pedro fingia não se dar conta, mas sei que o envaidecia a calada atenção do rapaz e sua presteza para servi-lo: polia sua armadura com areia, afiava sua espada, engraxava seu cinto se conseguia sebo e, principalmente, cuidava de Sultán como se fosse seu irmão. Pedro o tratava com essa jovial indiferença com que se convive com um cachorro fiel; não necessitava lhe falar, Felipe adivinhava os desejos do Pai. Pedro ordenou a um soldado que ensinasse o menino a usar um arcabuz, "para que defenda as mulheres da casa em minha ausência", disse, o que me ofendeu, porque era sempre eu quem defendia não só as mulheres como os homens também. Felipe era um rapaz contemplativo e silencioso, capaz de passar horas imóvel, como um monge ancião. "É preguiçoso, como todos os da sua raça", diziam dele. Com o pretexto das aulas de *mapudungu* — uma imposição quase intolerável para ele, porque me desprezava por ser mulher —, descobri boa parte do que sei sobre os mapuche. Para eles a Santa Terra dá, as pessoas pegam o necessário e agradecem, não pegam mais e não acumulam; o trabalho é incompreensível, porque o futuro não existe. Para que serve o ouro? A terra não é de ninguém, o mar não é de ninguém; apenas a ideia de possuí-los ou dividi-los produzia ataques de riso no habitualmente sombrio Felipe. As pessoas também não pertencem aos outros. Como os *huincas* podem comprar e vender pessoas se não são suas? Às vezes o rapaz passava dois ou

INÉS DA MINHA ALMA

três dias mudo, esquivo, sem comer, e, se perguntávamos o que acontecia, a resposta era sempre a mesma: "Há dias alegres e há dias tristes. Cada um é dono de seu silêncio." Não se dava bem com Catalina, que desconfiava dele, mas se contavam os sonhos, porque para ambos a porta estava sempre aberta entre as duas metades da vida, noturna e diurna, e através dos sonhos a divindade se comunicava com eles. Não fazer caso dos sonhos causa grandes desgraças, afirmavam. Felipe nunca permitiu que Catalina lhe tirasse a sorte com suas contas e conchas de adivinhação, pelas quais sentia um terror supersticioso, como se negava a provar suas ervas medicinais.

Os criados estavam proibidos de montar os cavalos, sob pena de serem chicoteados, mas com Felipe se abriu uma exceção, já que ele os alimentava e era capaz de domá-los sem violência, falando-lhes ao ouvido em *mapudungu*. Aprendeu a cavalgar como um cigano, e suas proezas causavam sensação nesta aldeia triste. Grudava-se no animal até ser parte dele, ia com seu ritmo, sem forçá-lo jamais. Não usava arreio nem esporas, guiava o cavalo com uma leve pressão dos joelhos e levava as rédeas na boca, assim as mãos ficavam livres para o arco e as flechas. Podia montar quando o cavalo ia a galope, se virar sobre o lombo e ficar olhando para o rabo ou se pendurar com braços e pernas de modo que galopava com o peito contra o ventre do animal. Os homens formavam uma arena, para vê-lo, e, por mais que tentassem, nenhum conseguiu imitá-lo. Às vezes sumia por vários dias em suas excursões de caça e, justo quando já o considerávamos morto por Michimalonko, retornava são e salvo com uma fieira de pássaros no ombro para enriquecer nossa pobre sopa. Valdivia se preocupava quando ele desaparecia; em mais de uma ocasião o ameaçou com o chicote se voltasse a sair sem permissão, mas nunca cumpriu o que disse, porque dependíamos do produto de suas caçadas. No centro da praça estava o tronco ensanguentado onde se aplicavam os castigos, mas a Felipe não parecia causar nenhum temor. Nesse tempo tinha se tornado um adolescente magro, alto para alguém de sua raça, puro osso e músculo, de expressão inteligente e olhos sagazes. Era capaz de carregar nas costas mais peso do que qualquer homem adulto e cultivava um desprezo absoluto pela dor e a morte. Os soldados admiravam seu estoicismo, e alguns, para se entreter, o punham à prova. Tive de proibir que o desafiassem a pegar brasas com a mão ou cravar-se espinhos untados com pimenta. Inverno e verão, se banhava por horas nas águas sempre frias do Mapocho. Explicou para nós que a água gelada fortalece o coração, por isso as mães mapuche mergulham as crianças na água apenas nascem. Os espanhóis, que fogem do banho como do fogo, se instalavam no alto do muro para observá-lo nadar e fazer apostas sobre sua resistência. Às vezes Felipe mergulhava nas águas agitadas do rio durante vários pais-nossos e, quando os curiosos já começavam a pagar as apostas aos ganhadores, Felipe aparecia ileso.

O pior desses anos foram o desamparo e a solidão. Esperávamos socorro sem saber se haveria de chegar, tudo dependia das diligências do capitão Monroy. Nem mesmo a infalível rede de espiãs de Cecília pôde dar notícias dele e dos outros cinco bravos, mas não nos iludíamos. Teria sido um milagre se esse punhado de homens tivesse passado entre os indígenas hostis, cruzado o deserto e chegado a seu destino. Pedro me dizia, na intimidade de nossas conversas na cama, que o verdadeiro milagre seria se Monroy conseguisse ajuda no Peru, onde ninguém queria investir dinheiro na Conquista do Chile. Os enfeites de ouro de seu cavalo conseguiriam impressionar os curiosos, mas não os políticos e comerciantes. O mundo se reduziu para nós a umas quantas quadras dentro de um muralha de tijolos, nas mesmas caras estragadas, nos dias sem notícias, na eterna rotina, nas esporádicas saídas da cavalaria em busca de comida ou para repelir um grupo de indígenas atrevidos, nos rosários, procissões e enterros. Até as missas foram reduzidas ao mínimo, porque nos restava apenas meia garrafa de vinho para consagrar e teria sido um sacrilégio usar chia. Mas água não faltou, não; fizemos poços, porque às vezes os indígenas nos impediam de ir ao rio ou atulhavam de pedra os canais de irrigação dos incas. Meu talento para localizar água não era necessário, porque onde cavássemos havia em abundância. Como carecíamos de papel para anotar as atas de prefeitura e as sentenças judiciais, se usavam tiras de couro, mas num descuido os cachorros famintos as comeram, de modo que há poucos registros oficiais das misérias passadas nesses anos.

INÉS DA MINHA ALMA

Esperar e esperar, nisso se iam nossos dias. Esperávamos os indígenas com as armas na mão, esperávamos que um rato caísse na ratoeira, esperávamos notícias de Monroy. Estávamos cativos dentro da cidade, rodeados de inimigos, meio mortos de fome, mas havia certo orgulho na desgraça e na pobreza. Para as festividades, os soldados colocavam as armaduras completas sobre o corpo nu ou protegido com pedaços de pele de coelho ou de rato, porque não dispunham de roupa, mas as mantinham brilhantes como prata. A única sotaina de González de Marmolejo estava dura de remendos e sujeira, mas, para a missa, botava por cima um pedaço de mantel de renda que havia se salvado do incêndio. Como Cecília e outras mulheres dos capitães, eu carecia de saias decentes; mas passávamos horas nos penteando e pintávamos os lábios de rosa com o fruto amargo de um arbusto que, segundo Catalina, era venenoso. Nenhuma morreu disso, mas é certo que nos produzia uma caganeira muito feia. Referíamo-nos a nossas misérias sempre em tom de brincadeira, porque se queixar a sério seria coisa de covardes. Os *yanaconas* não entendiam essa forma de humor, tão espanhola, e andavam como cachorros apedrejados, sonhando em voltar ao Peru. Algumas mulheres indígenas escaparam para se entregar aos mapuche, com quem pelo menos não passariam fome, e nenhuma regressou. Para evitar que fossem imitadas, espalhamos o boato de que tinham sido devoradas, embora Felipe garantisse que os mapuche sempre estão dispostos a acrescentar outra mulher a suas famílias.

— O que acontece com elas quando o marido morre? — lhe perguntei em *mapudungu*, pensando na mortandade de guerreiros que as batalhas causavam.

— É feito o que se deve: o filho mais velho herda todas, menos sua mãe — me respondeu.

— E você, menino, ainda não quer se casar? — sugeri na brincadeira.

— Não é o momento de roubar uma mulher — respondeu, muito sério.

Na tradição mapuche, o noivo rouba a moça que deseja, com a ajuda de seus irmãos e amigos, segundo me contou. Às vezes o grupo de rapazes entra com violência na casa da menina, amarra os pais e a leva espernеando, mas depois se dá um jeito na ofensa, desde que a noiva esteja de acordo, quando o pretendente paga a soma correspondente em animais e outros bens a seus futuros sogros. Assim formalizam a união. O homem pode ter várias esposas, mas deve dar as mesmas coisas para cada uma e tratá-las do mesmo modo. Com frequência se casa com duas ou mais irmãs, para não separá-las. González de Marmolejo, que costumava assistir a minhas lições de *mapudungu*, explicou a Felipe que esta lascívia desenfreada era prova evidente da presença do demônio entre os mapuche, que sem a água sagrada do batismo terminariam se assando nas brasas do inferno. O rapaz lhe perguntou se o demônio também estava entre os espanhóis, que tomavam uma dezena de índias sem retribuir os pais com lhamas e guanacos, como se deve, e além disso batiam nelas, não davam tratamento igual a todas e as trocavam por outras quando lhes dava na telha. Talvez espanhóis e mapuche acabassem se encontrando no inferno, onde continuariam se matando uns aos outros por toda a eternidade, sugeriu. Eu tive de sair da sala depressa, aos tropeções, para não rir nas veneráveis barbas do clérigo.

Pedro e eu fôramos feitos para o esforço, não para a ócio. O desafio de sobreviver mais um dia e manter alto o moral da colônia nos enchia de energia. Apenas quando estávamos sozinhos nos permitíamos o desalento, mas não durava muito, logo zombávamos de nós mesmos. "Prefiro comer ratos aqui com você, que vestida de brocado nas cortes de Madri", lhe dizia eu. "Digamos, antes, que prefere ser Governadora aqui, que fazer empadas em Plasencia", me respondia. E caíamos abraçados sobre a cama, rindo como crianças. Nunca estivemos mais unidos, nunca fizemos amor com tanta paixão e sabedoria como nessa época. Quando penso em Pedro, são esses os momentos que guardo; assim quero lembrá-lo, como era aos quarenta e poucos anos, maltratado pela fome, mas com o ânimo forte e decidido, cheio de esperança. Acrescentaria que desejo lembrá-lo apaixonado, mas seria redundante, porque sempre esteve apaixonado, inclusive quando nos separamos. Sei que morreu pensando em mim. No ano de sua morte, 1553, eu me achava em Santiago e ele guerreando em Tucapel, a muitas léguas de distância, mas soube tão claramente que agonizava e morria, que quando me trouxeram a notícia, várias semanas mais tarde, não derramei uma lágrima. Meu pranto já havia se esgotado.

INÉS DA MINHA ALMA

Em meados de dezembro, dois anos depois da partida do capitão Monroy em sua arriscada missão, quando nos encontrávamos preparando uma modesta festa de Natal com cânticos e um presépio improvisado, chegou às portas de Santiago um homem esgotado e coberto de pó, a quem quase não deixaram entrar, porque a princípio as sentinelas não o reconheceram. Era um dos nossos *yanaconas*; estava há dois dias correndo e tinha dado um jeito de chegar à cidade deslizando sem ser visto pelas matas infestadas de indígenas inimigos. Pertencia a um pequeno grupo que Pedro havia deixado numa praia da costa com a esperança de que chegasse socorro do Peru. Sobre um promontório mantinham dispostas várias fogueiras, prontas para acender se aparecesse um navio. Por fim os vigias, que observavam o horizonte há uma eternidade, viram uma vela no mar e, eufóricos, fizeram os devidos sinais. O barco, capitaneado por um antigo amigo de Pedro de Valdivia, trazia a ajuda tão esperada.

— Que esteja levando gente e cavalos para estar trazendo a carga, pois, papai. Isso só que está mandando dizer o *viracocha* do barco — arquejou o indígena, extenuado.

Pedro de Valdivia saiu a galope com vários capitães rumo à praia. É difícil descrever o alvoroço que se apoderou da cidade. Era tanto o alívio, que esses endurecidos soldados choravam, e tanta a expectativa, que ninguém fez caso ao padre quando chamou para uma missa de ação de graças. A população inteira estava debruçada no muro, espiando o caminho, embora soubéssemos que os visitantes levariam dias para chegar a Santiago.

Uma expressão de horror pintou-se no rosto dos homens do barco quando viram aparecer Valdivia e seus soldados na praia e, depois, quando chegaram à cidade e saímos para recebê-los. Isso nos deu uma ideia aproximada da magnitude de nossa miséria. Tínhamos nos acostumado com nosso aspecto de esqueletos, com os farrapos e com a sujeira, mas ao compreender que inspirávamos lástima, sentimos profunda vergonha. Embora tivéssemos nos enfeitado o melhor possível e que Santiago nos parecesse esplêndido na luz radiante do verão, os hóspedes ficaram com a mais lamentável das impressões, inclusive pretenderam dar roupas a Valdivia e a outros capitães, mas não há pior ofensa para um espanhol que

ISABEL ALLENDE

receber caridade. O que não pudemos pagar ficou anotado como dívida, e Valdivia avalizou os demais, porque não tínhamos ouro. Os comerciantes que haviam contratado o barco no Peru ficaram satisfeitos, porque triplicaram o investido e estavam seguros de que cobrariam a dívida; a palavra de Valdivia lhes parecia garantia suficiente. Entre eles se achava o mesmo comerciante que emprestara dinheiro a Pedro em Cuzco, como agiota, para financiar a expedição. Vinha cobrar sua parte multiplicada, mas teve de chegar a um acordo justo, porque ao ver o estado de nossa colônia compreendeu que de outro modo não recuperaria nada. Do carregamento do navio Pedro me comprou três camisas de linho e uma de fina cambraia, saia para uso diário e outras de seda, botas de trabalho e calçado feminino, sabão, creme de flor de laranjeira para o rosto e um frasco de perfume, luxos que pensei que nunca mais voltaria a ver.

O navio tinha sido enviado pelo capitão Monroy. Enquanto nós suportávamos tribulações em Santiago, ele e seus cinco companheiros conseguiram chegar até Copiapó, onde caíram nas mãos dos indígenas. Quatro soldados foram aniquilados no ato, mas Monroy, montado em seu alazão de ouro, e outro homem sobreviveram por um insólito golpe de sorte; salvou-os um soldado espanhol, fugido da justiça do Peru, que vivia no Chile há anos. O homem havia perdido as duas orelhas por ser ladrão e, envergonhado, fugiu de todo contato com os de sua raça e se refugiou entre os indígenas. O castigo por roubo é a amputação de uma mão, costume que está na Espanha desde o tempo dos mouros, mas no caso de um soldado se prefere cortar o nariz ou as orelhas, assim o acusado não fica inútil para lutar. O desorelhado conseguiu intervir para que os indígenas não matassem o capitão, a quem supôs muito rico, a julgar pelo ouro que levava em cima, e por seu acompanhante. Monroy era um homem simpático e tinha o dom da palavra fácil; caiu tão bem no gosto dos indígenas, que eles não o trataram como prisioneiro, mas como amigo. Ao cabo de três meses de agradável cativeiro, o capitão e o outro espanhol conseguiram escapar a cavalo, mas sem os arreios imperiais, naturalmente. Dizem que nesses meses Monroy se apaixonou pela filha do cacique e a deixou grávida, mas isto pode ser conversa fiada do próprio capitão ou mito popular, desses que

INÉS DA MINHA ALMA

nunca faltam entre nós. O caso é que Monroy chegou ao Peru e conseguiu reforços, entusiasmou vários comerciantes, mandou o navio ao Chile e ele veio por terra com setenta soldados, que chegaram meses mais tarde. Este Alonso de Monroy, galante, leal e de grande coragem, morreu no Peru uns dois anos mais tarde em circunstâncias misteriosas. Uns dizem que o envenenaram, outros que se foi devido à Peste ou pela picada de uma aranha, e não faltam os que acreditam que ainda está vivo na Espanha, para onde regressou silenciosamente, cansado de guerras.

O navio nos trouxe soldados, alimento, vinho, armas, munições, vestidos, vasilhas e animais domésticos, quer dizer, os tesouros com que sonhávamos. O mais importante foi o contato com o mundo civilizado; já não estávamos sós no último canto do planeta. Também chegaram, para aumentar nossa colônia, cinco mulheres espanholas, esposas ou parentes de soldados. Pela primeira vez desde que saí de Cuzco pude me comparar com outras mulheres de minha raça e comprovar quanto havia mudado. Decidi deixar as botas e as roupas de homem, eliminar as tranças e fazer um penteado mais elegante, untar o rosto com o creme que Pedro me deu e, por fim, cultivar as graças femininas que há anos havia descartado. O otimismo voltou a encher os corações de nossa gente, nos sentíamos capazes de enfrentar Michimalonko e o próprio Diabo, se se apresentassem em Santiago. Certamente o teimoso cacique percebeu isso de longe, porque não voltou a atacar a cidade, embora tenha sido necessário combatê-lo seguidamente nos arredores e persegui-lo até suas *pucaras*. Em cada um desses encontros havia uma tal mortandade de indígenas, que cabia se perguntar de onde saíam outros.

Valdivia fez valer as concessões que havia atribuído a mim e a alguns de seus capitães. Mandou emissários pedir aos indígenas pacíficos que voltassem ao vale, onde sempre tinham vivido antes de nossa chegada, e lhes prometeu segurança, terra e comida em troca de nos ajudar, já que as fazendas sem almas eram terra inútil. Muitos desses indígenas, que escaparam por medo à guerra e ao saque dos barbudos, voltaram. Graças a isso começamos a prosperar. O governador também convenceu o morubixaba Vitacura que nos cedesse indígenas quéchuas, mais eficazes no trabalho

217

pesado que os chilenos, e com novos *yanaconas* pôde explorar a mina de Marga-Marga e outras de que teve notícia. Não havia pior serviço que o das minas. Pude ver nelas centenas de homens e igual número de mulheres, algumas grávidas, outras com crianças presas nas costas, submersas na água fria até a cintura, lavando areia para achar ouro, desde o amanhecer até o pôr-do-sol, expostos às doenças, ao chicote dos capatazes e aos abusos dos soldados.

Hoje, ao sair da cama, me falharam as forças pela primeira vez em minha longa vida. Com ajuda das criadas me vesti para ir à missa, como faço todo dia, já que gosto de saudar Nossa Senhora do Socorro, agora dona de sua própria igreja e de uma coroa de ouro com esmeraldas; fomos amigas por muito tempo. Procuro ir à primeira missa da manhã, a dos pobres e dos soldados, porque a essa hora a luz na igreja parece vir direto do céu. O sol da manhã entra pelas altas janelas e seus raios resplandecentes cruzam a nave como lanças, iluminando os santos em seus nichos e às vezes também os espíritos que me rodeiam, ocultos atrás dos pilares. É uma hora quieta, propícia à oração. Não há nada tão misterioso como o momento em que o pão e o vinho se transformam no corpo e no sangue de Jesus Cristo. Assisti a esse milagre milhares de vezes durante minha vida, mas ainda me surpreende e comove como no dia de minha Primeira Comunhão. Não posso evitá-lo, sempre choro ao receber a hóstia. Enquanto puder me mover, continuarei indo à igreja e não deixarei minhas obrigações: o hospital, os pobres, o convento das agostinianas, a construção das ermidas, a administração de minhas concessões e esta crônica, que se alonga além do conveniente, talvez.

Mas ainda não me sinto derrotada pela idade, embora admita que fiquei meio entrevada e esquecida, que já não sou capaz de fazer bem o que antes fazia sem pensar duas vezes; as horas não me rendem. No entanto, não abandonei a velha disciplina de me levantar e me vestir com esmero; pretendo me manter vaidosa até o final, para que Rodrigo me encontre limpa e elegante quando nos reunamos no outro lado. Setenta anos não me parece

INÉS DA MINHA ALMA

idade demais... Se meu coração aguentasse, poderia viver mais dez, e nesse caso me casaria de novo, porque se necessita amor para se continuar vivendo. Estou certa de que Rodrigo entenderia isso, tal como eu faria se fosse o contrário. Se ele estivesse comigo, nos divertiríamos juntos até o final de nossa existência, devagar e sem alarde. Acho que temia mais que nada fazer papel de ridículo, os homens são muito orgulhosos nesse assunto; mas há muitas maneiras de se amar, e eu teria inventado alguma para que inclusive nós, velhinhos, continuássemos gozando como nos melhores tempos. Tenho saudade de suas mãos, seu cheiro, suas costas largas, seu cabelo suave na nuca, o toque de sua barba, o sopro de sua respiração em minhas orelhas quando estávamos juntos na escuridão. É tanta a necessidade de abraçá-lo, de estar deitada com ele, que às vezes não posso conter um grito sufocado. Onde está, Rodrigo? Que falta me faz!

Esta manhã me vesti e saí para a rua, apesar do cansaço nos ossos e no coração, porque é terça-feira e tenho de ir à casa de Marina Ortiz de Gaete. Os criados me levam numa cadeira porque ela vive perto e não vale a pena pegar uma carruagem; a ostentação é muito malvista neste reino, e tenho medo de que a carruagem que Rodrigo me deu peque por vistosa. Marina tem alguns anos menos que eu, mas, comparada com ela, me sinto uma criança; se transformou numa beata escrupulosa e feia, e que Deus me perdoe a má língua. "Bote uma sentinela em sua boca, mãe", me aconselha Isabel, rindo, quando me ouve falar assim, embora eu suspeite que você se diverte com meus disparates; além disso, filha, ganhei o direito de dizer o que outros não se atrevem. As rugas e os melindres de Marina me produzem certa satisfação, mas luto contra este sentimento mesquinho porque não desejo passar mais dias no purgatório que os necessários. Nunca gostei das pessoas cheias de achaques e de caráter fraco, como Marina. Tenho pena, porque até os parentes que ela trouxe da Espanha, e que agora são prósperos habitantes de Santiago, a esqueceram. Não os culpo, porque esta boa senhora é muito enfadonha. Pelo menos não vive na pobreza, tem uma viuvez digna, mesmo que isso não compense sua má sorte de esposa abandonada. Como está sozinha essa infeliz mulher, que espera minhas visitas com ansiedade! Se me atraso, encontro-a choramingando. Bebemos xícaras de chocolate enquanto dissimulo os bocejos e falamos da única coisa que temos em comum: Pedro de Valdivia.

Marina vive no Chile há vinte e cinco anos. Chegou por volta de 1554, disposta a assumir o papel de esposa do governador, com uma corte de familiares e aduladores decididos a desfrutar da riqueza e do poder de Pedro de Valdivia, a quem o rei tinha dado o título de marquês e a Ordem de Santiago. Mas Marina se deparou com a surpresa de que era viúva. Uns meses antes seu marido havia morrido nas mãos dos mapuche, sem nem ter sabido das honras recebidas do rei. Para cúmulo, o tesouro de Valdivia, que tanta falação provocara, acabou sendo pura quimera. Tinham acusado o governador de enriquecer demais, de ter ficado com as terras mais extensas e férteis, de explorar um terço dos indígenas para seu próprio pecúlio, mas no fim das contas se demonstrou ser mais pobre que qualquer um de seus capitães, inclusive precisou vender sua casa na Praça de Armas para pagar suas dívidas. A prefeitura não teve a decência de dar uma pensão para Marina Ortiz de Gaete, esposa legítima do conquistador do Chile, ingratidão tão frequente por estes lados que inclusive tem nome: "o pagamento do Chile". Tive de comprar uma casa e assumir seus gastos, para evitar que o fantasma de Pedro me falasse ao ouvido. Menos mal que posso fazer quase tudo que quero, como fundar instituições, garantir um nicho na igreja para ser sepultada, manter uma multidão de agregados, deixar minha filha bem colocada e estender a mão para a esposa do meu antigo amante. O que importa agora se um dia fomos rivais?

Acabo de me dar conta de que tenho muitas páginas escritas e ainda não expliquei por que este afastado território é o único reino da América. O sacro imperador Carlos V pretendia casar seu filho Felipe com Maria Tudor, rainha da Inglaterra. Que ano seria isso? Pela mesma época em que Pedro morreu, me parece. O jovem necessitava título de rei para realizar o enlace e como seu pai não pensava deixá-lo no trono ainda, decidiram que o Chile seria um reino e Felipe seu soberano, o que não melhorou nossa sorte, mas nos deu categoria.

No mesmo navio em que chegou Marina — que então tinha quarenta e dois anos e era ignorante, mas bonita, com essa beleza deslavada das loiras maduras — vinham Daniel Belalcázar e minha sobrinha Constanza, de quem havia me despedido em Cartagena em 1538. Pensei que não voltaria a ver minha sobrinha, que em vez de se tornar freira, como havíamos combinado, se casou apressada aos quinze anos com o cronista que a seduziu no barco. A surpresa que levamos foi maiúscula, porque eu supunha que tinham perecido tragados pela selva, e eles jamais imaginaram que eu terminaria fundando um reino. Ficaram quase dois anos no Chile estudando o passado e os costumes dos mapuche, mas de longe, porque não era coisa de ir se meter entre eles, a guerra estava em seu apogeu. Belalcázar dizia que os mapuche se parecem com alguns asiáticos que tinha visto em suas viagens. Considerava-os grandes guerreiros e não dissimulava sua admiração por eles, como aconteceu depois com o poeta que escreveu uma epopeia sobre a Araucanía. Mencionei-o antes? Talvez não, mas já é um pouco tarde para me ocupar dele. Chamava-se Ercilla. Ao compreender que nunca poderiam se aproximar dos mapuche para desenhá-los e lhes fazer perguntas pessoais, os Belalcázar continuaram sua peregrinação pelo mundo. Eram sócios perfeitos para os empreendimentos científicos, ambos padeciam da mesma insaciável curiosidade e do mesmo desprezo olímpico pelos perigos de suas descabeladas aventuras.

Daniel Belalcázar me plantou na cabeça a ideia de fundar um estabelecimento de ensino, pois considerou o cúmulo que no Chile nos déssemos ares de colônia civilizada e que se contassem nos dedos da mão as pessoas que sabiam ler. Propus o projeto a González de Marmolejo, e ambos lutamos por anos para criar escolas, mas ninguém se interessou. Que gente mais ignorante! Temem que se o povo aprender a ler cairá no vício de pensar, e daí a se rebelar contra a Coroa é questão de um suspiro.

Como dizia, hoje não foi um bom dia para mim. Em vez de me ater ao relato de minha vida, me pus a divagar. Cada dia me custa mais me concentrar nos fatos, porque me distraio; nesta casa há muita confusão, mesmo que você me garanta que é a mais tranquila de Santiago.

— São ideias suas, mãe. Aqui não há nenhuma confusão, pelo contrário, só há almas penadas — me disse ontem à noite.

— Exatamente, Isabel, estou falando disso.

ISABEL ALLENDE

Você é como seu pai, prática e racional, por isso não percebe a multidão que passeia sem permissão pela minha casa. Com a idade se atenua o véu que separa este mundo do outro, e começo a ver o invisível. Suponho que quando eu morrer você reformará este ambiente, dará meus móveis velhos e pintará as paredes com outra mão de cal, mas lembre que me prometeu que guardará estas páginas escritas para você e também para seus descendentes. Se preferir, pode entregá-las aos padres mercedários ou dominicanos, que me devem alguns favores. Lembre-se também de que deixarei um fundo em dinheiro para manter Marina Ortiz de Gaete até o último dia de sua vida e para dar de comer aos pobres, que estão acostumados a receber seu prato diário na porta desta casa. Acho que já lhe disse tudo isto, me perdoe se me repito. Estou certa de que cumprirá minhas disposições, Isabel, porque também nisso você saiu a seu pai: tem o coração reto e sua palavra é sagrada.

A sorte de nossa colônia deu uma virada quando estabelecemos contato com o Peru e começaram a chegar provisões e gente disposta a povoar. Graças aos galeões que iam e vinham pudemos encomendar o indispensável para prosperar. Valdivia comprou ferro, munições e canhões; eu encomendei árvores e sementes da Espanha, que se dão bem neste clima chileno, ovelhas, cabras e gado. Por erro, me trouxeram oito vacas e doze touros; um apenas teria bastado. Aguirre quis aproveitar o mal-entendido para inaugurar a primeira praça de touros, mas os animais vinham ensimesmados pela viagem marítima e não serviam para dar chifradas. Não se perderam, já que dez foram transformados em bois e usados no arado e no transporte. Os outros dois cumpriram seus destinos e agora há tropas abundantes desde os pastos de Copiapó até o vale do Mapocho. Construímos um moinho e fornos públicos, tínhamos uma canteira e serrarias, estabelecemos lugares para fazer telhas e tijolos, oficinas de curtume, vime, velas, arreios e móveis. Havia dois alfaiates, quatro escrivães, um médico — que por infelicidade não ajudava muito — e um estupendo veterinário. No passo acelerado em que a cidade crescia, logo o vale ficaria despojado de

INÉS DA MINHA ALMA

árvores, tanta era a pujança de nossas construções. Não posso dizer que a vida fosse folgada, mas não voltou a faltar alimento e até os *yanaconas* engordaram e ficaram preguiçosos. Não tivemos problemas graves, fora a praga de ratos que as *machis* dos indígenas provocaram com suas falsas artes para incomodar os cristãos. Não podíamos defender as sementeiras, as casas nem as roupas; os ratos comiam tudo, menos o metal. Cecília ofereceu a solução que usavam no Peru: tinas cheias de água até a metade. Pela noite púnhamos várias em cada casa e amanheciam com até quinhentos ratos afogados, mas a praga não acabou até que Cecília conseguiu um feiticeiro quéchua capaz de desfazer o encantamento das *machis* chilenas.

Valdivia pedia aos soldados que mandassem buscar suas esposas da Espanha, como ordenava o rei, e alguns o fizeram, mas a maioria preferia viver amancebado com várias índias jovens que com uma espanhola madura. Em nossa colônia havia cada vez mais crianças mestiças, que ignoravam quem era seu pai. As espanholas que vieram se reunir com seus maridos tinham de fazer vista grossa e aceitar essa situação, que no fundo não era muito diferente da situação na Espanha; no Chile continua existindo o costume de manter uma casa grande, onde vivem a esposa e os filhos legítimos, e outras casas "pequenas" para as amantes e os bastardos. Devo ser a única que nunca tolerou isso de seu marido, embora, às minhas costas, possa ter acontecido coisas que desconheço.

Santiago foi declarada a capital do reino. A população estava maior e havia mais segurança; os indígenas de Michimalonko se mantinham a distância. Isso nos permitia, entre outras vantagens, organizar passeios, almoços campestres e partidas de caça nas margens do Mapocho, que antes eram terra vedada. Designamos dias de festa para honrar os santos e outros para nos divertir com música, e neles participavam todos, espanhóis, indígenas, negros e mestiços. Havia brigas de galos, corridas de cachorros, jogos de bocha e pelota. Pedro de Valdivia, jogador entusiasta, continuou com o costume de organizar partidas de cartas em nossa casa, só que então se apostavam ilusões. Ninguém tinha um tostão, mas as dívidas eram anotadas num livro com meticulosidade de usurário, mesmo se sabendo que jamais seriam cobradas.

Quando se estabeleceu o correio com o Peru e a Espanha, pudemos mandar e receber cartas, que demoravam só um ou dois anos para chegar ao destino. Pedro começou a escrever longas missivas ao imperador Carlos V falando do Chile, das necessidades que passávamos, de seus gastos e dívidas, de sua forma de fazer justiça, de como, apesar de seus cuidados, morriam muitos indígenas e faltavam almas para o trabalho das minas e da terra. De passagem pedia benesses, já que aos soberanos cabe dá-las, mas suas justas demandas ficavam sem resposta. Queria soldados, pessoas, barcos, confirmação de sua autoridade, reconhecimento de seus trabalhos. Lia-me as cartas com vozeirão de comando, passeando pela sala, o peito inflado de vaidade, e eu nada dizia; como ia opinar sobre sua correspondência com o monarca mais poderoso da Terra, o sacrossanto e invictíssimo césar, como Valdivia o chamava? Mas comecei a me dar conta de que meu amante havia mudado, o poder lhe subia à cabeça, tinha se tornado muito soberbo. Nas cartas se referia a fabulosas minas de ouro, mais fantasia que realidade. Eram a isca para tentar os espanhóis, porque só ele e Rodrigo de Quiroga compreendiam que a verdadeira riqueza do Chile não é o ouro nem a prata, mas seu clima benigno e sua terra fecunda, que convida a gente a ficar; os outros colonos ainda acariciavam a ideia de enriquecer depressa e voltar para a Espanha.

Para assegurar viagens rápidas para o Peru, Valdivia mandou fundar uma cidade ao norte, La Serena, e um porto perto de Santiago, Valparaíso, e depois voltou os olhos para o rio Bío-Bío com vontade de domar os mapuche. Felipe me explicou que esse rio é sagrado, porque organiza o fluxo natural das águas, tranquiliza com sua frescura a ira dos vulcões e nas suas margens crescem desde as mais frondosas árvores até os mais secretos cogumelos, invisíveis, transparentes. De acordo com os documentos que Pizarro dera a Valdivia, a jurisdição de seu governo fazia fronteira com o Estreito de Magalhães, mas ninguém sabia com certeza a que distância ficava o famoso canal que unia o oceano do oriente com o do ocidente. Nesses dias chegou um barco enviado do Peru sob o comando de um jovem capitão italiano de sobrenome Pastene, a quem Valdivia deu o pomposo título de almirante e mandou explorar o sul. Bordejando a costa, Pastene divisou paisagens maravilhosas de matas profundas, arquipélagos e geleiras, mas não encontrou o estreito, que pelo visto ficava muito mais ao sul do que se supunha. Nesse meio-tempo, chegavam notícias muito ruins do Peru, onde a situação política havia se tornado desastrosa; saíam de uma guerra civil para cair em outra. Gonzalo Pizarro, um dos irmãos do falecido marquês, havia tomado o poder em aberta rebelião contra nosso rei, e era tanta a corrupção, as traições e os perjúrios no vice-reinado, que finalmente o imperador Carlos V mandou para La Gasca um padre tenaz para botar ordem. Não gastarei tinta tratando de explicar as confusões da Cidade dos Reis naquele tempo, porque nem eu mesma as entendo, mas menciono La Gasca porque esse clérigo, com a cara picada de varíola, tomou uma decisão que haveria de mudar meu destino.

Pedro fervia de impaciência não só para conquistar mais território chileno, que os mapuche defendiam até a morte, como para participar dos acontecimentos do Peru e pôr-se em contato com a civilização. Estava há oito anos afastado dos centros de poder e secretamente desejava viajar ao norte para reencontrar outros militares, fazer negócios, comprar, exibir-se com a conquista do Chile e pôr sua espada a serviço do rei contra o insubordinado Gonzalo Pizarro. Estava cansado de mim? Talvez, mas não suspeitei então; me sentia segura de seu amor, que para mim era tão natural como a água da chuva. Se o percebi inquieto, supus que se aborrecia um pouco com a vida sedentária, já que a excitação dos primeiros tempos em Santiago, que nos mantinha com a espada na mão dia e noite, dera passagem a uma existência mais ociosa e cômoda.

— Necessitamos soldados para a guerra no sul e famílias para povoar o resto do território, mas o Peru ignora meus emissários — Pedro comentou comigo uma noite, ocultando suas verdadeiras razões.

— Por acaso pretende ir você mesmo? Olhe, se você vai, por um só dia, isso aqui vai virar uma confusão. Já sabe em que está metido seu amigo De la Hoz — disse em vão, porque, sem que eu soubesse, ele já tinha tomado uma decisão.

— Deixarei Villagra em meu lugar. Tem mão firme.

— Como pensa tentar as pessoas no Peru para que venham para o Chile? Nem todos são idealistas como você, Pedro. Os homens vão para onde há riqueza, não glória apenas.

— Darei um jeito.

A ideia foi dele, eu nada tive a ver com ela. Pedro anunciou com alarde que enviaria o navio de Pastene ao Peru, e aqueles que desejavam partir e levar seu ouro podiam fazê-lo. Isto causou um entusiasmo delirante, não se falou de outra coisa em Santiago por semanas. Ir-se! Voltar à Espanha com dinheiro! Esse era o sonho de cada homem que saía do Velho Continente para as Índias: regressar rico. No entanto, quando chegou o momento de os viajantes se inscreverem, apenas dezesseis colonos decidiram aproveitar a oportunidade, venderam suas propriedades a preço vil, embalaram seus pertences, juntaram seu ouro e se dispuseram a partir. Entre os viajantes que iam na caravana para o porto se encontrava meu mentor, González de Marmolejo, que já tinha mais de sessenta anos e de algum modo tinha idealizado enriquecer de verdade a serviço de Deus. Também ia a senhora Díaz, uma "dama" espanhola chegada ao Chile uns dois anos antes num dos barcos. Tinha pouco de dama, sabíamos que era um homem vestido de mulher. "Bolas e pingulim tem a dona entre as pernas, pois", me contou Catalina. "As coisas que você imagina! Por que um homem ia se vestir de mulher?", perguntei. "Ora pra quê, senhora, para estar tirando dinheiro de outros homens...", me explicou. Chega de fofoca.

No dia marcado, os viajantes subiram ao barco e acomodaram seus baús fechados a martelo nas cabines que lhes destinaram, com o ouro dentro, bem protegido. Nisso apareceram na praia Valdivia e outros capitães, acompanhados por numerosos criados, para lhes oferecer uma refeição de despedida, peixes deliciosos e mariscos recém-tirados do mar, regados com vinhos da adega pessoal do governador. Puseram toldos de lona sobre a areia, almoçaram como príncipes e choramingaram um pouco com os discursos emotivos, principalmente a dama do pingulim, que era muito sentimental e afetada. Valdivia insistiu para que os colonos declarassem quanto ouro levavam, para evitar problemas posteriores, sábia medida que contou com a aprovação geral. Enquanto o secretário anotava cuidadosamente em seu livro as cifras que os viajantes lhe davam, Valdivia subiu no único bote disponível e cinco vigorosos marinheiros o conduziram ao barco, onde o esperavam vários de seus mais leais capitães, com quem pensava se pôr a serviço da causa do Peru. Ao se dar conta do logro, os incautos colonos

INÉS DA MINHA ALMA

ficaram uivando de raiva e alguns se lançaram a nado em perseguição do bote, mas o único que o alcançou recebeu um golpe de remo que quase lhe racha a cabeça. Pode-se imaginar a desolação dos saqueados ao ver o navio inflar as velas e se dirigir para o norte, levando suas posses terrenas.

Ao áspero capitão Villagra, que não andava para benevolências, tocou substituir Valdivia na qualidade de tenente-governador e enfrentar os furiosos colonos na praia. Seu aspecto robusto, sua cara vermelha plantada entre os ombros, seu gesto adusto e sua mão na empunhadura da espada impuseram ordem. Explicou a eles que Valdivia partia para o Peru para defender o rei, seu senhor, e para buscar reforços para a colônia no Chile, por isso fora obrigado a fazer o que fizera, mas prometia devolver até o último dobrão com sua parte correspondente da mina de Marga-Marga. "Quem concorda, tudo bem; quem não concorda, se verá comigo", concluiu. Isso não tranquilizou ninguém.

Posso compreender as razões de Pedro, que viu nesse engano, tão impróprio de seu caráter reto, a única solução para o problema do Chile. Botou na balança o dano que infligia a esses dezesseis inocentes e a necessidade de impulsionar a conquista, beneficiando milhares de pessoas, e pesou mais o segundo. Se tivesse me consultado, certamente eu teria aprovado sua decisão, embora a tivesse realizado de modo mais elegante — e, além disso, eu o teria acompanhado —, mas só compartilhou seu segredo com três capitães. Pensou que eu estragaria o plano com fofocas? Não, porque nos anos em que vivêramos juntos eu tinha demonstrado discrição e força para defender sua vida e seus interesses. Acho, antes, que temeu que eu tentasse retê-lo. Foi-se levando o mínimo indispensável, pois se houvesse feito a bagagem como devia, eu teria adivinhado seus propósitos. Partiu sem se despedir de mim, exatamente como Juan de Málaga se fora do meu lado anos antes.

A trapaça de Valdivia, porque não foi outra coisa, por mais alta que fosse a causa, foi um presente dos céus para Sancho de la Hoz, que então podia culpá-lo de um crime concreto: havia tapeado as pessoas, roubado o fruto de trabalho e penúrias de seus próprios soldados. Merecia a morte.

Quando soube que Pedro havia-se ido, me senti muito mais traída que os colonos enganados. Perdi o controle de meus nervos pela primeira e última vez na vida. Durante um dia completo arrebentei o que estava ao meu alcance e gritei de raiva, que ele já ia ver quem eu era, Inés Suárez, que ninguém me deixava largada como um trapo, que não era por nada que eu era a governadora do Chile e que todos sabiam o quanto me deviam, o que seria desta cidade de merda sem mim, que cavei valas com minhas próprias mãos, curei todo pesteado e ferido que teve, plantei, colhi e cozinhei para que não morressem de fome e, como se não bastasse, empunhei as armas como o melhor dos soldados, que Pedro me devia a vida, que o amei e o servi e o diverti, que ninguém o conhecia melhor que eu, nem lhe aguentava as manias como eu, e dê-lhe que dê-lhe com essa ladainha até que Catalina e outras mulheres me amarraram na cama e foram pedir socorro. Fiquei me debatendo, possuída pelo demônio, com Juan de Málaga instalado aos pés de minha cama, zombando de mim. Dali a pouco apareceu González de Marmolejo, muito deprimido, porque era o mais velho dos enganados e dava por certo que nunca se reporia da perda. Mas, não só recuperou seus bens com lucros, como ao morrer, vários anos mais tarde, era o homem mais rico do Chile. Como conseguiu? Mistério. Suponho que em parte eu o ajudei, porque nos associamos na criação de cavalos, ideia que me rondava desde o início da viagem ao Chile. O clérigo chegou à minha casa disposto a tentar um exorcismo, mas quando compreendeu que meu mal era apenas indignação de amante despeitada se limitou a me salpicar água-benta e rezar umas ave-marias, tratamento que me devolveu à razão.

No outro dia, Cecília veio me ver. Já tinha vários filhos, mas nem a maternidade nem os anos tinham conseguido deixar marcas em seu porte real e em seu rosto de princesa inca. Graças a seu talento para a espionagem e sua condição de esposa do aguazil Juan Gómez, conhecia tudo que sucedia nos bastidores da colônia, inclusive meu recente chilique. Encontrou-me de cama, ainda esgotada pela complicação do dia anterior.

— Pedro vai me pagar, Cecília! — anunciei como saudação.

— Trago boas-novas, Inés. Não vai precisar se vingar dele, outros farão por você — me anunciou.

INÉS DA MINHA ALMA

— O que diz?

— Os descontentes, que são muitos em Santiago, planejam acusar Valdivia na Real Audiência no Peru. Se não perde a cabeça no patíbulo, pelos menos passará o resto de sua vida na cadeia. Veja que sorte a sua, Inés!

— Isso é ideia de Sancho de la Hoz! — exclamei, saltando da cama para me vestir a toda pressa.

— Como você ia imaginar que esse idiota lhe faria tão grande favor? De la Hoz fez circular uma carta pedindo que Valdivia seja destituído e muitos moradores a assinaram. A maioria das pessoas quer se desfazer de Valdivia e nomeá-lo governador — comunicou Cecília.

— Esse fantoche não se dá por vencido — resmunguei, amarrando as botinas.

Uns meses antes o malvado cortesão havia tentado assassinar Valdivia. Como todos os planos que lhe ocorriam, esse também era bastante pitoresco: fingiu-se de muito doente, meteu-se na cama, anunciou que agonizava e queria se despedir de seus amigos e inimigos por igual, inclusive do governador. Instalou um de seus sequazes atrás de uma cortina, armado com uma adaga, para esfaquear Valdivia pelas costas quando este se inclinasse sobre a cama para ouvir os sussurros do suposto moribundo. Estes detalhes ridículos e o fato de se vangloriar deles perdiam De la Hoz, porque eu me inteirava de suas tramoias sem nenhum esforço de minha parte. Nessa ocasião, novamente avisei Pedro do perigo. A princípio ele riu às gargalhadas e se negou a acreditar em mim, mas depois aceitou investigar a fundo o assunto. Provou-se a culpa de Sancho de la Hoz, que foi condenado à forca pela segunda ou terceira vez, já perdi a conta. No entanto, na última hora Pedro o perdoou, para manter o costume.

Acabei de me vestir, despedi Cecília com uma desculpa e corri para falar com o capitão Villagra sobre o que a princesa me dissera e lhe garantir que, se De la Hoz tivesse sucesso, os primeiros a perder a cabeça seriam ele mesmo e outros homens leais a Pedro.

— Tem provas, dona Inés? — quis saber Villagra, vermelho de raiva.

— Não, só rumores, dom Francisco.

— Pra mim basta.

ISABEL ALLENDE

E assim prendeu o intrigante e o decapitou com um machado nessa mesma tarde, sem lhe dar tempo nem de se confessar. Depois ordenou que passeassem a cabeça pela cidade, agarrada pelos cabelos, antes de cravá-la numa estaca para exemplo dos hesitantes, como é usual nesses casos. Quantas cabeças vi expostas assim em minha vida? Impossível contá-las. Villagra se absteve de investir contra o resto dos conspiradores, escondidos como ratos em suas casas, porque teria que prender a população inteira, tanto era o mal-estar que reinava em Santiago contra Valdivia. Assim este capitão eliminou em uma só noite o gérmen de uma guerra civil e assim nos libertamos do verme que era Sancho de la Hoz. Não era sem tempo.

Pedro de Valdivia demorou um mês para chegar a Callao porque se deteve em vários lugares do norte à espera de notícias de Santiago; precisava ter certeza de que Villagra havia manejado habilmente a situação e lhe cobria a retaguarda. Sabia da rebelião de Sancho de la Hoz porque o havia alcançado um mensageiro com a infeliz notícia, mas não queria ser responsável direto pelo seu fim, já que isso podia acarretar problemas com a justiça. Deleitava-o enormemente que seu fiel lugar-tenente resolvesse a conspiração à sua maneira, embora tenha aparentado surpresa e desagrado diante dos fatos, pois não esquecia que seu inimigo contava com bons contatos na corte de Carlos V.

Para ser perdoado por mim, Pedro me mandou por um veloz cavaleiro, de La Serena, uma carta de amor e um anel extravagante de ouro. Fiz a carta em pedaços e dei o anel a Catalina com a condição de que o fizesse desaparecer de minha vista, porque o sangue tinha me fervido.

No caminho para o norte o governador reuniu um grupo de dez seletos capitães, que apetrechou com armaduras, armas e cavalos, valendo-se do ouro dos habitantes roubados de Santiago, e partiu com eles para se pôr sob as bandeiras do clérigo de La Gasca, legítimo representante do rei no Peru. Para se encontrar com o exército de La Gasca, os fidalgos tiveram de subir aos topos gelados dos Andes, forçando os cavalos, que caíam vencidos pela

INÉS DA MINHA ALMA

falta de ar, enquanto a eles o mal da altura lhes arrebentava os ouvidos e lhes fazia sangrar por vários orifícios do corpo. Sabiam que La Gasca, que carecia por completo de conhecimento militar, embora fosse um homem de exemplar têmpera e vontade, deveria enfrentar um exército formidável e com um general experimentado e valente. Podia se acusar Gonzalo Pizarro de qualquer coisa, menos de covarde. As tropas de La Gasca, que estavam doentes pelo esforço da viagem na cordilheira, paralisadas de frio e aterrorizadas frente à superioridade do inimigo, receberam Valdivia e seus dez capitães como anjos vingadores. Para La Gasca esses fidalgos, chegados por milagre para socorrê-lo, eram decisivos. Abraçou-os, agradecido, e entregou o comando a Pedro de Valdivia, o mítico conquistador do Chile, nomeado mestre de campo. A tropa recuperou de imediato a confiança, porque com esse general à cabeça sentia a vitória como certa. Valdivia começou por garantir o bom ânimo dos soldados com as palavras justas, produto de muitos anos de trato com seus subordinados, e depois avaliou suas forças e armamentos. Ao compreender que tinha pela frente uma tarefa ingrata, se sentiu rejuvenescer; seus capitães não o viam tão entusiasmado desde os tempos da fundação de Santiago.

Para se aproximar de Cuzco, onde deveria enfrentar o exército do rebelde Gonzalo Pizarro, Valdivia utilizou os estreitos caminhos dos incas, talhados na borda dos precipícios. Avançava com suas tropas como uma fila de insetos na maciça presença das montanhas violetas: rocha, gelo, topos perdidos nas nuvens, vento e condores. Raízes petrificadas surgiram às vezes das gretas e nelas se agarravam os homens para descansar um momento na terrível subida. As patas feridas dos animais resvalavam nos penhascos, e os soldados, unidos por cordas, deviam segurá-los pelas crinas para evitar que caíssem nos abismos profundos. A paisagem era de uma beleza esmagadora e ameaçante; aquele era um mundo de luz refulgente e sombras siderais. O vento e o granizo haviam talhado demônios nos contrafortes; o gelo preso nas fendas das rochas brilhava com as cores da aurora. Pela manhã o sol surgia distante e frio, pintando o horizonte

ISABEL ALLENDE

com traços de laranja e vermelho; pela tarde a luz desaparecia tão subitamente como havia aparecido de manhã, a cordilheira sumindo na negrura. As noites eram eternas, ninguém podia se mexer na escuridão, homens e animais se recolhiam, tiritando, pendurados nas bordas das quebradas.

Para aliviar o mal da altura e dar energia às pessoas esgotadas, Valdivia mandou que mastigassem folhas de coca, como os quéchuas faziam desde tempos imemoriais. Quando soube que Gonzalo Pizarro mandara cortar as pontes para evitar que cruzassem os rios e precipícios, ordenou aos *yanaconas* tecer cordas com as fibras vegetais da região, tarefa que realizavam com prodigiosa rapidez. Adiantou-se sem ser visto com um grupo de valentes, aproveitando a neblina da serra, até uma das passagens cortadas por Pizarro, onde ordenou aos indígenas trançar as cordas de seis em seis, ao modo tradicional dos quéchuas, e fazer pontes de esteiras de pita com elas. Um dia depois chegou La Gasca com o grosso do exército e encontrou o problema resolvido. Puderam transportar para o outro lado quase mil soldados, cinquenta cavaleiros, inumeráveis *yanaconas* e armamento pesado, balançando-se nas cordas sobre o pavoroso precipício, entre os uivos do vento. Depois Valdivia teve de obrigar os fatigados soldados a subir duas léguas de montanha abrupta, com os petrechos nas costas e puxando os canhões, até o lugar que havia escolhido para desafiar Gonzalo Pizarro. Uma vez que botou o armamento nos pontos estratégicos dos cerros, decidiu dar aos homens uns dois dias para reporem as forças, enquanto ele, imitando seu mestre, o marquês de Pescara, examinava pessoalmente a localização da artilharia e dos arcabuzes, falava com cada soldado para lhe dar instruções e preparava o plano de batalha. Parece que o vejo sobre seu cavalo, com sua armadura nova, enérgico, impaciente, calculando antecipadamente os movimentos do inimigo, dispondo a ofensiva, como o bom jogador de xadrez que era. Já não era jovem, tinha quarenta e oito anos, havia engordado um pouco e a antiga ferida do quadril lhe incomodava, mas ainda podia se manter a cavalo dois dias com suas noites, sem descanso, e sei que nesses momentos se sentia invencível. Estava tão certo do triunfo que prometeu a La Gasca que perderiam menos de trinta homens na contenda, o que cumpriu.

INÉS DA MINHA ALMA

Mal soou a primeira salva de canhões entre os cerros, os pizarristas compreenderam que se achavam diante de um general formidável. Muitos soldados, incomodados com a ideia de se bater contra o rei, abandonaram as fileiras de Gonzalo Pizarro para se unir às de La Gasca. Contam que o mestre de campo de Pizarro, velha raposa com muitíssimos anos de experiência militar, adivinhou na hora com quem devia se bater. "Há apenas um general no Novo Mundo capaz dessa estratégia: dom Pedro de Valdivia, conquistador do Chile", dizem que disse. Seu inimigo não o decepcionou, e tampouco lhe deu trégua. Ao fim de várias horas de luta e de muitas perdas, Gonzalo Pizarro teve de se render e entregar sua espada a Valdivia. Dias mais tarde foi decapitado em Cuzco, junto com o velho mestre de campo.

La Gasca havia cumprido sua missão de sufocar a insurreição e devolver o Peru a Carlos V; agora tinha de ocupar o cargo do deposto Gonzalo Pizarro, com o imenso poder que isso implicava. Devia seu triunfo ao vigoroso capitão Valdivia, e o premiou confirmando seu título de governador do Chile, dado pelos habitantes de Santiago, que até esse momento não tinha sido ratificado pela Coroa. Além disso, autorizou-o a recrutar soldados e levá-los para o Chile, desde que não fossem rebeldes pizarristas nem indígenas peruanos.

Pedro se lembraria de mim quando andava triunfante pelas ruas de Cuzco? Ou iria inchado de orgulho, pensando apenas em si mesmo? Perguntei-me cem vezes por que não me levou com ele nessa viagem. Se o tivesse feito, nossa sorte teria sido muito diferente. Fora em missão militar, claro, mas eu fui sua companheira na guerra tanto como na paz. Envergonhava-se de mim? Amante, concubina, manceba. No Chile eu era dona Inés Suárez, a Governadora, e ninguém se lembrava de que não éramos esposos legítimos. Eu mesma costumava me esquecer. As mulheres devem ter acossado Pedro em Cuzco e, depois, na Cidade dos Reis; era o herói absoluto da guerra civil, amo e senhor do Chile, supostamente rico e ainda atraente; qualquer uma ficaria honrada de desfilar de braços dados com ele. Além disso, já andava circulando a intriga do assassinato de La Gasca, homem de uma rigidez fanática, e nomear Pedro de Valdivia em seu lugar, mas ninguém se atrevia a falar disso na frente do interessado, porque para ele teria sido um insulto. A espada dos Valdivia sempre tinha servido o rei com lealdade, jamais se voltaria contra ele, e La Gasca representava o rei.

Não vale a pena, na minha idade, fazer conjecturas sobre as mulheres que Pedro teve no Peru, principalmente porque não tenho a consciência demasiado limpa: nessa época começou minha amizade amorosa com Rodrigo de Quiroga. Devo esclarecer, no entanto, que ele não tomou nenhuma iniciativa, nem deu mostras de adivinhar meus vagos desejos. Eu sabia que ele jamais atraiçoaria seu amigo Pedro de Valdivia, por isso mesmo tomei cuidado com essa mútua simpatia tanto quanto ele. Voltei-me para Quiroga por despeito? Para me vingar do abandono de Pedro? Não sei, o caso é que Rodrigo e eu nos amamos como namorados castos, com um sentimento profundo e desesperançado, que nunca pusemos em palavras, apenas em olhares e gestos. De minha parte não era uma paixão ardente, como a que senti por Juan de Málaga ou Pedro de Valdivia, mas um desejo discreto de estar perto de Rodrigo, de compartilhar sua vida, de cuidar dele. Santiago era uma cidade pequena, onde era impossível manter alguma coisa em segredo, mas o prestígio de Rodrigo era inatacável e ninguém espalhou fofocas sobre nós, apesar de que nos encontrávamos diariamente quando ele não andava guerreando. Pretextos não faltavam, porque ele me ajudava em meus projetos de construir a igreja, as ermidas, o cemitério e o hospital, e eu me encarregara de sua filha.

Você não pode se lembrar, Isabel, porque só tinha três anos. Eulália, sua mãe, que muito amou a você e a Rodrigo, faleceu nesse ano durante a epidemia de tifo. Seu pai a conduziu pela mão até minha casa e me disse: "Por favor, cuide dela por uns dias, dona Inés; veja, tenho de dar jeito nuns selvagens, mas logo estou de volta." Você era uma menininha calada e intensa, tinha cara de lhama, os mesmos olhos doces de pestanas compridas, a mesma expressão de curiosidade e os cabelos presos em dois coques eretos, como as orelhas desse animal. De sua mãe quéchua herdou a pele de caramelo, e de seu pai, as feições aristocráticas; boa mistura. Adorei você desde o momento em que cruzou minha porta, abraçada num cavalinho de madeira talhado por Rodrigo. Nunca lhe devolvi a seu pai, com diferentes

INÉS DA MINHA ALMA

desculpas mantive você a meu lado até que Rodrigo e eu nos casamos; então você foi legalmente minha. Criticaram-me porque eu a mimava e a tratava como adulta, diziam que estava criando um monstro; imagine a decepção que tiveram as más línguas ao ver o resultado.

Nesses nove anos da colônia no Chile tínhamos sustentado várias batalhas campais e inumeráveis escaramuças com os indígenas chilenos, mas não só conseguimos nos estabelecer, como também fundar novas cidades. Pensávamos estar seguros, mas na realidade os indígenas chilenos jamais aceitaram nossa presença em sua terra, como comprovaríamos nos anos seguintes. Os indígenas de Michimalonko, no norte, se preparavam há anos para um levante maciço, mas não se atreviam a atacar Santiago, como fizeram em 1541; em troca, concentraram seus esforços nos pequenos vilarejos do norte, onde os colonos espanhóis se achavam quase indefesos.

No verão de 1549, morreu dom Benito de dor de barriga, por ter comido ostras estragadas. Era muito querido por todos nós, que o considerávamos o patriarca da cidade. Havíamos chegado até o vale do Mapocho impulsionados pela esperança desse velho soldado, que comparava o Chile com o Jardim do Éden. Comigo sempre foi de uma lealdade e galanteria exemplares; por isso mesmo me desesperei quando não pude fazer nada para ajudá-lo em sua agonia. Morreu em meus braços, se retorcendo de dor, envenenado até o tutano. Estávamos na metade do funeral, a que tinham comparecido todos os moradores, quando apareceram em Santiago dois soldados em farrapos, caindo de cansaço, e um deles ferido de morte. Vinham de La Serena, viajando de noite e se escondendo de dia para evitar os indígenas. Contaram que uma noite o único vigia da pequena cidade de La Serena, recém-fundada, mal conseguiu dar o alarme antes que multidões de indígenas enfurecidos se lançassem sobre o povoado. Os espanhóis não puderam se defender e em poucas horas nada restou de La Serena. Os assaltantes torturaram até a morte homens e mulheres, despedaçaram as crianças contra as rochas e reduziram as casas a cinzas. No meio da confusão os dois soldados conseguiram escapar e, com infinitas dificuldades,

ISABEL ALLENDE

trouxeram a Santiago a horrenda notícia. Garantiram-nos que se tratava de uma revolta geral, as aldeias estavam em pé de guerra, prontas para destruir todas as aldeias espanholas.

O terror se apoderou da população de Santiago; parecia que víamos as hordas de selvagens saltando o fosso, trepando pela muralha e caindo sobre nós com a ira do diabo. De novo nos encontrávamos com as forças divididas, porque parte dos soldados havia sido destinada aos vilarejos do norte, Pedro de Valdivia se achava ausente com vários capitães, e os reforços prometidos não haviam chegado. Era impossível proteger as minas e as fazendas, que foram abandonadas, enquanto as pessoas se refugiaram em Santiago. As mulheres, desesperadas, se instalaram na igreja para rezar de dia e de noite, enquanto os homens, inclusive os velhos e os doentes, se dispuseram a defender a cidade.

A prefeitura, em reunião plenária, decidiu que Villagra fosse com sessenta homens enfrentar os indígenas no norte, antes que estes se organizassem para chegar a Santiago. Aguirre ficou encarregado da defesa da capital e Juan Gómez foi intimado a empregar qualquer meio para conseguir informação sobre a guerra, o que em poucas palavras significava torturar os suspeitos. Os gritos de dor dos indígenas supliciados contribuíam para pôr nossos nervos em frangalhos. Foram inúteis minhas súplicas de compaixão e o argumento de que mediante tortura jamais se obtinha a verdade, porque a vítima confessava o que seu verdugo desejava escutar. Eram tanto o ódio, o medo e o desejo de vingança que, ao saberem das excursões punitivas de Villagra, cuja sanha igualava a dos bárbaros, as pessoas festejavam. Com seus métodos ferozes conseguiu sufocar a insurreição, desfalcar as hostes indígenas em menos de três meses e evitar que Santiago fosse atacado. Impôs um acordo de paz aos caciques, mas ninguém esperava que a trégua fosse duradoura; nossa única esperança consistia em que o governador voltasse logo com seus capitães, trazendo mais soldados do Peru.

Meses depois da campanha militar de Villagra a prefeitura enviou para o norte Francisco de Aguirre com a missão de reconstruir as cidades aniquiladas pelos indígenas e conseguir aliados, mas o capitão basco aproveitou a oportunidade para dar rédea solta a seu impulsivo e cruel tempe-

INÉS DA MINHA ALMA

ramento. Caía sobre as aldeias sem misericórdia, prendia todos os homens, desde os meninos até os anciãos, trancava-os em barracões de madeira e os queimava vivos. Assim esteve a ponto de exterminar a população indígena e, segundo ele mesmo contava, rindo, depois tinha de engravidar as viúvas para repovoar. E não dou mais detalhes porque temo que estas páginas contenham mais truculência do que uma alma cristã pode tolerar. No Novo Mundo ninguém anda de melindres na hora de exercer a violência. O que digo? Violência como a que Aguirre praticava existe em todas as partes e em todos os tempos. Nada muda; nós, seres humanos, repetimos os mesmos pecados uma vez depois da outra, eternamente. Isto acontecia nas Índias, enquanto na Espanha o imperador Carlos V promulgava as Leis Novas, em que confirmava que os indígenas eram súditos da Coroa e advertia os comendadores que não podiam obrigá-los a trabalhar ou castigá-los fisicamente, que deviam contratá-los por escrito e lhes pagar em moeda sonante. Mais ainda, os conquistadores deviam abordar os indígenas em paz, pedindo a eles com palavras gentis que aceitassem Deus e o rei dos cristãos, que presenteassem sua terra e se pusessem às ordens de seus novos amos. Como tantas leis bem-intencionadas, estas ficaram na tinta e no papel. "Nosso soberano deve estar pior da cabeça do que supomos, se pensa que isto é possível", comentou Aguirre a respeito. Tinha razão. O que fizeram as pessoas da Espanha quando chegaram estrangeiros para impor seus costumes e sua religião? Combatê-los até a morte, naturalmente.

Enquanto isso, Pedro conseguiu reunir um número considerável de soldados no Peru e empreendeu o caminho de volta por terra seguindo a rota conhecida do deserto de Atacama. Quando já havia viajado durante semanas, um mensageiro de La Gasca o alcançou a galope com a ordem para que voltasse à Cidade dos Reis, onde havia um volumoso calhamaço de acusações contra ele. Valdivia teve de deixar o comando da tropa a seus capitães e dar meia-volta para enfrentar a justiça. De nada serviu a ajuda prestada ao rei e a La Gasca para derrotar Gonzalo Pizarro e devolver a paz ao Peru, já que de qualquer forma foi julgado.

Além dos inimigos invejosos que Valdivia granjeou no Peru havia outros detratores que viajaram do Chile a fim de destruí-lo. Eram mais de cinquenta

ISABEL ALLENDE

acusações, mas lembro apenas as mais importantes e as que me concernem. Acusaram-no de nomear-se governador sem autorização de Francisco Pizarro, que só lhe deu o título de tenente-governador; de ordenar a morte de Sancho de la Hoz e de outros espanhóis inocentes, como o jovem Escobar, condenado por ciúmes; asseguraram que havia roubado o dinheiro dos colonos, mas não esclareceram que Pedro já havia pagado quase toda essa dívida com o produto da mina de Marga-Marga, como havia prometido; disseram que havia se apoderado das melhores terras e de milhares de indígenas, sem mencionar que arcava com diversos gastos da colônia, financiava os soldados, emprestava dinheiro sem juros e, no final das contas, agia como tesoureiro do Chile com o dinheiro de seu próprio bolso, já que nunca foi avaro ou cobiçoso; acrescentaram que havia enriquecido uma tal Inés Suárez, com quem convivia em concubinato escandaloso. O que me deixou mais indignada, quando soube dos pormenores, foi que esses canalhas afirmaram que eu manejava Pedro como me dava na telha e que para obter alguma coisa do governador era necessário pagar comissão à sua amante. Passei muitas dificuldades na conquista do Chile e dediquei minha vida à construção deste reino. Não é o caso de dar uma lista do que realizei com meu esforço, porque está inscrito nos arquivos da prefeitura, e quem duvidar pode consultá-los. É certo que Pedro me honrou com concessões valiosas, terras e indígenas, o que causou rancor em pessoas mesquinhas e de memória curta, mas não é verdade que as ganhei na cama. Minha fortuna cresceu porque a administrei com o mesmo bom senso de camponesa que herdei de minha mãe, que em paz descanse. "Que saia menos do que entra", era a filosofia dela quanto ao dinheiro, fórmula que não pode falhar. Como fidalgos espanhóis que eram, Pedro e Rodrigo nunca se ocuparam da administração de seus bens ou dos negócios; Pedro morreu pobre e Rodrigo viveu rico, graças a mim.

Apesar de simpatizar com o acusado, a quem tanto devia, La Gasca levou o julgamento até as últimas consequências. Não se falava de outra coisa no Peru e meu nome andava de boca em boca: que era bruxa, usava poções para enlouquecer os homens, havia sido prostituta na Espanha e depois em Cartagena, me mantinha moça bebendo sangue de recém-nascidos, e

INÉS DA MINHA ALMA

outros horrores que me envergonha repetir. Pedro provou sua inocência, desbaratando as acusações uma a uma, e no final a única pessoa que saiu perdendo fui eu. La Gasca ratificou mais uma vez a nomeação de Pedro como governador, seus títulos e honrarias, só exigiu que pagasse suas dívidas num prazo prudente; mas em relação a mim este clérigo — que merece cozinhar no inferno — foi duríssimo. Ordenou ao governador que me despojasse de meus bens e os repartisse entre os capitães, se separasse de mim imediatamente e me enviasse ao Peru ou à Espanha, onde teria a oportunidade de expiar meus pecados num convento.

Pedro esteve ausente um ano e meio, voltando do Peru com duzentos soldados, dos quais oitenta chegaram com ele de barco e o resto por terra. Quando soube que vinha, me bateu uma febre de atividade que quase enlouqueceu os empregados. Botei todos a pintar, lavar cortinas, plantar flores nos vasos, preparar guloseimas que ele gostava, tecer cobertores e fazer lençóis novos. Era verão e já produzíamos nas hortas dos arredores de Santiago as frutas e verduras da Espanha, só que mais saborosas. Com Catalina nos dedicamos a preparar as conservas e as sobremesas favoritas de Pedro. Pela primeira vez em anos me preocupei com minha aparência, inclusive fiz primorosas camisas e saias para recebê-lo como uma noiva. Tinha em torno de quarenta anos, mas me sentia jovem e atraente, talvez porque o corpo não houvesse mudado, como é o caso das mulheres sem filhos, e porque me via refletida nos olhos tímidos de Rodrigo de Quiroga, mas temia que Pedro notasse as finas rugas dos olhos, as veias nas pernas, as mãos calejadas pelo trabalho. Decidi me abster de lhe censurar: o que estava feito, feito estava; desejava me reconciliar com ele, voltar aos tempos em que fomos amantes de lenda. Tínhamos muitas histórias em comum, dez anos de luta e paixão, que não podiam se perder. Tirei Rodrigo de Quiroga da imaginação, uma fantasia inútil e perigosa, e fui visitar Cecília para averiguar seus segredos de beleza, que tanto mexerico provocavam em Santiago, porque era uma verdadeira maravilha como essa mulher, ao contrário do resto do mundo, rejuvenescia com os anos. A casa de Juan e

ISABEL ALLENDE

Cecília era muito menor e mais modesta que a nossa, mas ela a tinha decorado de uma maneira esplêndida com móveis e enfeites do Peru, alguns inclusive do antigo palácio de Atahualpa. O chão estava coberto com várias camadas de tapetes de lã de diversas cores com motivos incaicos; ao pisar, nossos pés afundavam. O interior cheirava a canela e chocolate, que ela conseguia enquanto nós todos tínhamos de nos conformar com mate e ervas locais. Durante sua infância no palácio de Atahualpa, se acostumou tanto a essa bebida, que nos tempos do desastre em Santiago, quando padecíamos de fome, ela não chorava por necessidade de um pedaço de pão, mas pela ânsia de beber chocolate. Antes que nós, espanhóis, chegássemos ao Novo Mundo, o chocolate era reservado à realeza, aos sacerdotes e aos militares de alta classe, mas nós o adotamos com rapidez. Sentamos em almofadões, e suas silenciosas criadas nos serviram a fragrante bebida em xicarazinhas de prata lavrada por artífices quéchuas. Cecília, que em público sempre se vestia como espanhola, em casa usava a moda da corte do Inca, mais cômoda: saia reta até os tornozelos e túnica bordada, presa na cintura com uma faixa tecida de cores brilhantes. Estava descalça, e não pude deixar de comparar seus pés perfeitos de princesa com os meus, de camponesa grosseira. Usava o cabelo solto, e seu único enfeite eram uns pesados brincos de ouro, herança de sua família, trazidos para o Chile pelos mesmos misteriosos meios que os móveis.

— Se Pedro der atenção às suas rugas é porque já não a ama mais e nada que você fizer mudará os sentimentos dele — me advertiu quando lhe falei de minhas dúvidas.

Não sei se suas palavras foram proféticas ou se ela, que conhecia até os segredos mais bem guardados, já estava inteirada do que eu ignorava. Para me agradar, compartilhou comigo seus cremes, loções e perfumes, que apliquei durante vários dias, esperando impaciente a chegada de meu amante. No entanto, passou uma semana e depois outra e outra sem que Valdivia aparecesse por Santiago. Estava instalado no barco ancorado frente à enseada de Concón e governava mediante emissários, mas nenhuma de suas mensagens foi para mim. Para mim era impossível entender o que se passava, me debatia na incerteza, na raiva e na esperança, aterrada com a

INÉS DA MINHA ALMA

ideia de que houvesse deixado de me querer e pendente dos menores sinais positivos. Pedi a Catalina que me visse a sorte, mas dessa vez ela não descobriu nada nas conchas, ou talvez não tenha se atrevido a me dizer o que viu. Os dias e as semanas passavam sem notícias de Pedro; deixei de comer e quase não dormia. Durante o dia trabalhava até me esgotar e pelas noites passeava como touro selvagem pelos corredores e salões da casa, tirando faíscas do chão com os saltos das minhas botinas, impaciente. Não chorava, porque na realidade não sentia tristeza, mas raiva, e não rezava, porque achei que Nossa Senhora do Socorro não entenderia o problema. Mil vezes tive a tentação de visitar Pedro no barco para averiguar de uma vez por todas o que pretendia — eram apenas duas jornadas a cavalo —, mas não me atrevi, porque o instinto me advertiu que nessas circunstâncias não devia desafiá-lo. Suponho que pressenti minha desgraça, mas não a formulei em palavras por orgulho. Não quis que ninguém me visse humilhada, e, menos ainda, Rodrigo de Quiroga, que felizmente não me fez perguntas.

Por fim, numa tarde de muito calor, se apresentou em minha casa o padre González de Marmolejo com ar extenuado; fora e voltara a Valparaíso em cinco dias e tinha o traseiro moído pela cavalgada. Recebi-o com uma garrafa de meu melhor vinho, ansiosa, porque sabia que me trazia notícias. Pedro estava a caminho? Mandava me chamar? Marmolejo não me permitiu continuar perguntando, me entregou uma carta fechada e se foi, cabisbaixo, beber seu vinho sob a buganvília da varanda, enquanto eu a lia. Em poucas e muito precisas palavras, Pedro me comunicou a decisão de La Gasca, reiterou seu respeito e admiração por mim, sem mencionar o amor, e rogou que eu escutasse González de Marmolejo atentamente. O herói das campanhas de Flandres e Itália, das revoltas do Peru e da conquista do Chile, o militar mais valente e famoso do Novo Mundo, não se atrevia a me enfrentar e por isso estava há dois meses escondido num navio. O que aconteceu? Para mim era impossível imaginar as razões que teve para fugir. Talvez eu tivesse me transformado numa bruxa dominante, numa mandona; talvez tivesse confiado demasiado na firmeza de nosso amor, já que nunca me perguntei se Pedro me amava como eu a ele, e o assumi como uma verdade inquestionável. Não, pensei finalmente. A culpa não era minha. Não era eu quem havia mudado, mas ele. Ao sentir que envelhecia se assustou e quis voltar a ser o militar heroico e o amante juvenil que fora anos antes. Eu o conhecia bem demais, comigo não podia se reinventar ou começar de novo com vestes novas. Diante de mim seria impossível ocultar suas fraquezas ou sua idade e, como não podia me enganar, me deixou de lado.

— Leia isto, por favor, padre, e me diga o que significa — disse, e estendi a carta para ele.

— Conheço seu conteúdo, filha. O governador me fez a honra de confiar em mim e me pedir conselho.

— Então esta maldade é ideia sua?

— Não, dona Inés, são ordens de La Gasca, máxima autoridade do rei e da Igreja nesta parte do mundo. Aqui tenho os papéis, pode ver por si mesma. Seu adultério com Pedro é motivo de escândalo.

— Agora, quando já não precisam mais de mim, meu amor por Pedro é um escândalo, mas quando encontrei água no deserto, tratei dos doentes, enterrei mortos e salvei Santiago dos indígenas, então eu era uma santa.

— Sei o que sente, minha filha...

— Não, padre, nem suspeita como me sinto. É de uma ironia satânica que apenas a amante seja culpada, sendo ela livre e sendo ele casado. Bem ou mal, não me surpreende a baixeza de La Gasca, padre. Mas a covardia de Pedro...

— Não teve alternativa, Inés.

— Para um homem bem-nascido sempre há alternativa quando se trata de defender a honra. Olhe, padre, não vou embora do Chile, porque eu o conquistei e o construí.

— Cuidado com o orgulho, Inés! Suponho que não quer que venha a Inquisição resolver isso à sua maneira.

— É uma ameaça? — perguntei com um tremor que a palavra Inquisição sempre me produz.

— Nada mais longe de mim querer ameaçar você, filha. Trago a incumbência do governador de lhe propor uma solução para que possa permanecer no Chile.

— Qual?

INÉS DA MINHA ALMA

— Poderia se casar... — o religioso conseguiu dizer entre pigarros, retorcendo-se na cadeira. — Não há outro jeito para você permanecer no Chile. Não faltarão homens felizes por se casar com uma mulher com seus méritos e com um dote como o seu. Ao botar seus bens em nome de seu marido, não poderão tirá-los.

Durante um bom tempo a voz não me saiu. Custei a acreditar que estava me oferecendo essa solução torta, a última que teria me ocorrido.

— O governador quer ajudá-la, embora isso signifique renunciar a você. Não vê que age sem interesses? Que é uma prova de amor e gratidão? — acrescentou o padre.

Abanava-se com um leque, nervoso, espantando as moscas do verão, enquanto eu andava em grandes passadas pela varanda, procurando me acalmar. A ideia não era fruto de uma súbita inspiração, já tinha sido sugerida por Pedro de Valdivia a La Gasca no Peru, e este a tinha aprovado, quer dizer, minha sorte foi decidida pelas minhas costas. A traição de Pedro me pareceu gravíssima e uma onda de ódio me banhou como água suja dos pés à cabeça, enchendo-me a boca de bile. Nesse instante desejava matar o padre com as mãos nuas, e tive de fazer um enorme esforço para compreender que ele era apenas o mensageiro; quem merecia minha vingança era Pedro, e não esse pobre velho que suava de susto em sua sotaina. De repente me atingiu o peito algo como um murro que me cortou o fôlego e me fez cambalear. O coração disparou num corcoveio de cavalo xucro, como eu nunca havia sentido antes. O sangue todo me subiu às têmporas, as pernas fraquejaram e a luz me abandonou. Consegui desabar numa cadeira, de outro modo teria rolado pelo chão. O desmaio me durou apenas alguns instantes, logo recuperei os sentidos e me encontrei com a cabeça apoiada nos joelhos. Nessa postura esperei até que normalizaram as pulsações em meu peito e recobrei o ritmo da respiração. Culpei a raiva e o calor pelo rápido desmaio, sem suspeitar que meu coração se rompera e que teria de viver trinta anos mais com isso.

— Suponho que Pedro, que tanto deseja me ajudar, também se deu ao trabalho de escolher um marido para mim, não é mesmo? — perguntei a Marmolejo, quando pude falar.

— O governador tem uns dois nomes em mente...

243

ISABEL ALLENDE

— Diga a Pedro que aceito o trato e que eu mesma escolherei meu futuro marido, porque pretendo me casar por amor e ser muito feliz.

— Inés, volto a avisar que o orgulho é um pecado mortal.

— Padre, me diga uma coisa. É verdade o boato de que Pedro trouxe duas amantes com ele?

González de Marmolejo não respondeu, confirmando com seu silêncio os mexericos que haviam chegado até mim. Pedro tinha substituído uma mulher de quarenta por duas de vinte. Eram duas espanholas, María de Encio e sua misteriosa empregada, Juana Jiménez, que também compartilhava a cama de Pedro e, conforme diziam, controlava ambos com suas artes de feitiçaria. Feitiçaria? Tinham dito a mesma coisa de mim. Às vezes basta secar o suor da testa de um homem cansado para que coma pela mão que o acaricia. Não é necessário ser necromante para isso. Ser leal e alegre, escutar — ou pelo menos fingir que o faz —, cozinhar bem, vigiá-lo sem que se dê conta para evitar que cometa besteiras, gozar e fazê-lo gozar em cada abraço, e outras coisas muito simples são a receita. Poderia resumir tudo em duas frases: mão de ferro, luva de seda.

Lembro que quando Pedro me falou do camisolão de dormir com um buraco em forma de cruz que sua esposa Marina usava fiz a secreta promessa de não ocultar meu corpo ao homem que compartilhasse minha cama. Mantive essa decisão e o fiz com tal falta de vergonha até o último dia em que estive junto com Rodrigo, que ele nunca notou que minhas carnes tinham afrouxado, como as de todas as velhas. Foi simples com todos os homens que me tocaram: agi como se fosse bela e eles acreditaram. Agora estou sozinha e não tenho a quem fazer feliz no amor, mas posso garantir que Pedro o foi enquanto esteve comigo e Rodrigo também, inclusive quando sua doença o impedia de tomar a iniciativa. Desculpe, Isabel, sei que lerá estas linhas um pouco perturbada, mas é conveniente que você aprenda. Não dê atenção aos padres, que disso não sabem nada.

Santiago já era uma cidade de quinhentos habitantes, mas os mexericos circulavam tão depressa como numa aldeia, por isso decidi não perder tempo com melindres. Meu coração continuou dando saltos durante

INÉS DA MINHA ALMA

vários dias depois da conversa com o padre. Catalina me preparou uma água de *cochayuyo*, umas algas secas do mar, que pôs de molho pela noite. Faz trinta anos que bebo esse líquido viscoso ao despertar, já me acostumei a seu sabor repugnante, e graças a isso estou viva. Nesse domingo me vesti com minhas melhores roupas, peguei você pela mão, Isabel, porque vivia comigo há meses, e cruzei a praça, rumo à casa de Rodrigo de Quiroga na hora em que as pessoas saíam da missa, para que não ficasse ninguém sem me ver. Iam com a gente Catalina, coberta com seu manto negro e resmungando encantamentos em quéchua, mais eficazes que as rezas cristãs nestes casos, e Baltasar, com seu trotezinho de cachorro velho. Um indígena me abriu a porta e me conduziu à sala, enquanto meus acompanhantes ficavam no pátio empoeirado, cheio de titica de galinhas. Dei uma olhada ao redor e compreendi que havia muito trabalho pela frente para transformar esse galpão militar, nu e feio, num lugar habitável. Supus que Rodrigo nem mesmo contava com uma cama decente e dormia num catre de soldado; com razão você tinha se adaptado tão rápido às comodidades de minha casa. Seria necessário substituir esses móveis toscos de madeira e couro, pintar, comprar o necessário para cobrir as paredes e o chão, construir varandas, plantar árvores e flores, pôr fontes no pátio, substituir a palha do teto por telhas, enfim, teria distração para vários anos. Gosto de projetos. Instantes depois, entrou Rodrigo, surpreso, porque eu nunca o havia visitado em sua casa. Tinha tirado o gibão dominical e vestia calça e uma camisa branca de mangas largas, aberta no peito. Pareceu-me muito jovem e tive a tentação de sair correndo por onde havia entrado. Quantos anos aquele homem era mais novo que eu?

— Bom dia, dona Inés. O que houve? Como está Isabel?

— Venho lhe propor casamento, dom Rodrigo. O que acha? — desembuchei de uma vez, porque não era possível ficar de rodeios em semelhantes circunstâncias.

Devo dizer, em honra a Quiroga, que tomou minha proposta com uma desenvoltura de comédia. Seu rosto se iluminou, levantou os braços para o céu e lançou um longo grito de indígena, inesperado num homem de sua compostura. Claro que já conhecia os boatos do que acontecera no Peru com La Gasca e da estranha solução que ocorrera ao governador; todos os capitães comentavam, em especial os solteiros. Ele talvez suspeitasse que seria meu escolhido, mas era demasiado modesto para dar por certo. Quis lhe explicar os termos do acordo, mas não me deixou falar, me tomou em seus braços com tanta urgência que me levantou do chão e, sem mais aquela, me tapou a boca com a sua. Então me dei conta de que eu também vinha esperando aquele momento há quase um ano. Agarrei-me a sua camisa com as duas mãos e lhe devolvi o beijo com uma paixão que há muito tempo levava adormecida ou enganada, uma paixão que tinha reservada para Pedro de Valdivia e que clamava por ser vivida antes que minha juventude se fosse. Senti a certeza de seu desejo, suas mãos em minha cintura, na nuca, nos cabelos, seus lábios em meu rosto e pescoço, seu cheiro de homem jovem, sua voz murmurando meu nome, e me senti plenamente venturosa. Como pude passar num minuto da dor por ter sido abandonada para a felicidade de me sentir amada? Naqueles tempos eu devia ser muito volúvel... Jurei naquele instante que seria fiel até a morte a Rodrigo e não só cumpri esse juramento ao pé da letra como, além disso, o amei durante trinta anos, cada dia mais. Foi muito fácil amá-lo. Rodrigo sempre foi admirável, nisso todo mundo estava de acordo, mas os melhores homens costumam ter graves defeitos que só se manifestam na intimidade. Não era o caso desse nobre fidalgo, soldado, amigo e marido. Nunca pretendeu que eu esquecesse Pedro de Valdivia, a quem respeitava e queria, inclusive me ajudou a preservar sua memória para que o Chile, tão ingrato, o honre como merece, mas se propôs fazer com que eu me apaixonasse por ele e o conseguiu.

Quando por fim pudemos nos desprender do abraço e recuperar o fôlego, saí para dar uma ordem a Catalina, enquanto Rodrigo cumprimentava sua filha. Meia hora mais tarde uma fila de indígenas transportou meus baús, meu oratório e a imagem de Nossa Senhora do Socorro para a casa de Rodrigo de Quiroga, enquanto os habitantes de Santiago, que tinham ficado esperando na Praça de Armas depois da missa, aplaudiam. Necessitei de duas semanas para preparar o casamento, porque não queria me casar dissimuladamente, mas com pompa e circunstância. Era impossível decorar a casa de Rodrigo em tão pouco tempo, mas nos concentramos

INÉS DA MINHA ALMA

em transplantar árvores e arbustos para seu pátio, preparar arcos de flores e pôr toldos e longas mesas para a comida. O padre González Marmolejo nos casou no que hoje é a catedral, mas então era a igreja em construção, com a presença de muita gente, brancos, negros, indígenas e mestiços. Arranjamos para mim um virginal vestido branco de Cecília, já que não houve tempo de pedir o tecido para outro. "Case de branco, Inés, porque dom Rodrigo merece ser seu primeiro amor", opinou Cecília, e tinha razão. O casamento foi com missa cantada e depois oferecemos uma refeição com pratos de minha especialidade, empadas, ave na caçarola, bolo de milho, batatas recheadas, feijões com pimenta, cordeiro e cabrito assado, verduras de minha chácara e as variadas sobremesas que pensava preparar para a chegada de Pedro de Valdivia. O banquete foi devidamente regado com os vinhos que tirei sem remorsos da adega do governador, que também era minha. As portas da casa de Rodrigo se mantiveram abertas o dia inteiro e quem quis comer e festejar com a gente foi bem-vindo. Por entre a multidão corriam dezenas de crianças mestiças e indígenas e, sentados em cadeiras dispostas em semicírculo, estavam os anciãos da colônia. Catalina calculou que desfilaram trezentas pessoas por essa casa, mas nunca foi boa para somar, poderiam ter sido mais. No outro dia, Rodrigo e eu partimos com você, Isabel, e um séquito de *yanaconas* para passar umas semanas de amor em minha chácara. Também nos acompanharam vários soldados para nos proteger dos indígenas chilenos, que costumavam atacar os viajantes incautos. Catalina e minhas fiéis criadas trazidas de Cuzco ficaram encarregadas de ajeitar o melhor possível a casa de Rodrigo; o resto dos numerosos empregados, nos lugares de sempre. Só então Valdivia se atreveu a desembarcar com suas duas amantes e voltar para sua casa em Santiago, que encontrou limpa, organizada e bem abastecida, sem rastro meu.

CAPÍTULO SEIS

A GUERRA DO CHILE, 1549-1553

Nota-se que minha letra mudou na última parte deste relato. Durante os primeiros meses escrevi de próprio punho, mas agora me canso em poucas linhas e prefiro ditar; minha caligrafia parece uma confusão de moscas, mas a sua, Isabel, é fina e elegante. Você gosta da tinta cor de ferrugem, uma novidade chegada da Espanha que me custa muito ler, mas, já que você faz o favor de me ajudar, não posso lhe impor meu tinteiro negro. Avançaríamos mais rápido se não me perseguisse com tantas perguntas, filha. Ouvir você me diverte. Fala o castelhano cantadinho e escorregadio do Chile; Rodrigo e eu não conseguimos lhe inculcar os jotas duros e os zês castiços. Assim falava o bispo González de Marmolejo, que era sevilhano. Morreu há muito, lembra dele? Amava você como um avô, o pobre velho. Nessa época admitia ter setenta e sete anos, embora parecesse um patriarca bíblico de cem, com sua barba branca e essa tendência de anunciar o Apocalipse que teve no fim de seus dias. A fixação com o fim do mundo não o impediu de se ocupar com assuntos materiais, recebia inspiração divina para fazer dinheiro. Entre seus esplêndidos negócios estava a criação de cavalos que tínhamos em sociedade. Experimentamos misturar raças e obtivemos animais fortes, elegantes e dóceis, os famosos potros chilenos, que agora são conhecidos em todo o continente porque são tão nobres como os corcéis árabes e mais resistentes. O bispo faleceu no mesmo ano que minha boa Catalina; ele sofria do mal dos pulmões, que nenhuma planta medicinal pôde curar, e ela se foi quando uma telha caiu do céu num tre-

ISABEL ALLENDE

mor de terra e a acertou na nuca. Foi um golpe certeiro, ela nem conseguiu se dar conta do que acontecia. Também nessa época morreu Villagra, tão assustado com seus pecados que se vestia com o hábito de São Francisco. Foi governador do Chile por um tempo e será recordado entre os mais pujantes e arrojados militares, mas ninguém o apreciava, porque era sovina. A avareza é um defeito que a nós, espanhóis, sempre dadivosos, repugna.

Não há tempo para detalhes, filha, porque se nos demoramos isto pode ficar inconcluso e ninguém gosta de ler centenas de páginas e descobrir que a história não tem um final claro. Qual é o final desta? Minha morte, suponho, porque enquanto me reste um sopro de vida terei lembranças para escrever; há muito o que contar numa vida como a minha. Devia ter começado estas memórias há tempos, mas estava ocupada; construir uma cidade e torná-la próspera dá bastante trabalho. Não tratei de escrever até que Rodrigo morreu e a tristeza acabou com minha vontade de fazer outras coisas que antes me pareciam urgentes. Sem ele, minhas noites transcorrem quase inteiras em branco, e a insônia é muito conveniente para a escrita. Pergunto-me onde está meu marido, se por acaso me espera em alguma parte ou está aqui mesmo, nesta casa, espiando das sombras, cuidando de mim com discrição, como sempre fez em vida. Como será morrer? Que há do outro lado? É só noite e silêncio? Ocorre-me que morrer é partir como uma flecha na escuridão para o firmamento, um espaço infinito, onde deverei buscar meus seres amados um por um. Espanta-me que agora, quando penso tanto na morte, ainda tenha desejo de fazer projetos e satisfazer ambições. Deve ser puro orgulho: deixar fama e memória, como dizia Pedro. Suspeito que nesta vida não vamos a nenhum lugar, e sem pressa alguma; caminha-se somente, um passo de cada vez, para a morte. Assim sendo, vamos em frente, continuemos contando até onde eu puder, já que me sobra material.

Depois de me casar com Rodrigo, decidi evitar Pedro, pelo menos no começo, até que me passasse a animosidade que substituiu o amor que tive por ele durante dez anos. Detestava-o tanto como antes o amei; desejava feri-lo como antes o defendi. Seus defeitos cresceram a meus olhos, já não me parecia nobre, mas ambicioso e vão; antes era forte, astuto e severo: na-

INÉS DA MINHA ALMA

queles dias era gordo, falso e cruel. Desabafei apenas com Catalina, porque essa irritabilidade com o antigo amante me envergonhava. Consegui ocultá-la de Rodrigo, cuja retidão lhe impedia perceber minha carga de maus sentimentos. Como ele era incapaz de baixeza, não a imaginava nos outros. Se lhe pareceu estranho que não me mostrasse por Santiago quando Pedro de Valdivia estava na cidade, não me disse nada. Dediquei-me a melhorar nossas casas do campo e estendi minha estadia nelas o mais possível com o pretexto das lavouras, cultivo de rosas, criação de cavalos e mulas, embora no fundo me entediasse e tivesse saudade de meu trabalho no hospital. Rodrigo viajava entre a cidade e o campo toda semana, arrebentando os rins em galopes desenfreados, para ver sua filha e a mim. O ar livre, o trabalho físico, sua companhia, Isabel, e uma ninhada de cachorrinhos, filhos do velho Baltasar, me ajudaram. Nessa época rezava muito, levava Nossa Senhora do Socorro ao jardim, nos instalávamos embaixo de uma árvore e lhe contava minhas agruras. Ela me fez ver que o coração é como uma caixa: se está ocupada com porcarias, falta espaço para outras coisas. Não podia amar Rodrigo e sua filha se tinha o coração cheio de amargura, me advertiu a Virgem. Segundo Catalina, o rancor deixa a pele amarela e produz mau cheiro, por isso me dava chás que me limpariam. Com rezas e chás me curei do ódio contra Pedro num prazo de dois meses. Uma noite sonhei que me cresciam garras de condor, que me atirava sobre ele e lhe arrancava os olhos. Foi um sonho estupendo, muito vívido, e acordei vingada. Pela manhã saí da cama e comprovei que já não sentia essa dor nos ombros e no pescoço que me havia atormentado durante semanas; havia desaparecido o peso inútil do ódio. Ouvi os ruídos do despertar: os galos, os cachorros, a vassoura de ramos do jardineiro no terraço, as vozes das criadas. Era uma manhã morna e clara. Saí para o pátio descalça e a brisa me acariciou a pele sob a camisa. Pensei em Rodrigo, e a necessidade de fazer amor com ele me fez estremecer, como em minha juventude, quando escapava para as matas de Plasencia para me deitar com Juan de Málaga. Bocejei a plenos pulmões, me espreguicei como um gato, o rosto ao sol, e em seguida ordenei que preparassem os cavalos para voltar com você a Santiago nesse mesmo dia, sem mais bagagem que a roupa posta e as armas. Rodrigo não nos permitia sair da casa sem proteção, por temor aos bandos de indígenas que rondavam o vale, mas partimos assim mesmo. Tivemos sorte e conseguimos chegar a Santiago ao amanhecer, sem inconvenientes. As sentinelas da cidade deram o alarme de suas atalaias quando viram a poeira dos cavalos. Rodrigo saiu assustado para me receber, temendo uma desgraça, mas saltei para o pescoço dele, beijei-o na boca e o levei pela mão para a cama. Nessa noite começou verdadeiramente nosso amor, o que fizemos antes foi treinamento. Nos meses seguintes aprendemos a nos conhecer e nos dar prazer. Meu amor por ele era diferente do desejo que senti por Juan de Málaga e da paixão por Pedro de Valdivia, era um sentimento maduro e alegre, sem conflito, que se tornou mais intenso com o transcurso do tempo, até que não pude viver sem ele. Terminaram minhas viagens solitárias para o campo, nos separávamos apenas quando a urgência da guerra chamava Rodrigo. Esse homem, tão sério frente ao mundo, era terno e brincalhão em particular; nos mimava, éramos suas rainhas, você lembra? Assim se cumpriu a profecia das conchas mágicas de Catalina de que eu seria rainha. Nos trinta anos que haveríamos de viver juntos Rodrigo nunca perdeu o bom humor em nosso lar, por mais graves que fossem as pressões externas. Compartilhava comigo os assuntos da guerra, o governo e a política, seus temores e pesares, pedia minha opinião, ouvia meus conselhos. Com ele não era necessário andar com rodeios para evitar ofendê-lo, como acontecia com Valdivia e acontece em geral com os homens, que costumam ser melindrosos no que se refere a sua autoridade.

Suponho que não deseja que fale disto, Isabel, mas não posso omiti-lo, porque é um aspecto de seu pai que deve conhecer. Antes de estar comigo Rodrigo achava que a juventude e o vigor bastavam na hora de fazer amor, erro muito comum. Tive uma surpresa quando estivemos pela primeira vez na cama, pois se comportava apressado, como um menino de quinze anos. Atribuí isso ao fato de que havia me esperado muito tempo, amando-me em silêncio e sem esperanças durante nove anos, como me confessou, mas seu modo desajeitado não deu mostras de melhorar nas noites seguintes. Pelo visto, Eulália, sua mãe, que amava Rodrigo com muito ciúme, não lhe ensinou nada; a tarefa de educá-lo recaiu sobre mim, e, uma vez livre

INÉS DA MINHA ALMA

do rancor por Valdivia, a assumi com prazer, como você pode imaginar. Tinha feito a mesma coisa com Pedro de Valdivia anos antes, quando nos conhecemos em Cuzco. Minha experiência em capitães espanhóis é limitada, mas posso lhe dizer que os que me tocaram sabiam muito pouco em matéria amorosa, embora bem dispostos na hora de aprender. Não ria, filha, é verdade. Conto estas coisas para você porque, se por acaso... Não sei como são suas relações íntimas com seu marido, mas se tem queixas, aconselho-a a falarmos agora, porque depois de minha morte não terá com quem fazê-lo. Os homens, como os cachorros e os cavalos, devem ser domesticados, mas poucas mulheres são capazes de fazê-lo, já que elas mesmas nada sabem, não tiveram um mestre como Juan de Málaga. Além disso, a maioria se enreda em escrúpulos, lembre-se do famoso camisolão com abertura de Marina Ortiz de Gaete. Assim se multiplica a ignorância, que costuma acabar com os amores mais bem-intencionados.

Mal tinha voltado a Santiago e começava a cultivar o prazer e o abençoado amor com Rodrigo quando um dia a cidade despertou com a corneta da sentinela. Haviam encontrado uma cabeça de cavalo enfiada na mesma estaca onde tantas cabeças humanas foram expostas ao longo dos anos. Ao examiná-la de perto, viu-se que pertencia a Sultán, o corcel favorito do governador. Um grito de horror ficou preso em todos os peitos. Tinha sido imposto o toque de recolher em Santiago para evitar roubos; nenhum indígenas, negro ou mestiço podia circular de noite, sob pena de cem chibatadas nas costas nuas na praça, a mesma pena que se aplicava a eles se faziam festas sem permissão, se se embebedassem ou apostassem no jogo, vícios reservados a seus amos. O toque de recolher inocentava toda a população mestiça e indígena da cidade, mas ninguém imaginava que um espanhol fosse culpado de semelhante aberração. Valdivia ordenou a Juan Gómez que torturasse a quem fosse necessário para descobrir o autor do ultraje.

Embora eu estivesse curada do ódio por Pedro de Valdivia, preferia vê-lo o menos possível. De qualquer forma, nos encontrávamos com frequência, já que o centro de Santiago é pequeno e vivíamos perto, mas não participávamos dos mesmos eventos sociais. Os amigos se cuidavam para não nos convidar juntos. Quando topávamos um com outro na rua ou na igreja, nos cumprimentávamos com uma discreta inclinação de cabeça, nada mais. No entanto, a relação dele com Rodrigo não mudou; Pedro continuou prodigalizando-lhe sua confiança, e este respondeu com lealdade e afeto. Naturalmente que eu era alvo de comentários maliciosos.

— Por que será que as pessoas são tão mesquinhas e fofoqueiras, Inés? — me perguntou Cecília.

— Em vez de aceitar o papel de amante abandonada, me transformei em esposa feliz. Isso incomoda. Adoram ver a humilhação das mulheres fortes, como você e eu. Não nos perdoam que triunfemos quando tantos outros fracassam — expliquei.

— Não mereço que me compare com você, Inés, não tenho sua fibra — riu Cecília.

— Fibra é uma virtude apreciada nos homens, mas considerada um defeito em nosso sexo. As mulheres com fibra botam em perigo o desequilíbrio do mundo, que favorece os homens, por isso eles tratam de vexá-las e destruí-las. Mas elas são como as baratas: quando você esmaga uma, correm duzentas pelos cantos — eu disse.

Quanto a María de Encio, lembro que nenhum dos cidadãos importantes a recebia, apesar de ser espanhola e amante do governador. Limitavam-se a tratá-la como a governanta dele. Quanto à outra, Juana Jiménez, zombavam às suas costas, dizendo que sua patroa a tinha treinado para realizar na cama as piruetas que ela mesma não tinha estômago para fazer. Se isso era certo, me pergunto em que vícios enredaram Pedro, que era homem de sensualidade saudável e direta, que nunca se interessara pelas curiosidades dos livrinhos franceses que Francisco de Aguirre fizera circular, exceto na época do pobre Escobar, quando quis distrair sua culpa me rebaixando à condição de puta. E a propósito, que não me falte dizer nestas páginas que Escobar não chegou ao Peru, mas tampouco morreu de sede no deserto, como se supunha. Muitos anos mais tarde, soube que o jovem *yanacona* que o acompanhava o levou por caminhos secretos à aldeia de seus pais,

INÉS DA MINHA ALMA

escondida entre os picos das serras, onde ambos vivem até hoje. Antes de partir para o desterro, Escobar prometeu a González de Marmolejo que se chegasse com vida ao Peru se tornaria sacerdote, porque sem dúvida Deus o tinha apontado com o dedo para salvá-lo da forca primeiro e do deserto depois. Não cumpriu a promessa; em troca teve várias esposas quéchuas e filhos mestiços, propagando assim a santa fé à sua maneira. Voltando às amantes que Valdivia trouxe de Cuzco, soube por Catalina que lhe preparavam cozidos de erva do cravo. Talvez Pedro tivesse perdido sua potência viril, que para ele era tão importante como sua coragem de soldado, e por isso bebia poções e empregava duas mulheres para estimulá-lo. Ainda não estava numa idade em que o vigor diminui, mas lhe faltava a saúde e lhe doíam as feridas antigas. O destino dessas duas mulheres foi aventureiro. Depois da morte de Valdivia, Juana Jiménez desapareceu, dizem que os mapuche a raptaram numa batida no sul. María de Encio se tornou de má índole e se dedicou a torturar suas índias; contam que os ossos das desgraçadas estão enterrados na casa, que agora pertence à prefeitura da cidade, e que de noite se ouvem seus gemidos, mas essa também é outra história que não vou poder contar.

Mantive María e Juana a distância. Não pensava lhes dirigir a palavra jamais, mas Pedro caiu do cavalo e fraturou uma perna, então me chamaram, porque ninguém sabia mais que eu dessas coisas. Entrei pela primeira vez na casa que tinha sido minha, construída com minhas próprias mãos, e não a reconheci, apesar de que os mesmos móveis estavam nos mesmos lugares. Juana, uma galega de pequena estatura, mas bem-proporcionada e de feições agradáveis, me cumprimentou com uma reverência de criada e me levou ao quarto que antes eu compartilhava com Pedro. Ali estava María, choramingando e botando panos molhados na testa do ferido, que jazia mais morto do que vivo. María se atirou em cima de mim para me beijar as mãos, soluçando de agradecimento e susto — se Pedro morria, a sorte dela seria bastante nebulosa —, mas afastei-a com delicadeza, para não ofendê-la, e me aproximei da cama. Ao tirar o lençol e ver a perna quebrada em dois pedaços, pensei que o mais apropriado seria amputá-la acima

ISABEL ALLENDE

do joelho, antes que apodrecesse, mas essa operação sempre me espantou e não me senti capaz de praticá-la naquele corpo que antes amei.

Encomendei-me à Virgem e me dispus a remediar o dano o melhor possível, ajudada pelo veterinário e o ferreiro, já que o médico havia provado ser um bêbado inútil. Era uma dessas fraturas infelizes, difíceis de tratar. Tive de colocar cada osso em seu lugar tateando às cegas, e só por milagre ficou mais ou menos bem. Catalina atontava o paciente com seus pós mágicos dissolvidos em licor, mas mesmo dormindo ele berrava; foram necessários vários homens para segurá-lo. Fiz o trabalho sem malícia nem rancor, procurando economizar o sofrimento de Pedro, embora isso tenha sido impossível. Para dizer a verdade, nem me lembrei de sua ingratidão. Tantas vezes Pedro sentiu que morria de dor que ditou seu testamento a González de Marmolejo, selou-o e o mandou guardar sob três cadeados no escritório da prefeitura. Quando o abriram, depois de sua morte, estipulava entre outras coisas que Rodrigo de Quiroga devia substituí-lo como governador. Reconheço que as duas amantes espanholas atenderam Pedro com esmero, e em parte devido a esses cuidados pôde voltar a caminhar, embora tivesse de mancar pelo resto de sua vida.

Não foi necessário que Juan Gómez torturasse ninguém para descobrir o culpado pelo assassinato de Sultán; em meia hora se soube que havia sido Felipe. No começo não acreditei, porque o jovem mapuche adorava o animal. Numa ocasião em que Sultán foi ferido pelos indígenas em Marga-Marga, Felipe o atendeu durante semanas, dormia com ele, lhe dava de comer na mão, limpava-o e lhe fez os curativos, até que melhorou. Era tanto o afeto entre o rapaz e o cavalo que Pedro costumava ficar ciumento, mas como ninguém cuidava de Sultán melhor que Felipe, preferia não intervir. A habilidade do jovem mapuche com os cavalos tinha se tornado lendária, e Valdivia o tinha em mente para nomeá-lo cavalariço quando tivesse idade suficiente, ofício muito respeitado na colônia, onde a criação de cavalos era fundamental. Felipe matou seu nobre amigo cortando-lhe a veia grossa do pescoço, para que não sofresse, e depois o decapitou com um

INÉS DA MINHA ALMA

facão. Desafiando o toque de recolher e aproveitando a escuridão, plantou a cabeça na praça e escapou da cidade. Deixou sua roupa e seus poucos bens num pacote na cavalariça ensanguentada. Partiu nu, com o mesmo amuleto no pescoço com que chegara anos antes. Imagino-o correndo descalço sobre a terra fofa, aspirando a plenos pulmões as fragrâncias secretas da mata — louro, *quillay*, alecrim —, vadeando banhados e arroios cristalinos, cruzando a nado as águas geladas dos rios, com o céu infinito sobre sua cabeça, finalmente livre. Por que cometeu esse ato bárbaro com o animal que tanto queria? A sibilina explicação de Catalina, que nunca teve simpatia por Felipe, acabou sendo exata: "Não vê que o mapuche está indo com os seus, pois, mãezinha?"

Suponho que Pedro de Valdivia arrebentou de raiva diante do acontecimento, jurando o mais terrível castigo contra seu jovem serviçal, mas depois teve de postergar a vingança porque tinha assuntos mais sérios para resolver. Acabava de obter uma aliança com seu principal inimigo, o cacique Michimalonko, e estava organizando uma grande campanha ao sul do país para submeter os mapuche. O velho cacique, a quem os anos não deixavam marcas, havia compreendido a conveniência de se aliar com os *huincas*, em vista de que havia sido incapaz de derrotá-los. O castigo imposto por Aguirre o deixou praticamente desprovido de homens para suas hostes; no norte restaram somente mulheres e crianças, a metade das quais mestiças. Entre perecer ou lutar contra os mapuche do sul, com quem havia tido problemas nos últimos tempos porque não pôde cumprir a promessa feita de destruir os espanhóis, optou pela aliança, assim pelo menos salvava sua dignidade e não tinha de pôr seus guerreiros a lavrar a terra e cavar ouro para os *huincas*.

Mas eu não pude tirar Felipe da mente. A morte de Sultán me pareceu um ato simbólico: com aqueles golpes de facão assassinou o governador, depois disso já não havia como voltar atrás, rompia com a gente para sempre e levava a informação que adquirira em anos de inteligente dissimulação. Lembrei o primeiro ataque indígena à nascente cidade de Santiago, na primavera de 1541, e pensei ter decifrado o enigma do papel que Felipe desempenhou em nossas vidas. Nessa ocasião os indígenas se cobriram com mantas escuras para avançar de noite sem serem vistos pelas sentinelas, como fizeram na Europa as tropas do marquês de Pescara com lençóis brancos sobre a neve. Felipe ouviu Pedro contar essa história mais de uma vez e transmitiu a ideia aos *toquis*. Seus frequentes sumiços não eram casuais, correspondiam a uma feroz determinação, quase impossível de imaginar no menino que era então. Podia sair da cidade para caçar, sem ser incomodado pelas hostes hostis que nos mantinham sitiados, porque era um deles. Suas excursões de caça serviam de pretexto para se reunir com os seus e lhes contar sobre nós. Foi ele quem chegou com a notícia de que o povo de Michimalonko estava concentrado perto de Santiago, ele quem ajudou a preparar a emboscada para afastar Valdivia e a metade de nossa gente, ele quem avisou os indígenas do momento propício para nos atacar. Onde estava esse menininho durante o assalto a Santiago? Na confusão desse dia terrível nos esquecemos dele. Escondeu-se ou ajudou nossos inimigos, talvez tenha contribuído para avivar o incêndio; não sei. Durante anos Felipe se dedicou a estudar os cavalos, domá-los e criá-los; escutava com atenção os relatos dos soldados e aprendia sobre estratégia militar; sabia usar nossas armas, desde uma espada até um arcabuz e um canhão; conhecia nossas forças e fraquezas. Achávamos que admirava Valdivia, seu Papai, a quem servia melhor que ninguém, mas na realidade o espiava, enquanto em seu interior cultivava o rancor contra os invasores de sua terra. Tempos depois soubemos que era filho de um *toqui*, o último de uma longa linhagem de chefes, tão orgulhoso de sua estirpe de guerreiros como Valdivia o era da sua. Imagino o ódio terrível que ensombrecia o coração de Felipe. E agora esse mapuche de dezoito anos, forte e magro como um junco, corria nu e veloz para as matas úmidas do sul, onde as aldeias o esperavam.

Seu nome verdadeiro era Lautaro e chegou a ser o mais famoso *toqui* da Araucanía, temido demônio para os espanhóis, herói para os mapuche, príncipe da epopeia guerreira. Sob seu comando as hostes desordenadas dos indígenas se organizaram como os melhores exércitos da Europa, em esquadrões, infantaria e cavalaria. Para derrubar os cavalos sem matá-los — eram tão valiosos para eles como para nós —, utilizou as boleadeiras, duas pedras atadas nas pontas de uma corda, que se enrolavam nas patas e tombavam o animal, ou no pescoço do cavaleiro para desmontá-lo. Mandou os seus roubarem cavalos e se dedicou a criá-los e domá-los; fez a mesma coisa com os cachorros. Treinou seus homens para transformá-los nos melhores cavaleiros do mundo, como o era ele mesmo, de maneira que a cavalaria mapuche chegou a ser invencível. Trocou as antigas clavas, desajeitadas, pesadas, por outras curtas, muito mais eficazes. Em cada batalha se apoderava das armas do inimigo para usá-las e copiá-las. Estabeleceu um sistema de comunicação eficiente — até o último de seus guerreiros recebia ordens de seu *toqui* num instante — e impôs uma disciplina férrea, somente comparável à dos célebres regimentos espanhóis. Transformou as mulheres em guerreiras ferozes e pôs as crianças para transportar víveres, armamentos e mensagens. Conhecia o terreno e preferia a mata para ocultar seus exércitos, mas quando foi necessário levantou *pucaras* em lugares inacessíveis, onde preparava sua gente, enquanto seus espiões o informavam de cada passo do inimigo, para sair em vantagem sobre ele. No entanto, não pôde mudar o mau costume de seus guerreiros de se embebedarem com chicha e munday até ficarem zonzos depois de cada vitória. Se houvesse conseguido, os mapuche teriam exterminado nosso exército no sul. Trinta anos mais tarde o espírito de Lautaro ainda anda à frente de suas hostes e seu nome ressoará por séculos. Nunca poderemos vencê-lo.

Conhecemos a epopeia de Lautaro um pouco mais tarde, quando Pedro de Valdivia partiu para a Araucanía para fundar novas cidades com o sonho de estender a conquista até o Estreito de Magalhães. "Se Francisco Pizarro conquistou o Peru com cento e poucos soldados, que se bateram contra trinta mil homens do exército de Atahualpa, seria uma vergonha que uns selvagens chilenos nos detivessem", anunciou para os membros reunidos da prefeitura. Levava duzentos soldados bem armados, quatro capitães, entre eles o valente Jerónimo de Alderete, e centenas de *yanaconas* carregando a bagagem; além disso, o acompanhava Michimalonko sobre o corcel que ganhara de presente, à cabeça de seus indisciplinados, mas bravos guerreiros. Os cavaleiros iam com armadura completa; os soldados da infantaria com couraça e escudo, e até os *yanaconas* levavam elmos para proteger a cabeça das formidáveis pancadas das clavas mapuche. A única coisa que destoava da soberba militar foi que tiveram de transportar Valdivia num palanquim, como uma cortesã, porque a dor da perna quebrada, que ainda não estava bem curada, o impedia de montar. Antes de partir, Pedro de Valdivia enviou o temível Francisco de Aguirre para reconstruir La Serena e fundar outras cidades no norte, quase despovoado pelas campanhas de extermínio que o próprio Aguirre comandara antes e pela retirada em massa das tropas de Michimalonko. Nomeou Rodrigo de Quiroga seu representante em Santiago, o único capitão que era obedecido e respeitado por unanimidade. Assim, por uma dessas viradas inesperadas da vida, voltei a ser a governadora, cargo que sempre exerci de fato, embora nem sempre tenha sido meu título legítimo.

Lautaro escapa de Santiago na noite mais escura do verão sem ser visto pelas sentinelas e sem alertar os cachorros, que o conhecem. Corre pela margem do Mapocho, oculto na vegetação de canas e samambaias. Não usa a ponte de cordas dos *huincas*, se lança nas águas negras e nada com um grito de felicidade sufocado no peito. A água fria o lava por dentro e por fora, deixando-o limpo do cheiro dos *huincas*. Com grandes braçadas, atravessa o rio e emerge do outro lado recém-nascido. "*Inche Lautaro!* Sou Lautaro!", grita. Espera imóvel na margem, enquanto o ar morno evapora a umidade de seu corpo. Ouve o grasnido de um *chon-chón*, espírito com corpo de pássaro e rosto de homem, e responde com um chamado similar; então sente muito de perto a presença de sua guia, Guacolda. Tem de se esforçar para vê-la, mesmo que seus olhos já tenham se acostumado com a escuridão, porque ela tem o dom do vento, é invisível, pode passar entre as fileiras inimigas, os homens não a percebem, os cachorros não a farejam. Conhece-a desde a infância e sabe que ele lhe pertence, tal como ela pertence a ele. Viu-a todas as vezes que escapava da cidade dos *huincas* para passar informação para as aldeias. Ela era a ligação, a rápida mensageira.

INÊS DA MINHA ALMA

Foi ela quem o conduziu à cidade dos invasores, quando ele era um menino de onze anos, com instruções claras de dissimular e vigiar; ela quem o observou a curta distância quando se agarrou ao padre vestido de negro e o seguiu. No último encontro Guacolda avisou para que escapasse durante a próxima noite sem lua, porque seu tempo com o inimigo havia terminado, já sabia tudo que era necessário e sua gente o esperava. Ao vê-lo chegar nessa noite sem roupa de huinca, nu, Guacolda o cumprimenta, "*Mari mari*", depois o beija pela primeira vez na boca, lambe-lhe o rosto, toca-o como uma mulher para estabelecer seu direito sobre ele. "*Mari mari*", responde Lautaro, que já sabe que chegou sua hora para o amor, logo poderá roubar Guacolda em sua ruca, jogá-la nas costas e fugir com ela, como é o certo. Diz isso para ela, e ela sorri, depois o leva em rápida corrida para o sul, sempre para o sul. O amuleto que Lautaro jamais tira do pescoço é de Guacolda.

Dias depois ambos os jovens chegam finalmente a seu destino. O pai de Lautaro, cacique de muito respeito, o apresenta a outros *toquis*, para que ouçam o que seu filho diz.

— O inimigo vem a caminho, são os mesmos *huincas* que venceram os irmãos do norte — explica Lautaro. — Aproximam-se de Bío-Bío, o rio sagrado, com seus *yanaconas*, cavalos e cachorros. Com eles vem Michimalonko, o traidor, e traz seu exército de covardes para combater contra seus próprios irmãos do sul. Morte a Michimalonko! Morte aos *huincas*!

Lautaro fala durante dias, conta que os arcabuzes são puro ruído e vento, devem temer mais as espadas, lanças, machadinhas e cachorros; os capitães usam cotas de malha, onde não penetram flechas nem lanças de madeira; com eles é preciso empregar clavas para atontá-los, e desmontá-los com laços; uma vez no chão, estão perdidos, é fácil arrastá-los e despedaçá-los porque embaixo do aço são de carne.

— Cuidado! São homens sem medo. Os da infantaria só têm proteção no peito e na cabeça, com eles dá para usar as flechas. Cuidado! Eles também não têm medo. É preciso envenenar as flechas para que os feridos não voltem para a batalha. Os cavalos são vitais, temos de pegá-los vivos, principalmente as éguas, para criá-los. Será necessário enviar crianças de noite para perto dos acampamentos dos *huincas* para atirar carne envenenada para os cachorros, que sempre estão acorrentados. Faremos armadilhas. Cavaremos buracos profundos, que taparemos com ramos, e os cavalos que caírem ficarão espetados nas estacas cravadas no fundo. A vantagem dos mapuche é o número, a velocidade e o conhecimento da mata — diz Lautaro. — Os *huincas* não são invencíveis, dormem mais que os mapuche, comem e bebem demasiado, e necessitam de carregadores porque o peso de suas bagagens os esmaga. Vamos acossá-los sem tréguas, seremos como vespas e mutucas — ordena. — Primeiro os cansamos, depois os matamos. Os *huincas* são pessoas, morrem como os mapuche, mas se comportam como demônios. No norte queimaram vivas aldeias inteiras. Pretendem que aceitemos seu deus pregado numa cruz, deus da morte, que sejamos submissos a seu rei, que não vive aqui e não conhecemos, querem ocupar nossa terra e que sejamos escravizados. Por quê?, pergunto eu a vocês. Por nada, irmãos. Não apreciam a liberdade. Não entendem de orgulho, obedecem, botam os joelhos na terra, inclinam a cabeça. Não sabem nada de justiça nem de retribuição. Os *huincas* são loucos, mas são loucos maus. E eu lhes digo, irmãos, nunca seremos seus prisioneiros, morreremos lutando. Mataremos os homens, mas pegaremos vivas suas crianças e mulheres. Elas serão nossas *chiñuras* e, se quiserem, trocaremos as crianças por cavalos. É justo. Seremos silenciosos e rápidos, como peixes; nunca saberão que estamos perto; então cairemos em cima deles de surpresa. Seremos caçadores pacientes. Essa luta será muito longa. Vamos nos preparar.

Enquanto o jovem general Lautaro organiza a estratégia de dia e se oculta com Guacolda entre as árvores para se amarem em segredo pela noite, as aldeias escolhem seus chefes de guerra, que estarão no comando dos esquadrões, que por sua vez estarão sob as ordens do *ñidoltoqui*, *toqui* de *toquis*, Lautaro. O ar da tarde é morno na clareira da mata, mas mal caia a noite fará frio. Os torneios começaram com semanas de antecedência, os candidatos já competiram e foram se eliminando um a um. Somente os mais fortes e resistentes, os de mais fibra e vontade, podem aspirar ao título de *toqui* de guerra. Um dos mais robustos salta na arena. "*Inche Caupolicán!*", se apresenta. Está despido, a não ser por uma pequena tanga que lhe cobre o sexo, mas leva as tiras de sua hierarquia atadas em torno dos braços e da cabeça. Dois rapagões se aproximam do tronco de faia que prepararam e o levantam com esforço, um em cada ponta. Mostram-no, para que a concorrência o aprecie e calcule seu peso, depois o colocam com cuidado nas firmes costas de Caupolicán. A cintura e os joelhos do homem se dobram ao receber a tremenda carga e, por um momento, parece que cairá esmagado, mas em seguida ele se apruma. Os músculos do corpo se retesam, a pele brilha de suor, as veias do pescoço incham a ponto de arrebentar. Uma exclamação sufocada escapa do círculo de espectadores quando lentamente Caupolicán começa a andar a passos curtos, medindo suas forças para que se mantenham durante as horas necessárias. Deve vencer outros tão fortes quanto ele. Sua única vantagem é a feroz determinação de morrer na prova antes de ceder o primeiro lugar. Pretende dirigir seu povo no combate, deseja que seu nome seja lembrado, quer ter filhos com Fresia, a jovem que escolheu, e que estes levem seu sangue com orgulho. Acomoda o tronco apoiado na nuca, sustentado pelos ombros e os braços. A casca grossa lhe rompe a pele e uns fios de sangue descem por suas costas largas. Aspira profundamente o aroma intenso da mata, sente o alívio da brisa e o sereno. Os olhos negros de Fresia, que será sua mulher se sair vencedor da prova, se cravam nos seus, sem mostras de compaixão, mas apaixonados. Nesse olhar exige que ele triunfe: deseja-o, mas só se casará com o melhor. Exibe no cabelo um *copihue,* a flor vermelha das matas, que cresce no ar, gota de sangue da Mãe Terra, presente de Caupolicán, que trepou na árvore mais alta para trazê-la.

O guerreiro caminha em círculos, com o peso do mundo nos ombros, e diz: "Nós somos o sonho da Terra, ela nos sonha. Também nas estrelas há seres que são sonhados e têm suas próprias maravilhas. Somos sonhos dentro de outros sonhos. Estamos casados com a Natureza. Saudamos a Santa Terra, nossa mãe, a quem cantamos na língua das araucárias e das canelas, das cerejas e dos condores. Que venham os ventos floridos trazer a

ISABEL ALLENDE

voz dos antepassados para que se endureça nosso olhar. Dizem os anciãos que é a hora do machado. Os avós dos avós nos vigiam e sustentam nosso braço. É a hora do combate. Haveremos de morrer. A vida e a morte são a mesma coisa..." A voz pausada do guerreiro fala e fala durante horas numa incansável exortação, enquanto o tronco balança em seus ombros. Invoca os espíritos da natureza para que defendam sua terra, suas grandes águas, suas auroras. Invoca os antepassados para que transformem em lança os braços dos homens. Invoca os pumas para que emprestem sua fortaleza e valentia às mulheres. Os espectadores se cansam, se molham com o chuvisco tênue da noite, alguns acendem pequenas fogueiras para se iluminar, mascam grãos de milho torrado, outros dormem ou se vão, mas depois voltam, admirados. A velha *machi* salpica Caupolicán com um raminho de canela untada em sangue de sacrifício, para lhe dar integridade. Tem medo a mulher, porque na noite anterior apareceram em seus sonhos a cobra-raposa, *ñeru-filú*, e a serpente-galo, *piwichén*, para lhe dizer que o sangue da guerra será tão copioso que tingirá de vermelho o Bío-Bío até o fim dos tempos. Fresia aproxima dos lábios ressecados de Caupolicán uma cabaça com água. Ele vê as mãos duras da amada em seu peito, apalpando-lhe os músculos de pedra, mas não as sente, tal como já não sente dor nem cansaço. Continua falando em transe, continua andando dormindo. Assim as horas passam, a noite inteira, assim amanhece o dia, a luz coando-se entre as folhas das árvores altas. O guerreiro flutua na neblina fria que se desprende do solo, os primeiros raios de ouro banham seu corpo e ele continua dando passinhos de bailarino, as costas vermelhas de sangue, o discurso fluente. "Estamos em *hualán*, o tempo sagrado dos frutos, quando a Mãe Santa nos dá o alimento, o tempo do pinhão e das crias dos animais e das mulheres, filhos e filhas de Ngenechén. Antes do tempo do descanso, o tempo do frio e do sono da Mãe Terra, virão os *huincas*."

A notícia corre pelas matas, e vão chegando os guerreiros de outras aldeias; a clareira vai se enchendo de gente. O círculo onde Caupolicán caminha se torna menor. Agora o avivam, de novo a *machi* o esparge com sangue fresco, Fresia e outras mulheres lavam o corpo dele com peles de

INÉS DA MINHA ALMA

coelho molhadas, lhe dão água, lhe introduzem um pouco de comida mastigada na boca, para que engula sem interromper seu discurso poético. Os velhos *toquis* se inclinam diante do guerreiro com respeito, nunca viram nada igual. O sol esquenta a terra e desfaz a neblina, o ar se enche de borboletas transparentes. Em cima da copa das árvores se recorta contra o céu a figura imponente do vulcão com sua eterna coluna de fumaça. "Mais água para o guerreiro", ordena a *machi.* Caupolicán, que já ganhou a contenda faz um tempo, mas não solta o tronco, continua caminhando e falando. O sol chega a seu zênite e começa a descer, até que desaparece entre as árvores, sem que ele se detenha. Milhares de mapuche foram chegando nessas horas e a multidão ocupa a clareira e a mata toda, vêm outros pelos cerros, soam *trutucas* e *cultrunes* anunciando a façanha aos quatro ventos. Os olhos de Fresia já não se desprendem dos de Caupolicán, sustentam-no, guiam-no.

Por fim, quando já é de noite, o guerreiro toma impulso e levanta o tronco sobre sua cabeça, o mantém ali uns instantes e o atira longe. Lautaro já tem seu lugar-tenente. "Oooooooooooom! Oooooooooooom!!" O grito imenso percorre a mata, ressoa entre os montes, viaja por toda a Araucanía e chega aos ouvidos dos *huincas*, a muitas léguas de distância. "Oooooooooooom!"

Valdivia demorou quase um mês para alcançar o território mapuche, e nesse tempo conseguiu se repor o suficiente para montar de vez em quando, com grande dificuldade. Mal instalaram o acampamento, começaram os ataques diários do inimigo. Os mapuche atravessavam a nado os mesmos rios que bloqueavam a passagem dos espanhóis, incapazes de cruzá-los sem embarcações por causa do peso de suas armaduras e armamentos. Enquanto alguns enfrentavam os cachorros com o peito nu, sabendo que seriam devorados vivos, mas dispostos a cumprir a missão de detê-los, os demais se lançavam contra os espanhóis. Deixavam dezenas de mortos, levavam os feridos que podiam ficar de pé e desapareciam na mata antes que os soldados conseguissem se organizar para segui-los. Valdivia deu or-

ISABEL ALLENDE

dem de que a metade de seu reduzido exército montasse guarda, enquanto a outra metade descansava, em turnos de seis horas. Apesar dos ataques, o governador continuou em frente, vencendo em cada escaramuça. Entrou mais e mais na Araucanía sem encontrar grupos numerosos de indígenas, apenas alguns dispersos, cujos ataques surpreendentes e fulminantes cansavam seus soldados, mas não os detinham; estavam acostumados a inimigos cem vezes mais numerosos. O único preocupado era Michimalonko, pois sabia muito bem com quem teria de se haver em breve.

E assim foi. O primeiro confronto sério com os mapuche ocorreu em janeiro de 1550, quando os *huincas* tinham alcançado a margem do Bío-Bío, linha que demarcava o território inviolável dos mapuche. Os espanhóis acamparam próximos a uma lagoa, num lugar bem resguardado, de modo que as costas estavam protegidas pelas águas geladas e cristalinas. Não contaram com a chegada dos inimigos pela água, rápidos e silenciosos lobos do mar. As sentinelas não viram nada, a noite parecia tranquila, até que de repente ouviram uma barulheira, gritos de guerra, flautas e tambores, e a terra se remexeu com o golpe dos pés nus de milhares e milhares de guerreiros, os homens de Lautaro. A cavalaria espanhola, que se mantinha sempre preparada, saiu ao encontro deles, mas os indígenas não se amedrontaram como acontecia antes diante do ímpeto dos animais: plantaram-se em frente como uma muralha de lanças em riste. Os cavalos se empinaram e os cavaleiros tiveram de retroceder, enquanto os arcabuzeiros disparavam sua primeira saraivada. Lautaro havia advertido seus homens que carregar as armas de fogo demorava uns minutos, durante os quais o soldado ficava indefeso; isso lhes dava tempo de atacar. Desconcertados diante da absoluta falta de temor dos mapuche, que combatiam corpo a corpo contra soldados de armadura, Valdivia organizou sua tropa como tinha feito na Itália, esquadrões compactos protegidos por couraças, eriçados de lanças e espadas, enquanto por trás Michimalonko carregava com suas hostes. O feroz combate durou até a noite, quando terminou com a retirada do exército de Lautaro, que não debandou numa fuga precipitada, mas se retirou ordenadamente a um sinal dos *cultrunes*.

266

INÉS DA MINHA ALMA

— Não se viu nada igual no Novo Mundo como esses guerreiros — opinou Jerónimo de Alderete, extenuado.

— Nunca na minha vida tive inimigos tão ferozes. Faz mais de trinta anos que sirvo à Sua Majestade e lutei contra muitas nações, mas nunca tinha visto tanta vontade de lutar como a dessa gente — acrescentou Valdivia.

— Que faremos agora?

— Fundar uma cidade neste ponto. Tem todas as vantagens: uma baía salubre, um rio largo, madeira, pesca.

— E milhares de selvagens também — notou Alderete.

— Primeiro construiremos um forte. Vamos botar todo mundo, menos os feridos e as sentinelas, a cortar árvores e construir barracões e uma muralha com fosso, como se deve. Veremos se esses bárbaros se metem conosco.

Meteram-se, claro. Mal os espanhóis terminaram de construir a muralha, Lautaro se apresentou com um exército tão grande, que as aterrorizadas sentinelas calcularam em cem mil homens. "Não são nem metade e podemos com eles. *Santiago y cierra, España!*", acrescentou Valdivia a seus soldados; estava impressionado com a audácia e a atitude do inimigo, mais que por seu número. Os mapuche marchavam com perfeita disciplina, em quatro divisões sob o comando de seus *toquis* de guerra. A gritaria terrível com que assustavam o inimigo estava agora reforçada por flautas feitas com os ossos dos espanhóis caídos na batalha anterior.

— Não poderão atravessar o fosso e a muralha. Vamos detê-los com os arcabuzes — sugeriu Alderete.

— Se nos fecharmos no forte, poderiam nos sitiar até nos matar de fome — explicou Valdivia.

— Sitiar-nos? Não acho que isso ocorra a eles, não é uma tática que os selvagens conheçam.

— Temo que tenham aprendido muito com a gente. Devemos ir ao seu encontro.

— São muito numerosos, não poderemos com eles.

— Poderemos com a graça de Deus — replicou Valdivia.

Ordenou que Jerónimo de Alderete saísse com cinquenta cavaleiros para enfrentar o primeiro esquadrão mapuche, que avançava a passo firme até a porta, apesar da primeira descarga de pólvora, que deixou muitos indígenas estendidos. O capitão e seus soldados se dispuseram a obedecer sem dar um pio, embora estivessem convencidos de que iam para a morte certa. Valdivia se despediu de seu amigo com um abraço, emocionado. Conheciam-se fazia muitos anos e juntos tinham sobrevivido a incontáveis perigos.

Existem milagres, sem dúvida. Nesse dia aconteceu um milagre, não há outra explicação, assim o repetirão pelos séculos dos séculos os descendentes dos espanhóis que presenciaram o fato, e certamente também os mapuche nas gerações futuras.

Jerónimo de Alderete se pôs à frente de seus cinquenta cavaleiros em formação e a um sinal seu as portas foram abertas de par em par. A monstruosa gritaria dos indígenas recebeu a cavalaria, que saiu a galope. Em poucos minutos uma massa imensa de guerreiros rodeou os espanhóis e Alderete compreendeu na hora que continuar seria um ato suicida. Deu ordem a seus homens para se reagruparem, mas as boleadeiras atiradas por Lautaro se enredaram nas patas dos animais e lhes impediam manobrar. Da muralha, os arcabuzeiros mandaram a segunda descarga de tiros, que não conseguiu desanimar o avanço dos assaltantes. Valdivia se dispôs a sair para reforçar a cavalaria, ainda que isso significasse deixar o forte indefeso frente às outras três divisões indígenas que o rodeavam, pois não podia permitir que acabassem com cinquenta de seus homens sem lhes prestar auxílio. Pela primeira vez em sua carreira militar temeu ter cometido um erro tático irreparável. O herói do Peru, que pouco antes havia derrotado magistralmente o exército de Gonzalo Pizarro, estava confuso diante desses selvagens. A gritaria era horrorosa, as ordens não eram ouvidas e na confusão um dos cavaleiros espanhóis caiu morto por um tiro enganado de arcabuz. De repente, quando os mapuche do primeiro esquadrão tinham o terreno ganho, começaram a retroceder em tropel, seguidos de imediato pelas outras três divisões. Em poucos minutos os atacantes abandonaram o campo e fugiram para as matas como lebres.

INÉS DA MINHA ALMA

Surpreendidos, os espanhóis não souberam que diabos acontecia e temeram que fosse uma nova tática do inimigo, já que não havia outra explicação para tão súbita retirada que deu por acabada a batalha que mal começara. Valdivia fez aquilo que lhe ditava a experiência de soldado: mandou persegui-los. Assim descreveu ao rei numa de suas cartas: "E mal haviam chegado os cavaleiros, quando os indígenas nos deram as costas, e os outros três esquadrões fizeram o mesmo. Mataram-se até mil e quinhentos ou dois mil indígenas, outros foram feridos de lança e prendemos alguns."

Os que se achavam presentes garantem que o milagre foi visível para todos, que uma figura angélica, brilhante como o relâmpago, desceu sobre o campo, iluminando o dia com uma luz sobrenatural. Uns acreditaram reconhecer o apóstolo Tiago em pessoa, cavalgando um corcel branco, que enfrentou os selvagens, lhes pespegou um eloquente sermão e lhes ordenou que se rendessem aos cristãos. Outros enxergaram a figura de Nossa Senhora do Socorro, uma dama belíssima vestida de ouro e prata, flutuando nas alturas. Os indígenas prisioneiros confessaram ter visto uma chama que traçou um amplo arco no céu e explodiu com estrondo, deixando no ar uma cauda de estrelas. Nos anos posteriores os estudiosos ofereceram outras versões; dizem que foi um bólido celestial, algo assim como uma enorme rocha desprendida do Sol que caiu sobre a Terra. Nunca vi um desses bólidos, mas fico maravilhada que tenham forma de apóstolo ou da Virgem, e que esse caísse justamente na hora e no lugar apropriado para favorecer os espanhóis. Milagre ou bólido, não sei, mas o fato concreto é que os indígenas fugiram espavoridos, os cristãos ficaram donos do campo e festejaram uma imerecida vitória.

Segundo as notícias que chegaram a Santiago, Valdivia fez mais ou menos trezentos prisioneiros — embora ele, para o rei, tenha admitido apenas duzentos — e mandou castigá-los: cortaram-lhes a mão direita com um machado e o nariz com uma faca. Enquanto uns soldados forçaram os prisioneiros a colocar o braço sobre um tronco, para que os verdugos negros descarregassem o machado afiado, outros cauterizavam os cotos mergulhando-os em sebo fervente; assim as vítimas não sangravam e podiam exibir a humilhação para sua aldeia. Mais em frente, outros mutilavam o rosto dos infelizes mapuche. Encheram-se cestas de mãos e narizes, e a terra se empapou de sangue. Em sua carta ao rei, Valdivia disse que, depois que a justiça tinha sido feita, juntou os prisioneiros e lhes falou, porque havia entre eles alguns caciques e indígenas importantes. Declarou que "fazia aquilo porque havia mandado chamá-los muitas vezes com pedidos de paz e eles ignoraram". De modo que os torturados tiveram de suportar, além de tudo, uma arenga em castelhano. Os que ainda eram capazes de se manter de pé se afastaram trambolhando para a mata para ir mostrar seus cotos a seus companheiros. Muitos amputados caíam desmaiados, mas logo voltavam a se levantar e se iam também, cheios de ódio, sem dar a seus verdugos o prazer de vê-los suplicar ou gemer de dor. Quando os verdugos já não puderam mais levantar os machados e as facas de cansaço e náusea, os soldados tiveram de substituí-los. Atiraram no rio as cestas de mãos e narizes, que foram flutuando até o mar, levadas pela corrente ensanguentada.

Quando soube do ocorrido, perguntei a Rodrigo qual tinha sido o propósito daquela carnificina, que na minha opinião traria horríveis consequências, porque depois de um fato assim não podíamos esperar misericórdia dos mapuche, mas a pior vingança. Rodrigo me explicou que às vezes essas ações são necessárias para amedrontar o inimigo.

— Você também faria algo semelhante? — quis saber.

— Acho que não, Inés, mas eu não estava lá e não posso julgar as decisões do capitão-general.

— Estive com Pedro nos bons e nos maus momentos, durante dez anos, Rodrigo, e isso não se encaixa com a pessoa que conheço. Pedro mudou muito, e, me deixe falar, me alegro que já não esteja em minha vida.

— A guerra é a guerra. Rogo a Deus que termine logo e possamos construir esta nação em paz.

— Se a guerra é a guerra, também podemos justificar as matanças de Francisco de Aguirre no norte — eu disse.

Depois do selvagem castigo, Valdivia mandou recolher toda a comida e animais que pôde confiscar dos indígenas e os levou para o forte. Enviou

INÊS DA MINHA ALMA

mensageiros às cidades anunciando que em menos de quatro meses, com a ajuda do apóstolo Tiago e Nossa Senhora, tinha dado um jeito para impor a paz nessa terra. Pareceu-me que se apressava em cantar vitória.

Nos três anos que lhe restavam de vida vi Pedro de Valdivia muito pouco; tive notícias dele apenas por terceiros. Enquanto Rodrigo e eu prosperávamos quase sem nos dar conta, porque onde botávamos os olhos o gado crescia, as lavouras se multiplicavam e surgia ouro das pedras, o governador se dedicou a construir fortes e fundar cidades no sul. Primeiro plantavam uma cruz e o estandarte; se havia padre, oficiavam missa; depois escolhiam a árvore da justiça, ou erguiam um patíbulo, e começavam a cortar árvores para construir a muralha de defesa e as casas. O mais árduo era conseguir povoadores, mas pouco a pouco iam chegando soldados e famílias. Assim surgiram, entre outras, Concepción, La Imperial e Villarrica, esta última perto das minas de ouro que foram descobertas num afluente do Bío-Bío. Essas minas produziram tanto que não corria no comércio senão ouro em pó para adquirir pão, carne, frutas, hortaliças e o resto; não havia outra moeda, apenas ouro. Mercadores, taverneiros e vendedores andavam carregados de pesos e balanças para vender e comprar. Assim se cumpriu o sonho dos conquistadores, e em pouco tempo ninguém se atrevia a chamar o Chile de "país dos esfarrapados" nem "sepultura de espanhóis". Também foi fundada a cidade Valdivia, chamada assim por insistência dos capitães, não por vaidade do governador. Seu escudo a descreve: "Um rio e uma cidade de prata." Os soldados contavam que nas escarpas da cordilheira existia a famosa Cidade dos Césares, toda de ouro e pedras preciosas, defendida por belas amazonas, quer dizer, o mesmo mito de Eldorado, mas Pedro de Valdivia, homem prático, não perdeu tempo nem gente procurando-a.

No Chile se recebiam numerosos reforços militares por terra e por mar, mas sempre eram insuficientes para ocupar esse vasto território de costa, mata e montanha. Para estar de bem com seus soldados, o governador distribuía terras e indígenas com sua habitual generosidade, mas eram

ISABEL ALLENDE

presentes de palavra, intenções poéticas, já que as terras eram virgens e os nativos, indômitos. Somente mediante a força bruta se podia obrigar os mapuche a trabalhar. Sua perna havia sarado, embora doesse sempre, mas já podia montar a cavalo. Percorria sem descanso a imensidão do sul com seu pequeno exército, internando-se nas matas úmidas e sombrias, sob a alta cúpula verde tecida pelas árvores mais nobres e coroada pela soberba araucária, que se perfilava contra o céu com sua dura geometria. As patas dos cavalos pisavam um colchão perfumado de húmus, enquanto os cavaleiros abriam caminho com as espadas na espessura, às vezes impenetrável, das samambaias. Cruzavam arroios de águas frias, onde os pássaros costumavam ficar congelados nas margens, as mesmas águas onde as mães mapuche mergulhavam os recém-nascidos. Os lagos eram primitivos espelhos do azul intenso do céu, tão quietos; dava para contar as pedrinhas no fundo. As aranhas teciam suas rendas, peroladas pelo orvalho, entre os ramos de carvalhos, murtas e aveleiras. As aves da mata cantavam reunidas, *diuca*, tico-tico, pintassilgo, pombas, sabiá, tordo, até o pica-pau, marcando o ritmo com seu infatigável tac-tac-tac. À passagem dos cavalos se levantavam nuvens de borboletas, e os veados, curiosos, se aproximavam para os cumprimentar. A luz se filtrava entre as folhas e desenhava sombras na paisagem; a neblina subia do solo morno e envolvia o mundo num hálito de mistério. Chuva e mais chuva, rios, lagos, cascatas de águas brancas e espumosas, um universo líquido. E ao fundo, sempre, as montanhas nevadas, os vulcões fumegantes, as nuvens viajantes. No outono a paisagem era de ouro e sangue, adereçada, magnífica. A alma de Pedro de Valdivia escapava dele e ficava enredada entre os esbeltos troncos vestidos de musgo, fino veludo. O Jardim do Éden, a terra prometida, o paraíso. Mudo, molhado de lágrimas, o conquistador ia descobrindo o lugar onde a terra acaba, o Chile.

Em uma ocasião, ia com seus soldados por uma mata de aveleiras quando caíram pepitas de ouro das copas das árvores. Incrédulos com aquele prodígio, os soldados desmontaram depressa e se lançaram sobre as pedrinhas amarelas, enquanto Valdivia, tão espantado como seus homens,

INÉS DA MINHA ALMA

tentava botar ordem. Estavam disputando o ouro quando os rodearam cem arqueiros mapuche. Lautaro havia ensinado a eles a mirar nos lugares vulneráveis do corpo, onde os espanhóis não tinham a proteção do ferro. Em menos de dez minutos a mata ficou juncada de mortos e feridos. Antes que os sobreviventes pudessem reagir, os indígenas desapareceram do mesmo modo sigiloso com que haviam surgido momentos antes. Depois se comprovou que as iscas eram pedras do rio cobertas por uma fina camada de ouro.

Umas semanas mais tarde, outro destacamento de espanhóis, que percorria a região, ouviu vozes femininas. Avançaram a trote, afastaram as samambaias e se depararam com uma cena encantadora: um grupo de moças refrescando-se no rio, coroadas de flores, com suas longas cabeleiras negras por única vestimenta. As míticas ondinas continuaram seu banho sem dar mostras de temor quando os soldados esporearam seus cavalos e trataram de cruzar a água dando gritos de prazer antecipado. Não foram longe os luxuriosos barbudos, porque o leito do rio era um pântano onde os cavalos afundaram até as ilhargas. Os homens desmontaram com a intenção de puxar os animais para terra firme, mas estavam presos nas pesadas armaduras e também começaram a afundar no lodo. Nisso apareceram outra vez os implacáveis arqueiros de Lautaro, que os crivaram, enquanto as nuas beldades mapuche festejavam a carnificina da outra margem.

Valdivia logo se deu conta de que estava diante de um general tão hábil como ele mesmo, alguém que conhecia as fraquezas dos espanhóis, mas não se preocupou demasiado. Estava seguro do triunfo. Os mapuche, por mais aguerridos e ladinos que fossem, não podiam se comparar com o poderio militar de seus experientes capitães e soldados. Tudo era questão de tempo, dizia. A Araucanía seria sua. Não demorou a averiguar o nome que andava de boca em boca, Lautaro, o *toqui* que se atrevia a desafiar os espanhóis. Lautaro. Jamais pensou que poderia ser Felipe, seu antigo cavalariço. Descobriria isso no dia de sua morte. Valdivia se detinha nas vilas isoladas dos colonos e discursava para eles com seu otimismo invencível. Juana Jiménez o acompanhava, como antes eu o fiz, enquanto María de Encio remoía seu despeito em Santiago. O governador escrevia cartas ao rei para lhe relatar que os selvagens haviam compreendido a necessidade de acatar os desígnios de Sua Majestade e as qualidades do cristianismo e que ele havia domado essa terra belíssima, fértil e aprazível, onde a única coisa que fazia falta eram espanhóis e cavalos. Entre parágrafo e parágrafo, lhe solicitava novas benesses, que o imperador desconsiderava.

Pastene, almirante de uma frota composta de dois velhos barcos, continuava explorando a costa de norte a sul e de sul a norte, lutando com correntes invisíveis, aterrorizantes ondas negras, ventos orgulhosos que arrancavam as velas, em inútil busca pela passagem que liga os dois oceanos. Seria outro capitão que daria com o Estreito de Magalhães em 1554. Pedro de Valdivia morreu sem saber disso e sem realizar seu sonho de estender a conquista até esse ponto do mapa. Em sua peregrinação, Pastene descobriu lugares idílicos, que descrevia com eloquência italiana, omitindo os atropelos que seus homens cometiam. No entanto, as notícias desses delitos se espalharam, como a longo prazo sempre acontece. Um cronista que viajava com Pastene contou que numa enseada os marinheiros foram recebidos com comida e presentes por indígenas amáveis, a quem retribuíram violando as mulheres, assassinando muitos homens e capturando outros. Depois levaram os prisioneiros acorrentados para Concepción, onde os exibiram como animais de feira. Valdivia considerou que esse incidente, como tantos outros em que a soldadesca não brilhava pelo exemplo, não merecia tinta e papel. Não o mencionou ao rei.

Outros capitães, como Villagra e Alderete, iam e vinham, galopavam pelos vales, subiam cordilheiras, mergulhavam nos bosques, navegavam os lagos e assim plantavam sua pesada presença nessa região encantada. Costumavam ter rápidas escaramuças com bandos de indígenas, mas Lautaro cuidava para não mostrar sua verdadeira força, enquanto se preparava com infinita cautela nas profundezas da Araucanía. Michimalonko tinha morrido num encontro com Lautaro e alguns de seus guerreiros se aliaram com seus irmãos de raça, os mapuche, mas Valdivia conseguiu manter um bom número deles. O governador insistia em continuar a conquista para o sul, mas quanto mais território ocupava, menos podia controlar. Tinha de deixar soldados em cada cidade para proteger os colonos, e destinar outros

INÉS DA MINHA ALMA

para explorar, castigar os indígenas e roubar gado e alimento. O exército estava dividido em pequenos grupos que costumavam permanecer sem comunicação durante meses.

No inverno brutal, os conquistadores se refugiavam nas vilas dos colonos, que chamavam de cidades, porque era muito difícil mobilizar-se com seus pesados abastecimentos no solo pantanoso, sob a chuva inclemente e a geada ao amanhecer, suportando o vento e as neves, que partiam os ossos. De maio a setembro a terra entrava em repouso, tudo calava, apenas a água torrencial dos rios, a batida da chuva e as tormentas de trovões e relâmpagos interrompiam o sono do inverno. Nessa época de repouso e escuridão, os demônios rodeavam Valdivia, sua alma se ofuscava de premonições e arrependimentos. Quando não estava no lombo do cavalo e com a espada na cintura sua alma ficava sombria e ele se convencia de que a má sorte o perseguia. Em Santiago ouvíamos rumores de que o governador tinha mudado muito, estava envelhecendo depressa, e seus homens já não lhe prodigalizavam a cega confiança de antes. Segundo Cecília, sua estrela se elevou quando me conheceu e começou a descer quando se separou de mim, teoria aterrorizante, porque não desejo a responsabilidade de seus êxitos nem a culpa de seus fracassos. Cada um é dono de seu próprio destino. Valdivia passava esses meses frios em casa, agasalhado com ponchos de lã, esquentando-se com braseiros e escrevendo suas cartas ao rei. Juana Jiménez lhe servia mate, uma infusão de erva amarga que lhe ajudava a suportar a dor das feridas antigas.

Enquanto isso, os guerreiros de Lautaro, invisíveis, observavam os *huincas* das matas, como lhes havia ordenado o *ñidoltoqui*.

Em 1552, Pedro de Valdivia viajou a Santiago. Não sabia que seria sua última visita, mas suspeitava, porque sonhos negros voltaram a atormentá-lo. Como antes, sonhava com matanças e despertava tremendo nos braços de Juana. Como é que sei? Porque se medicava com a casca de *latué* para espantar os pesadelos. Tudo se sabe neste país. Ao chegar encontrou uma cidade em festa para recebê-lo, próspera e bem organizada, porque Rodrigo

ISABEL ALLENDE

de Quiroga o havia substituído com sabedoria. Nossas vidas tinham melhorado nesses dois anos. A casa de Rodrigo na praça foi refeita sob minha direção e transformada numa mansão digna do tenente-governador. Como me sobrou energia, mandei construir outra residência umas quadras mais longe, com a ideia de dá-la a você, Isabel, quando se casasse. Além disso, tínhamos casas muito cômodas no campo; gostava delas amplas, de tetos altos, com varandas e pomares, plantas medicinais e flores. O terceiro pátio é destinado aos animais domésticos, para que fiquem bem protegidos dos ladrões. Empenho-me para que os empregados disponham de quartos decentes; me irrita ver como outros colonos hospedam melhor seus cavalos que as pessoas. Como não esqueci que sou de origem humilde, me entendo sem problemas com os serviçais, que sempre foram muito leais comigo. Eles são minha família. Naqueles anos Catalina, ainda forte e saudável, lidava com os assuntos domésticos, mas eu mantinha os olhos muito abertos para que não se cometessem abusos com os criados. O dia não tinha horas suficientes para eu dar conta de minhas tarefas. Dedicava-me a diversos negócios, construir e ajudar Rodrigo nos assuntos de governo, além da caridade, que nunca é suficiente. A fila de indígenas pobres que comiam todo dia em nossa cozinha dava voltas na Praça de Armas, e Catalina se queixava tanto dos nativos e da sujeira que decidi inaugurar um refeitório em outra rua. Num barco do Panamá veio para o Chile dona Flor, uma negra senegalesa, magnífica cozinheira, que se encarregou do projeto. Você já sabe a quem me refiro, Isabel, é a mesma mulher que conhece. Chegou ao Chile descalça e hoje se veste de brocado e vive numa mansão que as damas mais conspícuas de Santiago invejam. Seus pratos eram tão bons que os senhores começaram a se queixar, porque os indigentes comiam melhor que eles; então ocorreu à dona Flor que podíamos financiar a panela dos pobres vendendo comida fina aos ricos e, de passagem, ganhar dinheiro. Assim se tornou rica, em boa hora para ela, mas não resolvemos meu problema, porque mal seus bolsos se encheram de ouro esqueceu-se dos mendigos, que voltaram a esperar na porta da minha casa. E assim é até hoje.

Ao saber que Valdivia estava a caminho de Santiago, notei Rodrigo preocupado, não sabia como lidar com a situação sem ofender alguém;

INÉS DA MINHA ALMA

estava dividido entre seu cargo oficial, sua lealdade para com o amigo e o desejo de me proteger. Estávamos há mais de dois anos sem ver meu antigo amante, e sua ausência era muito cômoda. Com sua chegada, eu deixava de ser a governadora, e me perguntei, divertida, se María de Encio estaria à altura das circunstâncias. Era difícil para mim imaginá-la no meu lugar.

— Sei o que você está pensando, Rodrigo. Acalme-se, não haverá problema com Pedro — lhe disse.

— Talvez fosse conveniente que você fosse para o campo com Isabel...

— Não, Pedro, não penso em fugir. Esta também é minha cidade. Não vou participar nos assuntos do governo enquanto ele estiver aqui, mas o resto de minha vida continuará igual. Estou certa de que poderei ver Pedro sem tremer as pernas — ri.

— Será inevitável que se encontre com ele a toda hora, Inés.

— Não é só isso, Rodrigo. Teremos de lhe oferecer um banquete.

— O quê? Um banquete?

— Claro, somos a segunda autoridade do Chile, temos de recepcioná-lo. Nós o convidaremos com sua María de Encio e, se quiser, também com a outra. Como é mesmo que se chama a galega?

Rodrigo ficou me olhando com essa expressão de dúvida que costumavam lhe provocar minhas iniciativas, mas lhe dei um rápido beijo na testa e lhe garanti que não haveria escândalo de nenhum tipo. Na realidade já tinha mandado várias mulheres fazerem toalhas de mesa, enquanto dona Flor, contratada para a ocasião, ia juntando os ingredientes para o banquete, principalmente para as sobremesas favoritas do governador. Os barcos traziam melado e açúcar, que, se eram caros na Europa, no Chile tinham preços exorbitantes, mas nem todas as sobremesas podem ser feitas sem mel, de modo que me resignei a pagar o que me pediam. Pretendia impressionar os convidados com uma sucessão de pratos nunca vista em nossa capital. "Era melhor ir pensando no que estará vestindo, pois, senhora", me lembrou Catalina. Mandei-a passar um elegante vestido de seda furta-cor de um tom acobreado, recém-chegado da Espanha, que acentuava a cor de meus cabelos... Bem, Isabel, não necessito confessar a você que mantinha a cor com hena, como as mouras e as ciganas, porque já sabe. O vestido era um pouco apertado para mim, é verdade, já que a vida mansa e o amor de Rodrigo haviam me envaidecido a alma e o corpo, mas de qualquer forma brilharia mais que María de Encio, que se vestia como uma prostituta, ou a sirigaita da sua criada, que não podia competir comigo. Não ria, filha. Sei que este comentário parece mesquinho de minha parte, mas é verdade: essas mulheres eram umas vagabundas.

Pedro de Valdivia fez sua entrada triunfal em Santiago sob arcos de ramos e flores, ovacionado pela prefeitura e pela população em massa. Rodrigo de Quiroga, seus capitães e soldados, com armaduras polidas e elmos empenachados, formaram na Praça de Armas. María de Encio, na porta da casa que antes fora minha, aguardava seu amo retorcendo-se com risinhos coquetes e afetados. Que mulher odiosa! Eu me abstive de aparecer, observei o espetáculo de longe, espiando por uma janela. Pareceu-me que os anos haviam caído de súbito em cima de Pedro, estava mais pesado e se movia com solenidade, não sei se por arrogância, gordura ou cansaço da viagem.

Nessa noite o governador descansou nos braços de suas duas amantes, suponho, e no dia seguinte se pôs a trabalhar com o afinco que lhe era próprio. Recebeu de Rodrigo o informe completo e detalhado do estado da colônia e da cidade, revisou as contas do tesoureiro, escutou as reclamações da prefeitura, atendeu um por um os habitantes que chegaram com petições ou em busca de justiça. Havia se transformado num homem pomposo, impaciente, altaneiro e tirânico; não suportava a menor contradição sem explodir em ameaças. Já não pedia conselho nem compartilhava suas decisões, agia como um soberano. Estava há tempo demais na guerra, havia se acostumado a ser obedecido cegamente pela tropa. Parece que assim tratava também seus capitães e amigos, mas foi amável com Rodrigo de Quiroga; certamente adivinhou que este não suportaria uma falta de respeito. Segundo Cecília, a quem nada escapava, suas amantes e os empregados andavam aterrorizados, porque Valdivia descarregava neles suas frustrações, desde a dor nos ossos até o silêncio obstinado do rei, que não respondia a suas cartas.

INÉS DA MINHA ALMA

O banquete em honra ao governador foi um dos mais espetaculares que me tocou oferecer em minha longa vida. Apenas fazer a lista de comensais foi uma trabalheira, porque não podíamos incluir os quinhentos cidadãos da capital com suas famílias. Muitas pessoas importantes ficaram esperando o convite. Santiago fervia de comentários, todos queriam ir à festa; eu recebia presentes inesperados e profusos votos de amizade de pessoas que no dia anterior mal me olhavam, mas tínhamos de limitar a lista aos antigos capitães que chegaram com a gente ao Chile em 1540, os funcionários reais e da prefeitura. Trouxemos indígenas auxiliares das chácaras e os vestimos com impecáveis uniformes, mas não conseguimos que usassem calçados porque não os suportavam. Iluminamos tudo com centenas de velas, lâmpadas de sebo e tochas com resina de pinheiro, que perfumavam o ar. A casa brilhava esplêndida, cheia de flores, grandes travessas com frutas da estação e gaiolas de pássaros. Servimos vinho peruano de boa cepa e um vinho chileno, que Rodrigo e eu começávamos a produzir. Sentamos trinta convidados à mesa principal e mais cem em outras salas e nos pátios. Decidi que nessa noite as mulheres se sentariam à mesa com os homens, como havia ouvido dizer que se faz na França, não em coxins no chão, como na Espanha. Sacrificamos leitões e cordeiros, para oferecer uma boa variedade de pratos, além de aves recheadas e peixes da costa, que trouxemos vivos na água do mar. Havia uma mesa só para as sobremesas, tortas, massa-folhada, merengues, gemas queimadas, doce de leite, fruta. A brisa passeava os cheiros do banquete pela cidade — alho, carne assada, caramelo. Os convidados compareceram com seus melhores trajes, poucas vezes havia ocasião para se tirarem as roupas de luxo do fundo dos baús. A mulher mais bela da festa foi Cecília, naturalmente, com um vestido azulado cingido por um cinto de ouro e adornada com suas joias de princesa inca. Trouxe um negrinho, que se instalou atrás de sua cadeira para abaná-la com um leque de penas, detalhe finíssimo que nos deixou a todos, gente rude, atônitos. Valdivia apareceu com María de Encio, que não se vestia mal, devo reconhecer, mas não trouxe a outra porque se apresentar com duas amantes teria sido uma bofetada na cara de nossa pequena, mas orgulhosa sociedade. Beijou-me a mão e me elogiou com as galanterias próprias destes casos. Penso ter percebido em seu olhar uma mistura de tristeza e ciúmes, mas podem ser ideias minhas. Quando nos sentamos à mesa, levantou seu copo para brindar por Rodrigo e por mim, seus anfitriões, e fez um sentido discurso comparando a dura época da fome em Santiago, apenas dez anos antes, com a abundância atual.

— Neste banquete imperial, bela dona Inés, só falta uma coisa... — concluiu, com o copo no alto e os olhos úmidos.

— Não me diga mais nada, senhor — respondi.

Nesse momento você entrou, Isabel, vestida de organdi e coroada de fitas e flores, com uma travessa de prata, coberta por um guardanapo de linho branco, que continha uma empada para o governador. Um aplauso compacto celebrou o acontecimento, porque todos lembravam os tempos das vacas magras, quando fazíamos empadas do que houvesse à mão, inclusive de lagartixas.

Depois do jantar houve baile, mas Valdivia, que tinha sido um ágil dançarino, com bom ouvido e graça natural, não participou, pretextando dor nos ossos. Quando os convidados se foram e os criados terminaram de repartir os restos dos banquetes entre os pobres, que apareceram para ouvir a festa da Praça de Armas, fechar a casa e apagar as velas, Rodrigo e eu caímos extenuados na cama. Apoiei a cabeça em seu peito, como sempre, e dormi sem sonhos durante seis horas, que para mim, sempre insone, é uma eternidade.

O governador ficou três meses em Santiago. Nesse tempo tomou uma decisão em que certamente havia pensado muito: mandou Jerónimo de Alderete à Espanha entregar sessenta mil pesos de ouro ao rei, a quinta parte correspondente à Coroa, soma ridícula se comparada com os galeões carregados desse metal que saíam do Peru. Levava cartas para o monarca com várias petições, entre outras que o fizesse marquês e lhe desse a Ordem de Santiago. Também nisso Valdivia tinha mudado, já não era o homem que se orgulhava de desprezar títulos e honrarias. Além disso ele, a quem antes

INÉS DA MINHA ALMA

repugnava a escravidão, solicitava a permissão para mandar buscar dois mil escravizados negros sem pagar impostos. A segunda parte da missão de Alderete consistia em visitar Marina Ortiz de Gaete, que ainda vivia no modesto solar de Castuera, dar dinheiro para ela e convidá-la a vir para o Chile ocupar o posto de governadora junto com seu marido, a quem não havia visto durante dezessete anos. Eu adoraria saber como María e Juana receberam essa notícia. Lamento que Jerónimo de Alderete não pudesse trazer a resposta positiva do rei. Sua ausência durou quase três anos, pelo que me lembro, devido às demoras da navegação e porque o imperador não era homem de urgências. Na sua volta, quando cruzava o istmo do Panamá, o capitão pegou uma Peste tropical que o despachou desta para uma vida melhor. Era muito bom soldado e leal amigo este Jerónimo de Alderete, espero que a História reserve a ele o lugar que merece. Enquanto isso Valdivia morreu sem saber que por fim havia obtido as benesses solicitadas.

Ao receber o convite de seu marido para viajar para este reino, que ela imaginava como Veneza, vá se saber por quê, e os sete mil e quinhentos pesos de ouro para seus gastos, Marina Ortiz de Gaete comprou um trono dourado, um enxoval imperial e se fez acompanhar por um impressionante séquito que incluía vários membros de sua família. A pobre mulher chegou ao Chile transformada em viúva; aqui descobriu que Pedro a tinha deixado arruinada e, para cúmulo dos cúmulos, antes de seis meses todos os sobrinhos dela, que adorava, morreram na guerra com os indígenas. Não há como não ter pena dela.

Durante o tempo em que Pedro de Valdivia esteve em Santiago nos vimos pouco e apenas em reuniões sociais, rodeados de outras pessoas que nos observavam com malícia, esperando nos surpreender num gesto de intimidade ou tratando de adivinhar nossos sentimentos. Nesta cidade não se podia dar um passo sem ser espiada pelas janelas e criticada. Por que falo no passado? Estamos em 1580 e as pessoas continuam mexeriqueiras como sempre. Depois de haver compartilhado com Pedro os anos mais intensos de minha juventude, sentia um estranho desapego em sua presença, me parecia que o homem que eu havia amado com uma paixão desesperada era outro. Pouco antes que ele anunciasse sua volta ao sul, onde pensava visitar as novas cidades e continuar procurando o fugidio Estreito de Magalhães, González de Marmolejo veio me ver.

— Queria lhe contar, filha, que o governador solicitou ao rei que me nomeie bispo do Chile — disse.

— Isso todo mundo sabe, padre. Diga-me por que veio me ver na verdade.

— Inés, sua atrevida! — ele riu.

— Vamos, padre, desembuche.

— O governador deseja lhe falar em particular, filha, e não pode ser na sua casa, claro, nem na dele nem num lugar público. Devemos manter as aparências. Ofereci a minha residência para que se encontrasse com você...

— Rodrigo sabe disso?

— O governador não acha necessário incomodar seu marido com essa ninharia, Inés.

Pareceram-me suspeitos a mensagem, o recado e o segredo, de modo que falei com Rodrigo nesse mesmo dia, para evitar problemas, e então me inteirei de que este já sabia, porque Valdivia lhe havia pedido permissão para se encontrar comigo a sós. Por que, então, pretendia que eu ocultasse tudo de meu marido? E por que Rodrigo não me falou nada? Suponho que o primeiro quis me pôr à prova, mas não acho que essa fosse a intenção do segundo; Rodrigo era incapaz de tais manejos.

— Sabe por que Pedro quer falar comigo? — perguntei a meu marido.

— Deseja lhe explicar por que agiu como agiu, Inés.

— Já se passaram mais de três anos! E agora vem com explicações? Acho muito estranho.

— Se não quer falar com ele, eu lhe direi francamente.

— Você não se incomoda que me encontre a sós com ele?

— Tenho plena confiança em você, Inés. Jamais lhe ofenderia com ciúmes.

— Você não parece espanhol, Rodrigo. Deve ter sangue de holandês nas veias.

No dia seguinte fui à casa de González de Marmolejo, a maior e mais luxuosa do Chile depois da minha. A fortuna do padre sem dúvida era de origem milagrosa. Fui recebida por sua governanta quéchua, uma mulher

INÉS DA MINHA ALMA

muito sábia, conhecedora de plantas medicinais e tão boa amiga minha que não necessitava dissimular que era amante do futuro bispo há anos. Cruzamos vários salões, ligados por portas duplas talhadas por um artesão (que o padre mandou trazer do Peru) e chegamos a uma peça pequena, onde ele tinha sua escrivaninha e a maior parte de seus livros. O governador, vestido com esmero — gibão vermelho-escuro de mangas com aberturas, calça esverdeada e gorro de seda negra com uma pluma coquete —, se adiantou para me cumprimentar. A governanta se retirou com discrição e fechou a porta. Então, ao me ver sozinha com Pedro, senti que me pulsavam as têmporas e me desembestava o coração, pensei que não seria capaz de sustentar o olhar daqueles olhos azuis, cujas pálpebras havia beijado tantas vezes enquanto ele dormia. Por mais que Pedro tivesse mudado, em algum momento foi o amante a quem segui ao fim do mundo. Pedro pôs as mãos em meus ombros e me virou para a janela, para me observar à luz.

— É tão bonita, Inés! Como é que para você o tempo não passa? — suspirou, comovido.

— Precisa de óculos para ver — lhe disse, dando um passo atrás para me desprender de suas mãos.

— Diga-me que é feliz. É muito importante para mim que o seja.

— Por quê? Consciência pesada?

Sorri, ele riu também e ambos respiramos aliviados. O gelo havia se quebrado. Contou-me em detalhes o julgamento que enfrentou no Peru e a sentença de La Gasca; a ideia de me casar com outro ocorreu a ele como a única forma de me salvar do desterro e da pobreza.

— Ao propor essa solução para La Gasca cravei uma adaga no peito, Inés, e ainda sangro. Sempre amei você, é a única mulher da minha vida, as outras não contam. Ver você casada com outro me dói terrivelmente.

— Sempre foi ciumento.

— Não zombe, Inés. Sofro muito por não ter você comigo, mas me alegra que seja rica e tenha casado com o melhor fidalgo deste reino.

— Naquela vez, quando mandou González de Marmolejo me dar a notícia, ele insinuou que você havia escolhido alguém para mim. Era Rodrigo?

— Conheço você bem demais para tentar impor alguma coisa, Inés, muito menos um marido — respondeu, evasivo.

— Então, para sua tranquilidade, digo que a solução que lhe ocorreu foi excelente. Sou feliz e amo muito Rodrigo.

— Mais que a mim?

— Não amo mais você com esse tipo de amor, Pedro.

— Tem certeza, Inés da minha alma?

Tornou a me segurar pelos ombros e me atraiu, buscando-me os lábios. Senti a cócega de sua barba loura e o calor de sua respiração; virei o rosto e o empurrei suavemente.

— O que você mais apreciava em mim, Pedro, era a lealdade. Ainda a tenho, mas agora a devo a Rodrigo — disse com tristeza, porque pressenti que nesse momento nos despedíamos para sempre.

Pedro de Valdivia partiu de novo para continuar a conquista e reforçar as sete cidades e os fortes recém-fundados. Foram descobertas várias minas de veios ricos, que atraíram novos colonos, inclusive moradores de Santiago que optaram por deixar suas férteis fazendas no vale do Mapocho e partir com suas famílias para as matas misteriosas do sul, deslumbrados com a possibilidade do ouro e da prata. Tinham vinte mil indígenas trabalhando nas minas e a produção era quase tão boa como a do Peru. Entre os colonos que se foram ia o aguazil Juan Gómez, mas Cecília e seus filhos não o acompanharam. "Eu fico em Santiago. Se você quer afundar nesses pântanos, afunde", lhe disse Cecília, sem imaginar que suas palavras seriam agourentas.

Ao se despedir de Valdivia, Rodrigo de Quiroga lhe aconselhou a não pegar mais do que podia controlar. Alguns fortes dispunham apenas de um punhado de soldados, e várias cidades estavam desprotegidas.

— Não há perigo, Rodrigo, os indígenas nos causaram muito poucos problemas. O território está subjugado.

— Parece-me estranho que os mapuche, cuja fama de indomáveis chegou a nós no Peru antes de iniciarmos a conquista do Chile, não tenham nos combatido como esperávamos.

INÉS DA MINHA ALMA

— Compreenderam que somos um inimigo demasiado poderoso para eles e se dispersaram — explicou Valdivia.

— Se é assim, ótimo, mas não se descuide.

Abraçaram-se efusivamente e Valdivia partiu sem se preocupar com as advertências de Quiroga. Durante vários meses não tivemos notícias diretas dele, mas nos chegavam rumores de que levava vida de turco, atirado entre almofadões e engordando em sua casa de Concepción, que ele chamava de seu "palácio de inverno". Diziam que Juana Jiménez escondia o ouro das minas, que chegava em grandes bateias, para não ter de compartilhá-lo com os oficiais do rei. Acrescentavam, invejosos, que era tanto o ouro acumulado e o que ainda havia nas minas de Quilacoya que Valdivia era mais rico que Carlos V. As pessoas são apressadinhas para julgar o próximo. Lembre, Isabel, que ao morrer Valdivia não deixou nem um tostão. A não ser que Juana Jiménez, em vez de ser raptada pelos indígenas, como se pensa, tenha conseguido roubar essa fortuna e escapar para algum lugar, o tesouro de Valdivia nunca existiu.

Chamava-se Tucapel um dos fortes destinados a desalentar os indígenas e proteger as minas de ouro e prata, embora só contasse com uma dezena de soldados, que passavam seus dias vigiando a mata, entediados. O capitão que estava encarregado do forte suspeitava que os mapuche tramavam alguma coisa, apesar de que sua relação com eles havia sido pacífica. Uma ou duas vezes por semana os indígenas levavam provisões ao forte; eram sempre os mesmos, e os soldados, que já os conheciam, costumavam trocar sinais amistosos com eles. No entanto havia algo na atitude dos indígenas que levou o capitão a capturar vários deles e, mediante tortura, averiguou que uma grande sublevação estava em andamento nas aldeias. Eu poderia jurar que os indígenas confessaram apenas aquilo que Lautaro desejava que os *huincas* soubessem, porque os mapuche nunca se dobraram frente aos suplícios. O capitão mandou pedir reforços, mas Pedro de Valdivia deu tão pouca importância a essa informação que toda a ajuda que mandou foi cinco soldados a cavalo ao forte de Tucapel.

Corria a primavera de 1553 nas matas perfumadas da Araucanía. O ar era morno e, à passagem dos cinco soldados, se levantavam nuvens de

ISABEL ALLENDE

insetos translúcidos e aves ruidosas. De repente uma infernal gritaria rompeu a paz idílica e de imediato os espanhóis se viram rodeados por uma massa de assaltantes. Três deles caíram atravessados por lanças, mas dois conseguiram dar meia-volta e galoparam desenfreados para o forte mais próximo para pedir socorro.

Enquanto isso se apresentaram em Tucapel os mesmos indígenas que sempre levavam os víveres, cumprimentando com o ar mais submisso do mundo, como se não estivessem inteirados da tortura que seus companheiros tinham sofrido. Os soldados abriram as portas do forte e os deixaram entrar com seu carregamento. Uma vez no pátio, os mapuche abriram seus sacos, tiraram as armas que levavam ocultas e se lançaram sobre os soldados. Estes conseguiram se repor da surpresa e voar em busca de suas espadas e couraças para se defender. Nos minutos seguintes se realizou uma matança de mapuche e muitos foram feitos prisioneiros, mas o estratagema deu resultado, porque enquanto os espanhóis estavam ocupados com os de dentro, milhares de outros indígenas rodearam o forte. O capitão saiu com oito de seus homens a cavalo para enfrentá-los, decisão muito valente, mas inútil, porque o inimigo era numeroso. Ao cabo de uma luta heroica, os soldados sobreviventes retrocederam para o forte, onde a desigual batalha continuou durante o resto do dia, até que, finalmente, ao cair a escuridão, os atacantes se retiraram. No forte de Tucapel ficaram seis soldados, os únicos espanhóis sobreviventes, muitos *yanaconas* e os indígenas prisioneiros. O capitão tomou uma medida desesperada para espantar os mapuche que aguardavam o amanhecer para atacar de novo. Tinha ouvido a lenda de que eu salvara a cidade de Santiago lançando as cabeças dos caciques nas hostes indígenas e decidiu copiar a ideia. Mandou degolar os cativos, depois lançou as cabeças por cima da muralha. Um rugido longo, como uma terrível onda de mar de tormenta, acolheu o gesto.

Durante as horas seguintes, o cerco mapuche que rodeava o forte foi engrossando, até que os seis espanhóis compreenderam que sua única possibilidade de salvação era tentar cruzar a cavalo as fileiras inimigas ao amparo da noite e chegar ao forte mais próximo, em Purén. Isso significava

INÉS DA MINHA ALMA

abandonar à sua sorte os *yanaconas*, que não tinham cavalos. Não sei como os espanhóis realizaram seu audaz plano, porque a mata estava infestada de indígenas que tinham vindo de longe, chamados por Lautaro, para a grande insurreição. Talvez os tenham deixado passar com algum propósito tortuoso. Em todo caso, com a primeira luz da manhã os indígenas, que haviam esperado a noite inteira nas proximidades, irromperam no forte abandonado de Tucapel e se depararam com os restos de seus companheiros no pátio ensanguentado. Os infelizes *yanaconas* que ainda permaneciam no forte foram aniquilados.

A notícia do primeiro ataque vitorioso alcançou Lautaro rapidamente graças ao sistema de comunicação que ele mesmo havia idealizado. O jovem *ñidoltoqui* acabava de formalizar sua união com Guacolda, depois de pagar o dote correspondente. Não participou da bebedeira da festa porque não era amigo do álcool e estava muito ocupado planejando o segundo passo da campanha. Seu objetivo era Pedro de Valdivia.

Juan Gómez, que havia chegado ao sul uma semana antes, não conseguiu pensar nas minas de ouro que o haviam levado a se separar de sua família, pois recebeu o pedido de socorro do forte de Purén, onde os seis soldados sobreviventes de Tucapel se uniram aos onze que havia ali. Como todos que tinham recebido concessões, tinha a obrigação de ir à guerra quando era chamado, e não hesitou em fazê-lo. Gómez galopou até Purén e se colocou à frente do pequeno destacamento. Depois de escutar os detalhes do que ocorrera em Tucapel, teve a certeza de que não se tratava de uma escaramuça, como tantas do passado, mas de um levantamento maciço das aldeias do sul. Preparou-se o melhor possível para resistir, mas não era muito o que podia fazer em Purén com os escassos meios a seu alcance.

Uns dias mais tarde, ao amanhecer, ouviram o habitual alarido, e as sentinelas viram ao pé do morro um esquadrão mapuche que ameaçava com gritos, mas aguardava imóvel. Juan Gómez calculou que havia uns quinhentos inimigos para cada um de seus homens, mas ele tinha a van-

ISABEL ALLENDE

tagem das armas, dos cavalos e da disciplina, que tanta fama dera aos soldados espanhóis. Tinha muita experiência em lutar contra os indígenas e sabia que era melhor combatê-los em campo aberto, onde a cavalaria podia manobrar e os arcabuzeiros podiam brilhar. Decidiu sair para enfrentar o inimigo com o que dispunha: dezessete soldados montados, quatro arcabuzeiros e uns duzentos *yanaconas*.

As portas do forte foram abertas e o destacamento saiu com Juan Gómez à frente. A um sinal seu, os soldados se lançaram morro abaixo num galope desenfreado, brandindo suas temíveis espadas, mas tiveram a surpresa de que dessa vez não houve debandada de indígenas: eles continuaram em formação. Já não estavam nus, levavam o torso protegido por uma peiteira e a cabeça com um capuz de couro de foca, tão duro como as armaduras espanholas. Empunhavam lanças de três metros de comprimento, que apontavam para o peito dos animais, e pesadas clavas de cabo curto, mais práticas do que as antigas. Não se moveram de seus lugares e receberam de frente o impacto da cavalaria, que se cravou nas lanças. Vários cavalos ficaram agonizando, mas os soldados se recuperaram rapidamente. Apesar da espantosa mortandade produzida pelas armas espanholas, os mapuche não desanimaram.

Uma hora mais tarde se ouviu o tam-tam inconfundível dos *cultrunes* e a massa indígena se deteve e retrocedeu, perdendo-se na mata e deixando o campo juncado de mortos e feridos. O alívio dos espanhóis durou poucos minutos, porque outro milhar de guerreiros substituiu os indígenas que haviam se retirado. Os mapuche repetiram a estratégia de hora em hora: soavam os tambores, desapareciam as hostes fatigadas e entravam na batalha outras frescas, enquanto os espanhóis se esgotavam. Juan Gómez compreendeu que era impossível se opor a essa hábil manobra com seu reduzido número de soldados. Os mapuche, divididos em quatro esquadrões, revezavam-se, de modo que enquanto um grupo lutava, os outros três esperavam sua vez descansando. Teve de dar ordem para voltar ao forte, porque seus homens, quase todos feridos, necessitavam de água e de uma folga.

Nas horas seguintes cuidaram o melhor possível dos feridos e comeram. Ao entardecer Juan Gómez considerou que deviam tentar um novo ataque,

INÉS DA MINHA ALMA

para não dar oportunidade ao inimigo de se repor durante a noite. Vários homens feridos declararam que preferiam morrer na batalha; sabiam que se os indígenas entrassem no forte a morte seria inevitável e sem glória. Dessa vez Gómez contava somente com uma dúzia de cavaleiros e meia de soldados da infantaria, mas isso não o amedrontou. Mandou sua gente entrar em forma e animou-a com palavras incendiárias, encomendou-se a Deus e ao apóstolo da Espanha e em seguida ordenou o ataque.

O choque das espadas e das clavas durou menos de meia hora, os mapuche pareciam desanimados, batiam-se sem a ferocidade da manhã e antes do esperado se retiraram à chamada de seus *cultrunes*. Gómez esperou que viesse a segunda onda de revezamento, como das outras vezes, mas não aconteceu e, confuso, ordenou a volta ao forte. Não havia perdido nenhum de seus homens. Durante essa noite e o dia seguinte os espanhóis aguardaram o ataque do inimigo sem dormir, metidos nas armaduras e empunhando suas armas sem que este desse sinais de vida, até que por fim se convenceram de que não voltariam e, de joelhos no pátio, deram graças ao apóstolo por tão estranha vitória. Tinham-nos derrotado sem saber como. Juan Gómez calculou que não podiam permanecer sem comunicação dentro do forte, esperando na agonia os horríveis gritos de guerra que anunciavam o regresso dos mapuche. A melhor alternativa era aproveitar a noite, durante a qual os indígenas raramente agiam, por medo dos espíritos malignos, para enviar um par de velozes emissários a Pedro de Valdivia anunciando a inexplicável vitória, mas advertindo que estavam diante de uma rebelião total das aldeias e que, se não a esmagassem de uma vez, poderiam perder todo o território ao sul do Bío-Bío. Os emissários galoparam o mais depressa que a mata cerrada e a escuridão permitiam, temerosos de que os indígenas lhes caíssem em cima em qualquer volta do caminho, mas isso não aconteceu; puderam viajar sem inconvenientes e chegar a seu destino ao amanhecer. Ficaram com a impressão de que durante o trajeto os mapuche os vigiavam escondidos entre as samambaias, mas, como não os atacaram, pensaram que tudo não passava de seus próprios nervos exaltados. Não podiam imaginar que Lautaro desejava que Valdivia recebesse a mensagem, que apenas por isso os deixara passar, exatamente como fizera

ISABEL ALLENDE

com os mensageiros que levavam a carta de resposta do governador, na qual indicava a Gómez que se reunisse com ele nas ruínas do forte Tucapel no dia de Natal. Assim havia planejado cuidadosamente o *ñidoltoqui*, que se inteirou, pelos espiões que tinha por toda parte, do conteúdo da carta, e sorriu com prazer; já tinha Valdivia onde queria. Mandou um esquadrão sitiar o forte de Purén, para encerrar Juan Gómez e impedir que cumprisse as instruções recebidas, enquanto ele terminava de completar a armadilha para o Papai em Tucapel.

Valdivia havia passado os preguiçosos meses de inverno em Concepción, vendo chover, entretido com jogos de carta e bem cuidado por Juana Jiménez. Tinha cinquenta e três anos, mas a perna que coxeava e o excesso de peso tinham-no envelhecido antes do tempo. Era hábil com o baralho e a sorte o acompanhava no jogo, ganhava quase sempre. Os invejosos asseguravam que ao ouro das minas se somava o que arrebatava de outros jogadores, e o conteúdo ia parar nesses misteriosos baús de Juana, que não foram encontrados até hoje. A primavera já havia despontado em brotos e pássaros quando chegaram as confusas notícias de uma sublevação indígena que a ele pareceu um exagero. Mais para cumprir com seu dever do que por convencimento, juntou uns cinquenta soldados e partiu de má vontade para se reunir com Juan Gómez em Tucapel, disposto a esmagar os atrevidos mapuche, como havia feito antes.

Fez a viagem de quinze léguas, com sua meia centena de cavaleiros e mil e quinhentos *yanaconas*, a passo lento, pois devia se adaptar ao dos carregadores. Em pouco tempo a preguiça com que havia iniciado a marcha foi espantada, porque seu instinto de soldado o advertiu do perigo. Sentia-se observado por olhos ocultos na mata. Há mais de um ano andava pensando em sua própria morte e teve o pressentimento de que poderia acontecer logo, mas não quis preocupar seus homens com a suspeita de que eram espreitados. Por precaução mandou um grupo de cinco soldados se adiantar para sondar a rota e continuou cavalgando a passo, enquanto

INÉS DA MINHA ALMA

procurava acalmar os nervos com a brisa morna e o intenso aroma dos pinheiros. Como ao fim de umas duas horas os cinco enviados não voltaram, sua premonição se intensificou. Uma légua mais adiante um cavaleiro apontou com uma exclamação de horror algo que pendia de um galho. Era um braço, ainda dentro da manga do gibão. Valdivia ordenou que prosseguissem com as armas preparadas. Um pouco mais longe viram uma perna com a bota posta, também suspensa numa árvore, e mais em frente outros troféus, pernas, braços e cabeças, sangrentos frutos da mata. "Vingança!", gritavam os soldados, furiosos, dispostos a se lançar a galope em busca dos assassinos, mas Valdivia os obrigou a se conterem. A pior coisa que poderiam fazer era se separar, deviam permanecer juntos até Tucapel, decidiu.

O forte ficava no alto de um morro desimpedido, porque os espanhóis haviam cortado as árvores para construí-lo, mas a base estava rodeada de vegetação. De lá podia-se ver um rio copioso. A cavalaria subiu o morro e chegou antes às ruínas envoltas em fumaça, seguida pelas lentas fileiras de *yanaconas* com as cargas. De acordo com as instruções recebidas de Lautaro, os mapuche aguardaram até que o último homem chegou em cima para se anunciar com o som arrepiante das flautas de ossos humanos.

O governador, que mal teve tempo de descer do cavalo, assomou entre os troncos queimados da muralha e viu os guerreiros formados em esquadrões compactos, protegidos por escudos e com as lanças em terra. Os *toquis* de guerra estavam na frente, protegidos por uma guarda formada pelos melhores homens. Espantado, pensou que os bárbaros tinham descoberto por instinto a forma de lutar dos antigos exércitos romanos, a mesma que empregavam os regimentos espanhóis. O chefe não podia ser outro que não este *toqui* de que tanto havia ouvido durante o inverno: Lautaro. Sentiu que o sacudia uma onda de raiva e se deu conta de que tinha o corpo banhado de suor. "Darei a esse maldito a morte mais atroz!", exclamou.

Uma morte atroz. Há tantas dessas em nosso reino que nos pesarão para sempre na consciência. Devo fazer uma pausa para explicar que Valdivia não pôde cumprir sua ameaça contra Lautaro, que morreu lutando junto com Guacolda uns anos mais tarde. Em pouco tempo este gênio militar

ISABEL ALLENDE

semeou o pânico nas cidades espanholas do sul, que tiveram de ser evacuadas, e conseguiu chegar com suas hostes às proximidades de Santiago. Nessa época a população mapuche estava dizimada pela fome e pela Peste, mas Lautaro continuava lutando com um pequeno exército, muito disciplinado, que incluía mulheres e crianças. Dirigiu a guerra com magistral astúcia e soberba coragem durante muito poucos anos, mas suficientes para inflamar a insurreição mapuche que dura até hoje. Segundo me dizia Rodrigo de Quiroga, muito poucos generais da história universal podem se comparar a este jovem, que transformou um monte de aldeias nuas no exército mais temível da América. Depois de sua morte foi substituído pelo *toqui* Caupolicán, tão valente como ele, mas menos sagaz, que foi feito prisioneiro e condenado a morrer empalado. Asseguram que quando sua mulher, Fresia, o viu arrastado em correntes, se lançou aos pés de seu filho de poucos meses e exclamou que não queria amamentar o rebento de um vencido. Mas esta história parece outra lenda da guerra, como a da Virgem que apareceu no céu durante uma batalha. Caupolicán suportou sem uma queixa o espantoso suplício do pau afiado atravessando-lhe lentamente as entranhas, como relata em seus versos o jovem Zurita, ou era Zúñiga? Santo Deus, os nomes me escapam; quem sabe quantos erros há em meu relato? Menos mal que eu não estava presente quando torturaram Caupolicán, tal como não me tocou ver o frequente castigo de "desgovernação", em que cortam com um facão meio pé direito dos indígenas rebeldes. Isso não consegue desalentá-los; coxos, continuam lutando. E quando cortaram as duas mãos de outro cacique, Galvarino, ele mandou que amarrassem as armas em seus braços para voltar à batalha. Depois de tais horrores não podemos esperar clemência dos indígenas. A crueldade engendra mais crueldade num ciclo eterno.

Valdivia dividiu sua gente em grupos, encabeçados pelos soldados a cavalo e seguidos pelos *yanaconas*, e mandou que descessem o morro. Não pôde lançar a cavalaria a galope, como era o usual, porque compreendeu que esta se cravaria nas lanças dos mapuche, que pelo visto haviam aprendido táticas europeias. Antes teria de desarmar os lanceiros. Na primeira

INÉS DA MINHA ALMA

refrega os espanhóis e os *yanaconas* levaram vantagem, e ao cabo de um momento de luta intensa e impiedosa, mas breve, os mapuche se retiraram em direção ao rio. Um alarido de triunfo festejou sua retirada e Valdivia ordenou a volta ao forte. Seus soldados se achavam certos da vitória, mas ele ficou preocupado, porque os mapuche haviam agido em perfeita ordem. De cima do morro os viu bebendo e lavando as feridas no rio, alívio que seus homens não tinham. Nesse momento ouviram os gritos de guerra, e da mata emergiram novas tropas indígenas, descansadas e disciplinadas, tal como havia acontecido em Purén contra o pessoal de Juan Gómez, coisa que Valdivia ignorava. Pela primeira vez o capitão-general sentiu o peso da situação; até esse momento tinha se achado o dono da Araucanía.

Durante o resto do dia a batalha continuou da mesma maneira. Os espanhóis, feridos, sedentos e esgotados, enfrentavam em cada rodada uma hoste mapuche descansada e bem alimentada, enquanto os indígenas que haviam se retirado se refrescavam no rio. Passaram as horas, os espanhóis e *yanaconas* iam caindo, e os esperados reforços de Juan Gómez não chegavam.

Ninguém no Chile desconhece os fatos daquele trágico Natal de 1553, mas há várias versões e eu vou contá-las tal como as ouvi dos lábios de Cecília. Enquanto Valdivia e sua reduzida tropa se defendiam a duras penas em Tucapel, Juan Gómez estava detido em Purén, onde os mapuche o mantiveram sitiado até o terceiro dia, quando não deram sinais de vida. Transcorreu a manhã e parte da tarde numa espera ansiosa, até que por fim Gómez não suportou mais e saiu com um grupo para examinar a mata. Nada. Nem um só indígena à vista. Então suspeitou que o sítio do forte tinha sido um estratagema para distraí-los e impedir que se reunissem com Pedro de Valdivia, como este havia ordenado. Assim, enquanto eles estavam ociosos em Purén, o governador os aguardava em Tucapel, e se havia sido atacado, como era de temer, sua situação devia ser desesperada. Sem vacilar, Juan Gómez ordenou que os quatorze homens sãos que lhe restavam montassem nos melhores cavalos e o seguissem imediatamente para Tucapel.

ISABEL ALLENDE

Cavalgaram a noite inteira e, pela manhã, se encontraram nas cercanias do forte. Puderam ver o morro, a fumaça do incêndio e grupos dispersos de mapuche, ébrios de guerra e *muday*, brandindo cabeças e membros humanos; os restos dos espanhóis e *yanaconas* derrotados no dia anterior. Horrorizados, os quatorze homens compreenderam que estavam rodeados e teriam a mesma sorte que os de Valdivia, mas os intoxicados indígenas estavam festejando a vitória e não os enfrentaram. Os espanhóis esporearam suas fatigadas montarias e subiram o morro, abrindo passagem a espadadas entre os poucos bêbados que ficaram por diante. O forte estava reduzido a um monte de lenha fumegante. Procuraram Pedro de Valdivia entre os cadáveres e pedaços de corpos esquartejados, mas não o acharam. Uma tina com água suja lhes permitiu saciar a própria sede e a dos cavalos, mas não houve tempo para mais nada, porque nesse momento começavam a subir pela ladeira milhares e milhares de indígenas. Não eram os ébrios que viram antes, estes haviam saído de entre as árvores sóbrios e em ordem.

Os espanhóis, que não podiam se defender no forte em ruínas, onde tinham ficado encurralados, voltaram a montar nos sofridos cavalos e se lançaram morro abaixo, dispostos a abrir passagem entre os inimigos. Num instante se viram envoltos pelos mapuche e começou uma contenda sem quartel que haveria de durar o resto do dia. É impossível acreditar que os homens e os cavalos, que haviam galopado desde Purén durante a noite inteira, resistissem hora após hora de luta durante todo esse dia fatídico, mas eu vi as batalhas dos espanhóis e lutei junto com eles, sei do que somos capazes. Por fim os soldados de Gómez puderam se agrupar e fugir, seguidos de perto pelas hostes de Lautaro. Os cavalos não davam mais de si e a mata estava juncada de troncos caídos e outros obstáculos que impediam a corrida, mas não a dos indígenas, que surgiam de entre as árvores e interceptavam os cavaleiros.

Esses quatorze homens, os mais bravos dos bravos, decidiram então ir se sacrificando um por um para deter o inimigo, enquanto seus companheiros tentavam avançar. Não discutiram, não tiraram a sorte, ninguém deu ordem alguma. O primeiro gritou adeus para os demais, deteve seu

INÉS DA MINHA ALMA

cavalo e se voltou para enfrentar os perseguidores. Arremeteu desprendendo faíscas com a espada, decidido a lutar até o último suspiro, já que cair prisioneiro era uma sorte mil vezes pior. Em poucos minutos cem mãos o baixaram do animal e o atacaram com as mesmas espadas e facas que haviam tirado dos espanhóis vencidos de Valdivia.

Os escassos minutos que aquele herói deu a seus amigos permitiram a estes se adiantar um trecho, mas logo os mapuche os alcançaram de novo. Um segundo soldado decidiu se imolar, também gritou um último adeus e se deteve de frente para a massa de indígenas ávidos de sangue. E em seguida um terceiro fez a mesma coisa. E assim, um a um, caíram seis soldados. Os oito restantes, vários deles feridos de morte, continuaram a desesperada corrida até chegar a um ponto estreito do caminho, onde outro teve de se sacrificar para que os demais passassem. Também ele foi despachado em poucos minutos. Nesse instante o cavalo de Juan Gómez, sangrando de várias flechadas nas ilhargas e exausto, caiu de bruços. Já era noite fechada na mata e o avanço era quase impossível.

— Monte na minha garupa, capitão! — ofereceu um dos soldados.

— Não! Vão em frente e não se atrasem por minha causa! — lhes ordenou Gómez. Sabia que estava gravemente ferido e calculou que o cavalo não resistiria ao peso de dois homens.

Os homens tiveram de lhe obedecer — foram em frente, tateando na escuridão, perdidos —, enquanto ele se internava mais na espessura da mata. Ao fim de muitas e terríveis horas os seis sobreviventes conseguiram chegar ao forte de Purén e avisar seus camaradas antes de caírem desmontados de cansaço. Esperaram ali apenas o necessário para estancar o sangue de suas feridas e dar alívio às montarias, antes de empreender uma marcha forçada até La Imperial, que então era somente uma aldeia. Os *yanaconas* carregavam em macas os feridos com esperança de vida, mas deram um fim rápido e honroso aos moribundos para que os mapuche não os achassem vivos.

Enquanto isso, os pés de Juan Gómez se afundavam, porque as recentes chuvas do inverno haviam transformado a zona num espesso lamaçal.

ISABEL ALLENDE

Apesar de estar sangrando devido a várias flechadas, extenuado, sedento, sem ter comido nada em dois dias, não se submeteu à morte. A visibilidade era quase nula, devia avançar penosamente, tateando entre as árvores e as capoeiras. Não podia esperar o amanhecer, a noite era sua única aliada. Escutou claramente os gritos de triunfo dos mapuche quando encontraram seu cavalo caído e rezou para que o nobre animal, que o havia acompanhado em tantas batalhas, estivesse morto. Os indígenas costumavam torturar os cavalos feridos para se vingar dos donos. O cheiro de fumaça lhe indicou que seus perseguidores haviam acendido tochas e o procuravam em meio à vegetação, certos de que o cavaleiro não poderia estar longe. Tirou a armadura e a roupa e as fez desaparecer no barro e, nu, se enfiou no lamaçal. Os mapuche já estavam muito perto, podia ouvir suas vozes e vislumbrar a luz das tochas.

É neste ponto da narração que Cecília, cujo macabro senso de humor parece espanhol, se dobrava de riso ao me contar aquela noite espantosa. "Meu marido acabou mergulhado num pântano, exatamente como eu lhe disse que aconteceria", disse a princesa. Com sua espada, Juan Gómez cortou uma cana e em seguida mergulhou por completo no pútrido lamaçal. Não soube quantas horas esteve ali, nu, com as feridas abertas, encomendando sua alma a Deus e pensando em seus filhos e em Cecília, essa bela mulher que havia saído de um palácio para segui-lo ao fim do mundo. Os mapuche passaram várias vezes ao seu lado, roçando-o, sem imaginar que o homem que procuravam jazia sepultado no lodo, abraçado a sua espada, respirando por um pedaço de cana.

Pelo meio da manhã seguinte os homens que marchavam para La Imperial viram um ser de pesadelo, coberto de sangue e barro, que se arrastava entre a cerrada vegetação. Pela espada, que não havia soltado, reconheceram Juan Gómez, o capitão dos famosos quatorze.

Pela primeira vez desde a morte de Rodrigo, à noite pude descansar várias horas. No cochilo do amanhecer, senti uma opressão no peito que me esmagava o coração e me dificultava a respiração, mas não senti angústia,

INÉS DA MINHA ALMA

apenas uma grande calma e felicidade, porque compreendi que era o braço de Rodrigo, que dormia a meu lado, como nos melhores tempos. Permaneci imóvel, com os olhos fechados, agradecida por esse doce peso. Desejava perguntar a meu marido se tinha vindo me buscar, lhe dizer que me fez feliz durante os trinta anos que compartilhamos e que somente lamentei suas longas ausências de guerreiro. Mas temi que ao falar ele desaparecesse; nestes meses de solidão comprovei o quanto são tímidos os espíritos. Com a primeira luz da manhã, que se coou pelas ranhuras dos postigos, Rodrigo se retirou do meu lado, deixando a marca de seu braço sobre mim e seu cheiro no travesseiro. Quando as criadas chegaram já não havia rastro dele no quarto. Apesar da felicidade que essa inesperada noite de amor me deu, parece que amanheci com mau aspecto, porque as mulheres foram chamar você, Isabel. Não estou doente, filha, não me dói nada, me sinto melhor que nunca, então não me olhe com essa cara de velório; mas ficarei deitada um pouco mais, porque estou com frio. Se não se importa, gostaria de aproveitar para lhe ditar.

Como sabe, Juan Gómez saiu com vida daquela prova, embora tenha demorado meses para se recuperar das feridas infectadas. Abandonou a ideia do ouro, voltou a Santiago e ainda vive com sua esplêndida mulher, que já deve ter uns sessenta anos, mas está como se tivesse trinta, sem rugas ou cabelos brancos, não sei se por milagre ou feitiçaria. Nesse dezembro fatídico começou a insurreição dos mapuche, uma guerra sem quartel que não acabou quarenta anos depois e não tem data para terminar; enquanto restar um só indígena e um só espanhol vivos, correrá sangue. Deveria odiá-los, Isabel, mas não posso. São meus inimigos, mas os admiro; se eu estivesse no lugar deles, morreria lutando por minha terra, como eles morrem.

Há vários dias venho evitando o momento de falar do fim de Pedro de Valdivia. Durante vinte e sete anos procurei não pensar nisso, mas suponho que chegou a hora de fazê-lo. Gostaria de acreditar na versão menos cruel, que Pedro se bateu até ser derrubado por uma pancada de clava na cabeça, mas Cecília me ajudou a descobrir a verdade. Apenas um *yanacona* conseguiu escapar com vida ao desastre de Tucapel para contar o acontecido nesse dia de Natal, mas ele não sabia nada da sorte do governador. Dois meses mais tarde Cecília veio me ver e me disse que uma moça mapuche, recém-chegada da Araucanía, estava servindo em sua casa. Cecília estava inteirada de que a índia, que não falava nem uma palavra de castelhano, havia sido encontrada perto de Tucapel. Uma vez mais o *mapudungu* aprendido com Felipe — agora Lautaro — me foi útil. Cecília me trouxe a moça e pude falar com ela. Era uma jovem de uns dezoito anos, baixa, delicada de feições, mas com costas fortes. Como não entendia nosso idioma, parecia lerda, mas quando lhe falei em *mapudungu* compreendi que era habilíssima. Isto é o que pude averiguar pelo *yanacona* que sobreviveu em Tucapel e pelo que essa mapuche, que esteve presente na execução de Pedro de Valdivia, me contou.

O governador se encontrava nas ruínas do forte, lutando desesperadamente com um punhado de valentes contra milhares de mapuche, que se renovavam em esquadrões descansados, enquanto eles não podiam dar trégua às espadas. Passou o dia todo lutando. Ao entardecer, Valdivia perdeu as esperanças de que Juan Gómez aparecesse com reforços. Sua gente estava extenuada, os cavalos sangravam tanto como os homens e pelos morros subiam obstinadamente novos destacamentos inimigos.

— Senhores, o que fazemos? — perguntou Valdivia aos nove homens que restavam em pé.

— O que o senhor quer que façamos, senão que lutemos e morramos? — respondeu um dos soldados.

— Então vamos fazer isso com honra, senhores!

E os dez tenazes espanhóis, seguidos dos *yanaconas* que restavam em pé, se lançaram à luta para morrer em campo aberto, as espadas no alto e o apóstolo Tiago nos lábios. Em poucos minutos os oito soldados foram arrancados de suas montarias com boleadeiras e laços, arrastados pelo chão e aniquilados por centenas de mapuche. Somente Pedro de Valdivia, um padre e um fiel *yanacona* conseguiram romper o cerco e fugir pela única via diante deles que não estava bloqueada pelo inimigo. Escondido no forte havia outro *yanacona* que suportou a fumaça do incêndio debaixo de um monte de escombros e conseguiu escapar com vida dois dias mais

INÉS DA MINHA ALMA

tarde, quando os mapuche já haviam se retirado. O caminho aberto diante de Valdivia havia sido habilmente disposto por Lautaro. Era um beco sem saída, que levava pela mata escura a um lodaçal, onde as patas dos cavalos afundaram, exatamente como Lautaro havia calculado. Os fugitivos não podiam retroceder porque tinham o inimigo às suas costas. Na luz da tarde viram sair das capoeiras centenas de indígenas, enquanto eles afundavam sem remissão naquele lodo podre, do qual se desprendia um hálito sulfuroso de inferno. Antes que o pântano os tragasse, os mapuche os resgataram, porque não era assim que tinham planejado acabar com eles.

Ao se ver perdido, Valdivia quis negociar sua liberdade com o inimigo, prometendo que abandonaria as cidades fundadas no sul, que os espanhóis sairiam da Araucanía para sempre e que além disso lhes daria ovelhas e outros bens. O *yanacona* teve de traduzir, mas antes que conseguisse terminar os indígenas caíram sobre ele e o mataram. Haviam aprendido a desprezar as promessas dos *huincas*. Ao padre, que tinha feito uma cruz com dois paus e pretendia dar a extrema-unção ao *yanacona*, como antes a tinha dado ao governador, destroçaram o crânio com uma clava. E então começou o martírio de Pedro de Valdivia, o inimigo mais odiado, a encarnação de todos os abusos e crueldades infligidas ao povo mapuche. Não haviam esquecido os milhares de mortos, os homens queimados, as mulheres violadas, as crianças arrebentadas, as centenas de mãos que o rio levou, os pés e narizes decepados, os chicotes, as correntes e os cachorros.

Obrigaram o prisioneiro a presenciar o suplício dos *yanaconas* sobreviventes de Tucapel e a profanação dos cadáveres dos espanhóis. Arrastaram-no pelos cabelos, nu, até uma aldeia onde Lautaro aguardava. No trajeto, as pedras e galhos afiados da mata lhe rasgaram a pele, e quando o depositaram aos pés do *ñidoltoqui* era um farrapo coberto de barro e sangue. Lautaro ordenou que lhe dessem de beber, para que despertasse do desmaio, e o ataram a um poste. Como zombaria simbólica, quebrou em duas a espada toledana, inseparável companheira de Pedro de Valdivia, e a enfiou na terra aos pés do prisioneiro. Quando este se repôs o suficiente para abrir os olhos e se dar conta de onde estava, se viu frente a frente com seu antigo criado.

— Felipe! — exclamou, esperançoso, porque pelo menos era uma cara conhecida e poderia falar em castelhano.

Lautaro cravou os olhos nele, com infinito desprezo.

— Não me reconhece, Felipe? Sou o Papai — insistiu o prisioneiro.

A uma ordem do *ñidoltoqui* os mapuche, excitados, desfilaram diante de Pedro de Valdivia com afiadas conchas de amêijoa, tirando-lhe pedaços do corpo. Fizeram um fogo e com as mesmas conchas lhe arrancaram os músculos dos braços e das pernas, assaram-nos e os comeram diante dele. Essa orgia macabra durou três noites e dois dias, sem que a mãe Morte socorresse o infeliz cativo. Por fim Lautaro, ao ver, no amanhecer do terceiro dia, que Valdivia morria, lhe derramou ouro derretido na boca, para que se fartasse do metal de que tanto gostava e que tanto sofrimento causava aos indígenas nas minas.

Ai, que dor, que dor! Essas lembranças são uma lança cravada aqui, no meio do peito. Que horas são, filha? Por que a luz se foi? As horas retrocederam, deve ser madrugada de novo. Acho que será manhã para sempre...

Os restos de Pedro de Valdivia nunca foram encontrados. Dizem que os mapuche devoraram seu corpo num rito improvisado, que fizeram flautas com seus ossos e que seu crânio serve até hoje como recipiente para o *muday* dos *toquis*. Filha, você me pergunta por que me agarro à terrível versão da criada de Cecília, em vez da outra, mais misericordiosa, de que Valdivia foi executado com uma paulada na cabeça, como escreveu o poeta e como era o costume entre os indígenas do sul. Eu lhe direi. Durante esses três dias aziagos de dezembro de 1553, estive doente. Foi como se minha alma soubesse o que minha mente ainda ignorava. Imagens horrendas passavam diante de meus olhos, como num pesadelo de que não conseguia acordar. Eu parecia ver dentro de minha casa os cestos cheios de mãos e narizes amputados, em meu pátio os indígenas carregados de correntes e aqueles que foram empalados; o ar cheirava a carne humana chamuscada e a brisa da noite me trazia os estalos de chicotes. Essa conquista custou imensos padecimentos... Ninguém pode perdoar tanta crueldade, e menos os mapuche, que jamais esquecem as ofensas, como também não esquecem os

INÉS DA MINHA ALMA

favores recebidos. Atormentavam-me as lembranças, estava como que possuída por um demônio. Você sabe, Isabel, que fora alguns sobressaltos do coração, sempre fui saudável, com a graça de Deus, de modo que não tenho outra explicação para a doença que me acometeu naqueles dias. Enquanto Pedro suportava seu horrendo fim, a distância minha alma o acompanhava e chorava por ele e por todas as vítimas desses anos. Caí prostrada, com vômitos tão intensos e febres tão ardentes que temeram pela minha vida. Em meu delírio ouvia com clareza os gritos de Pedro de Valdivia e sua voz despedindo-se de mim pela última vez: "Adeus, Inés da minha alma..."

AGRADECIMENTOS

Meus amigos Josefina Rosetti, Victorio Cintolessi, Rolando Hamilton e Diana Huidobro me ajudaram na pesquisa sobre a época da conquista do Chile e, em especial, sobre Inés Suárez. Malú Sierra revisou o que se refere aos mapuche. Juan Allende, Jorge Manzanilla e Gloria Gutiérrez corrigiram o manuscrito. William Gordon me protegeu e alimentou durante os silenciosos meses de escrita. Agradeço aos escassos historiadores que mencionaram a importância de Inés Suárez; suas obras me permitiram escrever este romance.

NOTAS BIBLIOGRÁFICAS

A pesquisa para este romance me tomou quatro anos de ávidas leituras. Não contei os livros de história, obras de ficção e artigos que li para embeber-me da época e dos personagens porque a ideia de acrescentar uma bibliografia não surgiu até o final. Quando Gloria Gutiérrez, minha agente, leu o manuscrito, me disse que sem algumas referências bibliográficas este relato pareceria fruto de uma imaginação patológica (de que me acusam com frequência): muitos episódios da vida de Inés Suárez e da conquista do Chile lhe pareciam incríveis e eu tinha de demonstrar que eram fatos históricos. Alguns dos livros que usei e que ainda estão empilhados na casinha onde escrevo, no fundo do meu jardim, são os relacionados abaixo.

Ao abordar a história geral do Chile tive a sorte de dispor de duas obras clássicas: as *Crónicas del reino de Chile* (El Ferrocarril, 1865), de Pedro Mariño de Lovera, e a fundamental *Historia general de Chile* (1884), de Diego Barros Arana, em cujo primeiro volume são relatados os episódios da conquista. Mais atual é a *Historia general de Chile* (Planeta, Santiago do Chile, 2000), de Alfredo Jocelyn-Holt Letelier.

Sobre a conquista levei em conta diferentes obras, entre as quais lembro o *Estudio sobre la conquista de América* (Universitaria, Santiago do Chile, 1992), de Néstor Meza, assim como *La era colonial* (Nacimiento, Santiago do Chile, 1974), de Benjamín Vicuña Mackenna, um nome muito ligado à história e historiografia chilenas, e *El imperio hispánico de América* (Peuser, Buenos Aires, 1958), de C. H. Harina. Sobre o fundo histórico espanhol consultei as histórias da Espanha de Miguel Ángel Artola (Alianza

Editorial, Madri, 1988, vol. 3) e de Fernando García de Cortázar (Planeta, Barcelona, 2002), entre outras obras. No que se refere aos conquistadores, alguns títulos de minha bibliografia são *Conquistadores españoles del siglo XVI* (Aguilar, Madri, 1963), de Ricardo Majó Framis; *Los últimos conquistadores* (2001) e *Diego de Almagro* (3ª edição, 2001), de Gerardo Larraín Valdés, e *Pedro de Valdivia, capitán conquistado* (Instituto de Cultura Hispánica, Madri, 1961), de Santiago del Campo.

O universo mapuche conta com uma importante bibliografia, da qual pinço a obra clássica *Los araucanos* (Universitaria, Santiago, 1914), de Edmond Reuel Smith, e obras mais modernas, *Mapuche, gente de la Tierra* (Sudamericana, Buenos Aires, 2000), de Malú Sierra; *Historia de los antiguos mapuche del sur* (Catalonia, Barcelona, 2003), de José Bengoa e, num plano mais especializado, *Folklore médico chileno* (Nacimiento, Santiago do Chile, 1981), de Oreste Plath.

Entre minhas leituras não podiam faltar dois excelentes romances históricos: *Butamalón* (Anaya-Mario Muchnik, Madri, 1994), de Eduardo Labarca, e *Ay, mamá Inés* (Andrés Bello, Santiago do Chile, 1993), de Jorge Guzmán, o único romance que conheço sobre minha protagonista.

Por fim, uma menção especial para duas obras da época em que transcorre meu livro: *La Araucana* (1578), de Alonso de Ercilla, da qual existem inumeráveis edições (eu usei a da Santillana), incluindo a belíssima de 1842 de que se extraíram as ilustrações desta obra, e as *Cartas* de Pedro de Valdivia, entre cujas edições há duas notáveis: a espanhola da editora Lumen e da Junta da Extremadura (1991), a cargo do chileno Miguel Rojas Mix, e a chilena de 1998, da companhia mineira Doña Inés de Collahuasi.

Este livro foi composto na tipografia Minion Pro,
em corpo 11,5/15,5, e impresso em
papel off-white no Sistema Cameron da
Divisão Gráfica da Distribuidora Record.